WEITERFÜHRENDES UND DIGITALES

Am Rand erhalten Sie Hinweise auf relevante **Fachkonzepte** (Begriffe mit Schlüsselsymbol) sowie wichtige **Infos**, vor allem Erklärungen schwieriger Begriffe. **Querverweise** machen thematische Zusammenhänge deutlich. Verweise auf das **Glossar** zeigen Ihnen, welche Begriffe Sie dort (S. 203–205) nachschlagen können.

BEGRIFF
INFO
QUERVERWEIS
GLOSSAR

Ebenfalls am Rand finden Sie zahlreiche **Webcodes** und **QR-Codes**, unter denen Sie kurze Erklärfilme, nützliche Internetlinks oder weiterführende Podcasts abrufen können. Geben Sie dazu einfach den Webcode unter *www.westermann.de/webcode* in das Suchfeld ein oder scannen Sie den QR-Code.

INTERNET
WES-118484-122
Film: Einfach erklärt: Arbeitsverhältnisse

Zu einzelnen Themen stehen Ihnen noch **weitere Erklärfilme** zur Verfügung. Geben Sie dazu auf *www.westermann.de/mensch-und-politik-118484* den Onlineschlüssel ein, den Sie auf der hinteren Umschlaginnenseite Ihres Buches finden.

F

Mit dem Webcode/QR-Code zum **Update-Service** auf der nächsten Seite können Sie zudem in regelmäßigen Abständen aktualisierte Versionen einiger der im Buch enthaltenen Grafiken abrufen.

Update-Service

ANWENDEN, ÜBEN UND LERNEN

Auf den **Methodenseiten** erlernen Sie Schritt für Schritt wichtige Methoden für das Fach Politik-Wirtschaft und wenden Sie direkt an einem Beispiel an.

METHODE

Auf den **Lernwegseiten** erhalten Sie Anregungen zum praktischen Arbeiten und zur Unterrichtsgestaltung.

LERNWEG

Politische und ökonomische Modelle werden Ihnen auf den **Modellseiten** vorgestellt.

MODELL

Mit dem **Operatorentraining** können Sie einen sicheren Umgang mit den Operatoren in den Aufgabenstellungen einüben. Hinten im Buchdeckel befindet sich außerdem eine Übersicht über alle Operatoren im Fach Politik–Wirtschaft und ihre Anforderungsbereiche.

OPERATORENTRAINING

Die zuvor trainierten Operatoren werden auch im **Klausurtraining** aufgegriffen, mit dem Sie überprüfen können, ob Sie das Gelernte anwenden können.

KLAUSURTRAINING

Die jedes Teilkapitel abschließenden Seiten **Wissen kompakt** fassen das Wichtigste in Kürze zusammen und helfen Ihnen beim Wiederholen für Leistungskontrollen. Sie können und sollen allerdings nicht die Arbeit mit den Materialseiten ersetzen.

WISSEN KOMPAKT

NACHSCHLAGEN

Der Anhang umfasst ein **Glossar** (S. 203–205) mit Begriffserklärungen sowie ein detailliertes **Stichwortverzeichnis** (S. 206–207).

GLOSSAR
STICHWORTVERZEICHNIS

westermann

Mensch & Politik

Sekundarstufe II

Politik–Wirtschaft
Niedersachsen

11

Erarbeitet von Prof. Dr. Joachim Detjen
Dr. Justus Goldmann
Christine Henne
Stefan Lahme
Frank Meske
Thorsten Quest

Mit Beratung von Annelie Toepel-Braune
Stefan Schneider

Update-Service

Für ausgewählte Diagramme und Schaubilder in diesem Band überprüfen wir regelmäßig, ob es neue Daten gibt, und aktualisieren diese entsprechend. Die aktuellen Grafiken findet man mit dem Webcode **WES-118484-001** unter https://www.westermann.de/webcode.

Mensch & Politik

Sekundarstufe II

Politik–Wirtschaft Niedersachsen

11. Schuljahr

Erarbeitet von	Prof. Dr. Joachim Detjen Dr. Justus Goldmann Christine Henne Stefan Lahme Frank Meske Thorsten Quest
mit Beratung von	Annelie Toepel-Braune Stefan Schneider
mit Beiträgen von	Christian Störzer, Dr. Veit Straßner

Druck A[1]/Jahr 2023
Alle Drucke der Serie A sind im Unterricht parallel verwendbar.

Redaktion: Dr. Shida Kiani
Umschlaggestaltung: LIO Design, Braunschweig
Layout: Typo Concept GmbH, Hannover
Druck und Bindung: Westermann Druck GmbH, Georg-Westermann-Allee 66, 38104 Braunschweig

ISBN 978-3-14-**118484**-6

Inhaltsverzeichnis

I Wandel der Arbeitswelt in der globalisierten Gesellschaft 6

II Globale politische und ökonomische Prozesse 80

III Berufs- und Studienorientierung 158

Anhang

I

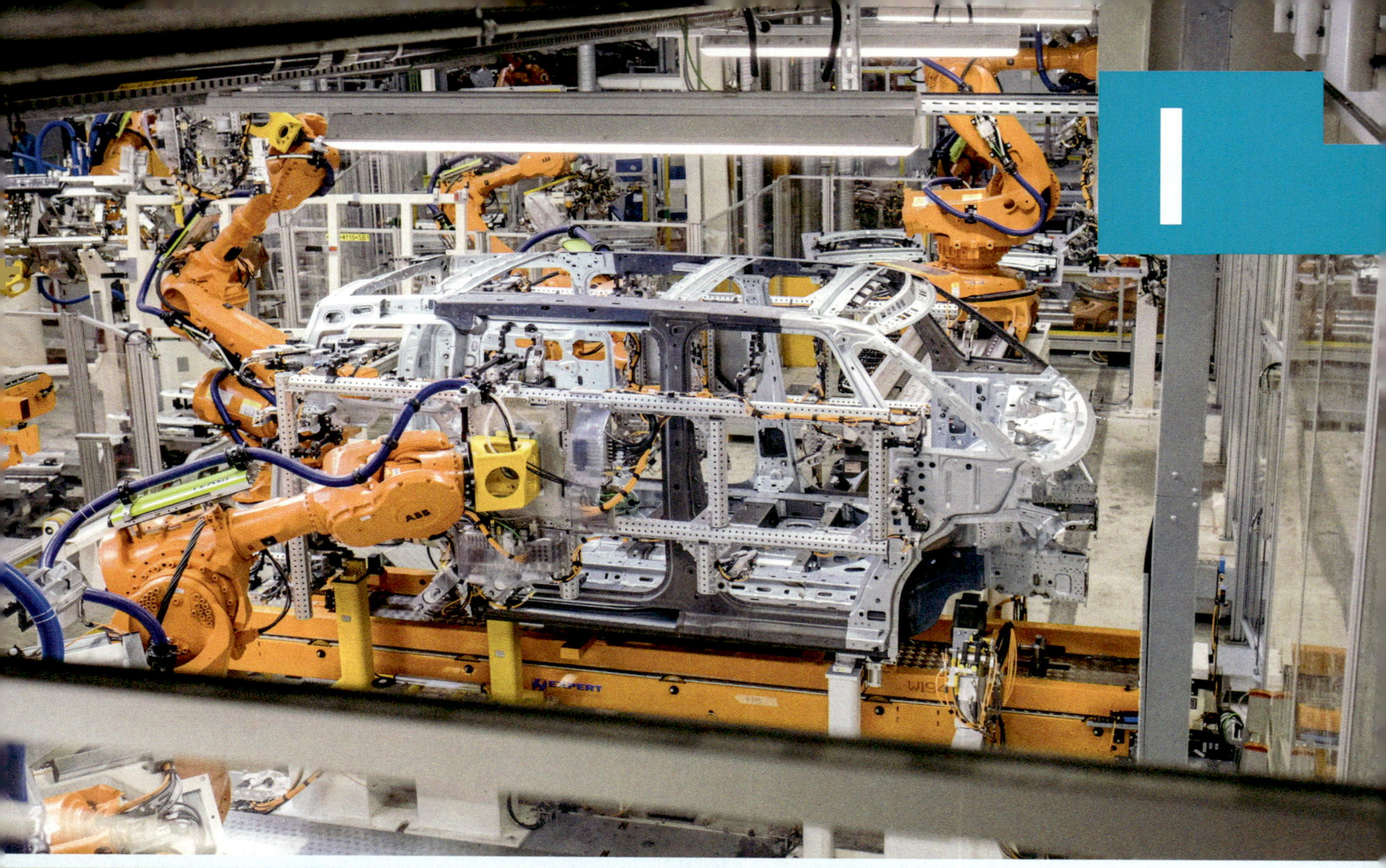

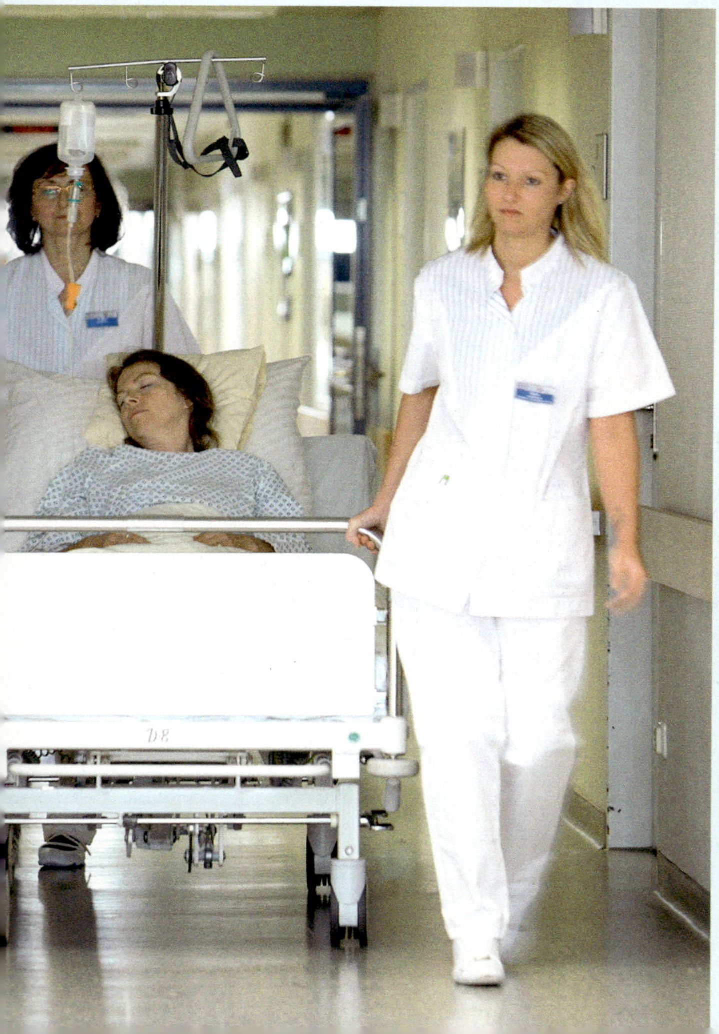

Wandel der Arbeitswelt in der globalisierten Gesellschaft

1 Tauschen Sie sich vor dem Hintergrund des Kapitelthemas über die dargestellten Bildmotive aus.

2 Gliedern Sie ausgehend von den Abbildungen Aspekte eines Wandels der Arbeitswelt.

3 Entwickeln Sie Hypothesen über gesellschaftliche und individuelle Chancen und Herausforderungen, die sich mit diesem Wandel verbinden.

1. Bedeutung von Arbeit

1.1 Fulltime-Job und Karriere – ist das heute noch wichtig?

BEGRIFF

Fachkonzepte
Sozialer Wandel
Interdependenzen

M1 Wie stellen wir uns die Zukunft der Arbeit vor?

Zukunftsvisionen von Arbeit (links: 1974, rechts: 2018)

INFO

„Generation Z" stellt ein Begriffskonzept dar, um die soziale Gruppe der zwischen ca. 1995 und 2010 Geborenen in ihren Lebensstilen gegenüber einer vorausgehenden historisch-gesellschaftlichen „Generation X" abzugrenzen. Siehe auch S. 36.

GLOSSAR

Gesellschaft

INTERNET

WES-118484-111
Podcast: Zukunft – Wie leben wir im Jahr 2040?

M2 Eine Zukunftsreportage aus der „Generation Z"

Ich stelle mir die Zukunft absolut positiv vor und habe eine totale Zukunftslust! [...] Ich glaube, dass die Arbeit sich in den nächsten 20 Jahren stark verändern wird. Manche Dinge werden durch die Digitalisierung einfach wegfallen, wie zum Beispiel meine alte Bankfiliale in Düsseldorf. Aber vor allem wird sich die Art ändern, wie wir arbeiten. Meine Generation ist viel freier und flexibler, als es noch meine Großeltern waren. Arbeit soll für uns nichts Zwanghaftes mehr haben und ich denke, dass die Arbeit deshalb auch flexibler werden wird, zum Beispiel mit Gleitzeit und Teilzeit. [...]
Ich wünsche mir außerdem für die Zukunft eine sozialere und ethischere Weltanschauung. Denn wir dürfen den Reichtum des Westens einfach nicht mehr dadurch herstellen, dass anderswo Armut herrscht. Ich glaube auch, dass die Weltgemeinschaft sich ohnehin schon in diese Richtung entwickelt. Die Frage nach dem Zusammenhalt der Gesellschaft finde ich außerdem auch ziemlich spannend. Ich bin sicher, dass der Mensch Gemeinschaft braucht und der Zusammenhalt deshalb wachsen wird. Der Sozialstaat spielt hier für mich eine wichtige Rolle, da er für Chancengleichheit sorgen kann. [...]
Wir müssen uns auch fragen, wie wir unsere Arbeitszeit monetär bewerten wollen. Denn Zeit ist ja unser höchstes Gut. Und jemand, der acht Stunden im Supermarkt an der Kasse sitzt, investiert genauso acht Stunden von seinem höchsten Gut wie ein Manager oder ich, wenn ich in meiner Werkstatt Möbel baue. Ich wünsche mir deshalb, dass es 2040 weniger Lohnungleichheit gibt.

Finn Kiemel (25), „Ich habe eine totale Zukunftslust", in: Denkfabrik Digitale Arbeitsgesellschaft im Bundesministerium für Arbeit und Soziales (Hrsg.), Werkheft 05 – Arbeitsgesellschaft 2040, Berlin, 2022, S. 14–15, hier S. 15, https://www.denkfabrik-bmas.de/fileadmin/Downloads/Publikationen/Werkheft_05.pdf (Zugriff: 05.12.2022)

1 a) Tauschen Sie sich über die Zukunftsentwürfe von 1974 und 2018 in M1 aus.
b) Überprüfen Sie die beiden Entwürfe vor dem Hintergrund der folgenden Aussage: „Unsere Vorstellung von Zukunft ist immer von unserer Gegenwart geprägt." HILFE

2 Verfassen Sie ausgehend vom Beispiel M2 eigene Zukunftsreportagen über die Entwicklung von Arbeit und Gesellschaft. Stellen Sie sie im Kurs vor.

3 Nehmen Sie mithilfe einer Positionslinie Stellung: Blicken Sie eher zuversichtlich oder pessimistisch in Ihre persönliche Zukunft? Wovon machen Sie Ihr Urteil abhängig?

M3 Wie blicken Jugendliche in ihre Zukunft – eher optimistisch?

58 % der Jugendlichen blicken aktuell optimistisch in die eigene Zukunft, 37 % gemischt („mal so, mal so") und nur 5 % eher düster. Der Anteil der optimistischen Jugendlichen hat sich somit gegenüber 2015 (61 %) leicht verringert [...].
Bemerkenswert ist, dass Jugendliche aus der sozial schwächsten Schicht – entgegen dem Trend – optimistischer geworden sind. War 2010 und 2015 nur fast ein Drittel (32 %) optimistisch hinsichtlich der eigenen Zukunft, sind es 2019 mit 45 % deutlich mehr. Dagegen ist der Optimismus in den oberen sozialen Schichten seit 2015 merklich ausgebremst worden. Jugendliche aus der oberen Schicht (63 % im Vergleich zu vormals 76 %) und der oberen Mittelschicht (62 % im Vergleich zu vormals 71 %) sehen aktuell noch immer mehrheitlich, wenn auch etwas weniger häufig optimistisch in die eigene Zukunft. Die Zukunft der Gesellschaft sieht etwas mehr als die Hälfte, genauso wie auch schon 2015, positiv (52 %). Daran hat auch die wachsende Angst vor Umweltzerstörung und Klimawandel nichts geändert.

Shell Deutschland Holding (Hrsg.), 18. Shell-Jugendstudie: Jugend 2019. Eine Generation meldet sich zu Wort, Weinheim/Basel: Beltz, S. 20

M4 ... oder herrscht eher pessimistische Grundstimmung?

Weitgehend unabhängig von Alter, Bildungshintergrund und politischem Interesse stimmt die große Mehrheit der Befragten (86 Prozent insgesamt, 88 Prozent der jungen Frauen und 82 Prozent der jungen Männer) der Aussage „Ich mache mir Sorgen um die Zukunft" zu.
Mehr als die Hälfte (58 Prozent) der Befragten ist der Meinung, dass es zukünftigen Generationen „etwas schlechter" oder „viel schlechter" gehen werde [siehe dazu auch die Grafik rechts].

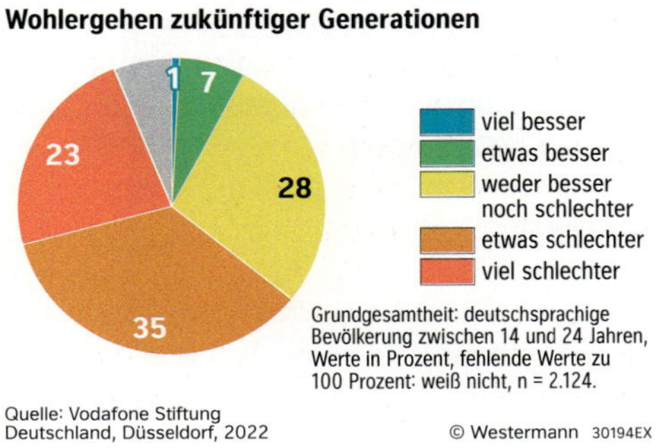

Jugendstudie: 86 Prozent der jungen Menschen in Deutschland machen sich Sorgen um ihre Zukunft, Düsseldorf: Vodafone Stiftung Deutschland gGmbH, 05.04.2022, https://www.vodafone-stiftung.de/jugendstudie-2022/ (Zugriff: 05.12.2022)

M5 „Generation Z" – Gemeinsamkeit Zukunft?

Die neue Generation hat die Zukunft als Thema für sich entdeckt, und zwar nicht nur als persönliche, sondern auch und besonders als gesellschaftliche Zukunft. Heutzutage machen sich Jugendliche nicht mehr die meisten Sorgen um ihre individuelle berufliche Entwicklung, sondern um Umweltverschmutzung und Klimawandel. Diese Entwicklung [...] wird von allen sozialen Schichten getragen, auch wenn ökologische Sorgen in den oberen Schichten weiter verbreitet sind als in den unteren Schichten, wo wirtschaftliche Ängste nach wie vor ebenfalls ein hohes Gewicht haben. [...]
Junge Menschen wenden sich in ihren Ängsten klar und deutlich an – und nicht gegen – die Politik und fordern ihre Vertreter auf zu handeln. Sie glauben nicht, dass umwelt- und klimapolitische Ziele ausschließlich über individuelle Verhaltensänderungen zu erreichen sind, sondern verlangen, dass sich der Umgang der gesamten Gesellschaft mit den Ressourcen radikal ändern müsse.

Gudrun Quenzel/Klaus Hurrelmann et al., Jugend 2019: Eine Generation meldet sich zu Wort, in: 18. Shell-Jugendstudie (siehe M3), S. 313–324, hier S. 313 f.

M6 Wie verändern gegenwärtige Krisen das Stimmungsbild?

GLOSSAR

Inflation

Die aktuellen Kriege und Krisen hinterlassen auch bei jungen Menschen deutliche Spuren. Zu diesem Ergebnis kommen die Jugendforscher Simon Schnetzer und Klaus Hurrelmann, die in Berlin ihre neue Trendstudie „Jugend in Deutschland – Sommer 2022“ vorstellten. Befragt wurden dafür über 1.000 junge Menschen im Alter von 14 bis 29 Jahren. Ganz besonders versetzt Russlands Angriffskrieg gegen die Ukraine die Befragten in Sorge: 68 Prozent beantworteten die entsprechende Frage mit „Ja“. Der Klimawandel, 2021 noch Spitzenreiter, rückt mit 55 Prozent an die zweite Stelle. Auch die Sorgen vor Inflation (46 Prozent), einer sozialen Spaltung der Gesellschaft (40 Prozent) und einer Wirtschaftskrise (39 Prozent) bleiben präsent.

Jugend in der Dauerkrise, in: Tagesschau.de, Hamburg: NDR, 03.05.2022, https://www.tagesschau.de/inland/jugend-in-der-krise-101.html (Zugriff: 05.12.2022)

M7 Beeinflussen Krisen die beruflichen Prioritäten?

Wichtigste Kriterien für berufliche Tätigkeit (in %)

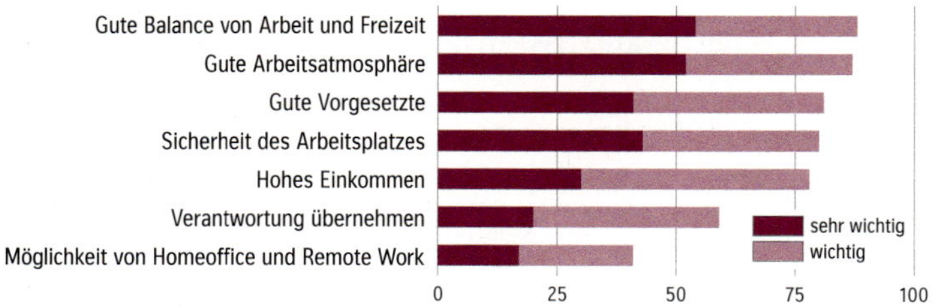

Repräsentative Umfrage unter 1.021 Jugendlichen zwischen 14 und 29 Jahren in Deutschland; Quelle: Trendstudie „Jugend in Deutschland – Sommer 2022“ © Westermann 30195EX

QUERVERWEIS

Neue Generationen – neue Ansprüche an Arbeit?
S. 36–37

Unter der Oberfläche einer grundsätzlichen jugendtypischen Zufriedenheit hat sich ein beträchtliches Ausmaß an Verunsicherung herausgebildet. Das ist das Ergebnis der Trendstudie „Jugend in Deutschland“. […]
Zweimal im Jahr erheben die Jugendforscher Simon Schnetzer und Klaus Hurrelmann dafür in einer repräsentativen Befragung die Befindlichkeiten von jungen Menschen von 14 bis 29 Jahren. Ihr Befund: Das Krisen-Triple von Klima, Krieg, Corona strapaziert die psychische Gesundheit von immer mehr Angehörigen der jungen Generation. […]
Nur für 59 Prozent der jungen Leute ist es wichtig, im Job Verantwortung zu übernehmen. Dieses aus Arbeitgebersicht eher ernüchternde Ergebnis kommentierte Schnetzer so: „Junge Menschen sind genauso leistungsbereit. Allerdings müssen wir sie anders für Leistung motivieren und begeistern. Sie wollen verstehen, welchen Sinn ihre Aufgabe hat. Wir müssen es schaffen, den Funken zu entzünden.“
Allerdings: Bei der Frage, was junge Menschen zu Leistung motiviert, rangiert „Spaß“ inzwischen nicht mehr wie noch in den Jahren zuvor an erster Stelle. Inzwischen steht „Geld“ (57 Prozent) vor „Spaß“ (45 Prozent) an Platz eins – ein deutliches Zeichen dafür, dass die aktuellen Preissteigerungen akute Ängste schüren, den Lebensstandard nicht mehr halten zu können. Aufschlussreich ist auch der Blick ans untere Ende der Motivationsskala: „Großes bewegen“ (sieben Prozent) und „Karriere“ (vier Prozent) werden von den Jungen kaum als motivierend wahrgenommen.

Sabine Menkens, „Möglichst viel Geld für möglichst wenig Verantwortung“ – So tickt die Jugend, in: Die Welt online, 03.05.2022, https://www.welt.de/politik/deutschland/article238527923/Jugend-in-der-Krise-Moeglichst-viel-Geld-fuer-moeglichst-wenig-Arbeit.html (Zugriff: 05.12.2022)

1 Analysieren Sie arbeitsteilig die Studienbefunde aus M3 bis M5. Nutzen Sie dafür auch die Methode: Statistische Informationen analysieren (S. 14–15).

2 **Zusatzaufgabe:** Erörtern Sie anhand von M6 und M7, inwiefern aktuelle Krisen die Zukunftsperspektiven und Verhaltensmuster von Jugendlichen beeinflussen.

3 Führen Sie ein Schreibgespräch über Ihre Zukunftsvorstellungen (Thema: „Zukunft, das heißt für mich …“). Beziehen Sie die empirischen Befunde ein (M3–M7). HILFE

1.2 Zwischen Zwang und Selbstverwirklichung – was verstehen wir unter Arbeit in unserer Gesellschaft?

M1 Arbeit – eigentlich immer nur Anstrengung?

Ar·beit

/Árbeit/

Substantiv, feminin [die]

1a. Tätigkeit mit einzelnen Verrichtungen, Ausführung eines Auftrags o. Ä.
"eine leichte, anstrengende, mühsame, zeitraubende, langweilige, interessante Arbeit"

1b. [ohne Plural]
das Arbeiten, Schaffen, Tätigsein; das Beschäftigtsein mit etwas, mit jemandem
"körperliche, geistige Arbeit"

Ähnlich

1. Beschäftigung Betätigung Hantierung Tätigkeit Tun Verrichtung
2. Anstrengung Beanspruchung Belastung Beschwerde Beschwerlichkeit

Google-Ersttreffer zum Suchbegriff Arbeit (Screenshot)

BEGRIFF

Fachkonzepte
Arbeitsteilung/Spezialisierung
Interdependenzen

M2 Wie können wir Arbeit unterscheiden?

Erwerbsarbeit **leitende Arbeit** Wissensarbeit Einfacharbeit
Industriearbeit Handarbeit Hilfsarbeit Facharbeit Hausarbeit
Dienstleistungsarbeit **Arbeit** ungelernte Arbeit
schöpferische Arbeit Care-Arbeit prekäre Arbeit
geistige Arbeit gelernte Arbeit **ausführende Arbeit**
unbezahlte Arbeit selbstständige Arbeit

M3 Eine klassische Definition von Arbeit – wie weit trägt sie?

Eine engere, ökonomische Definition bindet den Begriff Arbeit ausschließlich an die zur Herstellung von Gütern und Dienstleistungen – über Angebot und Nachfrage auf dem Arbeitsmarkt – vermittelte und entlohnte Erwerbsarbeit. Im politisch-ökonomischen Sinne ist Arbeit der wichtigste Produktionsfaktor, der als Grundlage zur Entwicklung der Faktoren Boden, Kapital und technischer Fortschritt dient. […] Die Unterscheidung nach selbstständiger und unselbstständiger Arbeit zielt auf das Über- und Unterordnungsverhältnis (Weisungsbefugnis) im Arbeitsprozess und auf die Verantwortung für das Ergebnis der Arbeit. Die Arbeitsleistung selbst kann allerdings nicht von der jeweiligen Person des Arbeitsleistenden getrennt werden und ist erheblich von den gegebenen, durch Planung, Organisation und soziale Überlegungen beeinflussbaren Arbeitsbedingungen abhängig.

Klaus Schubert/Martina Klein, Arbeit, in: Dies., Das Politiklexikon, 7., aktual. u. erw. Aufl., Bonn: Dietz, 2020/ Lizenzausgabe, Bonn: Bundeszentrale für politische Bildung, https://www.bpb.de/kurz-knapp/lexika/politiklexikon/17088/arbeit/ (Zugriff: 05.12.2022) (verändert)

GLOSSAR

Dienstleistungen
Produktionsfaktoren

M4 Unbezahlte Arbeit ≠ „echte“ Arbeit?

Zeitverwendung von Paaren mit Kindern und ohne Kinder (in Stunden pro Tag)

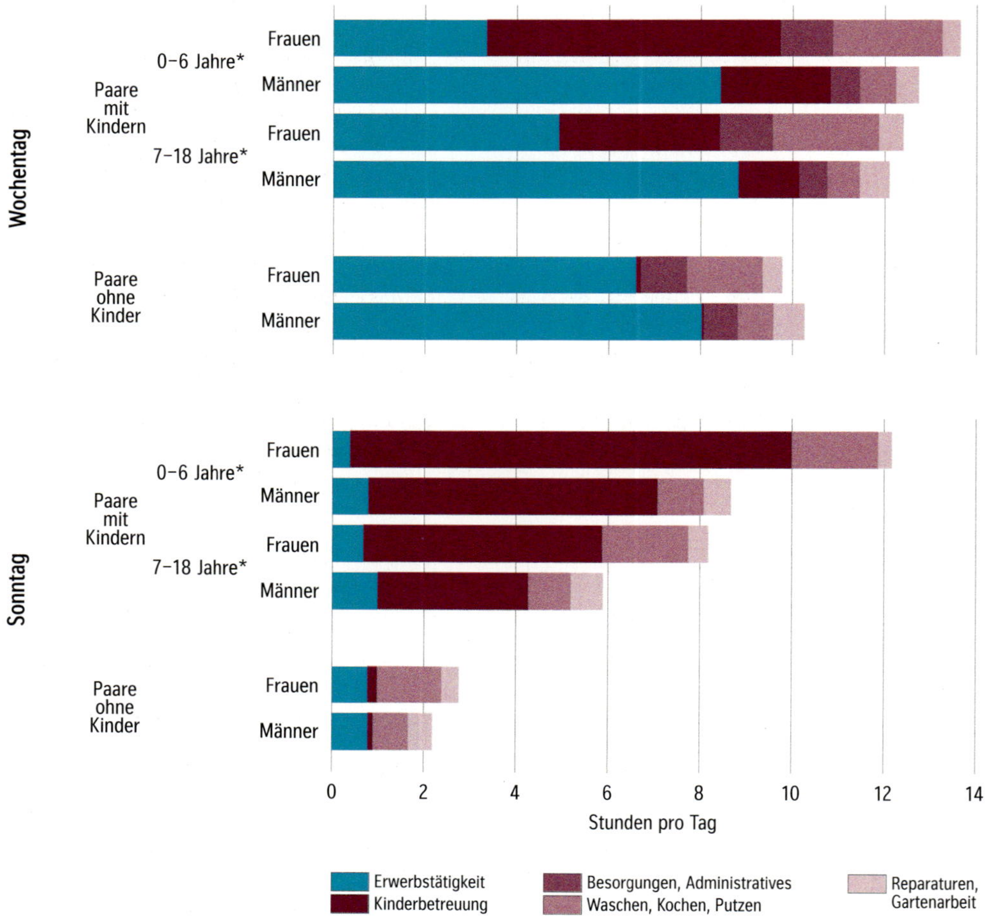

Quelle: Sozio-oekonomisches Panel (SOEP) v32, 2015 * jüngstes Kind © Westermann 30196EX

M5 Kein Weg vorbei an der Bedeutung der Erwerbsarbeit?

INFO

kodifizieren
von lat. „Codex“; Rechtsnormen (z. B. Gesetze) in einer Sammlung erfassen, hier: im Arbeitsrecht

An der Definition von Arbeit als außerhäusliches, bezahltes, rechtlich kodifiziertes […] und sozial abgesichertes Beschäftigungsverhältnis wurde letztlich […] das gesamte wirtschafts- und sozialpolitische Regelwerk der Industriegesellschaft festgemacht. Die gesamte soziale Sicherung basiert bis heute auf der Erwerbsarbeit; sie garantiert durch ihre enge Anbindung an die Sozialpolitik soziale Sicherheit. […] Jedenfalls ist Arbeit ein zentrales Element, um Wohlstand und Wohlfahrt in einer Gesellschaft zu schaffen und zu erhalten […]. Damit ist ihre Entwicklung eingebettet in Vorstellungen der Gestaltung individueller und gesellschaftlicher Zukunftsentwürfe, etwa der einer Postwachstumsgesellschaft.

Hans Diefenbacher et al., Zwischen den Arbeitswelten, Frankfurt a. M.: Fischer, 2017/Lizenzausgabe, Bonn: Bundeszentrale für politische Bildung, 2017, S. 37, 43

M6 Was leistet ein erweiterter Arbeitsbegriff?

Für den Arbeitsbegriff liegen eine Vielzahl von Definitionen vor, die im Kern sagen, dass Arbeit eine zielgerichtete menschliche Tätigkeit ist, die der Aneignung und Veränderung der Umwelt dient, sei es aufgrund von selbst- oder fremdbestimmten Aufgaben, sei es wegen der Realisierung und Entwicklung individueller oder sozialer Bedürfnisse, Ansprüche und Kompetenzen.
Erwerbsarbeit ist die in modernen Gesellschaften weithin dominante Form. Sie dient nicht nur dem Erwerb von Einkommen, sondern sie hat nach allem, was wir aus dem Alltagsleben und der Forschung zur Arbeit und Arbeitslosigkeit wissen, vielfältige psychosoziale Funktionen in Bezug auf Aktivität, Zeitstrukturierung, Kooperation und sozialen Kontakt, Anerkennung und persönliche Identität.
Aber Arbeit ist nicht nur positiv besetzt, ihre andere Seite ist Anstrengung, Mühsal, Stress oder gar Leiden (Arbeits- und Organisationspsychologie). Es sind also mit der Erwerbsarbeit Fragen verbunden wie: Wieviel Arbeit braucht der Mensch? Hat sich das Verständnis von Arbeit im Laufe der Zeit geändert? Haben sich die zentralen Lebensinteressen von der Arbeit zur Freizeit verschoben?
Ohnehin gilt, dass ein großer Teil gesellschaftlicher Arbeit außerhalb des Erwerbslebens stattfindet. Insofern ist der allgemeine Arbeitsbegriff nicht auf die Erwerbsarbeit beschränkt, er umfasst ebenso die Familie, soziale Gruppen, Gemeinde und Freizeit, Lebensbereiche, in denen auch heute noch überwiegend Frauen tätig sind.

Pfadfinder-Zeltlager

Demonstration zum Internationalen Frauentag (8. März)

A.B., Arbeit, in: Spektrum der Wissenschaft (Hrsg.), Lexikon der Psychologie, Heidelberg: Spektrum der Wissenschaft Verlagsgesellschaft mbH, https://www.spektrum.de/lexikon/psychologie/arbeit/1268 (Zugriff: 05.12.2022)

M7 Arbeit im Zusammenhang mit gesellschaftlichem Wandel

Arbeit ist ein Prozess, in dem Menschen soziale Beziehungen eingehen, die im gesamten Lebenszusammenhang von zentraler Bedeutung sind; hierzu gehören die Strukturierung der Zeit, die soziale Anerkennung und das Selbstwertgefühl.
Die Formen der Arbeit bestimmen die Art der sozialen Beziehungen auch über den Arbeitsprozess hinaus und sind Ausdruck des Entwicklungsstandes von Gesellschaften, ihrer sozialen Strukturen, Organisations- und Kooperationsformen und Herrschaftsordnungen; demzufolge stehen sozialer Wandel und die Veränderung von Arbeitsformen und Arbeitsinhalten in enger Beziehung. Arbeit und Gesellschaft sind seit der Industrialisierung einem Wandel ausgesetzt, der vorwiegend durch die Entwicklung der Technik und die zunehmende Digitalisierung der Wirtschaft bestimmt ist, die die Arbeit unmittelbar betrifft und zu Strukturwandlungen in Wirtschaft und Gesellschaft führt.

GLOSSAR
Sozialer Wandel
Wirtschaft

Kai-Ingo Voigt, Arbeit, in: Gabler Wirtschaftslexikon, Wiesbaden: Springer Gabler/Springer Fachmedien Wiesbaden GmbH, https://wirtschaftslexikon.gabler.de/definition/arbeit-31465 (Zugriff: 05.12.2022)

1 Tauschen Sie sich über Ihre Assoziationen zum Wort „Arbeit" aus. Vergleichen Sie diese mit dem Ergebnis der Google-Recherche (M1).

2 Gliedern Sie den Begriff Arbeit ausgehend von M2 und M3 mithilfe einer Mindmap. Präsentieren Sie Ihre Ergebnisse im Kurs. HILFE

3 **Zusatzaufgabe:** Stellen Sie die Befunde aus M4 und M5 gegenüber.

4 Entwickeln Sie unter Bezug auf M4 bis M7 aussagekräftige Thesen zum Charakter der Arbeitswelt von morgen. HILFE

QUERVERWEIS
METHODE Visualisierungstechniken: Mindmap und Concept-Map
S. 54–55

Statistische Informationen analysieren

INTERNET

WES-118484-112
Hier finden Sie nützliche Links zum kritischen Umgang mit statistischen Daten.

Moderne Gesellschaften sind einem steten Wandel unterworfen. Solche Veränderungsprozesse werden aus vielfachem Anlass mit Methoden statistischer Erhebungsverfahren untersucht und dann z. B. in grafischer Form (Schaubilder, Diagramme) aufbereitet. Im Bereich des Faches Politik-Wirtschaft handelt es sich dabei überwiegend um Daten, die mit Verfahren der deskriptiven („beschreibenden“) Statistik gewonnen werden.

Da grafische Darstellungsformen besonders einprägsam sind, eignet sich diese Form in medialer Hinsicht besonders zur Information – aber auch zur Manipulation. Auf diese Weise können Akteure im politischen Prozess (Verbände, Parteien, Medien) versuchen, Entscheidungen zu beeinflussen. Aber auch Unkenntnis oder reine Nachlässigkeit können zu verzerrten Botschaften führen, wenn methodische Grundregeln der Aufbereitung und Darstellung nicht hinreichend beachtet werden. Einige Hinweise hierzu finden Sie unter dem Webcode/QR-Code.

Die Analyse von statistischen Informationen gliedert sich in **Beschreibung, Deutung** und **Kritik**:

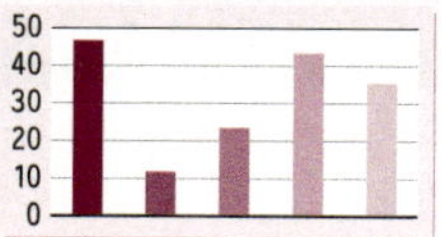

Säulendiagramm

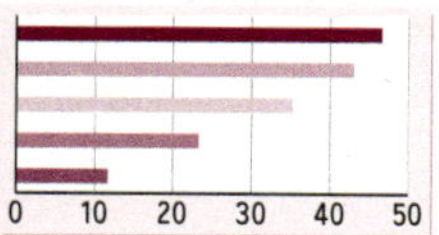

Balkendiagramm

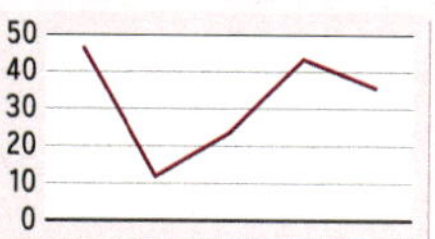

Linien- oder Kurvendiagramm

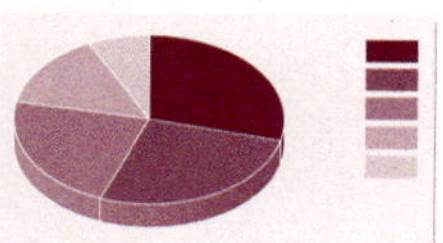
Kreis- oder Tortendiagramm

Flächendiagramm

Schritt 1: Beschreibung

a) Formale Merkmale:

- *Art des Materials:* z. B. Tabelle, Säulen-, Balken-, Linien-, Kreis-, Flächendiagramm …?
- *Informationen zur Veröffentlichung:* Autor/-in bzw. Einrichtung, Jahr und Ort der Veröffentlichung?
- *Thema/Intention laut Überschrift:* Was soll die Darstellung uns zeigen?
- *Datengrundlage:* Liegen Informationen zu den im Material ausgewerteten Daten vor (z. B. Anzahl der Befragten, sog. „Repräsentativität“, ggf. Erhebungszeitraum) etc.?

b) Inhalts- und darstellungsbezogene Aspekte (Auswahl):

- *Auffällige Gestaltungsmerkmale:* z. B. Skalierung, Farbwahl, Symbole …
- *Beschriftung* von Achsen, Säulen, Balken, Tabellenköpfen etc. …
- *Aufbau der Darstellung* in wesentlichen Bestandteilen/Inhalten wiedergeben; dabei z. B. auch erfassen:
  – Welche *Merkmalsausprägungen* werden dargestellt/miteinander in Beziehung gesetzt?
  – Welche *Art der Werte* wird verwendet (z. B. absolute Zahlen und/oder Prozentwerte)?

Schritt 2: Deutung

- Deuten Sie nun Aufbau und Kernaussagen der statistischen Informationen:
  Charakterisieren Sie besonders wichtige Detailbefunde (z. B. Hoch-, Tief-, Wendepunkte, auffällige Steigungen, relative oder absolute Stärke von Merkmalsausprägungen, Bezüge zwischen Verläufen/Informationen, die auf unterschiedlichen Achsen abgebildet sind, Bedeutung von Datenreihen in Tabellen).
- Stellen Sie einen Bezug zur Ausgangsfrage her: Welche Erkenntnisse lassen sich aus dem Material gewinnen?

Schritt 3: Kritik

- Ist die Darstellung methodisch solide oder eher suggestiv (beeinflussend) ausgeführt? Richten Sie Ihr Augenmerk z. B. auf Achsenbeschriftung, Nennung wichtiger Datengrundlagen (z. B. Stichprobenumfang), angemessene Skalierungen (besonders bei %-Darstellungen!), sinnvolle Bezüge zwischen Merkmalsausprägungen etc.
- Ist die Erhebung ggf. erkennbar politisch oder kommerziell motiviert?
- Fassen Sie abschließend den Erkenntniswert der analysierten Informationen zusammen.

Übung

Die folgenden Materialien bereiten Befunde einer wissenschaftlichen Studie auf, welche 2019 die Frage nach Arbeitsplatzverlusten oder -zugewinnen durch die Umstellung der deutschen Wirtschaft auf klimafreundliche Technologien untersuchte. Einen Auszug der von der Studie erhobenen Daten zeigt die Tabelle M1 a). Die Grafik M1 b) bereitet die Daten für ein breiteres interessiertes Publikum auf.

M1 Szenario: Arbeitsplatzeffekte in der deutschen Wirtschaft bis 2030 durch Umstellung auf klimafreundliche Produktionsweisen

a) Tabelle

Berufsgruppe/Branche	Beschäftigte 2019 (absolute Werte)	Prognostizierte Arbeitsplatzverluste/-gewinne bis 2030	Job-Verluste/Gewinne in % der Branchenbeschäftigten
Landwirtschaft, Bergbau	769.820	15.042	2,0 %
Kohle	11.000	–4.725	–43,0 %
Erdöl und Erdgas	122	–17	–14,0 %
Verarbeitendes Gewerbe (sonstige)	4.818.570	31.343	0,7 %
Kokerei u. Mineralölprodukte	17.768	–1.169	–6,6 %
Elektrische Ausrüstungen	592.178	27.635	4,7 %
Kraftwagen u. sonst. Fahrzeuge	663.941	–8.877	–1,3 %
Elektrizität	120.878	7.610	6,3 %
Gasversorgung	25.789	–3.142	–12,0 %
Baugewerbe	1.904.232	56.562	3,0 %
Verkehrsdienstleistungen	704.789	20.813	3,0 %
Grundstücks- und Wohnungswesen	436.382	1.045	0,2 %
Handel u. sonst. Dienstleistungen	26.547.688	165.120	0,6 %

Daten: Zielpfad B (Schwerpunkt erneuerbare Energie bzw. andere alternative Strategien), in: Öko-Institut e. V./Fraunhofer ISI/Prognos/M-Five/IREES/FIBL, Folgenabschätzung zu den ökologischen, sozialen und wirtschaftlichen Folgewirkungen der Sektorziele für 2030 des Klimaschutzplans 2050 der Bundesregierung. Endbericht, Berlin: Öko-Institut e. V., 03.01.2019, S. 96, https://www.oeko.de/fileadmin/oekodoc/Folgenabschaetzung-Klimaschutzplan-2050-Endbericht.pdf (Zugriff: 05.12.2022)

b) Grafik

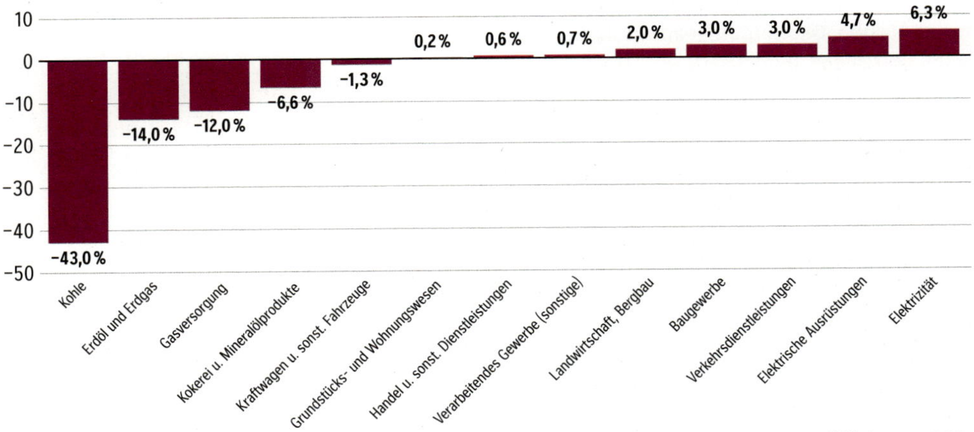

Eigene Grafik; Daten: siehe Tabelle M1 a)

1 Analysieren Sie M1 a) und M1 b) mithilfe dieser Methodenseite.

2 Beurteilen Sie aufbauend auf Ihren Ergebnissen zu Aufgabe 1 das Säulendiagramm M1 b).

3 Setzen Sie sich mit möglichen Wirkungen statistischer Informationen auf Öffentlichkeit und politische Entscheidungsprozesse auseinander.

2. Entwicklung der Beschäftigungsstruktur

2.1 Fortschritt in Produktion und Arbeit durch Technik?

BEGRIFF

Fachkonzepte
Effizienz
Arbeitsteilung/
Spezialisierung

M1 Arbeit in Landwirtschaft und Industrie früher und heute

1

2

3

4

F

Erklärfilme zum Fourastié-Modell und den Ursachen der Tertiärisierung

Jean Fourastié (1907–1990), französischer Ökonom

INFO

Arbeitsproduktivität bezeichnet das Verhältnis zwischen dem Produktionsergebnis und der eingesetzten Arbeitsleistung.

M2 Grundannahmen der Drei-Sektoren-Hypothese

Die Drei-Sektoren-Hypothese ist ein Modell zur Erklärung des wirtschaftlichen Strukturwandels. Es wurde unter anderem durch den französischen Ökonomen Jean Fourastié geprägt. Basis des Modells ist die Unterscheidung von drei Wirtschaftssektoren:

- Primärer Sektor: (sog. Urproduktion) Land- und Forstwirtschaft, Fischerei,
- Sekundärer Sektor: Produzierendes und Verarbeitendes Gewerbe (z. B. Industrie, Baugewerbe, Handwerk),
- Tertiärer Sektor: Dienstleistungen (z. B. Verkehr, Handel, Banken, Kommunikation).

Das Modell zeichnet nun die Entwicklung der Beschäftigtenzahlen in diesen drei Sektoren im Laufe der Zeit nach: Vor Beginn der Industrialisierung arbeiten die meisten Menschen im Ackerbau oder in der Viehzucht (primärer Sektor). Im Zuge der technischen Entwicklung wandern immer mehr Menschen aus der Landwirtschaft in die Industrie (sekundärer Sektor) ab. Mit dem Fortschreiten der Entwicklung geht sodann auch der Anteil der im sekundären Sektor Beschäftigten zurück, während der Anteil der im Bereich Dienstleistungen (tertiärer Sektor) Beschäftigten anwächst. Anhand der Grafik auf S. 17 lässt sich die Entwicklung von einer Agrargesellschaft über eine Industriegesellschaft bis hin zu einer Dienstleistungsgesellschaft für Deutschland nachvollziehen.

Fourastié beurteilt diese Entwicklung äußerst positiv, da der strukturelle Wandel zu immer besseren Arbeitsbedingungen bei sinkender Arbeitslosigkeit, einem steigenden Bildungs- und Kulturniveau und wachsendem gesellschaftlichen Wohlstand führe.

Antrieb des Wandels ist nach Fourastié der technische Fortschritt, der sowohl eine veränderte Nachfrage als auch eine höhere Arbeitsproduktivität bewirke. Dabei macht er für die drei Sektoren unterschiedliche Fortschritts- und damit Produktivitätskapazitäten aus: Zunächst sind die meisten Menschen in der Landwirtschaft tätig, um die Versorgung mit

Nahrungsmitteln zu sichern. In diesem primären Sektor ist nach Fourastié ein mittleres Maß an technischem Fortschritt möglich, dementsprechend steigt die Arbeitsproduktivität moderat an. Dies geschieht etwa durch den Einsatz von moderner Agrartechnik und Düngemitteln. Das Bedürfnis der Menschen nach Nahrung kann so durch immer weniger Beschäftigte gestillt werden.

In der Folge verstärkt sich die Nachfrage nach anderen Gütern, der Bedarf an Arbeitskräften in der Industrie wächst. Menschen ziehen vom Land in die Städte, um in diesem neuen sekundären Sektor tätig zu werden. Hier ist der technische Fortschritt sehr groß, durch die Mechanisierung und Automatisierung mittels Maschinen erhöht sich die Arbeitsproduktivität besonders stark. Von einer sinkenden Anzahl Beschäftigter können immer mehr industrielle Güter hergestellt werden.

Für Fourastié, der sein Modell in den 1950er-Jahren veröffentlichte, zeichnet sich ab, dass sich die Nachfrage wiederum verschieben werde, nun auf immaterielle „Güter“, die Dienstleistungen. Die im industriellen Sektor frei werdenden Arbeitskräfte würden folglich zunehmend vom sich ausweitenden Dienstleistungssektor aufgenommen. Für diesen tertiären Sektor sieht Fourastié wiederum nur ein geringes Potenzial für technischen Fortschritt, weshalb auch die Arbeitsproduktivität kaum ansteigen könne. Daher sinke auch die Gefahr, dass Arbeitskräfte durch Produktivitätssteigerungen überflüssig werden. Vielmehr sorge die im Prinzip unbegrenzte Nachfrage nach Dienstleistungen dafür, dass dieser Sektor stetig weiter wachsen werde.

GLOSSAR

Erwerbstätige
Industrialisierung
Volkswirtschaft

INTERNET

WES-118484-121
Film: Einfach erklärt: Strukturwandel (siehe auch Glossar)

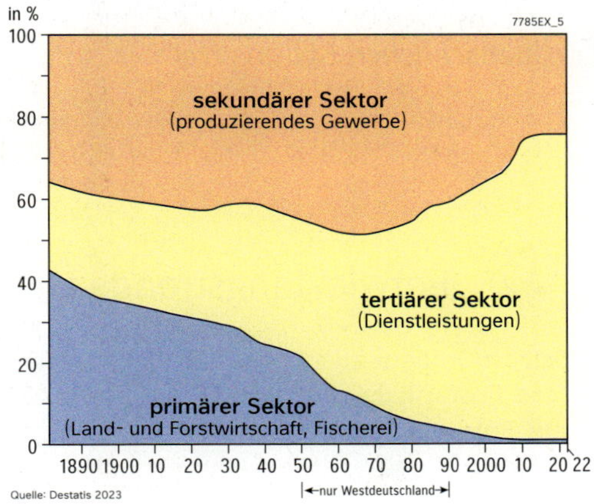

Anteil der Beschäftigten nach Wirtschaftssektoren in Deutschland

	Erste Phase: Traditionelles Wirtschaftssystem	**Zweite Phase: Übergangsperiode**	**Dritte Phase: Tertiäres Wirtschaftssystem**
Beschäftigtenzahlen	Primärer Sektor: 70 % Sekundärer Sektor: 20 % Tertiärer Sektor: 10 %	Primärer Sektor: 20 % Sekundärer Sektor: 50 % Tertiärer Sektor: 30 %	Primärer Sektor: 10 % Sekundärer Sektor: 20 % Tertiärer Sektor: 70 %
Merkmale	• Landwirtschaft wird zum größeren Teil in Subsistenz betrieben. • kaum Einsatz von Maschinen	• im primären Sektor zunehmend mehr Maschinen • Nachfrage für Maschinen, die vom sekundären Sektor produziert werden, steigt. • Prozess der Industrialisierung • fortschreitende Mechanisierung und Automatisierung	• Primärer und sekundärer Sektor sind mehr und mehr der Automatisierung unterworfen. • Der Bedarf an Arbeitskräften sinkt. Dafür steigt der Bedarf an Arbeitskräften im tertiären Sektor.

Autorentext

INFO

Subsistenz
Selbstversorgung

1 Beschreiben Sie die wichtigsten Unterschiede zwischen der Arbeit früher und der Arbeit heute in der Landwirtschaft und in der Industrie (M1).

2 Analysieren Sie den Wandel der Beschäftigungsstruktur mithilfe der Drei-Sektoren-Hypothese (M2).

3 Erläutern Sie die grundsätzlichen Entwicklungen, die in der Hypothese dargelegt werden (M2).

4 Setzen Sie sich mit Fourastiés Fortschrittsbegriff auseinander (M2).

2.2 Beschäftigungsstruktur im Wandel – Fortschrittsversprechen eingelöst?

BEGRIFF

Fachkonzepte
Sozialer Wandel
Arbeitsteilung/Spezialisierung

GLOSSAR

Strukturwandel

M 1 Versprechen des wirtschaftlichen Strukturwandels

„Die moderne Maschine macht den Menschen von knechtischer Arbeit und für komplizierte Betätigungen der geistigen, künstlerischen und menschlichen Bildung frei.“

Jean Fourastié, Die große Hoffnung des zwanzigsten Jahrhunderts, Übersetzer: Burkart Lutz, 2. Aufl., Köln: Bund-Verlag, 1969, S. 271

M 2 Entwicklungstrends auf dem Arbeitsmarkt

Seit der Gründung der Bundesrepublik Deutschland [1949] haben verschiedene Megatrends die Entwicklungen auf dem deutschen Arbeitsmarkt maßgeblich beeinflusst. Insbesondere die voranschreitende Globalisierung hat zur weiteren Öffnung der deutschen Volkswirtschaft geführt und den sektoralen Strukturwandel, das heißt den Wandel von der Industrie- zur Dienstleistungsgesellschaft beschleunigt. Gleichzeitig hat das durchschnittliche Wirtschaftswachstum seit den 1950er-Jahren bedeutend nachgelassen. Auf dem Arbeitsmarkt wurden zudem schon Jahrzehnte vor der Einführung der Hartz-Reformen Flexibilisierungsmaßnahmen durchgesetzt, um einem Anstieg der Arbeitslosigkeit entgegenzuwirken. Insgesamt unterlag der Arbeitsmarkt in den vergangenen 60 Jahren einem starken Wandel. [...]

Entwicklung der Bildungsniveaus

In den vergangenen Jahrzehnten kam es in Deutschland zu einer Bildungsexpansion, das heißt zu einem starken Anstieg des Anteils der Personen mit Hochschulabschluss und zu einer Abnahme des Anteils der Personen ohne Schul- oder Berufsabschluss. In Westdeutschland haben die Frauen die Männer eingeholt, sodass die Bildung beider Gruppen heute ein ähnliches Niveau aufweist. In Ostdeutschland lagen hingegen bereits vor der Wiedervereinigung die Bildungsniveaus der beiden Geschlechter nah beieinander. Seither ist das durchschnittliche Bildungsniveau der ostdeutschen Frauen weiter angestiegen, während es bei den ostdeutschen Männern stagnierte.

Entwicklung der Arbeitsmarktbeteiligung

Nach Geschlecht und Region. Die Arbeitsmarktbeteiligung sowohl der west- als auch der ostdeutschen Männer hat sich im Lauf der Zeit kaum verändert. Hingegen hat die Arbeitsmarktbeteiligung der westdeutschen Frauen stark zugenommen. In der Folge sind die Beschäftigtenzahlen in Westdeutschland angestiegen. Es zeigt sich jedoch auch, dass erwerbstätige Frauen früher eher in Vollzeit beschäftigt waren, während sie heute immer häufiger in Teilzeit arbeiten. Im Osten kam es seit der Wiedervereinigung gar zu Beschäftigungsverlusten. Zudem ist festzustellen, dass das Arbeitsvolumen im Zuge des technologischen Wandels in Jobs mit komplexeren Tätigkeiten zugenommen, in solchen mit einfachen Tätigkeiten hingegen abgenommen hat.

Nach Qualifikationsgruppen. Personen mit geringem Bildungsniveau [...] sind in West- wie in Ostdeutschland stärker von Arbeitslosigkeit betroffen als alle anderen Gruppen. Im Einzelnen betrachtet ist die Arbeitslosigkeit Geringqualifizierter in Ostdeutschland bedeutend höher als in Westdeutschland. Von der Arbeitsmarktentwicklung besonders profitiert haben hochqualifizierte westdeutsche Frauen; diese

INFO

Hartz-Reformen
Die zwischen 2003 und 2005 umgesetzten sogenannten Hartz-Reformen der rot-grünen Bundesregierung unter Kanzler Gerhard Schröder regelten eine flexiblere Gestaltung von Arbeitsverhältnissen (z. B. Leiharbeit, Minijobs, „Ich-AGs“), die Reformierung der staatlichen Arbeitsvermittlung und die Verschärfung der Bedingungen für das Beziehen von Arbeitslosengeld für Langzeitarbeitslose (ALG II/„Hartz IV“, seit 01.01.2023 ersetzt durch das Bürgergeld). Zielsetzung war, Arbeitslose schneller wieder in Beschäftigung zu bringen.

Arbeitsvolumen
Summe der in einer Volkswirtschaft in einem Bereich erbrachten Arbeitsstunden

üben heute deutlich häufiger als früher Tätigkeiten aus, die ihrem formalen Bildungsniveau entsprechen. Allerdings entspricht die Verteilung der Tätigkeiten insgesamt bei Frauen immer noch nicht derjenigen bei Männern: In Ostebenso wie in Westdeutschland arbeiten Frauen mit Hochschulabschluss besonders häufig in Berufen, für die sie formal überqualifiziert sind.

Einkommensentwicklung

Von Frauen. Frauen haben sowohl in West- als auch in Ostdeutschland niedrigere Einkommen als Männer zur Verfügung. Das gilt für alle Bildungsniveaus. Allerdings konnten westdeutsche Frauen in der Vergangenheit in allen Bildungsgruppen Einkommensgewinne verzeichnen, was auf ihre stärkere Arbeitsmarktpartizipation zurückzuführen ist. Auch ostdeutsche Frauen mit Hochschul- oder Berufsabschluss konnten Einkommensgewinne verzeichnen, wohingegen die verfügbaren Einkommen geringqualifizierter ostdeutscher Frauen stagnieren.

Von Männern. Im Kreis der Männer sind die realen Einkommen in Westdeutschland nur in der Gruppe der Hochschulabsolventen und in Ostdeutschland in der Gruppe derjenigen mit Hochschul- oder berufsbildendem Abschluss gestiegen. Geringqualifizierte Männer hingegen haben in ganz Deutschland Einkommensverluste erlitten. Insgesamt haben bundesweit Personen mit tertiären Bildungsabschlüssen von den Arbeitsmarktentwicklungen profitiert, während geringqualifizierte Männer verloren haben

Timm Bönke/Astrid Harnack/Miriam Wetter, Wer gewinnt? Wer verliert? Die Entwicklung auf dem deutschen Arbeitsmarkt seit den frühen Jahren der Bundesrepublik bis heute, Gütersloh: Bertelsmann Stiftung, 2019, S. 8 f.

INFO

Tertiäre Bildungsabschlüsse
werden nach dem Abschluss der Sekundarstufen I oder II in weiteren Bildungsgängen erworben. Hierzu zählen in Deutschland Abschlüsse an (Fach-) Hochschulen, Verwaltungsfachhochschulen, Berufs- und Fachakademien, Fachschulen und Schulen des Gesundheitswesens.

M3 Quoten der Erwerbsarbeit nach Geschlecht

Erwerbstätigenquoten und Erwerbsquoten der 15- bis unter 65-jährigen Frauen und Männer in Deutschland (1991–2020), in Prozent

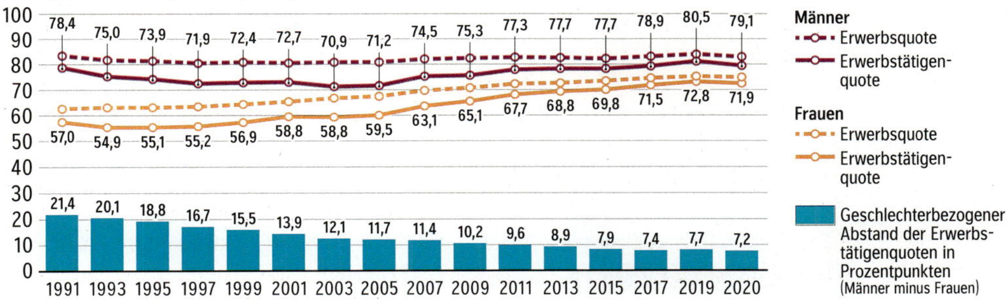

Datenbasis: Mikrozensus   Quelle: Statistisches Bundesamt (Destatis), Wiesbaden, 2022   © Westermann 30177EX

INFO

Erwerbsquote
ist der Anteil der Erwerbspersonen an der Bevölkerung bzw. an der Bevölkerung im Alter von 15 und mehr Jahren. Die Erwerbspersonen setzen sich aus den Erwerbstätigen und den Erwerbslosen zusammen.

Erwerbstätigenquote
ist der Anteil der Erwerbstätigen an der Bevölkerung bzw. an der Bevölkerung im erwerbsfähigen Alter (Bevölkerung im Alter von 15 und mehr Jahren). Erwerbslose, d. h. Personen, die arbeitslos sind, aber sofort dem Arbeitsmarkt zur Verfügung stehen können, sind hier nicht mitgezählt.

M4 Arbeitslosenquoten nach Geschlecht

Arbeitslosenquote* der Frauen und Männer in Deutschland (1991–2021), in Prozent

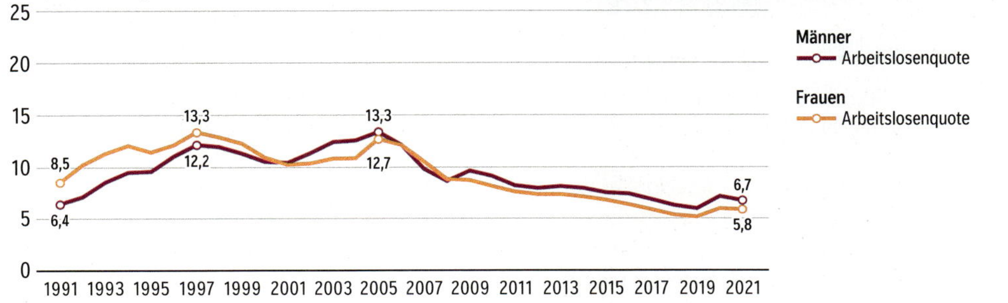

* Arbeitslosenquote bezogen auf abhängige zivile Erwerbspersonen
Quelle: Statistik Bundesagentur für Arbeit, Arbeitslosigkeit im Zeitverlauf, Datenstand: Juni 2022 (DZ/AM)   © Westermann 30178EX

M5 Erwerbsbeteiligung nach Alter und Geschlecht

Bevölkerung nach Alter und Beteiligung am Erwerbsleben, in Prozent

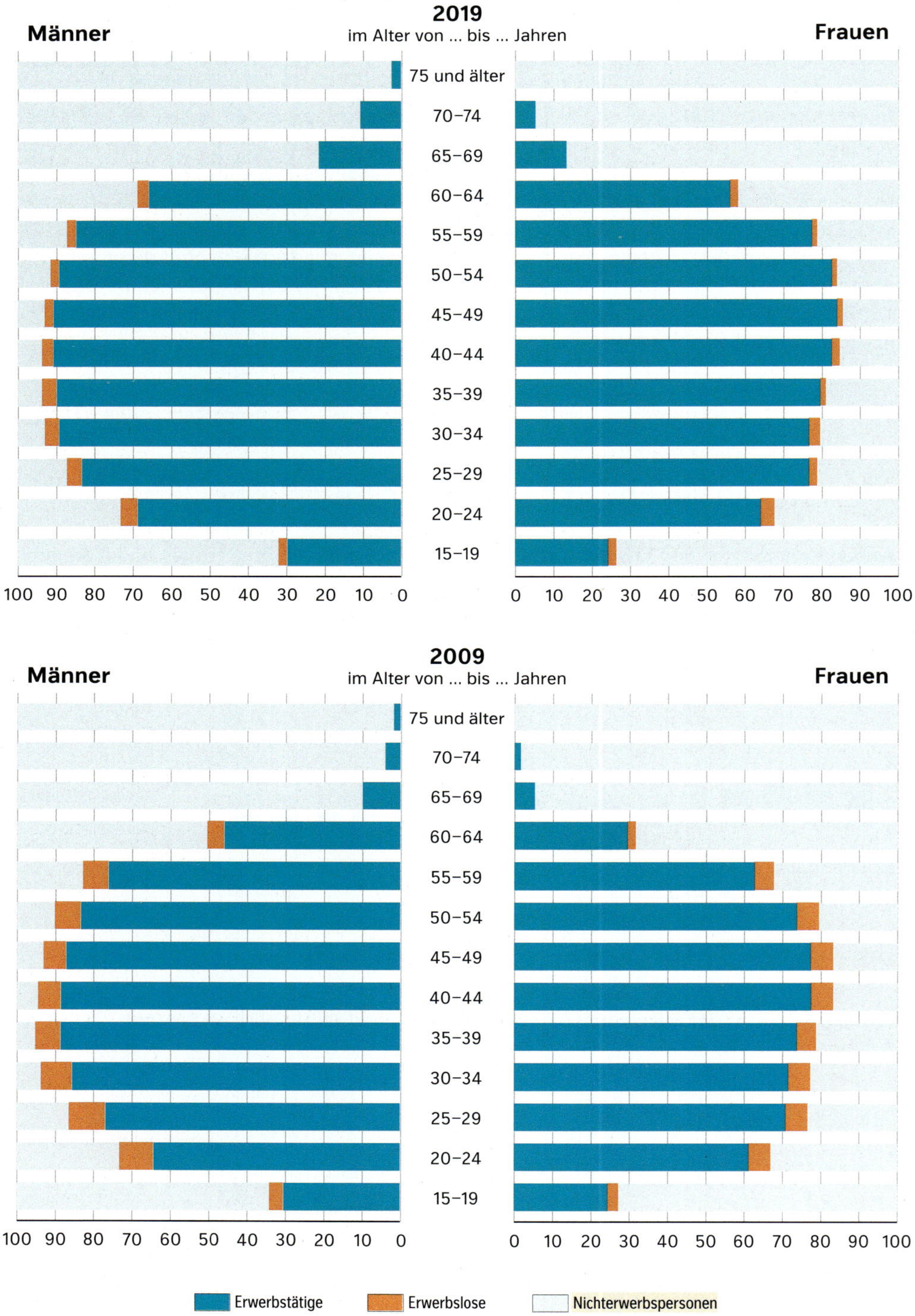

Quelle: Statistisches Bundesamt (Destatis), Wiesbaden, 2021

INFO

Nichterwerbspersonen sind Personen, die weder erwerbstätig noch erwerbslos sind. Rentner/Pensionäre sowie Personen, die sich in Bildung befinden, werden auch den Nichterwerbspersonen zugeordnet.

M6 Verdienst nach Qualifikation und Geschlecht

Bruttomonatsverdienste vollzeitbeschäftigter Arbeitnehmerinnen und Arbeitnehmer im Produzierenden Gewerbe und im Dienstleistungsbereich 2019

	Anteile der Arbeitnehmer/-innen in Leistungsgruppen, in Prozent			Durchschnittlicher Bruttomonatsverdienst (ohne Sonderzahlungen), in Euro		
	insgesamt	Frauen	Männer	insgesamt	Frauen	Männer
Deutschland insgesamt	**100**	**100**	**100**	**3.994**	**3.559**	**4.181**
Arbeitnehmer/-innen in leitender Stellung	12,1	9,9	13,0	7.269	6.157	7.634
herausgehobene Fachkräfte	23,5	24,6	23,0	4.762	4.290	4.979
Fachkräfte	45,4	48,1	44,2	3.327	3.095	3.436
angelernte Arbeitnehmer/-innen	13,7	11,5	14,6	2.682	2.414	2.773
ungelernte Arbeitnehmer/-innen	5,5	5,9	5,3	2.285	2.170	2.340

Quelle: Statistisches Bundesamt (Destatis), Wiesbaden, 2021

INFO

Bruttomonatsverdienst
ist der monatliche Arbeitslohn von Arbeitnehmerinnen und Arbeitnehmern, bevor die Steuern und Beiträge zur Renten-, Kranken- und Arbeitslosenversicherung abgezogen wurden. Er liegt deutlich höher, als der nach den Abzügen tatsächlich zur Verfügung stehende Verdienst (Nettoverdienst).

M7 Aspekte prekärer Beschäftigung

Risikofaktoren prekärer Beschäftigung von Männern und Frauen in den neuen und alten Bundesländern 2009–2016, in Prozent der Erwerbsepisoden

	Alte Bundesländer		Neue Bundesländer	
	Frauen	Männer	Frauen	Männer
Anteil prekärer Erwerbsepisoden insgesamt	54	46	47	57
davon mit folgenden Risikofaktoren:				
Einkommen unterhalb des Existenzminimums	31	10	25	24
Niedriglohn	44	20	42	27
keine sozialversicherungspflichtige Beschäftigung	27	25	23	34
hohes Erwerbslosigkeitsrisiko	20	30	24	34
physisch belastender Beruf	10	40	14	35
„einfache“ Arbeit	40	36	29	37
ohne Kündigungsschutz	26	24	36	32

Berücksichtigt wurden alle Personen, die im Zeitraum 2009 bis 2016 kontinuierlich an der Befragung des Sozio-oekonomischen Panels teilnahmen. In der Tabelle sind alle Personen eingegangen, die im Beobachtungszeitraum mindestens einmal prekär beschäftigt waren. Datenbasis: SOEP 2009–2016 (balanced panel)

Quelle: Statistisches Bundesamt (Destatis), Wiesbaden, 2021

INFO

Prekäre Beschäftigung
Als prekär beschäftigt gelten Personen, bei denen sich arbeitsmarktbezogene Risiken häufen. Insgesamt werden die sieben Risikofaktoren für die Identifikation von prekärer Beschäftigung berücksichtigt, die sich in der Tabelle finden. Treffen mindestens zwei davon zu, gilt eine Person als prekär beschäftigt.

1 Erläutern Sie die „Versprechen des wirtschaftlichen Strukturwandels“ (M1) vor dem Hintergrund der Drei-Sektoren-Hypothese (siehe S. 16–17).

2 Beschreiben Sie die Entwicklungstrends auf dem Arbeitsmarkt (M2) in Form plakativer Schlagzeilen.

3 Charakterisieren Sie arbeitsteilig anhand von einer Auswahl aus M3 bis M7 Entwicklungstrends und die aktuelle Situation im deutschen Beschäftigungssystem für unterschiedliche gesellschaftliche Gruppen. HILFE

4 Erörtern Sie auf Basis Ihrer Ergebnisse Chancen und Risiken, die die Beschäftigungsstruktur Ihrer Generation bietet.

2.3 Das Normalarbeitsverhältnis – ein Auslaufmodell?

BEGRIFF

Fachkonzepte
Sozialer Wandel
Arbeitsteilung/Spezialisierung

M1 Büro – Büro

M2 Was ist ein „Normalarbeitsverhältnis"?

INTERNET

WES-118484-122
Film: Einfach erklärt: Arbeitsverhältnisse

GLOSSAR

Arbeitsmarktpolitik

QUERVERWEIS

Leiharbeit
siehe Info auf S. 24

Das Normalarbeitsverhältnis ist das vorherrschende Leitbild in der deutschen Arbeitsmarktpolitik. [...] Der Begriff des Normalarbeitsverhältnisses [...] beschreibt zunächst eine unbefristete, sozial abgesicherte und tariflich entlohnte Vollzeit- bzw. vollzeitnahe Tätigkeit. [...]

Insgesamt kennzeichnen folgende Merkmale ein Normalarbeitsverhältnis:

- eine regelmäßige und subsistenzsichernde Vergütung,
- ein unbefristetes Beschäftigungsverhältnis,
- eine Vollzeit- oder vollzeitnahe Beschäftigung,
- ein unselbstständiges sozialversicherungspflichtiges Beschäftigungsverhältnis,
- keine Leiharbeit,
- die Möglichkeit zur kollektiven Interessenvertretung sowie
- eine räumliche Trennung von Arbeitsplatz und Wohnung des Arbeitnehmers. [...]

Der Begriff des Normalarbeitsverhältnisses wurde in den 1980er-Jahren auch genutzt, um die zunehmende Verbreitung atypischer Erwerbsformen und Veränderungen auf dem Arbeitsmarkt zu beschreiben. Zu den atypischen Beschäftigungsformen werden – in Abgrenzung vom Normalarbeitsverhältnis – Teilzeitbeschäftigungen mit 20 oder weniger Arbeitsstunden pro Woche, geringfügige Beschäftigungen, befristete Beschäftigungen sowie Zeitarbeitsverhältnisse gezählt.

Atypische Erwerbsformen weichen zwar von vielen Standards des Normalarbeitsverhältnisses ab, müssen jedoch nicht mit einer problematischen Lage auf dem Arbeitsmarkt einhergehen oder mit individuellen Risiken verbunden sein. Trotz des zunächst negativ klingenden Worts „atypisch" können sie bewusst gewählt werden, um beispielweise Familie und Beruf besser miteinander zu vereinbaren, und sind damit aus Sicht der Beschäftigten positiv. [...]

Das Normalarbeitsverhältnis beschrieb bereits in seiner „Blütezeit" nie eine empirische Realität für alle Beschäftigtengruppen, sondern orientierte sich am Ideal des männlichen Ernährermodells, also an einem Familienbild, in dem der Mann als Allein- bzw. zumindest Hauptversorger seiner Familie auftritt. Dadurch festigten sich traditionelle Geschlechterbeziehungen. Vor allem Frauen, aber auch Migranten, profitierten als Beschäftigte während des wirtschaftlichen Aufschwungs der 1950er- und 1960er-Jahre kaum von den sozialen Errungenschaften, die sich mit dem Normalarbeitsverhältnis verbanden.

Frank Oschmiansky, Das Normalarbeitsverhältnis, Bonn: Bundeszentrale für politische Bildung, 14.10.2020, https://www.bpb.de/themen/arbeit/arbeitsmarktpolitik/317174/das-normalarbeitsverhaeltnis/ (Zugriff: 01.12.2022)

M3 Erwerbstätige nach Erwerbsformen

Kernerwerbstätige in einzelnen Erwerbsformen, in Millionen
Nur Erwerbstätige im Alter von 15 bis 64 Jahren, nicht in Bildung, Ausbildung oder einem Wehr-/Zivil- sowie Freiwilligendienst

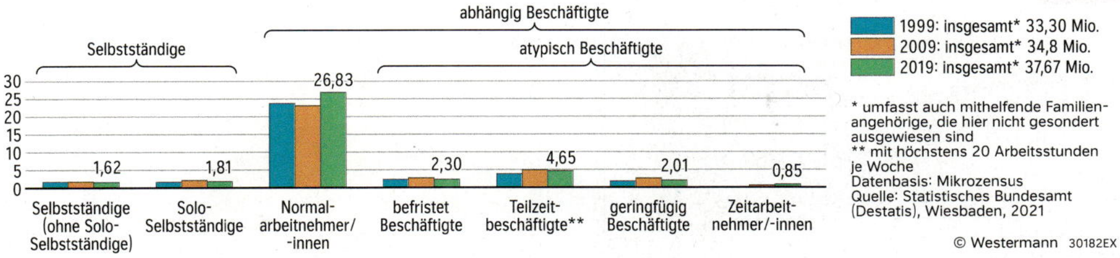

M4 Ein neues Normalarbeitsverhältnis (NAV)?

Längst nicht alle Beschäftigten wollen immer Vollzeit arbeiten und sehen sich in ihrer Lebensplanung durch die starren Regeln des alten NAV behindert. [...] Notwendig ist also ein neues Leitbild, das veränderte Lebensentwürfe berücksichtigt und sie aktiv unterstützt, ohne jedoch den sozialen Schutz, den das alte NAV geboten hat, aufzugeben. [...]

Teilzeitarbeit ist ein wichtiges Instrument der Vereinbarkeit von Beruf und Familie. Im deutschen Arbeitsmarkt ist Teilzeitarbeit aber mit langfristigen Nachteilen verbunden, wie dauerhaft niedriger Bezahlung, geringen Chancen auf Vollzeit und Karriere und niedrigen Renten. In der Forschung bezeichnet man dies als „Narbeneffekte", die in Deutschland besonders ausgeprägt sind. [...] Befragungen zu den Arbeitszeitwünschen zeigen, dass Frauen in Teilzeitarbeit und vor allem in Minijobs gerne länger arbeiten würden. Gleichzeitig steigt auch die Unzufriedenheit mit der bisherigen Vollzeitarbeit. Männer, die [...] zunehmend Familienverpflichtungen übernehmen, wollen weniger Überstunden leisten und Frauen in Vollzeit einige Stunden kürzer arbeiten. [...] Notwendig ist daher ein neues, flexibles Normalarbeitsverhältnis mit der traditionellen Schutzfunktion, die ein unbefristeter Arbeitsvertrag bietet, aber erweitert um Optionen für eine selbstbestimmte Arbeitszeitgestaltung im Erwerbsverlauf. Aufgabe der Politik und der Tarifpartner ist es, die Barrieren für flexible Arbeitszeiten abzubauen, zugleich aber Einkommensverluste durch die Wahrnehmung gesellschaftlich wichtiger Aufgaben, wie Kindererziehung, Pflege, Weiterbildung, auszugleichen. [...]

Als Gegenleistung für eine feste Beschäftigung müssen Erwerbstätige bereit sein, unterschiedliche Tätigkeiten im Unternehmen auszuüben und die Arbeitszeit betrieblichen Bedürfnissen anzupassen. Eine der großen Zukunftsaufgaben ist die Entwicklung sozial verträglicher Arbeitszeitmodelle, die einen Ausgleich zwischen den Bedürfnissen der Beschäftigten und betrieblichen Anforderungen ermöglichen.

Gerhard Bosch, Das neue flexible Normalarbeitsverhältnis, in: Bundesministerium für Arbeit und Soziales (Hrsg.), Arbeiten 4.0, Werkheft 02, Berlin, August 2016, S. 48–53, hier: S. 49, 51 ff., https://www.denkfabrik-bmas.de/fileadmin/Downloads/Publikationen/BMAS_Werkheft-2.pdf (Zugriff: 01.12.2022)

1 Beschreiben Sie die Arbeitsverhältnisse, die auf den Fotos abgebildet sind (M1).

2 Erklären Sie die Begriffe Normalarbeitsverhältnis und atypische Erwerbsformen (M2).

3 Analysieren Sie die Statistik (M3) im Hinblick auf die Bedeutung von Normalarbeitsverhältnissen für die Beschäftigungsstruktur in Deutschland.

4 Charakterisieren Sie auf Basis von M4 ein mögliches „neues, flexibles Normalarbeitsverhältnis" (M4, Z. 26 f.).

5 Erörtern Sie mit Bezug auf Ihre eigenen Lebensvorstellungen Chancen und Risiken eines „neuen Normalarbeitsverhältnisses". HILFE

2.4 Flexibilisierung – passende Arbeit für alle?

BEGRIFF

Fachkonzepte
Interdependenzen
Arbeitsteilung/Spezialisierung
Markt
Wirtschaftsordnung

M1 Mehr Flexibilität!?

Zeichnung: Mario Lars, 2017

M2 Zeit- und ortsflexibles Arbeiten

Arrangements von Zeit und Ort sind nicht nur für die Zusammenarbeit im Betrieb von großer Bedeutung, sondern wirken sich auch vielfältig auf den Alltag und das gesellschaftliche Leben aus. Sie bestimmen mit, welche Zeiträume und welche Orte für Familie, Freizeit, Erholung, Weiterbildung oder ehrenamtliche Tätigkeiten zur Verfügung stehen. […]

Veränderte Kundenbedürfnisse und Wertschöpfungsprozesse waren in der jüngeren Vergangenheit ein wichtiger Grund für eine gestiegene Flexibilität. Die verstärkte Nutzung externer (z. B. Leiharbeit, Werkverträge, Outsourcing) und interner Flexibilisierungspotenziale (z. B. Arbeitszeitregelungen) erhöht die Anforderungen an die zeitliche Flexibilität und räumliche Mobilität der Beschäftigten und Auftragnehmer. Jede/jeder vierte Erwerbstätige arbeitet inzwischen abends, jede/jeder zehnte nachts. Ähnliche Zahlen finden sich für Samstags- (26 Prozent) und Sonntagsarbeit (14 Prozent). Im Vergleich zum Jahr 1992 ist der Anteil von Erwerbstätigen, die abends, nachts und am Wochenende arbeiten, insgesamt deutlich gestiegen.

Auch ortsflexibles Arbeiten an wechselnden Einsatzorten ist für viele Beschäftigte normal, beispielsweise bei Wartungs-, Service- und Installationsarbeiten oder bei Tätigkeiten im Vertrieb. Etwa jede/jeder fünfte Erwerbstätige in Deutschland ist aus beruflichen Gründen mobil, sei es im Rahmen eines arbeitsbedingten Wechsels des Wohnorts oder als Fernpendler, im Rahmen von Dienstreisen, von Reisen zum Kunden oder von Reisen zu Meetings und Messen.

Auch im Leben der Menschen hat sich vieles verändert: Lebensentwürfe sind individueller und vielfältiger geworden, klassische Rollenbilder weichen auf, Werte und Ansprüche an Arbeit haben sich gewandelt. Viele Beschäftigte wünschen sich mehr Spielraum, um Beruf und Privatleben besser in Einklang bringen zu können. Viele Arbeitgeber gehen auf dieses Bedürfnis nach mehr zeitlicher und räumlicher Souveränität auch bereits ein, z. B. über individuelle Arbeitszeitmodelle, Langzeitkonten, Sabbaticals oder Homeoffice-Möglichkeiten.

Dennoch bleiben die Anliegen vieler Beschäftigter unerfüllt. Dies betrifft Dauer und Lage der Arbeitszeit ebenso wie Homeoffice-Wünsche. […] Laut Arbeitszeitreport Deutschland 2016 der Bundesanstalt für Arbeitsschutz und Arbeitsmedizin (BAuA) arbeiten abhängig Vollzeitbeschäftigte mit durchschnittlich 43,5 Wochenstunden knapp fünf Stunden pro Woche länger als vertraglich vereinbart. Mehr als die Hälfte von ihnen möchte ihre Arbeitszeit reduzieren […]. Über ein Drittel der Teilzeitbeschäftigten würde hingegen gerne länger arbeiten. 84 Prozent der Teilzeitbeschäftigten mit Verlängerungswunsch sind Frauen.

Mit der Lage ihrer Arbeitszeit sind ebenfalls viele Beschäftigte unzufrieden. Dabei kann

INFO

Leiharbeit bedeutet, dass eine Leiharbeitsfirma (Verleiher) einen bei sich angestellten Arbeitnehmer für einen begrenzten Zeitraum und gegen ein Entgelt an eine andere Firma überlässt. Man spricht daher auch von Arbeitnehmerüberlassung.

Ein **Werkvertrag** liegt vor, wenn sich ein Unternehmer (Auftragnehmer) zur Herstellung eines bestimmten Werks verpflichtet und dafür vom Auftraggeber (Besteller) entlohnt wird (Werklohn).

Outsourcing nennt man die Auslagerung von bisher in einem Unternehmen selbst erbrachten Leistungen an externe Auftragnehmer oder Dienstleister.

schon eine geringfügige Verschiebung des Arbeitsbeginns oder -endes oder die Festlegung auf bestimmte Tage darüber entscheiden, ob eine (Vollzeit-)Stelle z. B. mit Kita-Öffnungszeiten, der Ankunftszeit eines Pflegedienstes, einem Weiterbildungskurs oder einem Ehrenamt vereinbar ist. [....]

Auch bei der Wahl des Arbeitsortes bleiben viele Anliegen bislang unerfüllt. Im europäischen Vergleich fällt Deutschland bei der Arbeit im Homeoffice hinter andere Länder (insbesondere Dänemark, Schweden, Großbritannien und die Niederlande) zurück. [...]

Der durch die Digitalisierung verstärkte Trend zum zeit- und ortsflexiblen Arbeiten bietet die Chancen auf ein selbstbestimmteres Arbeiten, neue Vereinbarkeitslösungen und einen Abschied von der Präsenzkultur. Neben diesen positiven Aspekten zeigt sich jedoch auch, dass im Zuge von Homeoffice, Vertrauensarbeitszeit und potenziell ständiger Erreichbarkeit eine „Entgrenzung“ von Arbeit stattfindet; die Grenze zwischen Berufs- und Privatleben, Arbeit und Freizeit, Arbeitsplatz und Wohnung kann verschwimmen. [...]

Erstens sind die Flexibilitätsbedürfnisse von Unternehmen und Beschäftigten nicht deckungsgleich und müssen daher entsprechend austariert werden. Für Unternehmen spielen neben der Mitarbeiterzufriedenheit und der Positionierung als attraktive Arbeitgeber auch die Arbeits- und Kosteneffizienz, der Koordinierungsaufwand, die Servicequalität und die Verfügbarkeit von Mitarbeitern eine große Rolle.

Bundesministerium für Arbeit und Soziales (Hrsg.), Weissbuch Arbeiten 4.0, Berlin, März 2017, S. 73–78, https://www.denkfabrik-bmas.de/fileadmin/Downloads/Publikationen/weissbuch_barrierefrei.pdf (Zugriff: 01.12.2022)

M3 Wenn früh am Morgen die Werkssirene dröhnt ...

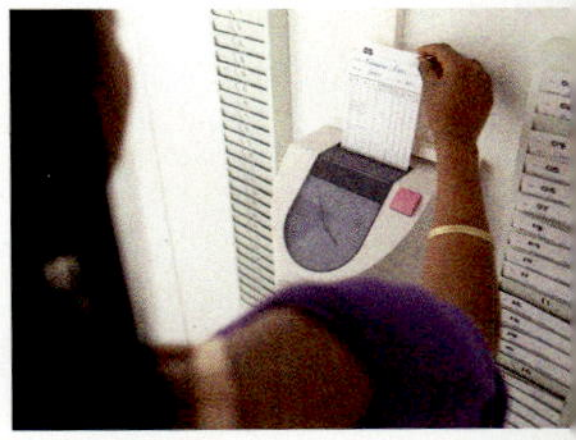
Stechuhr

„Wenn früh am Morgen die Werkssirene dröhnt und die Stechuhr beim Stechen lustvoll stöhnt“, sang die Band Geier Sturzflug in ihrem Hit „Bruttosozialprodukt“. Das war im Jahr 1982 und da war die Arbeitswelt noch eine ganz andere. Heute reden wir von digitaler Vernetzung, von Homeoffice, von Globalisierung und von maximaler Flexibilisierung der Arbeit. Nur die Gesetze, die unsere Arbeitszeiten regeln, die stammen wie das Lied aus dem vorigen Jahrhundert.

Höchste Zeit also, die Regelungen der aktuellen Lebenswirklichkeit anzupassen. Und da kann die geforderte Vereinbarkeit von Familie und Beruf eben auch heißen, früher aus dem Büro nach Hause zu gehen, die Kinder ins Bett zu bringen und dann noch dienstliche Mails zu beantworten oder eine Präsentation zu schreiben. Zu dieser Lebenswirklichkeit passen beispielsweise die starren Pausenvorschriften zwischen zwei Arbeitstagen einfach nicht mehr. Was bei der Neujustierung aber nicht herauskommen darf, ist eine Freikarte für die Arbeitgeber zur willkürlichen Verlängerung der Arbeitszeit. Besonders Menschen mit mehreren Jobs im Mindest- oder Niedriglohnsektor brauchen wirksamen gesetzlichen Schutz vor Ausbeutung. So wenig, wie es also noch die eine Arbeitswelt für alle gibt, so wenig kann unsere moderne und facettenreiche Arbeitswelt mit einem Gesetz erfasst werden. Gefragt sind intelligente Lösungen [...].

Katharina Ritzer, Wenn früh am Morgen die Werkssirene dröhnt ..., in: Neue Osnabrücker Zeitung online, 12.11.2017, https://www.noz.de/deutschland-welt/wirtschaft/artikel/kommentar-zu-arbeitszeit-wenn-frueh-am-morgen-die-werkssirene-droehnt-23228850 (Zugriff: 01.12.2022)

INFO

Pausenvorschriften zwischen zwei Arbeitstagen
Zwischen dem Ende einer täglichen Arbeitszeit und dem Beginn einer neuen täglichen Arbeitszeit müssen mindestens 11 Stunden ununterbrochene Ruhezeit liegen (§ 5 (1) ArbZG). Wird während dieser Ruhezeit die Arbeit wieder aufgenommen (beispielsweise durch Telefonate, Mailversand etc.), beginnt die 11-stündige Ruhezeit wieder von vorne.

1 Entwickeln Sie „Denkblasen“ der Figuren als Ergänzung des Dialogs in M1.

2 Stellen Sie Ansprüche von Arbeitgeber(inne)n und Arbeitnehmer(inne)n an zeit- und ortsflexibles Arbeiten sowie deren Gründe in einer Mindmap dar (M2).

3 Erörtern Sie Chancen und Risiken der Flexibilisierung von Arbeitsverhältnissen aus Sicht von Arbeitnehmerinnen und Arbeitnehmern (M3).

4 **Zusatzaufgabe:** Setzen Sie sich mit folgender These auseinander: „So wenig, wie es also noch die eine Arbeitswelt für alle gibt, so wenig kann unsere moderne und facettenreiche Arbeitswelt mit einem Gesetz erfasst werden. Gefragt sind intelligente Lösungen.“ (M3, Z. 28–32) HILFE

QUERVERWEIS

METHODE Visualisierungstechniken: Mindmap und Concept-Map
S. 54–55

2.5 Crowdworking – flexibel, modern, prekär?

BEGRIFF

Fachkonzepte
Sozialer Wandel
Arbeitsteilung/Spezialisierung
Gerechtigkeit

QUERVERWEIS

Prekäre Beschäftigung
siehe Info auf S. 21

M1 Der perfekte Job?

Offene Aufträge — Alle Aufträge

	Aufträge	Zeitlimit	Frist	Honorar
Video Produkte im Supermarkt Details	79	30 Min.	3 Tage	0,36 € pro Auftrag
Webseitenoptimierung Unternehmenshomepage Details	8	90 Min.	7 Tage	3,45 € pro Auftrag
Umfrage Arbeiten im Homeoffice Details	153	150 Min.	7 Tage	1,50 € pro Auftrag
Internetrecherche Buchhandlungen Details	54	60 Min.	5 Tage	0,09 € pro Auftrag
Umfrage Aufteilung Hausarbeit Details	220	150 Min.	7 Tage	2,70 € pro Auftrag
Audio Kurze Sprachaufnahmen	483	30 Min.	5 Tage	0,06 € pro Auftrag

M2 Die digitalen Tagelöhner

Daniel Drewitz hat es nicht weit vom Sofa in seinem Berliner Wohnzimmer bis zum Arbeitsplatz. Zwei Schritte nur muss er tun und schon sitzt er an seinem Schreibtisch. Mit ein paar Klicks landet Drewitz auf der Website „Test IO“. Mithilfe dieses Anbieters können Unternehmen ihre Websites oder Apps auf ihre Funktionstüchtigkeit hin testen lassen.

„In der Regel sind das dann Shops, Sie haben irgendeinen Internetshop, also ein Schuhgeschäft oder durchaus auch größere Marken, die ihre Seiten erneuern oder überprüfen lassen wollen.“

Die Tester bei „Test IO“ sind aber keine festen Angestellten, sondern selbstständige Auftragnehmer wie Daniel Drewitz, die sich von zu Hause aus, im Café oder wo sie sonst arbeiten auf der Seite einloggen. [...] Unten links auf der Website von „Test IO“ erscheinen die Namen der Unternehmen, die gerade Aufträge zu vergeben haben. Heute sind darunter ein Baumarkt, ein Blumenversandhaus und ein Online-Bekleidungsgeschäft.

„Und dann ist der Auftrag: die und die Internetadresse und dann gibt es verschiedene Bereiche, die getestet werden sollen, Kontaktformulare, irgendwelche Produktdetailseiten, Übersichten, alle Bereiche, die ein Shop so hat. Und dann geht das los, die Zeit startet, es gibt eine Staffelung für die Fehlerkategorien, die man einreichen kann, je schwerwiegender der Fehler, desto mehr Geld gibt es. Und dann ist man sich selbst überlassen und kann loslegen.“

Daniel Drewitz ist ein Crowdworker. Er gehört zu einer wachsenden Zahl an Menschen, die über Plattformen wie „Test IO“, „CrowdGuru“ oder „Clickworker“ ihre Dienste anbieten. Die Arbeiter aus der Crowd, damit ist die Schar der Internetnutzer gemeint, schreiben Texte, programmieren und testen Software, sie kategorisieren Fotos, kreieren Firmenlogos, Designs und Homepages oder entwickeln Produktideen. Es reicht von der simplen Kleinstaufgabe bis hin zu komplexen Aufträgen für Spezialisten. Dafür benötigen Unternehmen heute keine eigenen Mitarbeiter mehr, sondern sie können diese Aufgaben über die entsprechenden Online-Anbieter an private Auftragnehmer wie Drewitz auslagern, die sie meist nicht einmal kennen. Diese Form der Arbeitsvergabe wird auch als Crowdsourcing bezeichnet, angelehnt an den Begriff Outsourcing, also die Auslagerung von Unternehmensaufgaben an Drittanbieter – die in diesem Fall Privatpersonen sind. Für Unternehmen bietet das ungeahnte Möglichkeiten.

„Angenommen Sie haben eine Million Bilder, die Sie kategorisieren müssen. Wenn Sie da jetzt Ihre Mitarbeiter dransetzen, sind die Mitarbeiter bald weg, weil die sagen, ich werde hier verrückt. Wenn Sie aber diese eine Million Bilder auf 10.000 Crowdworker verteilen, dann haben sie das nicht nur erledigt, sondern auch sehr schnell, weil sie parallel arbeiten." Sagt Martin Krzywdzinski vom Wissenschaftszentrum Berlin, kurz WZB. Der Soziologe arbeitet an einer Studie über das Phänomen Crowdwork. Dahinter steht ein großes Versprechen: Egal, wie groß die Aufgabe auch ist, da draußen wartet ein Heer an bereitwilligen Arbeitskräften nur darauf, sie schnell und günstig zu erledigen. Die Crowdworker andererseits werden mit einem Freiheitsversprechen gelockt: nicht mehr zu festen Zeiten in einem Büro sitzen zu müssen, sondern zu arbeiten, wo und wann sie wollen. Das wirkt offenbar. Zumindest würden das die Rückmeldungen der bei ihm registrierten User zeigen, sagt Hans Speidel, Chef der Berliner Plattform CrowdGuru.

[...] Unbegrenzte Ressourcen für die einen, Freiheit und Selbstbestimmung für die anderen – soweit das Idealbild. In der Realität aber zeigen sich schnell die ersten Risse, angefangen mit dem sozialen Status der Crowdworker. Anders als herkömmliche Mitarbeiter in Unternehmen sind die Crowdworker nicht angestellt, sondern offiziell selbstständig. Sie sind somit nicht über einen Arbeitgeber kranken- und sozialversichert, zahlen nicht in die staatliche Rentenversicherung ein und haben keinen Anspruch auf Mindestlohn. Urlaubsgeld gibt es für sie genauso wenig wie eine Lohnfortzahlung im Krankheitsfall. Risiko und Verantwortung werden ausschließlich auf die Crowdworker abgewälzt.

Benjamin Dierks, Die digitalen Tagelöhner, in: Deutschlandfunk, Köln: Deutschlandradio, 28.09.2017, https://www.deutschlandfunk.de/berufsbild-crowdworker-die-digitalen-tageloehner-100.html (Zugriff: 01.12.2022)

M3 Crowdworker nicht allein lassen

Die Arbeitskräfte der Crowd sitzen meist vor dem heimischen Rechner, sie sind auf sich allein gestellt. Ihre Aufträge erhalten sie über Internetplattformen, von denen die Wissenschaftlerin [Elisabeth Vogl] drei genauer analysiert hat: „Upwork", „clickworker" und „InnoCentive".

Je nach Plattform werden dort einfachste Tätigkeiten zum schnellen Nebenverdienst vermittelt, teilweise aber auch komplexe Aufgaben wie zum Beispiel Designentwürfe. Auf diesen digitalen Marktplätzen konkurrieren die Crowdworker um Aufträge, häufig müssen sie fertige oder fast fertige Arbeiten einreichen – und Geld bekommt nur der Gewinner. Ein „scheinbar spielerischer Wettbewerb" sei das grundlegende Organisationsprinzip auf den Plattformen, erklärt die Wissenschaftlerin.

In Wahrheit handele es sich aber um ein radikales System der Leistungssteuerung. Die Internetplattformen ermöglichen eine umfangreiche Kontrolle. Alle Arbeitsschritte der Crowdworker können lückenlos analysiert und ausgewertet werden. Nur wer gute Bewertungen erhält, darf auf weitere Aufträge hoffen. So entsteht ein System, das sich „radikal an der individuellen Leistung" orientiert. Gleichzeitig haben Klickarbeiter wenige Rechte und sind in der Regel nicht sozial abgesichert. Mindeststandards im Hinblick auf Bezahlung, Arbeitszeit, Urlaub oder Mitbestimmungsrechte werden oft in den allgemeinen Geschäftsbedingungen ausgeschlossen.

Elisabeth Vogl, Crowdsourcing-Plattformen als neue Marktplätze für Arbeit. Die Neuorganisation von Arbeit im Informationsraum und ihre Implikationen, Jan. 2018, zitiert nach: Crowdworker nicht allein lassen, in: Böckler Impuls, 10/2018, S. 2, Düsseldorf: Hans-Böckler-Stiftung, https://www.boeckler.de/data/impuls_2018_10_2.pdf (Zugriff: 01.12.2022)

1 Formulieren Sie Hypothesen zum abgebildeten Screenshot (M1).
2 Erläutern Sie ausgehend von M2 das Phänomen „Crowdworking".
3 Arbeiten Sie Vor- und Nachteile des „Crowdworking" jeweils aus Sicht von Arbeitenden und Unternehmen heraus (M2, M3).
4 Erörtern Sie, ob und inwieweit Crowdworking für Sie selbst attraktiv sein könnte.

2.5 Gender Pay Gap – Arbeit gleich Arbeit?

INFO

Erklärungen des Verdienstunterschieds
71 % des Verdienstunterschieds sind strukturbedingt, also unter anderem darauf zurückzuführen, dass Frauen in schlechter bezahlten Branchen und Berufen arbeiten und seltener Führungspositionen erreichen. [...] Die verbleibenden 29 % (beziehungsweise 1,28 Euro) des Verdienstunterschieds entsprechen dem bereinigten Gender Pay Gap. Demnach verdienten Arbeitnehmerinnen 2018 im Durchschnitt auch bei vergleichbarer Tätigkeit und äquivalenter Qualifikation pro Stunde 6 % weniger als Männer.

M1 Ein kleiner Unterschied?

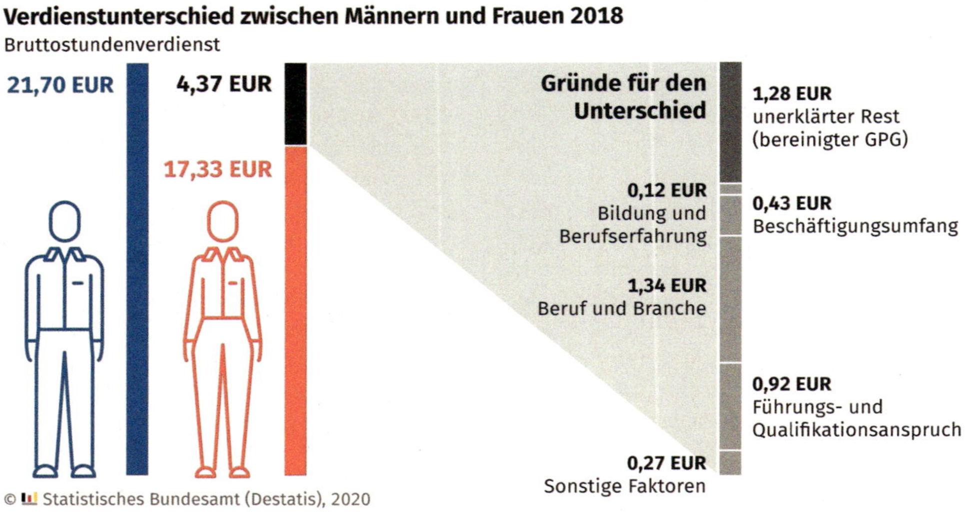

Info und Grafik: Pressemitteilung Nr. 484 vom 08.12.2020, Wiesbaden: Statistisches Bundesamt (Destatis), https://www.destatis.de/DE/Presse/Pressemitteilungen/2020/12/PD20_484_621.html (Zugriff: 01.12.2022)

BEGRIFF

Fachkonzepte
Interdependenzen
Sozialer Wandel
Arbeitsteilung/Spezialisierung
Gerechtigkeit

INTERNET

WES-118484-123
Film: Einfach erklärt: Gleichberechtigung

INFO

MINT
ist die Abkürzung für Mathematik, Informatik, Naturwissenschaft und Technik.

M2 Gründe für Verdienstunterschiede?

Oft wird Frauen vorgehalten, sie seien selbst schuld daran, dass sie weniger verdienen als Männer, sie würden zum Beispiel öfter Teilzeit arbeiten oder einfach schlecht bezahlte Berufe wählen. Verschiedene Studien zeigen, dass es eine Mischung aus einer anderen Lebensgestaltung, weniger Selbstbewusstsein und vielen Vorurteilen ist.

1. Frauen haben andere Ziele in der Berufswahl als Männer

Frauen wählen andere Berufe als Männer. Demnach sind den meisten Frauen ein gutes Gehalt und ein schneller Aufstieg weniger wichtig als Männern. Gerade in Ländern mit einer hohen Gleichstellungsrate und guter Bezahlung wie Schweden kann man das Phänomen beobachten: Hier ist die Anzahl der Frauen in MINT-Berufen besonders gering, wie die Gender-Equality-Paradox-Studie herausfand.

2. Frauen trauen sich nicht in die MINT-Fächer

MINT-Berufe sind sehr gefragt und gut bezahlt, aber nur wenige Frauen entscheiden sich für ein Studium in diesem Bereich. Hier wird oft argumentiert, dass Mädchen nicht genug dazu ermutigt werden, sich für Wissenschaft zu begeistern. Eine Studie, die in der OECD iLibrary veröffentlicht wurde, zeigt, dass Mädchen ihre mathematischen Fähigkeiten trotz gleicher Leistung immer schlechter einschätzten als die Jungen.

3. Frauen wählen Berufe, die ein Familienleben zulassen

Sobald eine Frau Mutter ist, verdient sie auch weniger als eine Single-Frau. Männer hingegen verdienen als Väter oft mehr. Es verwundert kaum, dass Frauen sich dann öfter für flexible Jobs entscheiden, die auch Teilzeit zulassen. Knapp 47 % der arbeitstätigen Frauen in Deutschland arbeiten in Teilzeit.

4. Frauen fällt es schwer zu verhandeln

Auch dies ging aus einer Stepstone-Studie hervor. Frauen haben Angst, als zu verbissen bewertet zu werden, wenn sie hohe Lohnforderungen stellen. Tatsächlich wird dieses Argument zunehmend abgeschwächt, denn laut einer Online-Studie fragen inzwischen 38 % der Frauen regelmäßig nach einer Gehaltserhöhung im Vergleich zu 42 % der Männer. Diesen Grund für weniger Gehalt haben wir also bald eliminiert.

5. Vorurteile bestehen weiterhin

Viele der Gründe für weniger Gehalt bei Frauen hängen zusammen: In einer heteronormativen Familie verdient die Frau im Schnitt noch weniger als der Mann und geht dann öfter in Teilzeit für das Kind. Dadurch stehen bei Arbeitgebern alle jungen Frauen unter Generalverdacht, bald auszufallen durch die Familienplanung.

INFO

heteronormativ
an einem strikt zweigeschlechtlichen (binären) Geschlechtersystem von Frau/Mann ausgerichtet

6 Gründe, warum Frauen in Deutschland weniger verdienen als Männer, in: wmn, Berlin: FUNKE DIGITAL GmbH, 27.10.2022, https://www.wmn.de/buzz/equal-pay-day-2022-frauen-verienen-weniger-gruende-id13911 (Zugriff: 01.12.2022)

M3 Frauen- und Männerberufe?

Erwerbstätige Frauen und Männer in den zehn am stärksten besetzten Berufsgruppen 2019

Frauen		Erwerbstätige in 1.000
1	Büro und Sekretariat	1.589
2	Erziehung, Sozialarbeit, Heilerziehungspflege	1.409
3	Verkauf (ohne Produktspezialisierung)	1.219
4	Unternehmensorganisation und -strategie	1.218
5	Reinigung	1.022
6	Gesundheits- und Krankenpflege, Rettungsdienst und Geburtenhilfe	952
7	Verwaltung	899
8	Arzt- und Praxispflege	686
9	Lehrtätigkeit an allgemeinbildenden Schulen	604
10	Altenpflege	602

Männer		
1	Maschinenbau- und Betriebstechnik	1.456
2	Lagerwirtschaft, Post und Zustellung, Güterumschlag	1.158
3	Unternehmensorganisation und -strategie	1.137
4	Fahrzeugführung im Straßenverkehr	946
5	Elektrotechnik	568
6	Fahrzeug-, Luft-, Raumfahrt- und Schiffbautechnik	563
7	Geschäftsführung und Vorstand	532
8	Technische Produktionsplanung, -steuerung	529
9	Verkauf (ohne Produktspezialisierung)	523
10	Hochbau	478

Datenbasis: Mikrozensus
Quelle: Statistisches Bundesamt (Destatis), Wiesbaden, 2021

1 Ist unterschiedliche Bezahlung für Frauen und Männer ungerecht? Positionieren Sie sich nach Analyse von M1 spontan an einer Positionslinie.

2 Erklären Sie Gründe für Einkommensunterschiede bei Frauen und Männern (M1 bis M3).

M4 Entwertung von Berufsfeldern

Männer sind in Deutschland Maschinenschlosser oder Ingenieur, Frauen Sprechstundenhilfe oder Grundschullehrerin. Auf dem Arbeitsmarkt existieren Männer- und Frauendomänen. Und da, wo vor allem Frauen arbeiten, wird schlechter gezahlt. Auch deshalb werden Neuntklässlerinnen Jahr für Jahr beim Girls'Day dazu motiviert, später Kfz-Mechanikerin oder Maschinenbauingenieurin zu werden. Neben dem Wunsch, Geschlechterstereotypen zu überwinden, schwingt das Versprechen mit: Mädchen, dort werdet ihr besser verdienen als in typischen Frauenberufen!

Blöd nur, dass dieses Versprechen ein entscheidendes Detail unterschlägt: Wenn eine Branche weiblicher wird, sinkt oft der durchschnittliche Verdienst. Zwar langsam, aber verlässlich. Die Arbeit, die in diesen Jobs geleistet wird, verliert zudem an Ansehen: ein Effekt, den Wissenschaftlerinnen und Wissenschaftler schon für verschiedene Berufe beschrieben haben.

Kellner, Friseur, Apotheker, Verkäufer oder Grundschullehrer – früher waren das alles männlich geprägte Berufe. Heute sind es vor allem Frauen, die Haare schneiden und Getränke servieren. „In all diesen Fällen kam es vor oder während der Feminisierung zu einem teils erheblichen Statusverlust dieser Berufe, Berufsbereiche oder Branchen", erklärt die Soziologin Angelika Wetterer – und nicht immer, aber oft auch zu finanziellen Einbußen.

[...] Das Beispiel des Programmierens zeigt, dass der umgekehrte Effekt ebenfalls existiert: Wenn eine Branche männlicher wird, wird dort auch besser gezahlt. Die frühen Computer in den Sechzigerjahren programmierten in erster Linie Frauen. „Das war damals als Aufgabe für Bürokräfte mit niedrigem Status vorgesehen, und das waren vor allem Frauen", beschreibt der US-amerikanische Informatikprofessor Nathan Ensmenger. Als Computer immer wichtiger wurden, professionalisierte sich die Branche. Die Frauen wurden verdrängt. „Das Programmieren wurde mit der Zeit bewusst in ein wissenschaftliches, männliches Fach mit hohem Status verwandelt", schreibt Ensmenger. Und in eine Tätigkeit mit guten Gehältern – bis heute.

Wer die Entwicklung dieser Berufe kennt, möchte sofort der „Entwertungsthese" zustimmen: So nennen Wissenschaftler das Phänomen, dass ein höherer Frauenanteil einen Beruf entwertet und die Löhne für Männer wie für Frauen sinken lässt. Allein: Es gibt Zweifel, ob tatsächlich beide Geschlechter von dieser Entwertung betroffen sind. [...] Vielmehr drückt ein steigender Frauenanteil den Durchschnittslohn, weil die Frauen ihre schlechteren Gehälter mit in den Beruf bringen. Die Bezahlung der Männer in der Branche sinkt nicht.

Felicitas Wilke, Ungerechter Lohn verschwindet nicht, wenn mehr Frauen programmieren, in: Die Zeit online, 25.07.2018, https://www.zeit.de/arbeit/2018-06/gehaltsunterschiede-frauenberufe-loehne-gender-pay-gap/komplettansicht (Zugriff: 01.12.2022)

M5 „Frauenberufe" besser bezahlen?

[E]s gibt auch Berufe, die sozusagen schon immer entwertet waren und es bis heute sind: In frauendominierten Berufen, etwa in der Kranken- und Altenpflege, als Erzieherin oder Erzieher, verdienen nicht nur Frauen, sondern auch Männer vergleichsweise schlecht. „Das liegt auch daran, dass viele klassische Frauenberufe nie auf eine Karriere ausgelegt waren, sondern die Frauen zu der Zeit, als die Berufe entstanden, mit der Geburt des ersten Kindes aus dem Arbeitsleben ausstiegen", sagt Soziologin Corinna Kleinert. Deshalb hätten die Berufe nie eine starke Lobby gehabt.

„Frauenberufe sind auch deshalb schlechter bezahlt, weil es Frauenberufe sind", sagt auch Ute Klammer, die Direktorin des Instituts für Arbeit und Qualifikation (IAQ) der Universität Duisburg-Essen. Ein Report des IAQ veranschaulicht das Phänomen: Berufe mit hohem Frauenanteil sind schlechter bezahlt als ähnlich fordernde Berufe mit hohem Männeranteil. Eine Fachkraft in Pflege und Gesundheit, also zum Beispiel eine Altenpflegerin, verdient im Schnitt 15,64 Euro brutto in der Stunde. Bei einem Produktionsleiter in einer Fabrik sind es 23,33 Euro. Der Frauenanteil dort liegt bei 16 Prozent. In der Pflege sind es 87 Prozent.

Ist es nicht ein Vergleich von Äpfeln mit Birnen, wenn der Verdienst einer Fachkraft dem einer Führungskraft gegenübergestellt wird? Nein, finden die Macherinnen des „Comparable Worth Index", zu denen auch Ute Klammer gehört. Sie möchten hin zu einer neuen Bewertung dessen, was Menschen in bestimmten Berufen und Branchen leisten müssen. Sie vergleichen, welche Anforderungen an Wissen, Psyche und Physis verschiedene Jobs haben. Und sie wollen, dass Verantwortung nicht automatisch mit Führungsverantwortung gleichgesetzt wird, sondern auch die Verantwortung für das Wohlergehen anderer Menschen gerecht vergütet wird: eine Arbeit, die oft Frauen leisten. [...]

Mädchen und Frauen einfach nur zu empfehlen, Programmiererinnen zu werden, in der Hoffnung, dass das Problem mit der ungleichen Bezahlung so von selbst verschwindet, ist also offensichtlich keine Lösung. Was gegen die Ungerechtigkeit helfen würde? Viele Soziologinnen und Soziologen plädieren dafür, bei den klassischen Frauenberufen wie der Pflege anzusetzen und diese besser zu bezahlen. Davon würden auch die Ingenieurinnen und Bürokauffrauen profitieren, die schlechter bezahlt werden als ihre männlichen Kollegen, glaubt Ute Klammer: „Werden Frauenberufe fair entlohnt, kann davon ein Signal für andere Branchen ausgehen, Frauen im Beruf generell aufzuwerten."

Felicitas Wilke, Ungerechter Lohn verschwindet nicht, wenn mehr Frauen programmieren, in: Die Zeit online, 25.07.2018 (siehe M4)

M6 Automechanikerin und Kindergärtner

„Wir wollen, dass sich die Geschlechter einigermaßen ausgewogen auf alle Berufe verteilen, weil wir davon ausgehen, dass die Fähigkeiten und Potenziale sich auch nicht zwischen Geschlechtern, sondern zwischen Individuen unterscheiden. Und das sollte sich dann entsprechend auf dem Arbeitsmarkt und dem Ausbildungsmarkt auch widerspiegeln."
Miguel Diaz ist Mitinitiator des Projektes „Klischeefrei". Bisher sei nur in einem von zehn Berufen das Zahlenverhältnis zwischen Männern und Frauen mehr oder weniger ausgeglichen. Immer noch dominierten bei der Berufs- und Studienwahl die klassischen Rollenbilder. [...] Mit Aktionen zum bundesweiten Boys' und Girls'Day versucht „Klischeefrei", geschlechterübergreifend und praxisnah über Berufe zu informieren.

Sören Brinkmann, Initiative wirbt für klischeefreie Berufswahl, in: Deutschlandfunk, Köln: Deutschlandradio, 03.07.2019, https://www.deutschlandfunk.de/automechanikerin-und-kindergaertner-initiative-wirbt-fuer-100.html (Zugriff: 01.12.2022)

1 Charakterisieren Sie arbeitsteilig auf Basis von M4 und M5 strukturelle geschlechtsspezifische Ungerechtigkeit in der Arbeitswelt.

2 Positionieren Sie sich erneut an einer Positionslinie (siehe S. 29, Aufgabe 1). Begründen Sie Veränderungen Ihrer Position.

3 **Wählen Sie eine Aufgabe aus:**
a) Beurteilen Sie – auch mit Bezug auf eigene Erfahrungen – das Projekt „Klischeefrei" (M6) vor dem Hintergrund der Informationen aus M4 und M5.
b) Überprüfen Sie die Schlüssigkeit der Begründungen für Verdienstunterschiede aus M2 vor dem Hintergrund Ihrer Ergebnisse.

4 **Zusatzaufgabe:** Verfassen Sie einen Kommentar anlässlich des „Equal Pay Days" (Webcode/QR-Code), in dem Sie vor dem Hintergrund Ihrer Ergebnisse zu ungleicher Bezahlung von Männern und Frauen Stellung nehmen.

INTERNET

equal pay day ,-
initiiert vom: Business and Professional Women Germany e.V.

WES-118484-124
Equal Pay Day

2.7 Demografische Herausforderungen – Mangelware Fachkräfte?

INFO

Best Ager
Der Begriff Best Ager (auch **Silver Ager**) entstammt dem Marketing und meint eigentlich die gut verdienende und anspruchsvolle Kundengruppe ab 50 Jahren, die zahlenmäßig immer größer wird. Hier wird der Begriff auf den Arbeitsmarkt übertragen und meint ältere und erfahrene Arbeitnehmerinnen und Arbeitnehmer (meist über 60 Jahre).

BEGRIFF

Fachkonzepte
Interdependenzen
Sozialer Wandel
Arbeitsteilung/Spezialisierung
Knappheit

M1 Arbeitsmarkt fit für „Best Ager"?

M2 „Heiße Ware" Fachkraft

GLOSSAR

Demografischer Wandel

INTERNET

WES-118484-125
Film: Einfach erklärt: Demografischer Wandel

Wer dieser Tage in einer Bar etwas trinken wollte, dürfte vermutlich schon mal vor verschlossenen Türen gestanden haben. Und wer kurzfristig eine Reparatur zu Hause benötigt, muss sich auch gedulden. Durchschnittlich liegt die Wartezeit, bis ein Auftrag begonnen werden kann, bei knapp neun Wochen. […]
In der deutschen Hotellerie und Gastronomie gibt es derzeit 46.000 offene Stellen, tatsächlich unbesetzt sind vermutlich bis zu 100.000 Stellen. In den Handwerksbetrieben sind bei den Arbeitsagenturen derzeit zirka 150.000 offene Stellen gemeldet, auch hier dürfte die Dunkelziffer höher liegen. Rückmeldungen aus den Handwerkskammern, Innungen und Verbänden zeigen, dass rund 250.000 Handwerkerinnen und Handwerker mehr beschäftigt werden könnten. Allein 18.000 Ausbildungsplätze bleiben jährlich unbesetzt.
Torsten Schulz ist Elektromeister mit einem eigenen Betrieb in Elze, einer Kleinstadt im Süden Niedersachsens. „Wir haben wesentlich mehr Aufträge, als wir abarbeiten können", sagt er […]. Die Wartezeiten seien enorm. Aufträge nehme er nur von Bestandskunden entgegen. „Für alles andere haben wir keine Kapazitäten." Ausbildungen im Handwerk seien nicht mehr angesagt, meint er. „Den guten Hauptschüler, der eine Lehre als Elektriker machen will, den gibt es nicht mehr. Fast alle machen Abitur und streben dann entweder ein Studium oder zumindest eine kaufmännische Ausbildung an, irgendwas im Büro."
[…] Für die Situation macht Schulz auch gestiegene Anforderungen verantwortlich: „Die sind inzwischen enorm. Wir machen hauptsächlich Brand-, Sicherheits- und Videotechnik. Das ist nicht mehr das klassische Leitung legen, es geht um Rechnen und Programmieren, Smarthome, intelligente Gebäudesteuerung." Der Elektriker von heute müsse ein kleiner Netzwerktechniker sein. Drei Auszubildende habe er innerhalb der vergangenen Jahre entlassen müssen. „Sie haben die Schule nicht gepackt."

Von ähnlichen Erfahrungen berichtet auch Philip Krone, Chef eines Handwerksunternehmens in Berlin mit Fokus auf Gebäudetechnik. Die Technik sei komplizierter geworden, vieles verschmelze miteinander. „Ein guter Anlagenmechaniker muss eigentlich Dreisatz beherrschen und gute Noten in Mathe und Physik haben. Aber wir können es uns nicht mehr aussuchen."
[...] Nachwuchs zu finden klappe noch einigermaßen. „Da haben wir es sicherlich leichter als ganz kleine Betriebe ohne Onlinepräsenz, wir sind sehr aktiv auf Social Media und stecken viele Ressourcen in das Recruiting." Gesellen bezeichnet Krone als „heiße Ware", die schwer zu finden seien.

M3 Folgen des Mangels

Welche Folgen erwarten Sie zukünftig durch Fachkräftemangel für Ihr Unternehmen?
Herbst 2021

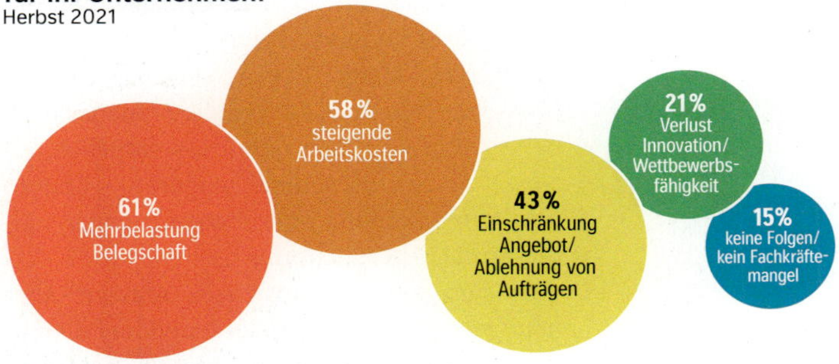

Quelle: DIHK Deutscher Industrie- und Handelskammertag e.V., DIHK-Report Fachkräftemangel, 2021

© Westermann 30205EX

Lea Schulze, Fachkräftemangel in Deutschland: „Ich werde irgendwann einfach dichtmachen", in: Tagesspiegel online, 17.08.2022, https://www.tagesspiegel.de/politik/ich-werde-irgendwann-einfach-dichtmachen-8587495.html (Zugriff: 01.12.2022)

M4 Einfach länger arbeiten?

Früher war der Eintritt in den Ruhestand nahezu gleichbedeutend mit dem Ausscheiden aus dem gesellschaftlichen Leben. Der Rentner werkelte in Haus oder Garten, versank in seinem Fernsehsessel und entkam allenfalls auf Kaffeefahrten seinem grauen Alltag. Heute dagegen ist von Kompetenzen und Potenzialen dieser Gruppe die Rede. Einer Gruppe, die immer größer wird. Denn die Babyboomer stehen an der Schwelle zum Rentenalter. Die Alterung der deutschen Bevölkerung wird sich damit noch einmal beschleunigen. [...]
Seitdem die Politik die Möglichkeiten von Vorruhestand und Frühverrentung begrenzte, hat sich das Renteneintrittsalter nach oben verschoben. Nach den Daten der Deutschen Rentenversicherung liegt dieses aktuell durchschnittlich bei 64,1 Jahren für Frauen und bei 64 für Männer. Bezogen die Rentner und Rentnerinnen im Jahr 1960 durchschnittlich 10 Jahre Altersbezüge, sind es heute über 21 Jahre bei Frauen und 18 Jahre bei Männern. [...]
Zweifellos freuen sich viele im Ruhestand auf mehr Freizeit, eine selbstbestimmte Tagesgestaltung oder mehr Zeit mit Partner oder Partnerin. „Das war schon ne schöne Sache, dieses Loswerden von dem Zwang der Arbeit", erinnert sich auch Bernhard M., Psychologe an einer Beratungsstelle für Schulabgänger, der mit 62 wegen einer Schwerbehinderung in den Ruhestand ging. Er genoss die neue Freiheit, plante den ganzen Garten neu, legte Gemüsehochbeete an. Bis er allmählich merkte, dass auch die Gartenarbeit zur Routine wurde und damit ihren Reiz verlor. Er half bei der Betreuung der Enkelkinder mit. Und dann suchte er sich einige ziemlich anspruchsvolle Nebenjobs: „Für meinen früheren Arbeitgeber programmiere ich Datenbanken, ziemlich umfangreich, ich betreue Websites und hab vor eineinhalb Jahren eine große Übersetzung aus dem Persischen angefangen und inzwischen beendet. Und wenn die Anforderungen nicht

INFO

Babyboomer
Die Geburtsjahrgänge 1946–1964 verzeichneten die höchsten Geburtenrate in Nachkriegsdeutschland.

Altersverteilung der sozialversicherungspflichtig Beschäftigten in Deutschland: Vergleich der Jahre 2000 und 2020

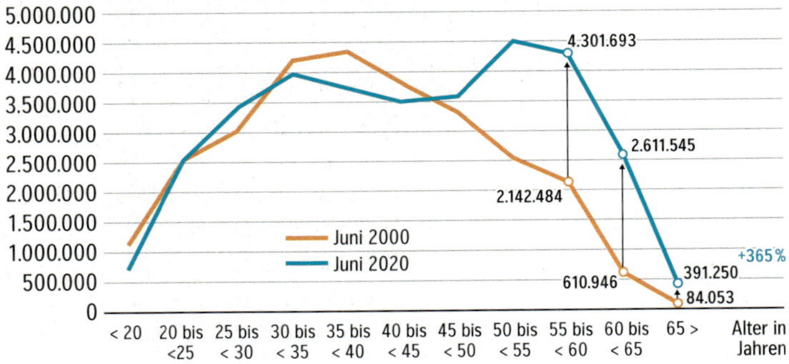

Quelle: Beschäftigungsstatistik der Bundesagentur für Arbeit, nach: Aktuelle Sozialpolitik, 2021

© Westermann 30185EX

wären, dann könnt ich mir schon vorstellen, dass ich dann den ganzen Tag vor dem Fernseher hinge oder so was."

[...] Seit gut 20 Jahren verzeichnen Wissenschaftler, dass die Zahl derer, die über das Rentenalter hinaus einer Erwerbstätigkeit nachgehen, steigt. [...] Aber was motiviert Menschen, über das Rentenalter hinaus zu arbeiten? Ein wichtiger Grund ist natürlich, etwas – zu den manchmal mageren – Renten hinzuzuverdienen, vorzubeugen gegen Altersarmut. Aber nicht nur.

„Das sind zum Teil finanzielle Anreize. Aber häufiger werden tatsächlich individuelle Motive genannt, also Freude an der Arbeit, Kontakt zu anderen Menschen, noch eine Herausforderung zu haben. Wir beobachten auch so etwas wie Generativität, also die Weitergabe von Erfahrung an jüngere Menschen als ein Motiv, das auch im Altersverlauf häufiger genannt wird."

INFO

Silver Ager
siehe Info zu „Best Agern", S. 32

[...] Aber ist das Bild des fitten, aktiven, ja „produktiven" Alten nicht auch trügerisch? Werden da nicht jene stigmatisiert, die statt auf die Potenziale auf die Grenzen des Alters stoßen? Und drohen nicht die gerühmten „Potenziale" von Ruheständlern gerade angesichts der demografischen Alterung der Gesellschaft schnell zu der Forderung zu führen, dass die langlebigen, aktiven Silver Ager sich doch bitte noch gesellschaftlich nützlich machen sollten, statt unproduktiv ihre Dauerfreizeit zu genießen?

„Es gibt eine große Ambivalenz im Begriff der Potenziale. Also einerseits ist es erfreulich, dass Menschen länger leben, sich der Gesundheit erfreuen und an der Gesellschaft partizipieren können. Andererseits ist es genau dieser Aspekt, dieses Normative, eine gesellschaftliche Erwartung, die Älteren sind fit und jetzt sollen sie sich einbringen."

Ingeborg Breuer, Baby-Boomer gehen in Rente, in: Deutschlandfunk, Köln: Deutschlandradio, 02.07.2020, https://www.deutschlandfunk.de/neue-ruhestaendler-baby-boomer-gehen-in-rente-100.html (Zugriff: 01.12.2022)

M5 Frauenerwerbstätigkeit das größte Potenzial?

Rente ab 70 und 42 Stunden Wochenarbeitszeit – diesen Vorschlag verbreitete Gesamtmetall-Chef Stefan Wolf vor den anstehenden Tarifverhandlungen. Damit will er den Arbeitskräftemangel lindern und künftigen Belastungen der Sozial- und Rentenkassen vorbeugen. Die Maßnahmen werden jedoch kaum zu einer nachhaltigen Lösung des Problems beitragen, weil sie unrealistisch sind und an der Lebenswirklichkeit der meisten Menschen vorbeigehen.

Sehr viel sinnvoller dagegen wäre eine in der aktuellen Debatte häufig übersehene Maßnahme: eine strukturelle Stärkung der Erwerbstätigkeit von Frauen. [...] Das würde nicht nur enormes wirtschaftliches Potenzial für Deutschland mobilisieren und die Sozialsysteme zukunftsfester machen, sondern auch mehr Freiheit und Chancengleichheit schaffen.

GLOSSAR

Chancengleichheit

Die Zahlen und Fakten sind ernüchternd: Obwohl die Erwerbsquote von Frauen in Deutschland seit den Neunzigerjahren stetig gestiegen ist, arbeitet die Mehrheit der Frauen auch heute noch in Teilzeit. Nur etwa 35 Prozent der Frauen im erwerbstätigen Alter arbeiten in Vollzeit, im Vergleich zu fast 70 Prozent der Männer. Knapp 20 Prozent der Frauen sind beruflich inaktiv und suchen auch keine Beschäftigung. Eine Studie der Bertelsmann-Stiftung zeigt, dass dies nicht eine Generationenfrage ist, sondern dass dieses Schema auch heute für junge Frauen (geboren nach 1980) gilt. [...]

Umfragen zeigen, dass dies nicht so sein muss und Frauen diese geringere Erwerbsbeteiligung nicht aktiv wählen. Vielmehr tragen wir als Gesellschaft eine erhebliche Verantwortung dafür. Viele erwerbstätige Frauen geben an, gerne mehr Stunden arbeiten zu wollen. Frauen, die inaktiv oder arbeitslos sind, würden gerne eine Beschäftigung aufnehmen. Sie klagen jedoch über viele Hürden, die es für sie wenig attraktiv oder gar unmöglich macht, zu arbeiten. [...]

Das größte Potenzial auf dem Arbeitsmarkt Deutschlands sind die vielen Frauen, die meist gut ausgebildet sind und mehr arbeiten möchten. Politik, Unternehmen und Gesellschaft sollten ihnen dringend dabei helfen, indem sie die vielen Hürden dafür aus dem Weg räumen.

Marcel Fratzscher, Das größte Potenzial auf dem Arbeitsmarkt sind die Frauen, in: Die Zeit online, 19.08.22, https://www.zeit.de/wirtschaft/2022-08/fachkraeftemangel-erwerbstaetigkeit-frauen-arbeitsmarkt-rente (Zugriff: 01.12.2022)

M6 Mit Zuwanderung gegen Fachkräftemangel?

Schaut man sich die demografische Entwicklung an, wird klar, dass die Fachkräftelücke in den kommenden Jahren nicht kleiner werden wird. Damit es auch in Zukunft genauso viele Erwerbstätige auf dem deutschen Arbeitsmarkt gibt wie jetzt, braucht es jährlich 400.000 ausländische Arbeitskräfte, hat das Institut für Arbeitsmarkt- und Berufsforschung der Bundesagentur für Arbeit errechnet.
[...] Der Arbeitskräftemangel sei eine der größten Bedrohungen für die Wettbewerbsfähigkeit der deutschen Wirtschaft und den Wohlstand, den wir heute genießen, sagt der Präsident des Deutschen Instituts für Wirtschaftsforschung Marcel Fratzscher. Unternehmen würden im globalen Wettbewerb zurückfallen, wenn sie nicht ausreichend qualifizierte Beschäftigte für sich gewinnen können.
Deshalb müsse die Bundesregierung vor allem Reformen anstoßen und mehr Offenheit, Toleranz und Wertschätzung für Menschen anderer Herkunft und allgemein für Menschen mit anderer Hautfarbe, Religion, Identität und Kultur schaffen. Zuwanderung ermöglichen und mehr Ausbildungsmöglichkeiten für Geringqualifizierte schaffen, lautet der Appell von Paula Risius [vom Kompetenzzentrum Fachkräftesicherung (KOFA) am Institut der deutschen Wirtschaft (IW)]. „Denn wir werden alle brauchen.“ Auch die Energiewende könnte durch den Mangel erschwert werden, warnt sie.

Lea Schulze, Fachkräftemangel in Deutschland: „Ich werde irgendwann einfach dichtmachen“, in: Tagesspiegel online, 17.08.2022, https://www.tagesspiegel.de/politik/ich-werde-irgendwann-einfach-dichtmachen-8587495.html (Zugriff: 01.12.2022)

INFO

Für 2023 plant die Bundesregierung ein weiterentwickeltes **Fachkräfteeinwanderungsgesetz**, das den Zuzug von Fachkräften weiter erleichtern soll.

M7 Zuwanderungspotenziale

Zuwanderungsbedarf auf dem deutschen Arbeitsmarkt

* bei realistischem Anstieg der inländischen Erwerbsbeteiligung
Quelle: Bertelsmann Stiftung, 2019 © Westermann 30186EX

Zuzüge von Fachkräften aus Drittstaaten zur Erwerbstätigkeit in Deutschland

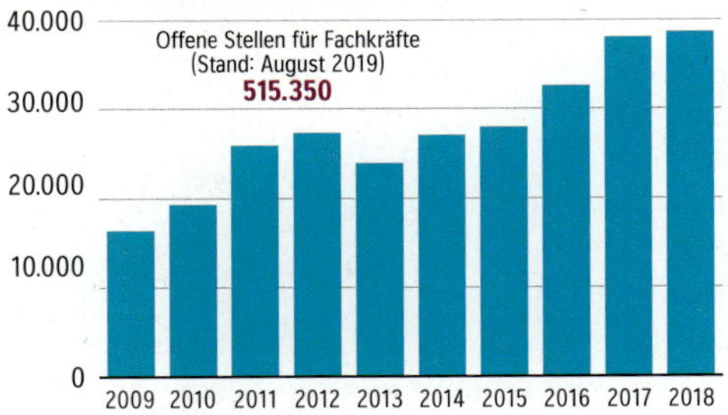

Quelle: Bertelsmann Stiftung, Bundesagentur für Arbeit, 2019 © Westermann 30186EX

1 Entwickeln Sie Hypothesen zum Begriff „Best Ager“ und seiner Bedeutung für Unternehmen (M1).

2 Beschreiben Sie auf Basis von M2 und M3 Erscheinungsformen und mögliche Folgen des Fachkräftemangels.

3 Charakterisieren Sie Möglichkeiten und Grenzen der Strategien gegen den Fachkräftemangel (M4 bis M7).

4 **Wählen Sie eine Aufgabe aus:**
a) Erörtern Sie, inwiefern die Anwerbung von Frauen, Silver Agern und ausländischen Facharbeiter(inne)n die durch den demografischen Wandel bedingten Probleme lösen kann.
b) Entwickeln Sie eine Werbekampagne für die Anwerbung von Frauen, Silver Agern oder ausländischen Facharbeiter(inne)n. Greifen Sie dabei auch auf in diesem Kapitel erarbeitete Chancen und Risiken des deutschen Beschäftigungssystems zurück. **HILFE**

2.8 Neue Generationen – neue Ansprüche an Arbeit?

BEGRIFF

Fachkonzepte
Sozialer Wandel
Interdependenzen

M 1 My Generation?

Erwachsene:

Jugendliche:

M 2 Lieber arbeitslos als unglücklich?

INFO

Millenials oder Generation Y bezeichnet die Gruppe der circa zwischen 1980 und 1994 Geborenen (die genauen Jahrgangsgrenzen variieren in verschiedenen Definitionen). Sie sind die erste Jahrgangskohorte, die als Digital Natives gelten, , also im Zeitalter der Digitalisierung aufwuchsen.

Generation Z bezeichnet die Generation der circa zwischen 1995 und 2010 Geborenen. Sie sind von klein auf mit dem Internet aufgewachsen, digitale Medien haben ihr Leben von Beginn an geprägt (siehe auch S. 8).

Arbeitgeber hatten traditionell mehr Macht über Arbeitnehmer am Arbeitsplatz. Doch diese Dynamik hat sich verschoben. In der heutigen Machtdynamik am Arbeitsplatz haben Gen Z und Millennials die Oberhand, was Unternehmen dazu zwingt, die Bedürfnisse der Arbeitnehmer neu zu bewerten, so eine neue globale Workmonitor-Studie von „Randstad“. Die Studie, die an 35.000 Arbeitnehmern durchgeführt wurde, ergab, dass fast zwei von vier Arbeitnehmern der jüngeren Generation lieber arbeitslos wären, als in einem Job festzusitzen, der ihnen nicht gefällt. Im Moment stellen junge Menschen das Glück über ihre Karriere und wollen eine Arbeit finden, die auch zu ihnen passt. Etwa 56 Prozent der Gen Z und 55 Prozent der Millennials gaben an, dass sie ihren Job kündigen würden, wenn dieser ihr Privatleben beeinträchtigen würde. […] Die Studie zeigte auch, dass die meisten jungen Menschen in Unternehmen arbeiten wollten, die ihre persönlichen Werte teilen. Zwei von fünf Befragten aus der Gen-Z- und Millennials-Generation gaben in der Umfrage an, dass es ihnen nichts ausmachen würde, ein niedrigeres Gehalt zu verdienen, wenn dies bedeuten würde, dass sie gezielt einen Beitrag für die Gesellschaft leisten.

Shriya Bhattacharya, Studie: Fast die Hälfte der Gen Z und Millennials wäre lieber arbeitslos als unglücklich im Job, Berlin: Business Insider Deutschland GmbH, 10.04.2022, https://www.businessinsider.de/karriere/arbeitsleben/studie-fast-die-haelfte-der-gen-z-und-millennials-waere-lieber-arbeitslos-als-unglueckIich-im-job-a/ (Zugriff: 01.12.2022)

M 3 Verändert die junge Generation die Arbeitswelt?

Sprechen Forscher über die Millennials oder die Generation Y, also die 1980 bis 2000 Geborenen, zeichnen sie […] dieses Bild: Diese Generation sei, entgegen vielen Vorurteilen, durchaus leistungsorientiert und möchte auch erfolgreich sein - aber nicht auf Kosten der Familie, Freunde oder persönlicher Interessen.

Die Generation Y möchte eine Arbeit, die sinngebend ist und zur Selbstverwirklichung beiträgt. Eine „Synthese aus Leistung und Lebensgenuss“, nennen es die Wissenschaftler. Diese Wünsche sind natürlich nicht gänzlich neu. Neu ist: Diese Generation formuliert sie und fordert sie ein – und zwar nicht erst nach 20 Berufsjahren, sondern von Beginn an. Sie verzichtet auf Geld zugunsten von mehr Freizeit und möchte trotzdem die Führungsposition. [...] Damit ihnen die Leute nicht weglaufen, gehen daher längst viele Unternehmen mit dem Zeitgeist. Sie locken mit flexiblen Arbeitszeiten, Homeoffice und firmeneigenen Kitas. [...] Tatsächlich sind Gleitzeit, Teilzeit, Elternzeit und Sabbaticals in vielen Unternehmen längst etabliert. [...] Allerdings: Es hängt auch von der Branche ab, von der Größe des Unternehmens und davon, ob sich Arbeitnehmer trauen, diese Möglichkeiten in Anspruch zu nehmen.

Eine große Veränderung hat hingegen fast über alle Branchen hinweg in den vergangenen zehn Jahren stattgefunden: dass Väter in Elternzeit gehen. [...]

Anders als mit Auszeiten tun sich Firmen beim Thema Jobsharing immer noch schwer, ebenso mit etabliertem Homeoffice. Offiziell bieten zwar immer mehr Arbeitgeber die Heimarbeit an, doch in der Praxis, so klagen viele Arbeitnehmer, wäre das dann doch schwierig beziehungsweise unerwünscht und bliebe die Ausnahme.

Und generell gilt: Wer zwischen Homeoffice, freien Freitagen, zwischen Dienstwagen und BahnCard 100 wählen kann, gehört zu einer privilegierten Minderheit in Deutschland, die gut ausgebildet ist und meist in sogenannten Mangelberufen, wie im MINT-Bereich, in der Tech-Branche oder projektbezogen arbeitet.

Im Einzelhandel, in der Logistikbranche und anderen Dienstleistungsberufen muss inzwischen hingegen rund um die Uhr und auf Abruf gearbeitet werden. Und klar ist auch, dass Ärzte, Kassierer und Klempner schlicht nicht von zu Hause arbeiten oder spontan früher Schluss machen können, weil das Wetter gerade so schön ist und sie den Rest dann einfach später erledigen.

Es gibt aber tatsächlich eine Veränderung, die laut Forschern und Vorgesetzten vor allem auf die Millennials zurückzuführen ist und die sich langsam in Unternehmen durchsetzt, - offenbar unabhängig von Branche und Größe: Das Klima zwischen Vorgesetzten und Mitarbeitern wandelt sich.

„Die Generation Y hat ganz andere Erwartungen an den Führungsstil ihrer Chefs als die Generationen vor ihnen", sagt der Arbeitspsychologe Peter Fischer von der Uni Regensburg. „Vorgesetzte sollen demnach mehr Coach sein als Chef, mehr Mentor als Kontrolleur. Sie sollen lenken, leiten und vertrauen, statt Vorgaben zu machen." Was die Millennials zudem auszeichne, sei eine große Offenheit gegenüber anderen Kulturen, ein Sinn für Diversität und dass sie im Durchschnitt weniger rassistisch und sexistisch seien als Vorgängergenerationen. [...]

„Heute fragen Bewerber bereits im ersten Vorstellungsgespräch nach dem Gehalt. Und sobald klar ist, dass der Grundbedarf gedeckt ist, geht es um Sinn, Entwicklungsmöglichkeiten und nicht materielle Dinge", sagt Annett Polaszewski-Plath, Deutschlandchefin von Eventbrite. „Klar denke ich da manchmal: Okay, das hätte ich in meinen ersten Bewerbungsgesprächen niemals gefordert. Aber da bin ich offen. Schließlich müssen wir uns als Unternehmen manchmal mehr verkaufen als der Bewerber." Sobald sie merke, dass Bewerber gut seien, beginne der Pitch, erzählt Polaszewski-Plath. „Dann müssen wir alles dafür tun, damit der- oder diejenige sich für uns entscheidet." Und im nächsten Schritt gehe es darum, die Mitarbeiter zu halten. „Die Haltung hat sich verändert", beobachtet die Managerin. „Heute gilt: Ich bin nicht hier, weil ich muss. Sondern weil ich will."

Lena Greiner, So haben die Millennials die Arbeitswelt verändert, in: DER SPIEGEL, 01.03.2018, https://www.spiegel.de/karriere/generation-y-so-haben-die-millennials-die-arbeitswelt-bereits-veraendert-a-1195595.html (Zugriff: 01.12.2022)

INFO

Jobsharing
Arbeitszeitmodell, bei dem sich zwei oder mehr Arbeitnehmer/-innen eine Vollzeitstelle teilen

Eventbrite
ist eine Internetplattform, die Dienstleistungen für die Veranstaltungsbranche bereitstellt.

Pitch
bezeichnet eigentlich eine sehr kurze Präsentation einer Geschäftsidee vor einem möglichen Investor – oder auch vor Kunden und Mitarbeitern.

1 Entwickeln Sie Ergänzungen für die Sprech- und Denkblase (M1) – auch vor dem Hintergrund Ihrer Ergebnisse aus Kapitel 2.7 und Ihrer eigenen Erfahrungen.

2 Erläutern Sie ausgehend von M2 Auswirkungen veränderter Machtverhältnisse im Arbeitsmarkt.

3 Geben Sie die Informationen zu Veränderungen in der Arbeitswelt, die von der Generation der „Millennials" erreicht und nicht erreicht wurden, wieder (M3).

4 Überprüfen Sie, ob und inwieweit die Ansprüche der „Millenials" an die Arbeitswelt mit Ansprüchen Ihrer Generation übereinstimmen.

QUERVERWEIS

Fulltime-Job und Karriere – ist das heute noch wichtig?
S. 8–10

Operator „Wiedergeben“ (Anforderungsbereich I)

Definition:
Kenntnisse (Sachverhalte, Fachbegriffe, Daten, Fakten, Modelle) und/oder (Teil-)Aussagen mit eigenen Worten sprachlich distanziert, unkommentiert und strukturiert darstellen.

Was heißt das genau?

Der Operator „Wiedergeben“ bezieht sich in der Regel auf Aussagen eines vorgegebenen Materials wie z. B. Texte, Statistiken oder Karikaturen.
In der Einleitung formulieren Sie einen formalen Einleitungssatz sowie das Thema und die zentrale Aussage des Materials. Mit der Darstellung im Hauptteil erfassen Sie die Materialaussagen im Sachstil ohne Wertungen in eigenen Worten. Belegen Sie Materialbezüge durch Zeilenverweise. Zitieren ist nicht erlaubt! Die sprachliche Distanzierung vom Material stellen Sie durch den Konjunktiv der indirekten Rede oder Ersatzformen („Der Autor behauptet, dass …“ + Indikativ) sicher. Eine inhaltliche Raffung wie beim „Zusammenfassen“ ist nicht gefordert.

Checkliste zum „Wiedergeben“

TIPP

Nutzen Sie die Checkliste zur Planung und beim Schreiben als Orientierungshilfe. Sie können Ihren Text auch mithilfe der Checkliste von Mitschülerinnen und Mitschülern korrigieren lassen und ihn im Anschluss überarbeiten. Die Aspekte/Kriterien der Checkliste können Sie ggf. in Absprache mit Ihrer Lehrkraft anpassen. Eine bearbeitbare Vorlage findet sich unter:

WES-118484-120

	✓ bzw. ++ + o – -- und Verbesserungstipps
Einleitung:	
Sind Textsorte, Autor/-in, Titel, Quelle, Thema und zentrale Aussage bezogen auf die Aufgabe benannt?	
Hauptteil:	
Sind alle wesentlichen Aussagen bzw. Daten und Fakten sachgerecht erfasst?	
Ist die Darstellung hinsichtlich der Anforderungen der konkreten Aufgabe strukturiert?	
Sind Bezüge auf das Material mit Zeilenbelegen versehen?	
Erfolgt die Darstellung in eigenen Worten ohne reine Paraphrasierung der Materialaussagen?	
Ist eine sprachliche Distanz vorhanden und die Wiedergabe ohne Zitate formuliert?	
Wird durchgängig ein nicht kommentierender Sachstil verwendet?	
Sprachlicher Ausdruck und sprachliche Richtigkeit:	
Wird Fachsprache sicher und korrekt verwendet?	
Ist der sprachliche Ausdruck stilistisch angemessen und sachlich formuliert?	
Werden die Regeln in den Bereichen Rechtschreibung, Zeichensetzung und Grammatik beachtet?	

Beispielaufgabe

M 1 Quiet Quitting: Der Job steht nicht mehr über der Freizeit

Manchmal reichen 17 Sekunden, um die Arbeitswelt umzukrempeln. Im Juni machte ein kurzes Video des Nutzers Zaid Lepplin auf der Plattform Tiktok die Runde. Es ging um Quiet Quitting, wortwörtlich also um stilles Kündigen.

„Du kündigst nicht deinen Job, aber du kündigst der Idee, in deinem Job viel zusätzlich zu leisten. Du erledigst immer noch deine Pflichten, aber du hängst nicht mehr der Mentalität an, dass Arbeit dein Leben ist. Dein Wert als Mensch definiert sich nicht durch deine Arbeit“, heißt es darin frei übersetzt. Seither dreht der Begriff Quiet Quitting seine Runden auf sozialen Netzwerken. Und weil sich vor allem auf Tiktok hauptsächlich Vertreter der Generation Z tummeln – Leute, die etwa zwischen 1995 und 2010 geboren sind –, diskutiert

man in Deutschland gerne die Frage, ob diese jungen Leute faul sind. Sind sie das? [...]
Die einfache Antwort lautet: Nein, sind sie nicht. So sieht es der Wirtschafts- und Arbeitsmarktforscher Enzo Weber vom Institut für Arbeitsmarkt- und Berufsforschung (IAB). „Die Erzählung, die junge Generation wolle nicht arbeiten, stimmt nicht", sagt Weber. Die Wünsche zur Arbeitszeit hätten sich in Deutschland seit Jahrzehnten kaum geändert.
Die etwas kompliziertere Antwort auf die Frage lautet aber: Es tut sich etwas auf dem Arbeitsmarkt. Quiet Quitting lässt sich laut Weber auf zwei Arten betrachten. Einerseits: Man erledige Dienst nach Vorschrift, bringe sich nicht unnötig ein und denke nicht weiter als unbedingt nötig. Andererseits: „Man arbeitet so, dass man nicht mehr krank wird und die Motivation aufrechterhält."
Die von der älteren Generation geprägte Tradition von Arbeitsmoral, Arbeitsrhythmus und Arbeitsstil fänden viele Jüngere „nicht überzeugend und nicht gut", sagte etwa der Jugendforscher Klaus Hurrelmann gegenüber der „Zeit". „Hier hieß es noch: Der Beruf geht voran, man muss durchhalten und die Familie notfalls zurückstecken", erklärt Hurrelmann weiter. Doch gerade darauf wollen sich Jüngere immer weniger einlassen, die Karriere steht für sie nicht mehr über allem anderen. [...]
Eine Art Katalysator sei dabei die Coronapandemie gewesen, sagt IAB-Forscher Weber. Homeoffice war plötzlich möglich, man konnte von weit entfernten Orten arbeiten, und viele überlegten, wo sie in Zukunft mit ihrer Arbeit hinwollen. „Während der Pandemie hat man gesehen, dass es auch anders gehen kann. Und solche kollektiven Erlebnisse wirken besonders stark."
Und gewisse Ansprüche an die Arbeitswelt entwickelten sich in den vergangenen Jahren stärker heraus: Sie sollte „individueller, flexibler und souveräner" werden, meint Weber. Wünsche, die vielleicht auch schon vorher da waren. Doch durch den Fachkräftemangel seien jetzt die Rahmenbedingungen dafür da, sagt Weber. Die Arbeitnehmerinnen und Arbeitnehmer sitzen nun am längeren Hebel, weil sie gebraucht werden.

Florian Gann, Quiet-Quitting: Der Job steht nicht mehr über der Freizeit, in: Stuttgarter Nachrichten online, 29.11.2022, https://www.stuttgarter-nachrichten.de/inhalt.quiet-quitting-der-job-steht-nicht-mehr-ueber-der-freizeit.9fbb556a-cd90-44b6-90ff-76cf1f1518df.html (Zugriff: 01.12.2022)

1 Geben Sie die Aussagen von Enzo Weber und Klaus Hurrelmann zum „Quiet Quitting" der „Generation Z" wieder.

Beispiellösung

In dem informierenden Sachtext „Quiet Quitting: Der Job steht nicht mehr über der Freizeit" von Florian Gann aus dem Online-Angebot der Stuttgarter Zeitung vom 29.11.2022 werden Aussagen von Wissenschaftlern zum Phänomen des „Quiet Quitting" dargestellt.

formaler Einleitungssatz mit Benennung des Themas

Quiet Quitting bezeichnet nach der Darstellung des Autors eine neue Arbeitshaltung der sogenannten „Generation Z", nach der nur noch berufliche Pflichten ohne Zusatzaufgaben abgeleistet werden, was in der öffentlichen Diskussion die Frage aufgeworfen habe, ob die junge Generation hinreichend leistungsbereit sei (Z. 1–20).

inhaltlicher Kontext der wiederzugebenden Aussagen

Der Arbeitsmarktforscher Enzo Weber sieht im „Quiet Quiting" einerseits eine Beschränkung der Leistung auf das formal notwendige Maß, andererseits aber eine Orientierung an einer gesunden Arbeitseinstellung, mit der Arbeitnehmerinnen und Arbeitnehmer auch ihre Motivation aufrecht erhielten (Z. 21–37). Weber ist der Meinung, dass durch „Quiet Quittung" neue Ansprüche an die Flexibilisierung der Arbeitswelt deutlich werden, die schon länger bestünden, aber durch die Veränderungen der Arbeit während der Coronapandemie und eine neue Machtposition von Arbeitnehmerinnen und Arbeitnehmern angesichts des Fachkräftemangels nun deutlicher zutage träten (Z. 49–66).

Darstellung in eigenen Worten im Sachstil

Der Jugendforscher Klaus Hurrelmann stellt in seinen Aussagen das „Quiet Quitting" als Gegenmodell zu einer Arbeitsmoral der älteren Generation dar, in der Arbeit und Karriere über eigenen und familiären Bedürfnissen gestanden hätten, was von der jüngeren Genration nicht mehr getragen werde, da es unschlüssig erscheine (Z. 38–48).

Strukturierung der Darstellung gemäß Aufgabe

Analyse von Erwerbsbiografien

INFO

Eckrentner
auch: Standardrentner; Modell einer Person, die 45 Jahre durchgängig Rentenbeiträge für ein durchschnittliches Entgelt geleistet hat

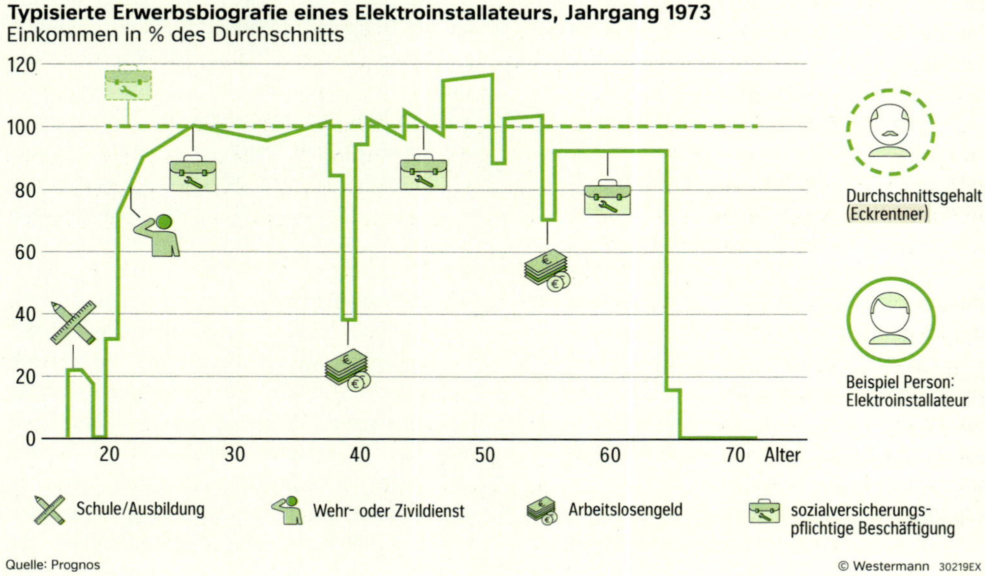

Das Erwerbsleben war in Deutschland lange geprägt von der Idee, einen Beruf in einem Unternehmen von der Ausbildung bis zur Rente auszuüben. Eine solche Erwerbsbiografie war in der Bundesrepublik immer eine Ausnahme, seit den 1980er-Jahren ist aber festzustellen, das Erwerbsbiografien brüchiger geworden sind: Der Wechsel von Arbeitgebern findet häufiger statt, Zeiten von Arbeitslosigkeit, Geringbeschäftigung oder Betreuungs- und Pflegezeiten für Kinder und ältere Angehörigen nehmen zu.
Zudem gibt es neue Arbeitsformen jenseits des Normalarbeitsverhältnisses und technische Entwicklungen verändern die Ansprüche an Arbeitnehmerinnen und Arbeitnehmer in immer neuer Weise. So gehört auch die Notwendigkeit, immer neue Qualifikationen zu erwerben, heute zu einer normalen Erwerbsbiografie.

Mit der Analyse von Erwerbsbiografien in Ihrem persönlichen Umfeld (z. B. Eltern und Großeltern oder Bekannte aus unterschiedlichen Generationen) können Sie Veränderungen in Erwerbsbiografien verdeutlichen und erfassen, wie viel Vielfalt, Brüche, Neuanfänge, Umorientierungen und nicht zuletzt Chancen das Erwerbsleben über einen längeren Zeitraum heute bietet.

1 Entwickeln Sie in Gruppenarbeit einen Fragebogen für die Befragung von Erwerbstätigen oder Ruheständlern in Ihrem Umfeld. HILFE

2 Führen Sie jede/-r eine Befragung von mindestens zwei Personen durch und dokumentieren Sie die Ergebnisse im Fragebogen.

3 Werten Sie innerhalb Ihrer Gruppe die Befragungsergebnisse in Form eines Graphen aus, in dem die Erwerbsphasen dem Alter zugeordnet werden und mit der Arbeitszufriedenheit in Beziehung gesetzt werden.

4 Präsentieren Sie (natürlich anonym) im Plenum eine Erwerbsbiografie, die Sie besonders beeindruckt hat, und vergleichen Sie Ihre Ergebnisse.

Entwicklung der Beschäftigungsstruktur

Drei-Sektoren-Hypothese

Mit der Drei-Sektoren-Hypothese beschreibt der französische Ökonom Jean Fourastié eine Entwicklung moderner Volkswirtschaften von einer **Agrarwirtschaft (primärer Sektor)** über eine **industriell geprägte Wirtschaft (sekundärer Sektor)** hin zu einer Dienstleistungsgesellschaft, in der der weitaus größte Teil der Erwerbspersonen im Bereich der **Dienstleistungen (tertiärer Sektor)** tätig sind. Fourastié begründet diese Entwicklung mit technischen Innovationen, die im Bereich des primären und des sekundären Sektors bewirken, dass menschliche Arbeit immer mehr durch Automatisierung erleichtert und ersetzt wird. Die Folge ist, dass in modernen Volkswirtschaften immer mehr Menschen im tertiären Sektor arbeiten.

Entwicklungstendenzen in der Beschäftigungsstruktur

Fourastiés These bestätigt sich bei einer Analyse der Entwicklungstendenzen in der Beschäftigungsstruktur Deutschlands – sie kann aber deutlich ausdifferenziert werden: Die Analyse zeigt, dass das **Qualifikationsniveau** von Beschäftigten in Deutschland stetig ansteigt, da gering qualifizierte Beschäftigungen im primären und sekundären Sektor seltener werden. Sie zeigt aber auch tendenziell **abnehmende Erwerbslosenquoten** in den Jahren ab 2005, **höhere Erwerbsbeteiligungen** von Frauen und Älteren und große **qualifikations- und geschlechtsbedingte Einkommensunterschiede**.

Wandel der Beschäftigungsformen

Die Entwicklung der Beschäftigungsstruktur in Deutschland unterliegt seit etwa zwei Jahrzehnten dem Megatrend der **Flexibilisierung**, der das sogenannte Normalarbeitsverhältnis (abhängige Vollzeitbeschäftigung als Arbeitnehmerin und Arbeitnehmer im Rahmen einer ca. 40-Stunden-Woche) um vielfältige, sogenannte **atypische Beschäftigungsformen** ergänzt. Das Internet bietet neue Möglichkeiten des zeit- und ortsflexiblen Arbeitens. Der Abschied vom regelmäßigen Arbeitstag an einem festgelegten Arbeitsort bietet sowohl Unternehmen als auch Arbeitnehmerinnen und Arbeitnehmern Chancen und Risiken, denn Arbeitszeiten sind nicht mehr klar kontrollierbar und tendieren für Arbeitende zur „Entgrenzung".
Unternehmen haben durch die Digitalisierung neue Möglichkeiten des Outsourcings von Unternehmensaufgaben, die sich im **Crowdsourcing** etablieren. Unternehmerische Aufgaben werden webbasiert an Plattformarbeiterinnen und -arbeiter vergeben, die flexibel, aber oft unter sehr prekären Verhältnissen selbstbestimmt ihre Aufgaben erledigen.

Geschlechterverhältnisse

Die Analyse der Geschlechterverhältnisse in der Entwicklung der Beschäftigungsstruktur zeigt eine kontinuierliche Zunahme weiblicher Erwerbsbeteiligung bei allerdings noch immer stark unterschiedlicher Bezahlung. Der **„Gender Pay Gap"** kann in weiten Teilen durch unterschiedliche Arten und Zeiten der Erwerbsbeteiligung von Frauen und Männern erklärt werden, er weist aber auch auf strukturelle Ungerechtigkeiten hin, die in Bezug auf Berufswahlentscheidungen reflektiert werden müssen.

Demografische Herausforderungen

Eine der größten Herausforderungen für die Beschäftigungsstruktur der Zukunft ist der **Fachkräftemangel** – vor allem im Bereich des Handwerks. Lösungskonzepte zielen auf die Erwerbsbeteiligung von Frauen, von älteren Beschäftigten und vor allem auf Zuwanderung von Arbeitskräften aus sogenannten „Drittländern" ab. Es bleibt fraglich, welche Lösungskonzepte in welcher Kombination zielführend sein werden.

3. Entwicklungen der Produktionsstruktur

3.1 Technologischer Wandel – schöne neue Welt?

M 1 Erstrebenswerter Wandel?

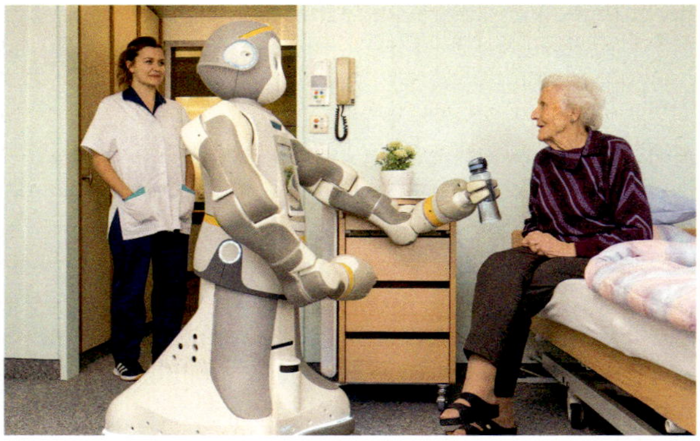

BEGRIFF

Fachkonzepte
Effizienz
Markt

INTERNET

WES-118484-131
Film: Einfach erklärt: Digitalisierung

INFO

Industrie 4.0
Der Begriff wurde zum ersten Mal auf der Hannover Messe 2011 öffentlich lanciert und u. a. in einem Förderprojekt der Bundesregierung im Rahmen ihrer Hightech-Strategie 2014 aufgegriffen. In Anlehnung an das Web 2.0 (interaktives Internet) zielt der Begriff darauf, die digitale Vernetzung in „intelligenten Fabriken" als 4. Industrielle Revolution zu verstehen.

M 2 Grundlegender Wandel durch Vernetzung

Frieda hat eine große Palette aufgeladen. Mit blinkenden Lämpchen fährt sie durch die Produktionshalle, biegt zwei Mal ab und stoppt dann bei einem Mitarbeiter in der Montageinsel. Frieda ist ein mobiler Roboter, ein sogenannter Logistikassistent bei SEW Eurodrive. Sie ist nicht allein: Überall in der Firma kurven große und kleine Transportroboter aus Stahl herum. Sie heißen Frieda, Carmen oder Inge. Transportieren Material von A nach B und unterstützen die Mitarbeiter bei der Montage: „Wir haben Montageassistenten entwickelt, die den Menschen an jeder Stelle im Montageprozess zum richtigen Zeitpunkt die richtigen Informationen geben zum Kundenauftrag, diese Montageassistenten können mit Regalen reden, zeigen dem Menschen genau, was sie dort einbauen können und sollen, und damit ist es uns gelungen, in einen ganz neuen Produktionsansatz zu gehen." [...]
Johann Soder ist Geschäftsführer bei SEW Eurodrive. Die Firma stellt Getriebemotoren her, etwa für Rolltreppen oder Industriekräne. Seit 40 Jahren arbeitet Johann Soder schon hier und hat sich schon immer für neue Produktionsansätze interessiert. [...] Jetzt will Johann Soder die Firma in ein neues Zeitalter katapultieren. Und das heißt für ihn: die vernetzte Fabrik.
Alles und jeder ist in der Fabrik miteinander in Verbindung und tauscht permanent Informationen aus: Getriebeteile, Maschinen, Computer – Menschen. Für den erfahrenen Manager Johann Soder ein echter Quantensprung: „Industrie 4.0, das Neue ist, dass wir Kundenaufträge genau zum Mitarbeiter bringen. Wir leiten heute Kundenaufträge vom Konstruktionsbüro unseres Kunden direkt durch die Fabrik. Das heißt, es gibt keine Auftragsplanung und -steuerung mehr." [...]
Johann Soder ist davon überzeugt, dass die digitale und vernetzte Produktion [...] die Zukunft bestimmen wird und zwar zwangsläufig: „Weil wir in Zukunft in unseren Fabriken nicht mehr die Massenproduktion haben werden, wo man tausende von Teilen produziert, sondern wir realisieren heute schon Losgröße 1: ein Stück, wie es der Kunde wünscht, und das wird noch wesentlich mehr werden."

Sina Rosenkranz, Zukunft der Arbeit – Industrie 4.0, in: SWR2: Geld Markt, Meinung, Stuttgart: Südwestrundfunk, 31.10.2016, http://www.swr.de/swr2/kultur-info/diedigitalisierung-und-der-arbeiter//id=9597116/did=18404608/nid=9597116/xjvsrk/index.html (Zugriff: 31.09.2017)

M3 Merkmale des technologischen Wandels in der Industrie

Basis [der] Anpassungen sind bestimmte technologische Weiter- und Neuentwicklungen [...]. In der industriellen Fertigung sind insbesondere intelligente, autonome oder semiautonome cyberphysische Systeme (CPS) relevant: Innerhalb einer Dateninfrastruktur wie dem Internet ermöglichen diese komplexen Systeme die Kommunikation zwischen Informations- und Softwarekomponenten mit mechanischen oder elektrischen Bauteilen, wodurch sich Produktionsprozesse in verschiedener Hinsicht weiter automatisieren und flexibilisieren lassen.

Künstliche Intelligenz (KI) und Maschinelles Lernen (Machine Learning), d. h. die Fähigkeit von IT-Systemen, zu lernen und dann selbstständig Probleme zu lösen, ermöglichen zudem die Weiterentwicklung der Robotisierung als wesentlichen Aspekt der digitalisierungsgetriebenen Automatisierung der Industrieproduktion.

Auf Basis von Sensorik und KI können sogenannte kollaborative Roboter („Cobots") in den Fabriken nun direkt mit Menschen zusammenarbeiten, statt räumlich von ihnen getrennt zu sein. Die Mensch-Roboter-Kollaboration (MRK) ist insbesondere bei Montageanwendungen ein wesentlicher Teil von Industrie 4.0. Die Planung und der Einsatz dieser Roboter oder anderer Produktionsanlagen werden durch Augmented Reality, d. h. durch Technologien, die computergestützt die Darstellung einer erweiterten Realität und eine Voransicht der anvisierten Umsetzung in dieser ermöglichen, wesentlich vereinfacht.

Die Möglichkeiten des 3D-Drucks flexibilisieren Produktion und Produkte zusätzlich: Unternehmen können etwa kurzfristig Bau- und Ersatzteile oder Prototypen, die sie bislang über Zulieferer beziehen mussten, selbst fertigen.

Auch die logistischen Prozesse einzelner oder mehrerer Unternehmen untereinander werden hin zu Logistik 4.0 oder Smart Logistics automatisiert, d. h. flexibel und bedarfsorientiert gesteuert: Etwa durch das Konzept der adaptiven Logistik lassen sich Lieferketten synchronisieren und Mitarbeitende durch den Einsatz autonomer Fahrzeuge entlasten.

Wenke Klingbeil-Döring, Technischer Fortschritt und Industrie 4.0, Bonn: Bundeszentrale für politische Bildung, 01.09.2020, https://www.bpb.de/themen/arbeit/arbeitsmarktpolitik/315869/technischer-fortschritt-und-industrie-4-0/ (Zugriff: 19.10.2022)

INFO

Cyberphysische Systeme (CPS)
Das Funktionsprinzip basiert auf Sensoren, Aktoren und vernetzter Software. Sensoren liefern Messdaten aus technischen Geräten und melden sie über Netzwerke an eine Software weiter, die sie verarbeitet.

kollaborativ
zusammenarbeitend

M4 Folgen des technologischen Wandels

Entscheidend für das Bild von Arbeit 4.0 und Industrie 4.0 ist Wechselseitigkeit der Einflüsse. Insgesamt zeigt sich, dass der Einsatz digitaler Technologien Arbeits- und Organisationsformen ermöglicht, die den veränderten wirtschaftlichen, gesellschaftlichen und individuellen Anforderungen entsprechen. [Sie] treiben [...] die Digitalisierung weiter voran, die ihrerseits – ausgehend von den Möglichkeiten, die sie schafft – neue Anforderungen und Ansprüche anregt. Jede Auseinandersetzung mit Industrie 4.0 und Arbeit 4.0 hat also auch die gesellschaftlichen und insbesondere die sozialen Bedingungen, unter denen sich der Wandel vollzieht und die er kreiert, einzubeziehen. Ganz besonders auch, um soziale Verwerfungen oder ökologische Schäden, wie sie infolge der früheren industriellen Revolutionen auftraten, abzuwenden.

Wenke Klingbeil-Döring, Technischer Fortschritt und Industrie 4.0 (siehe M3)

1. Schildern Sie Ihre Eindrücke zu den Auswirkungen des technologischen Wandels (M1).
2. Charakterisieren Sie Merkmale des technologischen Wandels (M2, M3).
3. Erläutern Sie mögliche gesellschaftliche, soziale und ökologische Folgen (M4, Z. 11 ff.), unter denen sich der Wandel in Industrie und Beschäftigung vollzieht. HILFE
4. Setzen Sie sich damit auseinander, wie „soziale Verwerfungen und ökologische Schäden" (M4, Z. 16 f.) des technologischen Wandels eingedämmt werden können.

M5 Klimaschutz als Treiber des technologischen Wandels

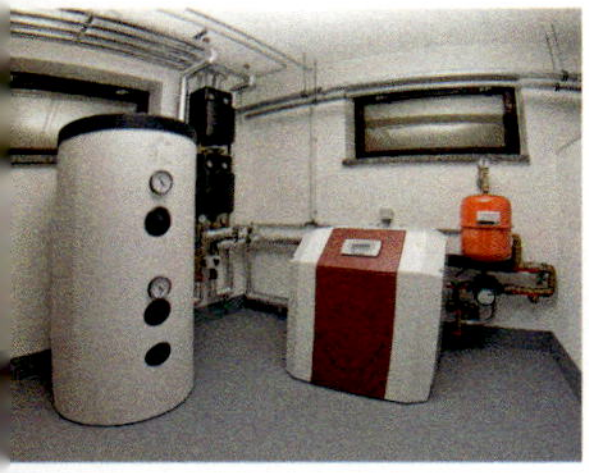

QUERVERWEIS
Herausforderung Klimaneutralität
S. 60–77

Ursächlich für den weltweit zu beobachtenden Trend zur Elektromobilität sind ohne Zweifel die globalen Gesetzgebungen zur Reduzierung der CO_2-Emissionen. Die immer lauter werdenden Rufe nach effektiveren Umwelt- und Klimaschutzmaßnahmen tangieren natürlich nicht nur die Automobilindustrie.
Betroffen sind – um ein weiteres konkretes Beispiel herauszugreifen – auch Unternehmen der Bau- und Gebäudetechnik: Ein Heizungsbauer, der früher vielleicht ausschließlich Öl- und Gasbefeuerungsanlagen gebaut hat, ist nun auf einmal gefordert, eine breite Klaviatur unterschiedlicher Technologien zu beherrschen und seine Organisation dementsprechend neu auszurichten.
Neben den [...] konventionellen Technologien gilt es, eine große Bandbreite weiterer zu beherrschen, wie Wärmepumpen, Pelletheizungen, Batterie- oder Kältespeicher, Photovoltaik, Sonnen- und Erdwärme etc.
Besondere Komplexität entsteht auch dadurch, dass in den meisten Fällen die unterschiedlichen Technologien miteinander kombiniert werden. Dies führt zu anspruchsvollen Integrations- bzw. Regelungsaufgaben, auch wenn ein Heizungshersteller gar nicht alle Bestandteile der Anlage selbst herstellt.
Gelingen einem Unternehmen diese Aufgaben nicht, wird es zukünftig wohl kaum noch genügend Geschäft in dieser Branche machen können: Über kurz oder lang werden Gas und Öl als Brennstoff verschwinden. Die Zukunft wird erneuerbaren Energieträgern gehören.

Goran Malić/Thomas Pletsch, Den technologischen Wandel als Chance begreifen, Stuttgart: TMG Consultants GmbH, https://www.tmg.com/aktuelles/insights-artikel/den-technologischen-wandel-als-chance-begreifen/ (Zugriff: 19.10.2022)

M6 Technologiebasierter Megatrend „Digitalisierung“

Ein technologiegetriebener Wandel, der sich weltweit in besonders großem Ausmaß in nachhaltigen gesellschaftlichen Veränderungen niederschlägt, ist die Digitalisierung. Digitalisierung und Vernetzung und die von ihnen ausgehenden Veränderungen schicken sich an, die Geschäftswelt, wie wir sie heute kennen, fundamental zu verändern.
Das Besondere an diesem Technologiewandel: Ähnlich der Elektrifizierung vor gut 100 Jahren macht die Digitalisierung vor nahezu keiner Branche halt. Der letzte rasante technologische Schub entstand durch die flächendeckende Verfügbarkeit mobiler Daten in hoher Bandbreite. 5G bildet hierbei die aktuell anstehende nächste Ausbaustufe. In fast allen Branchen kommen innovative digitalisierte Produkte und Services auf den Markt. Prozesse werden zunehmend von moderner Informations- und Kommunikationstechnik gesteuert und unternehmensübergreifend vernetzt.
Für die oben genannten Heizungshersteller [siehe M5] ergibt sich hier neben der Vielfalt an Heiztechnologien die nächste Herausforderung: die Heizung als wesentliches Element einer Smart-Home-Steuerung oder als Ausbaustufe ein eigenes Smart-Home-System, das viele weitere Geräte der Gebäudesteuerung integriert.

Goran Malić/Thomas Pletsch, Den technologischen Wandel als Chance begreifen (siehe M5)

M7 Trend zur Individualisierung als Techologietreiber

Technologischer Wandel muss nicht immer das Resultat bahnbrechender technologischer Innovationen sein. Oft genug sind es allgemeine gesellschaftliche Entwicklungen, die diesen Wandel auf indirektem Weg ins Rollen bringen. Ein charakteristisches Beispiel hierfür ist der gesellschaftliche Megatrend „Individualisierung“.
[...] Ob Auto, Kleidung, Smartphone-App: Immer mehr Menschen wünschen Produkte und

Services, die auf sie zugeschnitten sind und die ihrem persönlichen Geschmack und ihren Vorlieben gerecht werden. Möglicherweise liegt es in der Natur des Menschen, vielleicht ist es in der Konsumgesellschaft von heute aber auch nur „hipp", sich mit Produkten zu differenzieren, die dem Einzelnen Individualität und Persönlichkeit verleihen. Fakt ist jedenfalls: Produkte und Services werden in dieser Hinsicht immer mehr zum Kennzeichen der eigenen Identität.
Herstellern und Zulieferern verspricht dieser Trend zusätzliches Geschäft – sofern sie es schaffen, die stark individualisierten Produkte und Services zu bezahlbaren Konditionen anzubieten. Möglich ist dies nur durch konsequenten Einsatz modernster Produktions-, Automations- und Informations-/Kommunikationstechnologien. Schließlich muss das Angebot ja nicht nur für wenige Individualisten erschwinglich sein, sondern für eine immer größer werdende breite Masse von Konsumenten.
Die Lösung heißt „Mass Customization", die kundenindividuelle Massenproduktion. Durch die Möglichkeit, bestehende und neue Produktionssysteme mehr und mehr mit modernsten informations- und kommunikationstechnischen Systemen zu verzahnen, lassen sich Produktivität und Effizienz in der Produktion enorm verbessern. Auf einmal wird es dank neuer Technologien und Produktionsverfahren möglich, auch Einzelstücke und Kleinstmengen rentabel herzustellen. [...]
Der „Megatrend Individualisierung" stellt insofern einen Treiber dar, der den technologischen Wandel als Folge eines gesellschaftlichen Wertewandels indirekt und trotzdem nachhaltig befeuert.

Goran Malić/Thomas Pletsch, Den technologischen Wandel als Chance begreifen (siehe M5)

M8 Maßproduktion als neue Normalität?

Während er die personalisierten Laufschuhe auszieht und den Maßkonfektions-Anzug von der Stange anzieht, löffelt er den Rest seines online selbst zusammengestellten Müslis. Dabei sucht er mit einer Augmented-Reality-App ein neues Sofa, das sowohl zu seinem Stil passt als auch in die genau 2,78 Meter breite Lücke zwischen Wand und Bücherregal.
Der moderne Kunde steht nicht mehr auf Massenware. Einzelstücke sollen es sein, zum Preis, als seien sie in Masse produziert."

Alexandra Röver, Von Massenproduktion zur Maß-Produktion, Dublin: LinkedIn Ireland Unlimited Company, 19.12.2017, https://de.linkedin.com/pulse/von-massenproduktion-zur-ma%C3%9F-produktion-alexandra-r%C3%B6ver (Zugriff: 19.10.2022)

1 Beschreiben Sie am Beispiel der Heizungshersteller die technologischen Herausforderungen, denen sich diese Branche stellen muss (M5).

2 Erläutern Sie an konkreten Beispielen Auswirkungen von Digitalisierung und Vernetzung für Produktion und Konsum (M6).

3 Analysieren Sie ausgehend von Ihrem eigenen Konsum den Trend zur Individualisierung der Produktion (M7, M8).

4 Erläutern Sie den Zusammenhang zwischen dem „Megatrend Individualisierung" und dem technologischen Wandel (M7, M8).

5 **Wählen Sie eine Aufgabe aus:**
a) Nehmen Sie Stellung zu den Entwicklungen (M7, M8). HILFE
b) Entwickeln Sie Ideen, welche Trends (M7, M8) voraussichtlich die Zukunft der Arbeitsgesellschaft bestimmen und welche Auswirkungen diese haben könnten.

Operator „Erläutern“ (Anforderungsbereich II)

Definition:
Sachverhalte erklären und in ihren komplexen Beziehungen an Beispielen und/oder Theorien verdeutlichen (auf Grundlage von Kenntnissen bzw. Materialanalyse)

Was heißt das genau?

Der Operator bezieht sich häufig auf ein Material (Text, Tabelle, Grafik) zu einem bestimmten Thema bzw. Sachverhalt.
Voraussetzung einer Erläuterung ist, dass Sie den Sachverhalt wirklich verstanden haben. Daher verlangt „Erläutern“ von Ihnen zunächst, die wichtigen Aussagen, die im Material zum Sachverhalt getroffen werden, zu erfassen.
Davon ausgehend sollen Sie die Sachverhalte und deren Einbindung in Zusammenhänge nachvollziehbar und verständlich erklären und verdeutlichen. Dazu gehört insbesondere, dass Sie relevantes fachliches Hintergrundwissen aus Ihrem Unterricht einbringen. Dies können Sie auf verschiedenem Wege bewerkstelligen: Sie können den betreffenden Sachverhalt durch Beispiele veranschaulichen, sein Verständnis durch zusätzliche Informationen erleichtern sowie ihn theoretisch einordnen.

Checkliste zum „Erläutern“

TIPP

Nutzen Sie die Checkliste zur Planung und beim Schreiben als Orientierungshilfe. Sie können Ihren Text auch mithilfe der Checkliste von Mitschülerinnen und Mitschülern korrigieren lassen und ihn im Anschluss überarbeiten. Die Aspekte/Kriterien der Checkliste können Sie ggf. in Absprache mit Ihrer Lehrkraft anpassen. Eine bearbeitbare Vorlage findet sich unter:

WES-118484-130

	✓ bzw. ++ + o – –– und Verbesserungstipps
Einleitung:	
Ist eine aufgabenbezogene Einleitung mit knapper Skizzierung des Sachverhalts vorhanden?	
Hauptteil:	
Sind alle für die Aufgabe wichtigen Sachverhalte und Probleme des Materials erfasst und bei der Bearbeitung berücksichtigt?	
Sind die Sachverhalte im Material unter Berücksichtigung fachlichen Hintergrundwissens erklärt?	
Sind Bezüge auf das Material mit Zeilenbelegen versehen?	
Werden ausgehend vom Material fachliches Hintergrundwissen und weitere Aspekte mithilfe von Beispielen und/oder Theorien sowie unterrichtlichen und aktuellen Bezügen eingebracht?	
Schluss:	
Ist ein aufgabenbezogenes Fazit vorhanden?	
Sprachlicher Ausdruck:	
Wird Fachsprache sicher und korrekt verwendet?	
Ist der sprachliche Ausdruck stilistisch angemessen?	
Werden die Regeln in den Bereichen Rechtschreibung, Zeichensetzung und Grammatik beachtet?	

Beispielaufgabe

M 1 Deutschland verbessert seine Wettbewerbsfähigkeit

Deutschland gehört zu den attraktivsten Wirtschaftsstandorten der Welt: Im aktuellen Ranking des Weltwirtschaftsforums (WEF) [...] liegt Deutschland auf dem fünften Rang. Zwar büßte es gegenüber dem Vorjahr einen Platz ein. Doch absolut betrachtet stieg der Wettbewerbsindex für die deutsche Wirtschaft innerhalb der letzten zwölf Monate leicht an. [...]
In ihrem „Global Competitiveness Report" bewerten die Autoren 138 Länder anhand von mehr als 100 Indikatoren aus zwölf Kategorien. Dazu zählten die Qualität der Institutionen, der Infrastruktur und des Bildungs- und Gesundheitswesens, die Effizienz des Arbeitsmarktes und der Gütermärkte oder der technologische Entwicklungsgrad. In nahezu allen Kategorien schnitt die deutsche Wirtschaft gut bis sehr gut ab: Im Bereich der Innovation kletterte Deutschland um einen Rang auf den fünften Platz. Vergleichsweise große Fortschritte gab es auch in der technologischen Entwicklung. Verschlechterungen sehen die Ökonomen des WEF hingegen in der Infrastruktur und in den institutionellen Rahmenbedingungen. In letzterer Kategorie verlor Deutschland zwei Ränge und rutschte auf den 22. Platz ab. Auch die Steuerregulierungen und die Ineffizienz der deutschen Bürokratie erschwere es Unternehmen, hierzulande Geschäfte zu machen, heißt es im Bericht. Problematisch für den Wirtschaftsstandort sei zudem die Höhe der Steuern. In dieser Teilkategorie rutschte Deutschland auf den 104. Platz ab. Nachholbedarf erkennt das WEF auch auf dem Arbeitsmarkt. „Eine wichtige Herausforderung für den Arbeitsmarkt [...] wird die Integration der großen Zahl von Flüchtlingen sein, von denen viele 2015 eingetroffen sind", schreiben die Autoren.

INFO

Weltwirtschaftsforum
(World Economic Forum, WEF)
1971 von dem deutschen Ökonomen Klaus Schwab gegründete private Stiftung mit derzeit über 1.000 global agierenden Mitgliedsunternehmen; auf den jährlich vom WEF organisierten Treffen in Davos (Schweiz) diskutieren führende Vertreter/-innen von Wirtschaft, Politik, Wissenschaft, Medien und unterschiedlichen Organisationen über globale Probleme.

Maja Brankovic, Deutschland verbessert seine Wettbewerbsfähigkeit, in: Frankfurter Allgemeine Zeitung online, 28.09.2016, https://www.faz.net/aktuell/wirtschaft/wirtschaftspolitik/studie-deutschland-verbessert-seine-wettbewerbsfaehigkeit-14456078.html (Zugriff: 18.11.2022) © Alle Rechte vorbehalten. Frankfurter Allgemeine Zeitung GmbH, Frankfurt. Zur Verfügung gestellt vom Frankfurter Allgemeine Archiv.

1 Erläutern Sie ausgehend vom Material mithilfe von Beispielen Stärken und Schwächen des Wirtschaftsstandortes Deutschland.

Möglicher Lösungsansatz (in gekürzter Form)

Dargelegt wird im Text die Entwicklung der Wettbewerbsfähigkeit deutscher Unternehmen im internationalen Vergleich laut einer Studie des Weltwirtschaftsforums. Dabei werden unterschiedliche Bewertungskriterien zugrunde gelegt.	aufgabenbezogene Einleitung mit Skizzierung des Sachverhalts
Folgende Kriterien gehen u. a. in die Bewertung der Wettbewerbsfähigkeit ein: Qualität der Institutionen, der Infrastruktur und des Bildungs- und Gesundheitswesens, Effizienz des Arbeitsmarktes und der Gütermärkte, technologischer Entwicklungsgrad (Z. 12–16) sowie Innovation, Höhe der Steuern und Bürokratie (Z. 17–31).	Sachverhalte aus dem Text verdeutlicht
Deutsche Unternehmen schneiden der Studie zufolge in vielen Betrachtungsbereichen gut oder sehr gut ab, z. B. in den Bereichen Innovation und technologische Entwicklung. In den Bereichen Steuerregulierungen, Bürokratie und Infrastruktur rutschten deutsche Unternehmen im internationalen Vergleich ab. Insgesamt liegen deutsche Unternehmen auf einem vorderen Platz (Z. 16–33).	wichtige Aussagen aus dem Material erfasst
Nicht näher ausgeführt werden die einzelnen Betrachtungsbereiche. So bezieht sich die schlechte Bewertung der Infrastruktur weniger auf die Verkehrsinfrastruktur (z. B. Straße, Wasser, Schiene) als vielmehr auf die digitale Infrastruktur. Auch die Defizite in der Bürokratie werden nicht näher ausgeführt, wie lange Genehmigungsverfahren, unzureichende personelle Ausstattung von Behörden oder lange politische Entscheidungswege. Diese differenzierenden Aspekte sind von Bedeutung, weil …	weitere Aspekte ergänzt und Hintergrundwissen aktiviert und erklärt
Der im Text dargestellten Studie zufolge lässt sich festhalten, dass der Wirtschaftsstandort Deutschland nach wie vor wettbewerbsfähig ist und besonders bei Innovation und technologischer Entwicklung Stärken aufweist, jedoch in einigen Bereichen, wie Digitalisierung und Bürokratie, Schwächen ausgleichen muss, um seine Position zu halten oder zu verbessern.	aufgabenbezogenes Fazit

3.2 Globalisierte Wirtschaft – krisensicher?

BEGRIFF

Fachkonzepte
Arbeitsteilung/
Spezialisierung
Nachhaltigkeit

M1 „Outsourcing – eine Lösung aller Probleme?“

Zeichnung: Jeffrey Koterba

INTERNET

WES-118484-132
Film: Einfach erklärt: Globalisierung

GLOSSAR

Globalisierung
Lohnkosten
Wirtschaft

M2 Merkmale und Folgen von Globalisierung

Mit der Verflechtung der Märkte besteht die Konkurrenz nun nicht mehr nur aus den Betrieben und Geschäften in der näheren Umgebung, sondern sie umfasst die ganze Welt. Der Wettbewerbsdruck ist demnach enorm. [...]
Viele Unternehmen sehen die Lösung dabei in Rationalisierung, wobei „teure“ Arbeit durch Maschinen ersetzt wird. Eine andere Vorgehensweise, die durch die Globalisierung möglich wurde, ist die Produktion im Ausland. Durch die Auslagerung von Unternehmensbereichen kann auf billigere Arbeitskraft, bessere Standortbedingungen (z. B. Steuern) und andere Vorteile zurückgegriffen werden. So kann entweder das gesamte Produkt im Ausland produziert werden, ein Teil davon oder eine dazugehörige Dienstleistung dort erbracht werden. Viele Firmen haben zum Beispiel ihre Callcenter und Programmierungsstätten in Indien.
Die Globalisierung bietet aber auch Vorteile für Unternehmen, die nicht Teile ihres Unternehmens auslagern: Zwischenprodukte und Rohstoffe können weltweit zu den günstigsten Preisen eingekauft werden. So werden arbeitsintensive Vorprodukte häufig günstig aus Ländern mit niedrigeren Lohnkosten eingekauft. Dies hat in den Industrieländern einen Strukturwandel hin zu technologieintensiveren Sektoren verursacht, die den Einsatz von immer mehr qualifizierter Arbeit erfordern.
Insbesondere Unternehmen, die stark auf Export fokussiert sind, erfahren durch die Globalisierung und Öffnung der Märkte eine Erweiterung ihres Absatzmarkts. Durch die Möglichkeit, überall hin auf der Welt zu exportieren, erweitert sich das Potenzial an neuen Kundinnen und Kunden, die Interesse an ihrem Produkt haben könnten. Das steigert demnach den Verkauf und treibt den Umsatz in die Höhe. Deutschland hat auf diese Weise massiv von der Globalisierung profitiert.
Kleine Unternehmen haben es jedoch schwer, sich gegen die riesige Konkurrenz und den damit verbundenen Preisdruck durchzusetzen. Globale Unternehmen, wie beispielsweise IKEA, haben ihre Filialen mittlerweile auf der ganzen Welt. Dies steigert den Druck für Einzelunternehmen.

Wirtschaft und Schule, Auswirkungen der Globalisierung auf Unternehmen, Köln: Institut der deutschen Wirtschaft Köln/JUNIOR gGmbH, 29.03.2022, https://www.wirtschaftundschule.de/unterrichtsmaterialien/globalisierung-und-europa/arbeitsblaetter/auswirkungen-der-globalisierung-auf-unternehmen/ (Zugriff: 19.10.2022)

M3 In Zukunft weniger Globalisierung und Wohlstand?

Der Ukrainekrieg zeigt uns, viel deutlicher als die Coronakrise, dass die Globalisierung vermutlich so nicht weitergehen kann und wird. Was bedeutet das für die deutsche Wirtschaft und die Gesellschaft, die jahrzehntelang davon profitiert haben? Wir müssen in vielem umdenken, meint etwa der Außenhandelsexperte Gabriel Felbermayr [...].

Die internationale Arbeitsteilung und der Handel machen Länder voneinander abhängig. Um die Abhängigkeit zuzulassen, braucht es Vertrauen. Und dieses Vertrauen wurde durch den Angriff Russlands auf die Ukraine zerstört. Felbermayr wirkt ernüchtert, wenn er das sagt. Wir waren zu naiv, stellt der Direktor des Österreichischen Instituts für Wirtschaftsforschung (WIFO) fest.

Trotzdem kann er sich gerade für Deutschland eine Rückkehr zu einer rein nationalen Wirtschaft nicht vorstellen. Es werde zu einer Regionalisierung kommen: Wir würden mehr mit unseren europäischen Partnern handeln und zusammenarbeiten und mit Ländern, mit denen wir aufs Engste sicherheitspolitisch „verschraubt" seien, so Felbermayr – wie die USA oder Großbritannien, trotz Brexit.

Allerdings werde das nicht reichen. Denn viele benötigte Rohstoffe bekämen wir nicht aus uns nahestehenden Ländern. In diesem Fall ist nach Ansicht Felbermayrs der Staat gefordert: Er müsse überlegen, wie man die Rohstoffversorgung absichert. Da brauche es mehr als reine Handelspolitik, also Zölle oder Handelsabkommen. Da müsse die „Diplomatie robuster werden", die Rohstoffländer müssten womöglich mit Entwicklungs- und Militärhilfe unterstützt werden, mehr Druck aufgebaut werden. Immer zusammen mit den Partnern wie der EU oder den USA – das sei nichts, was Deutschland alleine machen könnte.

Die Abhängigkeit von China sieht der Außenhandelsexperte nicht ganz so fundamental gefährlich wie die von Russland. Denn alles was China herstellt, könnten auch andere Länder produzieren, die Deutschland näherstünden. Das wäre zwar schwierig, aber machbar. China habe nicht ein großes Monopol auf einen Rohstoff wie Russland. Schwierig sei vor allem die Größe des Marktes in China: Dieser würde wegfallen, sollte man sich aus den Handelsbeziehungen lösen wollen.

Die Entflechtung der Weltwirtschaft, der Rückzug aus dem Handel mit Ländern, die nicht unsere Werte teilen – das werde Folgen für unseren Wohlstand haben. Russisches Gas war billig und hat zum Beispiel der chemischen Industrie Wettbewerbsvorteile verschafft. Die günstigen Zulieferungen aus China hätten ebenfalls Kosten gespart. Wenn diese ausgetauscht würden durch teureres Gas, teurere Vorprodukte, würden auch die Preise steigen und die Gewinne geschmälert. Das ist die eine Seite.

Die andere: Der Weltmarkt werde schrumpfen, weil wir weniger in unsichere Länder verkaufen können. Deshalb wird es, so Felbermayr, nicht vermeidbar sein, dass wir an Wohlstand verlieren. „Das wird uns ärmer machen", sagt er. Das heiße zwar nicht, dass die Einkommen zurückgehen werden, stellt er klar. Allerdings dürften die Wachstumsraten kleiner werden.

Christine Bergmann, Folgen des Krieges: Weniger Globalisierung und Wohlstand, in: BR24, München: Bayerischer Rundfunk, 03.05.2022, https://www.br.de/nachrichten/wirtschaft/folgen-des-ukraine-kriegs-weniger-globalisierung-und-wohlstand,T4gByzF (Zugriff: 19.10.2022)

Gabriel Felbermayr (geb. 1976), Direktor des Österreichischen Instituts für Wirtschaftsforschung (WIFO)

QUERVERWEIS

Internationaler Handel – trotz Risiken?
S. 129–130

1 Setzen Sie sich mit der Aussage des Vaters in der Karikatur auseinander (M1).

2 Gliedern Sie mithilfe einer Mindmap Merkmale und Folgen der Globalisierung für deutsche Unternehmen (M2).

3 Arbeiten Sie aus M3 die Analyse des Ökonomen Gabriel Felbermayr angesichts des Krieges in der Ukraine heraus. HILFE

4 Diskutieren Sie, welche Folgen die aktuellen Krisen (M3) für die Konsumentinnen und Konsumenten hierzulande haben.

QUERVERWEIS

METHODE Visualisierungstechniken: Mindmap und Concept-Map
S. 54–55

M4 Deutsche Exportentwicklung

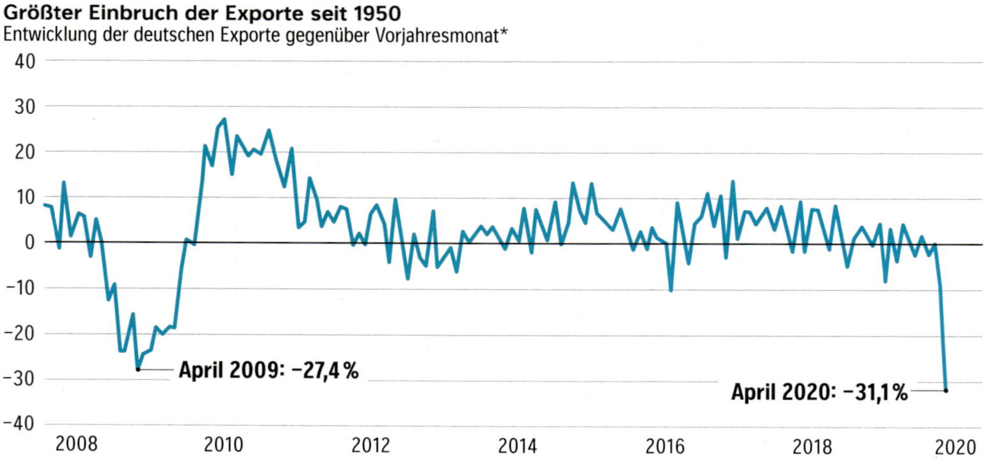

Quelle: Statistisches Bundesamt, 2020 *Originalwerte © Westermann 30165EX

INFO

Die **Kreditanstalt für Wiederaufbau (KfW)** ist eine nationale Förderbank. Die Aufgabe der KfW besteht in der Förderung von Mittelstand und Existenzgründern, der Gewährung von Investitionskrediten an kleine und mittlere Unternehmen sowie der Finanzierung von Infrastrukturvorhaben und Wohnungsbau, der Finanzierung von Energiespartechniken und der kommunalen Infrastruktur.

Die **Prognos AG** ist ein Analyse- und Beratungsunternehmen mit Sitz in Basel und mehreren Standorten in Deutschland. Das Unternehmen berät verschiedene private und öffentliche Auftraggeber zu wirtschaftlichen Themen.

GLOSSAR

Bruttoinlandsprodukt (BIP)

M5 Globalisierung in der Krise

Die deutsche Wirtschaft hat in den vergangenen Jahrzehnten stark von der Globalisierung profitiert. Sowohl für die direkt exportierenden Unternehmen als auch für ihre indirekt exportierenden Zulieferer – häufig kleine und mittlere Unternehmen – ist das Auslandsgeschäft von hoher Bedeutung. Rund 28 % der Erwerbstätigen und 31 % der Bruttowertschöpfung hängen in Deutschland direkt oder indirekt vom Export ab. Dies ist eines der Ergebnisse einer von KfW Research in Auftrag gegebenen Studie zur Zukunft der Globalisierung und den Wachstumsperspektiven deutscher Unternehmen.

Seit der Finanz- und Wirtschaftskrise 2008/2009 hat sich die Globalisierungsdynamik deutlich abgeschwächt. Zuletzt hat die Coronapandemie den Welthandel stark getroffen und globale Wertschöpfungsketten massiv gestört. Dies wirft die Frage auf, wie es mit der Globalisierung weitergeht – und was dies für die Zukunft des deutschen Wachstumsmodells bedeutet.

In der von Prognos durchgeführten Studie werden drei mögliche Zukunftsszenarien bis 2030 betrachtet – ein erneuter Globalisierungsschub, eine sich weiter fortsetzende verlangsamte Globalisierung und eine Deglobalisierung der Weltwirtschaft.

- Von einem erneuten Globalisierungsschub würde die deutsche Wirtschaftsleistung deutlich profitieren und das reale BIP ab 2023, nach der Erholung von der Coronakrise, um durchschnittlich 1,2 % pro Jahr zunehmen.
- Bei einer breit angelegten Deglobalisierung hingegen würde die Wachstumsrate mit 0,9 % deutlich niedriger ausfallen.
- Setzt sich die Globalisierung in dem verlangsamten Tempo fort, das zwischen der globalen Rezession 2009 und der Coronakrise zu beobachten war, dann ordnet sich das Trendwachstum mit 1,1 % zwischen den beiden anderen Szenarien ein.

Für alle drei Szenarien wird dabei unterstellt, dass demografischer Wandel, Digitalisierung und Klimawandel ebenfalls die langfristige wirtschaftliche Entwicklung beeinflussen.

KfW Research, Globalisierung in der Krise – die deutschen Unternehmen brauchen neue Wachstumsstrategien, Frankfurt a. M.: Kfw, Oktober 2021, https://www.kfw.de/%C3%9Cber-die-KfW/KfW-Research/Globalisierung-in-der-Krise.html (Zugriff: 19.10.2022)

M6 Alternative Wachstumsstrategien für Unternehmen

Ein erneuter Globalisierungsschub ist aus heutiger Sicht weniger wahrscheinlich. Dies stellt die Unternehmen vor die Herausforderung, ihre Geschäftsmodelle auf Zukunftsfähigkeit zu prüfen, ihre Exportstrategien anzupassen und neue Absatzpotenziale zu erschließen.
Die Prognos-Studie identifiziert drei wesentliche Anpassungsmöglichkeiten für Unternehmen:

- Eine stärkere Fokussierung auf die Binnennachfrage in Deutschland. Wachstumschancen ergeben sich hier vor allem aus den Megatrends demografischer Wandel, Digitalisierung sowie Klima- und Umweltschutz.
- Die Entwicklung neuer, innovativer Exportprodukte oder -dienstleistungen. Die fortschreitende Digitalisierung und die zunehmende Bedeutung von Klima- sowie Umweltschutz dürften auch international wichtige Impulse setzen, sodass trotz insgesamt verlangsamter Globalisierung für ausgewählte Marktsegmente eine dynamisch wachsende Nachfrage im Ausland zu erwarten ist.
- Die Erschließung neuer, viel versprechender Exportmärkte. Jenseits der bisherigen Absatzmärkte in Europa, Nordamerika und Ostasien bieten einige Schwellen- und Entwicklungsländer Chancen.

GLOSSAR
Entwicklungsländer
Schwellenländer

QUERVERWEIS
Zukunftsmärkte für klassische Branchen
S. 63, M3

Exportvolumen der fünf größten Exporteure von Umwelt- und Klimaschutzgütern nach Einzelsegmenten, 2018, in Milliarden Euro

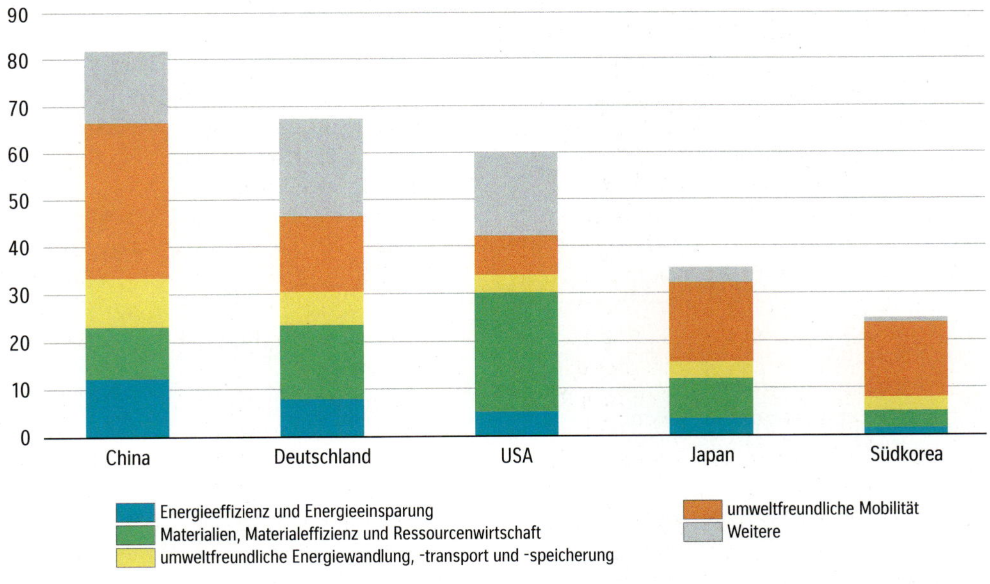

Quelle: Prognos, 2021 (vereinfacht)

KfW Research, Globalisierung in der Krise – die deutschen Unternehmen brauchen neue Wachstumsstrategien (siehe M5)

1. Stellen Sie die Entwicklung der deutschen Exporte von 2005 bis 2020 dar (M4).
2. Beschreiben Sie, wie sich die Globalisierung auf die deutsche Wirtschaft in den vergangenen Jahrzehnten ausgewirkt hat (M5).
3. Vergleichen Sie die Szenarien der Prognos-Zukunftsstudie (M5) mit den Anpassungsmöglichkeiten für Unternehmen (M6). HILFE
4. Nehmen Sie Stellung zu den Strategien, die in der Studie vorgestellt werden (M6). Berücksichtigen Sie dabei auch die Aussagen aus M5.

3.3 Lieferketten in der Krise – wie können Unternehmen reagieren?

BEGRIFF

Fachkonzepte
Effizienz
Arbeitsteilung/
Spezialisierung

M1 „Hätte, hätte Lieferkette“

Zeichnung: Nel, 30.04.2022

M2 Wirtschaft im Staccato-Modus

QUERVERWEIS

KfW
siehe Info auf S. 50

Erstaunliche drei Viertel der kleinen und mittleren Produktionsbetriebe hierzulande leiden unter Lieferengpässen. Sie bekommen etwa Vorprodukte, die sie dringend brauchen, nur verzögert. Diese aktuelle Zahl hat die öffentliche KfW-Bankengruppe veröffentlicht. Ursachen sind die Coronapandemie, der russische Krieg, aber auch der Brexit. „Staccato“ nennt das Bundeswirtschaftsminister Robert Habeck (Grüne): „Es läuft nicht mehr glatt durch, es wird produziert, dann wird abgebrochen.“ [...]
Der sogenannte Internationalisierungsbericht 2022 der KfW zeigt, dass neben dem verarbeitenden Gewerbe auch die Bauwirtschaft besonders betroffen ist. In dieser Branche haben ebenfalls drei Viertel der Firmen Lieferprobleme. Seit September [2021] hat sich die Lage für sie nicht entspannt. Besser sieht es dagegen im Dienstleistungssektor aus. Insgesamt litten im März [2022] 42 Prozent der kleinen und mittleren Betriebe unter brüchigen Lieferketten – im vergangenen September waren es 48 Prozent. [...]
Die meisten Probleme bereiten immer noch die Ausläufer der Coronapandemie. Aktuell, weil viele Unternehmen nichts produzieren und sich die Schiffe vor den Häfen stauen. Hinzu kommen die Folgen des russischen Angriffs auf die Ukraine. Metallrohstoffe wie Palladium oder Titan aus Russland fehlen, die Preise steigen. Produzenten mit Sitz in der Ukraine können nicht wie gewohnt liefern. Und die ukrainischen Fahrer, die normalerweise die Lkw durch Europa steuern, müssen an die Front. Wobei sich die Folgen des Krieges noch in Grenzen halten. Nur rund drei Prozent der kleinen und mittleren Firmen kaufen oder verkaufen in Russland.
Viele Mittelständler rechnen laut KfW damit, dass die Probleme nicht schnell verschwin-

den, sondern […] andauern. Ihre Kundinnen und Kunden spüren das nicht nur, weil die Firmen Liefertermine verschieben, sondern auch, weil sie die Preise erhöhen. Ein Viertel der Betriebe will zu dieser Variante greifen. Als Konsequenz aus den Missständen rät die öffentliche Förderbank dem Mittelstand: „Neben der Effizienz dürfte zukünftig auch der Resilienz von Lieferketten ein höherer Stellenwert zukommen.“ Konkret bedeutet das unter anderem, die Firmen sollten China durch Handelspartner in anderen Staaten ausbalancieren. Achim Wambach, Präsident des Zentrums für Europäische Wirtschaftsforschung (ZEW) in Mannheim, nennt etwa Nord- und Südamerika sowie Indien. Knapp ein Drittel der hiesigen Klein- und Mittelunternehmen bezieht Vorprodukte und -leistungen aus dem Ausland.

Hannes Koch, Wirtschaft im Staccato-Modus, in: taz online, 02.05.2022, https://taz.de/Lieferkettenprobleme-deutscher-Firmen/!5844633/ (Zugriff: 19.10.2022)

INFO

Resilienz
Anpassungsfähigkeit, Fähigkeit, Krisen durch angepasstes Verhalten zu überstehen

M3 Umfragen unter Unternehmen zum Thema Lieferketten

Frage: War Ihr Unternehmen innerhalb der letzten 12 Monate von Beeinträchtigungen in der Lieferkette betroffen? Welche Auswirkungen hatten die Probleme in der Lieferkette für Ihr Unternehmen? Und inwieweit hatten die Probleme in der Lieferkette Ihres Unternehmens Auswirkungen für Ihre Kunden?
Info: links: n=125; rechts: n=118 (Unternehmen mit Beeinträchtigungen in der Lieferkette); Mehrfachnennungen möglich; Angaben in %

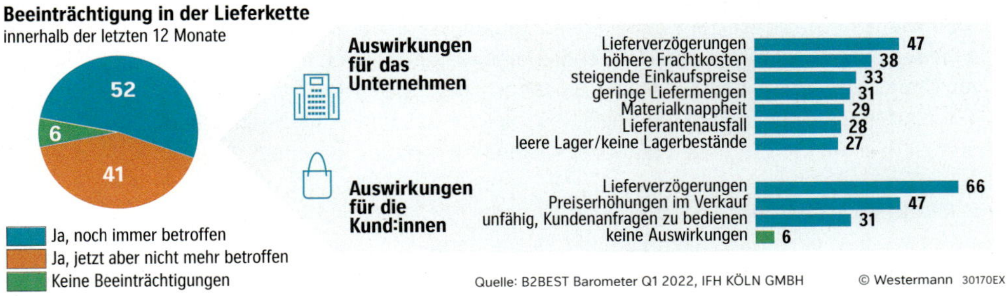

Quelle: B2BEST Barometer Q1 2022, IFH KÖLN GMBH © Westermann 30170EX

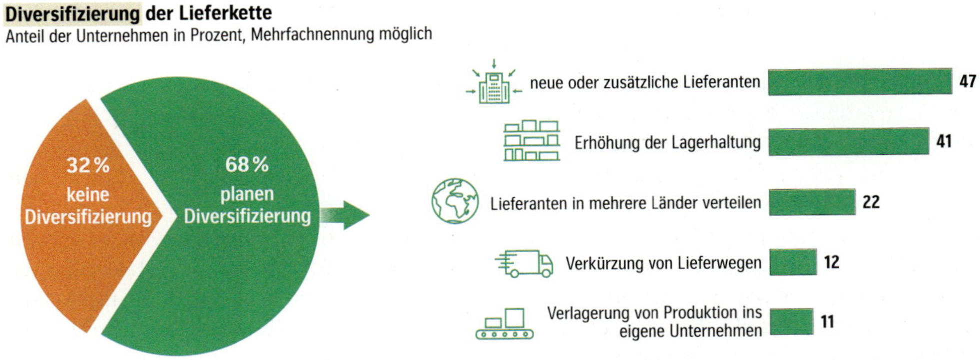

Quelle: Going International, 2021 © Westermann 30171EX

INFO

Diversifizierung
ist ein Prinzip, bei dem bestimmte Risiken verteilt werden. Dazu richtet beispielsweise ein Unternehmen seine Produktion und Lieferketten neu aus.

1 Formulieren Sie mögliche Gedanken der beiden Personen in der Karikatur M1.

2 Erläutern Sie Ausmaß, Ursachen und Folgen der Lieferkettenprobleme (M2 und M3).

3 Analysieren Sie die Schaubilder in M3 im Hinblick auf
a) die Auswirkungen von Preisanstiegen und Lieferschwierigkeiten für Unternehmen und
b) die Reaktionen der Unternehmen auf die Schwierigkeiten.

4 Entwickeln Sie ausgehend von M2 und M3 mögliche Maßnahmen, mit denen Unternehmen den Lieferkettenproblemen begegnen können. HILFE

Visualisierungstechniken: Mindmap und Concept-Map

Warum visualisieren?

Visualisierungen, also Veranschaulichungen, dienen dazu, Inhalte und Probleme strukturiert darzustellen und Zusammenhänge besser zu verstehen. Dafür gibt es verschiedenen Techniken. Häufig genutzt werden Mindmaps und Concept-Maps.

Visualisierungstechniken lassen sich zu unterschiedlichen Zwecken einsetzen:

- **Zum Verstehen und Lernen:**
  Visualisierungen können Ihnen dabei helfen, sich selbst komplexe Inhalte und Zusammenhänge zu erschließen, wenn Sie z. B. schwierige Texte erarbeiten sollen. Auch wenn Sie für eine Prüfung lernen, können Visualisierungen sinnvoll sein, damit Sie das Gelesene übersichtlich strukturieren und so besser nachvollziehen können.
- **Zum Präsentieren:**
  Visualisierungen sind ebenso hilfreich, um anderen z. B. in einem Vortrag das Gesagte verständlicher zu machen, den „roten Faden" Ihres Vortrags zu verdeutlichen und die Aufmerksamkeit Ihrer Zuhörerinnen und Zuhörer zu erhöhen.

Neben Gemeinsamkeiten weist jede Visualisierungstechnik Besonderheiten auf:

- **Mindmaps** sind grundsätzlich einfacher aufgebaut, sie dienen oft dazu, sich in ein Thema einzuarbeiten und sich einen Überblick über die verschiedenen Aspekte zu verschaffen. Oft fassen sie ein Brainstorming oder Aspekte eines Einstiegstextes zusammen.
- **Concept-Maps** versuchen in der Regel, komplexere Gesamtzusammenhänge darzustellen und stehen deshalb meist eher am Ende der Auseinandersetzung mit einem Thema.

Eine Mindmap erstellen

Eine Mindmap ist eine „Gedanken-Landkarte". Die Gedanken (Mind) werden in einer Struktur örtlich platziert (Map = Landkarte). Dabei werden die Beziehungen zwischen unterschiedlichen Gedanken bzw. Begriffen durch Verbindungslinien grafisch veranschaulicht. So können Ideen zu einem Thema übersichtlich dargestellt werden.

1. Schritt: Mindmap beginnen

- Nehmen Sie ein großes Blatt Papier, am besten ein weißes bzw. helles Blatt in mindestens DIN-A4-Größe und im Querformat.
- Schreiben Sie das Thema der Mindmap in einen Kreis oder ein Oval in die Mitte des Blattes.

2. Schritt: Unterthemen anlegen

- Ausgehend vom Thema legen Sie die Unterthemen an. Zu jedem Unterthema wird eine Linie, die von der Mitte wegführt, gezogen. An das Ende jeder Linie wird ein Unterthema geschrieben.
- Achten Sie darauf, dass sich die Unterthemen übersichtlich um das Thema herum anordnen.
- Damit es noch übersichtlicher wird, können Sie für die einzelnen Unterthemen verschiedene Farben nehmen.
- Verwenden Sie eindeutige Stichwörter.

3. Schritt: Mindmap weiter verzweigen

- Wenn Ihnen etwas einfällt, das zu einem der Unterthemen gehört, so ziehen Sie ausgehend von dem Unterthema wieder eine Linie. An das Ende der Linie schreiben Sie das entsprechende Stichwort usw.
- Die bereits notierten Stichwörter und die Verbindungen zwischen ihnen werden zu immer neuen Ideen führen. Die Mindmap verzweigt sich so immer weiter.

Eine Concept-Map erstellen

Eine Concept-Map ist umfangreicher als eine Mindmap, da hier zusätzlich die Beziehungen zwischen den Gedanken, also die Verbindungslinien, mithilfe von Verben, Substantiven oder Adjektiven genauer erläutert werden.

1. Schritt: Concept-Map beginnen

- Wie bei der Mindmap starten Sie mit einem großen und hellen Blatt Papier.
- Ganz oben notieren Sie das Thema.

2. Schritt: Unterthemen anlegen

- Darunter schreiben Sie wichtige Begriffe zum Thema in Kästchen (Knoten).
- Die Knoten verbinden Sie durch Pfeile.

3. Schritt: Beziehungen verdeutlichen

- Dann beschriften Sie die Pfeile mit Hinweisen, in welcher logischen Beziehung die Begriffe/Knoten zueinanderstehen. Dies ist der entscheidende Unterschied zur Mindmap.
  Mögliche Beziehungen sind z. B.:
  - *Ursache-Wirkung/Folge*: bewirkt, löst aus, beeinflusst, veranlasst, ruft hervor, führt zu …
  - *Bedingung*: wenn … dann, setzt voraus, falls …
  - *Mittel*: durch, indem, mittels …
  - *Zweck*: damit, um … zu, zielt auf …
  - *Teil-Ganzes*: ist Teil von, besteht aus, enthält, umfasst, betrifft …
  - *Merkmal/Definitionen*: ist gekennzeichnet durch, bedeutet …
  - *Beispiel*: z. B., erkennbar an, Beispiel …
  - *Alternative*: entweder … oder …
  - …
- Auf dieser Weise können Sie Ihre Concept-Map weiter ergänzen, bis sich ein übersichtliches Gesamtbild ergibt.

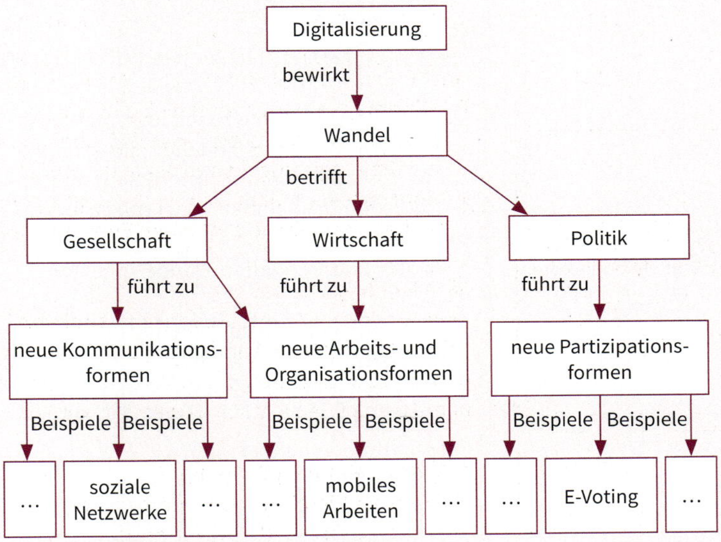

Digitale Mindmaps und Concept-Maps

Für beide Techniken gibt es digitale Tools, wobei sich die für Concept-Maps auch für Mindmaps eignen, meist aber komplexer in der Handhabung sind.
Der Vorteil digitaler Varianten ist, dass man einzelne Beiträge löschen und das Ergebnis immer noch mal umsortieren kann. Deshalb können einfach verschiedene Aspekte in die Mindmap oder Concept-Map eingetragen und dann besprochen werden. Dies ist besonders praktisch, wenn Sie als Team an einer Visualisierung arbeiten. Die abschließende Struktur kann entweder direkt oder beispielsweise über einen Chat festgelegt werden.
Farbliche Gliederungen können die Mindmap oder Concept-Map verständlicher machen. Manchmal kann man auch Bilder zur Visualisierung verwenden. In diesem Fall dürfen Sie die Quellenangabe nicht vergessen.

INTERNET

WES-118484-133
Zur digitalen Erstellung von Mindmaps/Concept-Maps gibt es verschiedene kostenlose Tools.

3.4 Plattformökonomie – nur Vorteile und Chancen?

BEGRIFF

Fachkonzepte
Macht
Konflikt

M1 Unsere täglichen Begleiter

M2 Grundzüge der Plattformökonomie

INFO

Transaktionskosten sind Kosten, die bei der Transaktion, also dem Austausch von Gütern und Dienstleistungen entstehen, z. B. für Informationsbeschaffung, Vertragsverhandlungen oder Kontrolle.

Als Plattformökonomie bezeichnet man internetbasierte Geschäftsmodelle, die Anbieter (im weitesten Sinne) mit Interessenten/Kunden auf einem digitalen Marktplatz zusammenbringen, z. B.,

- Käufer und Verkäufer (Handelsplattformen),
- Suchende und Werbetreibende (Suchmaschinen),
- Hungrige und Gastronomie (Lieferservice),
- Mietinteressenten mit Immobilienanbietern (Immobilienportale),
- Selbstständige mit Auftraggebern (Freelancer- und Projektseiten),
- Fahrer und Autos mit Transportbedürftigen („Taxi-Plattformen", „Mobilitätsdienste"),
- Reisende und Wohnungsbesitzer (Unterkunftsvermittlung) oder Hotels (Hotelportale).

Dabei wirkt v. a. der Netzwerkeffekt: Je mehr Anbieter auf der Plattform sind, desto interessanter für Kunden (mehr Auswahl, höherer Preisdruck) – und umgekehrt (hohe Kundenbasis lockt Anbieter an).

Die Transaktionskosten sind gering, Preise und Qualität (durch Bewertungen oder Kommentare) sind transparent und es gibt oft neue Geschäftsansätze (z. B. Pay-per-use, einzelne Artikel bei Zeitungen/Verlagen, einzelne Lieder von Musikern).

Meist muss nur eine der Gruppen für die von den Plattformbetreibern bereitgestellten Dienste bezahlen (z. B. die Verkäufer eine Provision, die Werbetreibenden die Anzeigen oder Klicks).

Letztlich gab es solche Plattformen auch schon früher, z. B. Flohmärkte, auf denen nur die Standbetreiber Gebühren bezahlen müs-

Wertschöpfungsketten im Vergleich: Linear vs. Plattform

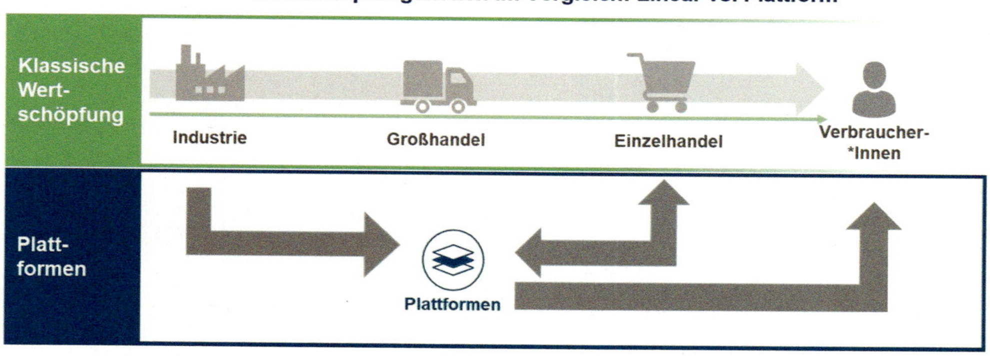

sen. Digitalisiert hat das aber ganz andere Reichweiten und Dimensionen angenommen. Bisher ist die Plattformökonomie v. a. auf den Privatkunden als Käufer, Nutzer etc. ausgerichtet; es gibt aber auch zunehmend Plattformen für Transaktionen zwischen Geschäftskunden. Eine zentrale Aufgabe der Plattformbetreiber ist es, für Vertrauen zu sorgen, da sich die beiden Vertragspartner (Käufer und Verkäufer usw.) nicht persönlich kennen. Auch auf einem Flohmarkt kann man natürlich übers Ohr gehauen werden („Echte Antiquität"); man kann hier aber zumindest die Ware genau an- und dem Händler ins Gesicht schauen. Und der Händler bekommt sofort sein Geld, muss also keinen Zahlungsausfall fürchten.
Die Vertrauensbildung geschieht z. B. durch Bewertungen der Händler (1 bis 5 Sterne), der Anbieter („saubere Unterkunft") als auch der Nutzer („Wohnung sauber hinterlassen") und durch den Ausschluss von Marktteilnehmern bei Fehlverhalten.

Plattformökonomie Definition, in: Welt der BWL, Regensburg: Janedu UG, https://welt-der-bwl.de/Plattformökonomie (Zugriff: 19.10.2022)

M3 Umfrage zu digitalen Plattformen – Chance oder Risiko?

Sehen Sie digitale Plattformen eher als Chance oder eher als Risiko für Ihr Unternehmen?

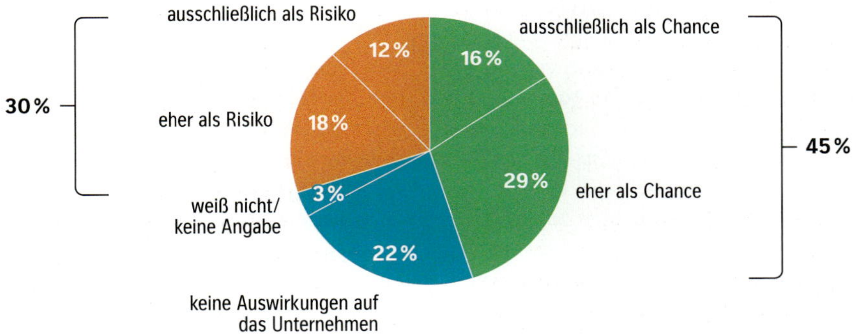

Quelle: Bitkom Research
Basis: alle befragten Unternehmen ab 20 Mitarbeiter (2019: n=502)

M4 Bewertung von Plattformen und linearen Geschäftsmodellen

Frage: Nun interessiert uns, wie Sie es grundsätzlich bewerten, Leistungen von Anbieter [x] zu nutzen.
Info: Plattformnutzerinnen und -nutzer (20–69 Jahre): 537 ≤ n ≤ 1.432; Darstellung von Mittelwerten auf einer Skala von 1–5

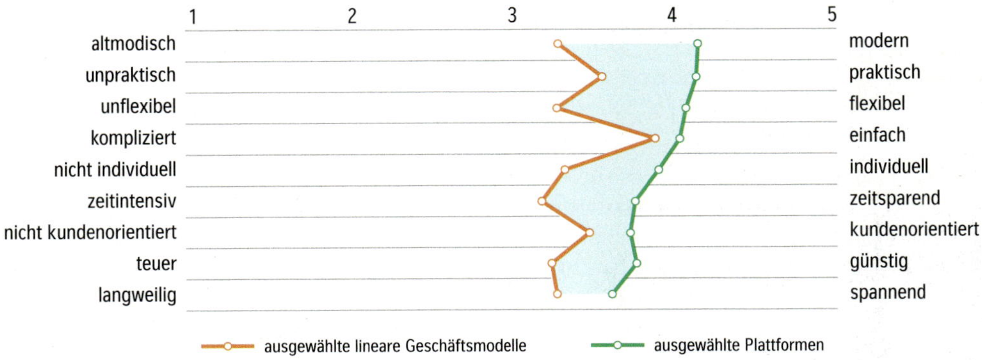

Quelle: IFH Köln, Gamechanger Plattformökonomie, Köln, 2019

INFO

Lineares Geschäftsmodell
bezeichnet den klassischen direkten Weg der Waren von der Industrie über den Großhandel und den stationären Einzelhandel zu den Verbrauchern.

M5 Chancen der Plattformökonomie

INFO

Synergien
(bzw. Synergieeffekte) positive Wirkungen, die sich aus einer Zusammenarbeit z. B. von Unternehmen oder einem Zusammenwirken unterschiedlicher Faktoren ergeben

Disruption
Disruptive Innovationen werden häufig als „zerstörerisch" beschrieben, weil sie alte Geschäftsmodelle oder Technologien ersetzen.

Für Unternehmen bietet die Plattformökonomie als digitales Geschäftsmodell ungeahnte Wachstumschancen. [...] Es gilt in der Kommunikation stets, die Vorteile für die jeweilige Gruppe herauszustellen und konsequent zu bewerben, um die Anzahl an Beteiligten zu vergrößern. [...]

Hat eine Plattform erstmal eine gewisse Marktattraktion erhalten, profitiert der Plattformbetreiber von regelmäßigen Umsätzen dadurch, dass er den Handelsplatz zur Verfügung stellt und betreibt. [...]

Durch die Entwicklung der Plattformökonomie ergeben sich außerdem zahlreiche Synergien, die bei allen Portalen gleichermaßen zu beobachten sind. Die erzielte Popularität lässt sich so durch nachgelagerte Produkte oder Dienstleistungen mehrfach weiternutzen, um Abo-Modelle, Werbung, Mikro-Transaktionen oder Up- bzw. Cross-Selling zu ermöglichen. Nicht selten entsteht durch eben diese Modelle eine gewisse Disruption, also eine einschneidende Veränderung, im Markt.

David Lauchenauer, Plattform-Ökonomie: Definition, Vorteile und Chancen, München: myfactory International GmbH, 07.07.2020, https://www.myfactory.com/blog/plattform-oekonomie-definition-vorteile-und-chancen (Zugriff: 19.10.2022)

M6 Gefahren der Plattformökonomie

Amazon steht sinnbildlich für die vier Plattformgiganten, die auch unter der Formel GAFA bekannt sind: Google, Apple, Facebook und Amazon. Das Unternehmen ist der größte Plattformhändler Europas, sein Umsatz ist doppelt so hoch wie der seiner 20 größten Konkurrenten.

[...] Amazon erwirtschaftete 2018 einen weltweiten Umsatz in Höhe von rund 210 Milliarden Euro, eine Steigerung um rund 31 Prozent im Vergleich zum Vorjahr. Das Unternehmen beschäftigt weltweit über 600.000 Arbeitnehmerinnen und Arbeitnehmer [...] Der Betriebsgewinn belief sich auf rund 11 Milliarden Euro, dennoch zahlte Amazon zwischen 2003 und 2014 für 75 Prozent seiner EU-Umsätze [...] keine Steuern.

Auf die Dauer gefährdet die Plattformökonomie die Stabilität und Haushalte der Länder, in denen die Konzerne ihr Geld tatsächlich verdienen, aber keine Steuern zahlen. [...] Die volkswirtschaftlichen Schäden sind aber nur eine Seite der Medaille. Auf der anderen Seite stehen die Ausbeutung der Beschäftigten und die Beseitigung von Marktkonkurrenten durch unfaire Geschäftspraktiken. Schließlich sind auch die Auswirkungen auf die Umwelt relevant: vom übermäßigen Verpackungsverbrauch zur Zerstörung zurückgesendeter neuwertiger Waren. [...] Der Konzern ist bei einzelnen Handelssortimenten so stark, dass unabhängige Händler auf den Amazon-Marktplatz angewiesen sind, um ihre Kunden zu erreichen. Es gibt Hinweise darauf, dass Amazon diverse Strategien bemüht, um durch seine schiere Marktmacht Händler aus dem Markt zu drängen, wie die Verdrängung vom Markt durch Produktkopien und Preisunterbietung.

Susanne Wixforth, Schrumpft die Riesen, in: IPG-Journal, Berlin: Friedrich-Ebert-Stiftung e. V., 31.05.2019, https://www.ipg-journal.de/rubriken/zukunft-der-sozialdemokratie/artikel/schrumpft-die-riesen-3472/ (Zugriff: 19.10.2022)

1. Formulieren Sie Ihre Assoziationen zu den dargestellten Unternehmen (M1).
2. Beschreiben Sie, was Plattformökonomie ist und wie sie funktioniert (M2).
3. Analysieren Sie die Einschätzungen zu Plattformökonomie (M3, M4).
4. Erläutern Sie, welche Möglichkeiten digitale Akteure im Vergleich zu analogen Akteuren auf dem Markt haben (M2, M4).
5. Erklären Sie, inwiefern die Plattformökonomie alteingesessene Handelsformen revolutioniert (M5, M6). HILFE
6. Erörtern Sie Chancen und Risiken der Plattformökonomie für Wettbewerb und Verbraucher (M5, M6).

Entwicklungen der Produktionsstruktur

Technologischer Wandel

Der aktuelle **technologische Wandel** verändert die Art und Weise, wie wir produzieren, fundamental. Dieser Wandel ist insbesondere gekennzeichnet durch eine zunehmende Automatisierung von Produktionsprozessen auf Basis von **digitaler Vernetzung**. In der „vernetzten Fabrik" kommunizieren intelligente Systeme sowohl untereinander als auch mit Menschen. Durch die erhöhte Flexibilität in der Produktion wird es unter anderem möglich, individuelle Kundenwünsche direkter einzubeziehen und darauf abgestimmte Produkte in Massenfertigung herzustellen (Mass Customization).

Darin zeigt sich zugleich, dass der Wandel keineswegs nur ein „rein technologischer" ist. Vielmehr steht er in Wechselwirkung mit verschiedenen **gesellschaftlichen und kulturellen Entwicklungen**. Hierzu zählen außer dem Trend zur Individualisierung auch die wachsenden Anforderungen daran, Produkte klimaneutral und nachhaltig zu gestalten und herzustellen. Diese Veränderungen gehen ebenfalls einher mit einem tiefgreifenden **Wandel von Erwerbsarbeit**, da etwa zahlreiche neue Technologien gehandhabt und kombiniert werden müssen.

Herausforderungen der globalisierten Wirtschaft

Der technologische Wandel, der eine weltumspannende Kommunikation und Vernetzung zunehmend vereinfacht, ist auch ein wesentlicher Motor der **Globalisierung**. Die zunehmend verflochtenen Märkte bewirken wiederum einen steigenden Wettbewerbsdruck, der immer neue Antworten von den Unternehmen erfordert. Dazu gehören neben Maßnahmen der Rationalisierung die Verlagerung von (Teilen) der Produktion sowie die Beschaffung von Rohstoffen und Vor- bzw. Zwischenprodukten im Ausland.

Die **internationale Arbeitsteilung** im Rahmen der globalisierten Wirtschaft hat weltweit verknüpfte und vernetzte **Lieferketten** hervorgebracht. Diese globalen Wertschöpfungsketten – und damit Abhängigkeiten – haben sich in den letzten Jahren auch als anfällig erwiesen. So haben die Coronapandemie und dann der Ukrainekrieg zu massiven **Lieferkettenproblemen** geführt. In der Folge kam es zur Verzögerungen in den Abläufen, Verknappung von Material und steigenden Preisen für Produkte.

Hierdurch geriet auch die Globalisierungsdynamik ins Stocken. Dies stellt gerade die deutsche Wirtschaft, die in besonderem Maße von der Globalisierung bzw. vom Export abhängt, vor große Herausforderungen. Wirtschaftswissenschaftler prognostizieren unter anderem eine stärkere Regionalisierung und sinkende Wachstumsraten. Die Verteilung von Risiken durch **Diversifizierung der Lieferketten** sowie **alternative Wachstumsstrategien**, wie zum Beispiel die Entwicklung innovativer Umweltschutzgüter und die Erschließung neuer Beschaffungs- und Absatzmärkte, erhalten vor diesem Hintergrund eine besondere Bedeutung.

Herausforderung Digitalisierung – Beispiel Plattformökonomie

Die **Digitalisierung** ermöglicht vielfältige neue Geschäftsmodelle. Die Plattformökonomie prägt unseren Alltag besonders weitreichend. In vielen Bereichen des Lebens treffen heute **Anbieter und Interessenten/Kunden auf digitalen Marktplätzen bzw. Plattformen** zusammen, so beispielsweise bei Handelsplattformen, Unterkunftsvermittlungen und Lieferdiensten.

Vorteile und Chancen der Plattformökonomie liegen für Unternehmen unter anderem in den geringen Transaktionskosten und hohen Wachstumspotenzialen. Je größer eine Plattform wird, desto mehr kann sie ihr Angebot ausbauen und optimieren, was sie für (eine wachsende Anzahl) Kundinnen und Kunden attraktiver macht.

Damit gehen allerdings auch **Probleme und Risiken** einher. Ein zentraler Kritikpunkt ist dabei die immer größere Marktmacht einzelner Plattformanbieter, die Mitbewerbern den Marktzugang erschwert und problematische Abhängigkeiten für kleinere Anbieter schafft. Ebenso werden im Zusammenhang mit der Plattformökonomie Fragen von Steuerzahlungen, dem Umgang mit Beschäftigten und Belastungen für die Umwelt kritisch diskutiert.

4. Herausforderung Klimaneutralität

4.1 Globaler Klimawandel – wird genug getan?

BEGRIFF

Fachkonzepte
Nachhaltigkeit
Interdependenzen

GLOSSAR

Klimawandel

M1 „Opa erzählt von der guten, alten Zeit"

Zeichnung: Gerhard Mester

M2 Krisenbedingte Produktionsumstellung?

GLOSSAR

Inflation
Nachhaltigkeit

Dieser Sommer [2022] erinnert mit seinen Hitzerekorden daran, wie verwundbar wir in der Klimakrise sind. Über Nachhaltigkeit und Klimaschutz wird seit Jahren diskutiert, aber in den Vorstandsetagen, Managementteams und Regierungen in ganz Europa bekommen neue Themen Aufmerksamkeit. Steigende Inflation, steigende Zinssätze, Unterbrechungen der Lieferketten und eskalierende geopolitische Spannungen stehen ganz oben auf der Tagesordnung. Die wachsende Unsicherheit wirkt sich unmittelbar auf die Investitionsentscheidungen der Unternehmen aus. [...] Wir alle wissen jedoch, dass umfangreiche Investitionen zur Bekämpfung der Klimakrise erforderlich sind – und zwar jetzt und nicht erst morgen. [...]

Die Pandemie und der Krieg in der Ukraine haben den Inflationsanstieg ausgelöst. Und im Zuge der weit verbreiteten Störungen stellen die Unternehmen des verarbeitenden Gewerbes ihre Lieferketten auf den Prüfstand. [...] Viele sind damit beschäftigt, ihre Liefernetzwerke in Übersee neu zu organisieren. Der Blick richtet sich von China auf Europa, um die Versorgung mit Vorprodukten für die heimische Produktion zu sichern. [...] Bislang war die Regionalisierung der Produktion und des Handels mit Industriegütern von wirtschaftlichen Erwägungen geleitet. Das Streben nach einer marktnahen Produktion und lokalen Liefernetzen ist ohnehin sinnvoll in der heutigen Welt der Automatisierung und der steigenden Löhne in Asien, der höheren Transportkosten und der Klimaauswirkungen von Langstreckentransporten. [...]

Wir müssen den Schwung nutzen und dafür sorgen, dass Lieferkapazitäten und Qualifikationen in Branchen gesichert werden, die für den grünen Wandel entscheidend sind, darunter Digitalisierung, Elektrifizierung, Batterieproduktion und kohlenstoffneutrale Fertigung. Wir dürfen diesen Zug einfach nicht verpassen.

Lena Sellgren, Die krisenbedingte Produktionsumstellung muss als Chance für die Klimapolitik verstanden werden, in: Handelsblatt online, 30.08.2022, https://www.handelsblatt.com/meinung/homo-oeconomicus/gastkommentar-homo-oeconomicus-die-krisenbedingte-produktionsumstellung-muss-als-chance-fuer-die-klimapolitik-verstanden-werden/28638048.html (Zugriff: 04.01.2023)

M3 Klimawandel und Ernährungssicherheit

Bei nach wie vor explodierender Weltbevölkerung steigt der Nahrungsbedarf bis 2050 um 70 Prozent, während ein Drittel der produzierten Nahrungsmittel verloren geht. Bereits jetzt bestehen starke regionale Unterschiede in der Versorgungssicherheit und in der technischen Entwicklung der Landwirtschaft. 2050 werden laut FAO-Daten 38 Prozent der Weltbevölkerung übergewichtig und 11 Prozent unterernährt sein. Absehbar ist, dass traditionelle Formen der Landwirtschaft mehr und mehr durch moderne Agrarbetriebe und die industrielle Landwirtschaft abgelöst werden. Die urbane Landwirtschaft, also die landwirtschaftliche Produktion in den Städten und im städtischen Umfeld gewinnt noch weiter an Bedeutung. [...] Die städtischen Siedlungsräume werden 2030 80 Prozent des Konsums bestreiten. [...]
Generell profitiert Europa aufgrund seiner geografischen Lage von einer geringeren Exponiertheit gegenüber dem Klimawandel. Dessen Auswirkungen [können] am Beispiel des Alpenraums als vielfältigem und sensiblem Wirtschafts- und Ökosystem aufgezeigt [werden]. Ein durchschnittlicher Temperaturanstieg von ca. 2 Grad Celsius bewirkt Veränderungen in der landwirtschaftlichen Nutzung und im Tourismus, die lokal auch existenzbedrohend für einige Gebiete sein könnten. Höhere Temperaturen ermöglichen zwar eine Ausweitung der Anbausorten und erschließen höhere Lagen für die landwirtschaftliche Nutzung, weisen aber auch problematische Begleiterscheinungen auf. Der drastische Rückgang der Gletscher [...] und in Zukunft deutlich geringere Niederschlagsmengen erfordern die Optimierung der Wassernutzung, etwa durch den Ausbau der Tropfberegnung. Bodenanalysen sind insbesondere im Weinbau bei der Anpassung an die neuen Rahmenbedingungen hilfreich.
Die Zusammenarbeit der Tourismusbetriebe mit der Landwirtschaft und die werbetechnische Vermittlung der Einzigartigkeit authentischer Erlebniswelten lokaler Kultur und traditionellen Brauchtums spielen ebenfalls eine große Rolle. Eine tiefgreifende Veränderung des Kundenverhaltens ist angebotsseitig nur dadurch herbeizuführen, dass in der Entwicklung der Marketingstrategie stets der Entwicklung der Trends im Freizeitverhalten große Aufmerksamkeit geschenkt wird. [...] Die Erweiterung [...] des touristischen Angebots ist mit der Schaffung neuer Beschäftigungsmöglichkeiten verbunden, wobei bisher vor allem im Bereich Wellness neue Arbeitsplätze entstanden sind und künftig auf Wellbeing und die Vermittlung von Kulturerlebnissen gesetzt wird.

Klimawandel und die Auswirkungen auf Beschäftigung und Produktion, Königswinter: Europäisches Zentrum für Arbeitnehmerfragen (EZA), https://www.eza.org/de/publikationen/projektberichte/projektberichte- im-bildungsjahr-2017-2018/klimawandel-und-die-auswirkungen-auf-beschaeftigung-und-produktion (Zugriff: 04.01.2023)

INFO

FAO
Ernährungs- und Landwirtschaftsorganisation der Vereinten Nationen

M4 „Augenblickchen"

Zeichnung: Gerhard Mester

1 Schildern Sie die Eindrücke, die die Karikatur M1 bei Ihnen auslöst.
2 Stellen Sie die Aspekte der gegenwärtigen Krisen in einer Mindmap dar. Berücksichtigen Sie besonders die Herausforderungen, die sich für Unternehmen ergeben (M2).
3 Beschreiben Sie den Zusammenhang zwischen Klimawandel und Nahrungsmittelproduktion (M3).
4 Analysieren Sie die Karikatur M4.
5 Nehmen Sie unter Berücksichtigung von M1 bis M4 Stellung zu den Entwicklungen.

QUERVERWEIS

METHODE Visualisierungstechniken: Mindmap und Concept-Map
S. 54–55

4.2 Wirtschaft (fast) ohne fossile Emissionen – eine Utopie?

BEGRIFF

Fachkonzepte
Internationale Beziehungen
Wettbewerb

M1 Klimaschutz – wie wichtig sind Deutschland und Europa?

Jährliche CO_2-Emissionen seit 1850 nach Region, in Milliarden Tonnen

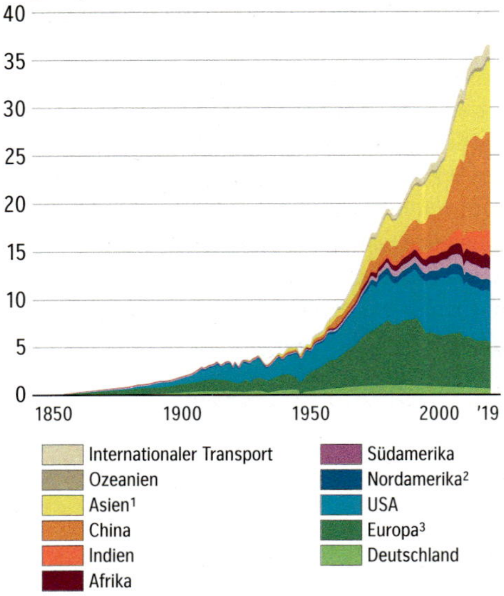

CO_2-Ausstoß durch fossile Brennstoffe und Zementherstellung; nicht enthalten ist Kohlendioxid, das ausgestoßen wird, wenn sich die Landnutzung ändert.
[1] ohne China und Indien; [2] ohne USA; [3] ohne Deutschland
Quelle: Our World in Data based on the Global Carbon Project, 2022 © Westermann 30206EX

Treibhausgasemissionen in Deutschland nach Sektoren (in Mio. Tonnen CO_2-Äquivalent)

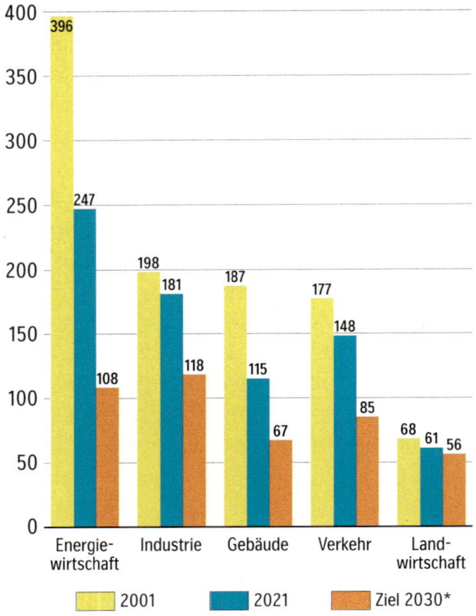

* gemäß Bundesklimaschutzgesetz von 2021
Quelle: Umweltbundesamt, 2021 © Westermann 30210EX

GLOSSAR

Europäische Union (EU)

INFO

Green Deal
ist eine Klimaschutzinitiative der Europäischen Kommission von 2019. Das Programm zieht weitreichende Schlussfolgerungen aus dem Internationalen Klimaschutzabkommen von Paris 2015. Die Bezeichnung weckt Assoziationen zum „New Deal" des US-Präsidenten Franklin D. Roosevelt, der durch massive öffentliche Investitionen in den 1930er-Jahren die schwere Wirtschaftskrise in den USA beenden wollte.

M2 Wie verändert das Ziel der Klimaneutralität die Wirtschaft?

Um einen wirksamen Beitrag zur Bekämpfung des globalen Klimawandels zu leisten, hat sich Deutschland wie die Europäische Union in einem „Green Deal" dazu bekannt, Klimaneutralität bis 2050 als langfristiges Ziel zu verfolgen, d. h., ab dann sollen „netto" keine neuen Treibhausgase (THG) mehr ausgestoßen werden. [...]

Um das langfristige Ziel der Klimaneutralität erreichen zu können, sind erhebliche Anstrengungen in allen Wirtschaftssektoren erforderlich. Auch die Industrie steht hier in der Verantwortung. Mit einem Anteil von 23 % ist sie der zweitgrößte Emittent von Treibhausgasen in Deutschland – gleich nach dem Energiesektor mit 32 % und noch vor den Sektoren Verkehr und Gebäude mit 20 bzw. 15 % (Stand 2019).

Das deutsche und europäische Ziel der Klimaneutralität macht einen Strukturwandel hin zu einer klimaneutralen Industrie in Deutschland bis 2050 erforderlich. Vorliegende Klimaschutzszenarien zeigen, dass die Transformation technisch möglich ist. Zentrale Bausteine sind die Verbesserung der Energieeffizienz, der Ausbau der Kreislaufwirtschaft, die Elektrifizierung auf Basis Erneuerbarer Energien, der Einsatz von Biomasse und grünem Wasserstoff sowie die CO_2-Abscheidung und -Speicherung bzw. -Nutzung.

Anke Brüggemann, Klimaneutral bis 2050: eine große Transformationsaufgabe für die deutsche Industrie, in: KfW Research, Nr. 322, 03.03.2021, S. 1, Frankfurt a. M.: KfW, https://www.kfw.de/PDF/Download-Center/Konzernthemen/Research/PDF-Dokumente-Fokus-Volkswirtschaft/Fokus-2021/Fokus-Nr.-322-Maerz-2021-Klimaneutrale-Industrie.pdf (Zugriff: 03.01.2023) (verändert = Textreihenfolge umgestellt)

M3 Zukunftsmärkte für klassische Branchen

Umweltschutz [...] entwickelt sich zunehmend auch zu einem Kernthema in den „klassischen“ Wirtschaftszweigen, wie beispielsweise dem Automobil- oder Maschinenbau. Der Einsatz von Umwelt- und Effizienztechnologien gewinnt an Bedeutung und entscheidet wesentlich über die Wettbewerbsfähigkeit der Unternehmen. Für diese „grünen Zukunftsmärkte“ wird ein durchschnittliches jährliches Wachstum des globalen Marktvolumens bis 2025 von 6,9 % vorausgesagt. [...]
Die sieben grünen Zukunftsmärkte sind:

- Umweltfreundliche Erzeugung, Speicherung und Verteilung von Energie
- Energieeffizienz
- Rohstoff- und Materialeffizienz
- Nachhaltige Mobilität
- Kreislaufwirtschaft
- Nachhaltige Wasserwirtschaft
- Nachhaltige Agrar- und Forstwirtschaft [...]

Deutsche Unternehmen produzierten im Jahr 2019 Güter im Wert von 90,6 Milliarden Euro, die für Umweltschutzzwecke eingesetzt werden können. Das entspricht 6,2 % der gesamten Industrieproduktion. Güter, die dem Klimaschutz dienen können, stellen mit 37 % des Produktionsvolumens erneut den mit Abstand größten Umweltbereich. Hierzu gehören beispielsweise Windenergie- und Solaranlagen.

Umweltwirtschaft und grüne Zukunftsmärkte, Dessau-Roßlau: Umweltbundesamt, 23.06.2022, https://www.umweltbundesamt.de/daten/umwelt-wirtschaft/umweltwirtschaft-gruene-zukunftsmaerkte#umweltpolitik-muss-weiterhin-innovationsanreize-setzen/ (Zugriff: 03.01.2023)

Weltmarktanteile Umweltschutzgüter (in %)

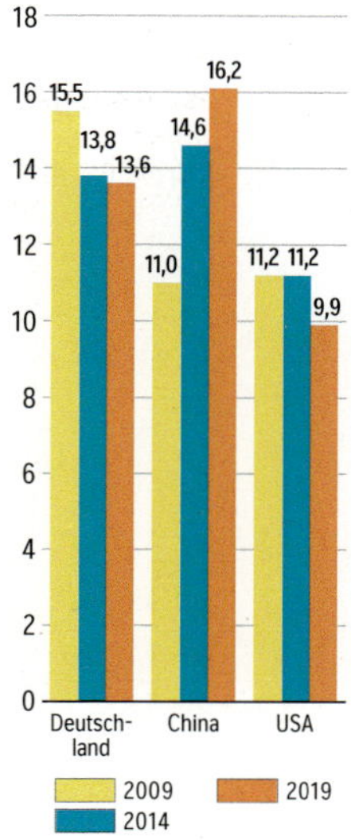

Quelle: Umweltbundesamt, 2021
© Westermann 30211EX

QUERVERWEIS

Alternative Wachstumsstrategien für Unternehmen
S. 51, M6

M4 Unternehmen fordern mehr klimapolitische Vorgaben

Es ist ein ungewöhnliches Team, das sich da formiert hat: Auf der einen Seite die grüne Berliner Denkfabrik Agora Energiewende, die seit Jahren für den Klimaschutz trommelt. Auf der anderen Seite eine Gruppe von 17 Industrieunternehmen, deren Fabriken zu den größten Treibhausemittenten der Republik zählen. Darunter sind viele große Namen der deutschen Wirtschaft wie die Chemiekonzerne BASF, Bayer, Covestro, Lanxess und Wacker, die Stahlerzeuger Salzgitter und Thyssenkrupp und der Baustoffkonzern HeidelbergCement.
Beide Seiten haben jetzt ein gemeinsames Ziel: Sie wollen den Politikern in Berlin Dampf machen. [...] „Klimaneutralität 2050: Was die Industrie jetzt von der Politik braucht“, ist der von der Denkfabrik verfasste Aufruf überschrieben. „Fehlende Klimapolitik schadet dem Standort Deutschland“, heißt es in dem Brandbrief. Auf 35 Seiten legen die Autoren dar, warum die beteiligten Unternehmen von den Politikern eine zupackendere und langfristig berechenbare Klimaschutzpolitik wollen – und wie diese aussehen sollte. [...] Der Agora-Chef [Patrick Graichen] sieht einen grundlegenden Sinneswandel in den deutschen Chefetagen. „Früher sagte die Industrie: Lasst uns in Frieden. Jetzt sagt sie: Politik, wach auf! Wir brauchen einen verlässlichen langfristigen Rahmen für die Dekarbonisierung“ [...]. „Aus Bremsern sind Treiber geworden“, bestätigt Sabine Nallinger, Vorstand der Stiftung 2 Grad.

Marcus Theurer, Die Industrie will mehr Klimaschutz, in: Frankfurter Allgemeine Sonntagszeitung online, 20.02.2021, https://www.faz.net/aktuell/wirtschaft/klima-energie-und-umwelt/die-industrie-will-mehr-klimaschutz-17206023.html (Zugriff: 03.01.2023) © Alle Rechte vorbehalten. Frankfurter Allgemeine Zeitung GmbH, Frankfurt. Zur Verfügung gestellt vom Frankfurter Allgemeine Archiv.

1 Deutschland und Europa – wichtige Vorbilder auf dem Weg zu mehr Klimaschutz? Tauschen Sie sich ausgehend von den beiden Grafiken in M1 aus.

2 Analysieren Sie mögliche Auswirkungen von klimapolitischen Zielsetzungen auf die Produktionsstruktur (M2 sowie Text und Grafik in M3). **HILFE**

3 Setzen Sie sich ausgehend von M3 und M4 mit der Forderung deutscher Großunternehmen nach klimapolitischen Vorgaben auseinander.

4.3 Fallbeispiel Autoindustrie

BEGRIFF

Fachkonzepte
Arbeitsteilung/
Spezialisierung

M1 E-Autos – vom Totengräber zum Hoffnungsträger?

Vom E-Auto überrollt
Prognostizierter Verlust von Arbeitsplätzen in der deutschen Autoindustrie bis 2030*

* bezogen auf 2017; mit Produktivitätssteigerung

Quelle: Fraunhofer IAO, 2018, nach: DER SPIEGEL 27/28.06.2019 30222EX

Neue Marktführer
Die weltgrößten Hersteller von E-Autos*, nach Neuzulassung 2018, in Tausend

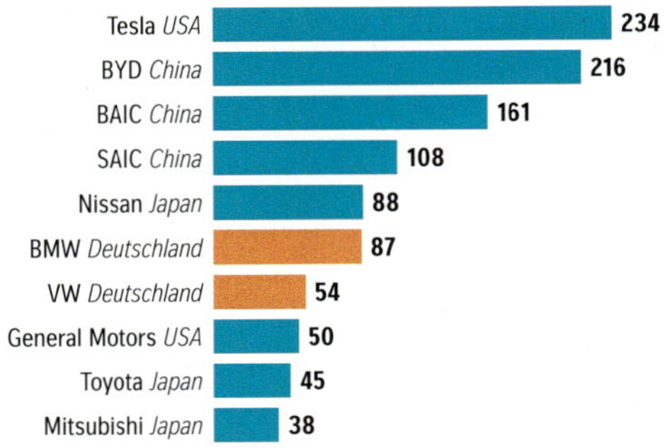

* reine Batteriefahrzeuge und Plug-in-Hybride

Quelle: ZSW; nach: DER SPIEGEL 44/25.10.2019 30223EX

M2 Entwicklung verschlafen?

Eröffnung der Tesla-Fabrik in Grünheide, Brandenburg, 22.03.2022

Baustelle der Batterie-Gigafactory von Volkswagen in Salzgitter, Niedersachsen, 07.07.2022

Aus den Vorreitern des vergangenen Jahrhunderts könnten schon bald die zum Scheitern verurteilten Nachzügler der neuen Zeit werden, mit allen Folgen, die das für die deutsche Wirtschaft und unseren Wohlstand hätte. Es wäre der Beginn einer neuen, ungemütlichen Epoche. Denn während die Deutschen ihre Diesel manipulierten und auf immer größere SUV setzten, während sie alternative Antriebe zwar studierten und erprobten, aber nur halbherzig verfolgten, während die Hersteller lieber mit Eifer Argumente gegen das autonome Fahren sammelten, statt es einfach neugierig zu erproben, ist die Welt anderswo längst in Neuland aufgebrochen. In Kalifornien, in China sind Firmen beziehungsweise Staatskonzerne entstanden, die die einstigen Technologieführer aus Deutschland vor sich hertreiben. Sie fassen das Auto und seine Nutzung ganz neu, ganz anders auf.

Deutsche Hersteller glaubten bis vor Kurzem, neue computertechnologische Möglichkeiten und die digitalen Netzwerke dienten vorrangig dazu, ihre real existierenden, konventionellen Autos immer weiter zu perfektionieren. Ihr traditionelles Geschäftsmodell, das sich um den Verkauf von Autos für den Individualverkehr dreht, stellen sie nicht infrage.

Anders die Newcomer aus China und den USA: Sie haben das Digitale selbst ins Zentrum der neuen Mobilität gerückt. Computer sind bei ihnen nicht mehr Zutat, sondern Herzstück der Fahrzeuge und des Geschäftsmodells. Ein Tesla ist in den Augen seiner Erbauer ein Hochleistungscomputer, der die erstaunlichsten Dinge kann, unter anderem das elektrisch angetriebene, autonome Herumfahren. Auch Chinas industrielle Avantgarde ist nicht mehr ausschließlich an individuellem Fahrspaß interessiert, sondern auf der Suche nach leistungsstarken Mobilitätstools, die sich in ein neu zu organisierendes Stadtleben einpassen und Passagiere sicher, sauber und bequem von A nach B bringen. [...] Die Zeichen stehen auf Disruption, das ist ein auch unter Managern modisches Wort, das vom lateinischen „disrumpere" stammt und übersetzt heißt: zerschlagen, zerbrechen, zerreißen. Diese Wörter braucht, wer den Zustand der deutschen Automobilindustrie beschreiben will.

Ist die deutsche Autoindustrie zu retten?, in: Spiegel online, 25.10.2019, https://www.spiegel.de/wirtschaft/bmw-daimler-audi-vw-ist-die-deutsche-autoindustrie-zu-retten-a-00000000-0002-0001-0000-000166611557 (Zugriff: 03.01.2023)

M3 Szenario: Wie könnte sich die Beschäftigtensituation in der Autoindustrie entwickeln?

Verschiebung von Beschäftigung zwischen den Industrien
aktuelle Anzahl Beschäftigter, in Tausend

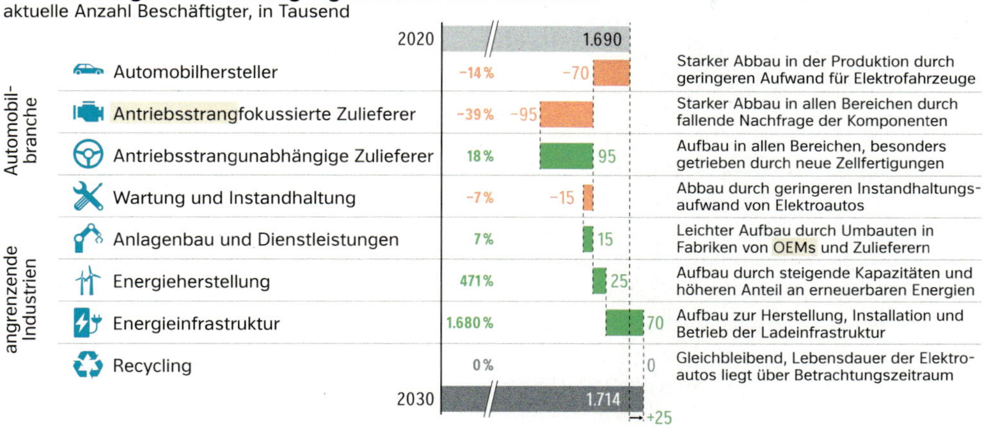

Quelle: Boston Consulting Group 2021, Automobile Arbeitswelt im Wandel: Jobeffekte in Deutschland bis 2030, S. 5

INFO

Antriebsstrang
Zusammenwirken von Motor, Kupplung und Getriebe beim klassischen Automobil

OEM
hier im Sinne von: Fahrzeughersteller

M4 Zulieferer in der Krise – und vor neuen Chancen?

Der Konzern [Bosch] will mit einer Milliarde Euro über die kommenden fünf Jahre die Umschulung von Beschäftigten vorantreiben. [...] Den größten Veränderungsbedarf hätten die rund 80.000 Mitarbeiter, die von der Verbrennertechnik abhängig sind. Bis Mitte des nächsten Jahrzehnts gehen in diesem Bereich die meisten Jobs in Europa verloren, während neue für Elektromobilität oder Fahrzeugsoftware entstehen. „Wir konzentrieren uns nicht nur auf Abbau", sagte [Personalchefin] Albrecht. „Transformation bedeutet auch Aufbau und Veränderung von Kompetenzen."

Der neue Bosch-Chef Stefan Hartung macht deutlich [...], dass Bosch die im sogenannten Green Deal verankerten Klimaziele der EU „ohne Wenn und Aber" mittrage. Mit dem Green Deal wollen die EU-Staaten bis 2050 klimaneutral werden. „Noch besteht ein großer Teil unseres Geschäfts aus Verbrennersystemen, für Diesel- und Benzinmotoren ebenso wie für Gasheizungen", sagte Hartung. Das Geschäft mit Alternativen laufe aber schon, die Elektromobilität bringe bereits einen Milliardenumsatz.

Die Schwaben stiegen im vergangenen Jahr in das Ausrüstungsgeschäft für die Batterieproduktion ein. „Gemeinsam mit Volkswagen planen wir, in den nächsten Jahren die Fertigungsprozesse von Batteriezellen zu industrialisieren", sagte Hartung. Ziel sei, ein führender europäischer Anbieter [zu werden].

Bosch will 80.000 Mitarbeiter umschulen, in: manager-magazin.de, 09.02.2022, mit Material von dpa-afx, https://www.manager-magazin.de/unternehmen/autoindustrie/bosch-stefan-hartung-glaenzt-mit-guten-zahlen-und-will-80-000-mitarbeiter-umschulen-lassen-a-24b2e533-d9be-47de-851d-ef9803b9e89f (Zugriff: 03.01.2023)

1 Entwickeln Sie Hypothesen zur Zukunft der deutschen Automobilindustrie und ihrer Zulieferer (M1 und M2).

2 Analysieren Sie M3 mithilfe der Methode: Statistische Informationen analysieren (S. 14–15).

3 Stellen Sie die Darstellung in M2 Ihren Ergebnissen aus Aufgabe 2 sowie der Darstellung in M4 gegenüber.

4 Neue Jobs und klimafreundliche Mobilität durch den Wandel der Automobilindustrie? Erörtern Sie diese Frage.

Politische Urteilskompetenz

GLOSSAR
Demokratie
Politik

1. Was sind politische Urteile?

Allgemein betrachtet sind Urteile nichts anderes als in Sätze gekleidete Aussagen. Es gibt **beschreibende** (*deskriptive*), **wertende** (*evaluative*) und **vorschreibende** (*präskriptive* oder *normative*) Aussagen und damit Urteile. Man kann auch von **Sachurteilen**, **Werturteilen** und **Sollurteilen** sprechen. Die drei Urteilsarten gibt es in allen Lebensbereichen und zu allen denkbaren Themen – und folglich auch in der Politik.

Man kann sogar sagen, dass Urteile in der Politik eine besonders wichtige Rolle spielen. Denn Politik findet überwiegend sprachlich statt. So werden Sachverhalte beschrieben, analysiert und beurteilt (Sachurteile). Es werden befürwortende oder ablehnende Stellungnahmen zu politischen Vorschlägen abgegeben (Werturteile). Und es werden Entscheidungen über die Gestaltung des Zusammenlebens formuliert (Sollurteile). Auf Letzteres läuft in der Politik alles hinaus. Sollurteile sagen nämlich aus, dass etwas getan oder unterlassen werden soll.

In der Demokratie nehmen Sie an der Politik Anteil. Sie kommentieren Absichten und Entscheidungen der Politik. Damit fällen Sie Werturteile. Ihr Werturteil sollte auf einem zutreffenden Sachurteil beruhen und Wertmaßstäben entsprechen, die Zustimmung finden können. Das sind vor allem die Werte der Demokratie und des friedlichen Zusammenlebens der Menschen. Wenn Sie aussprechen, dass die Politik etwas Bestimmtes tun oder unterlassen sollte, dann formulieren Sie ein Entscheidungs- und Gestaltungsurteil. Sie sind politisch urteilskompetent, wenn Ihre Sachurteile inhaltlich zutreffen und Ihre Wert-, Entscheidungs- und Gestaltungsurteile auf der Basis anerkannter Wertmaßstäbe begründet sind.

a) Sachurteile

Sachurteile treffen Aussagen über die Wirklichkeit. Sie unterscheiden sich in ihrem Schwierigkeitsgrad. Einfache Sachurteile geben Sie bereits ab, wenn Sie etwas beschreiben, wiedergeben und zusammenfassen. Anspruchsvoller sind Ihre Sachurteile, wenn Sie etwas analysieren, herausarbeiten, charakterisieren, erklären, erläutern, einordnen und vergleichen. Der Charakter eines Sachurteils kommt jedoch insbesondere beim **Beurteilen** zum Vorschein. Hier müssen Sie Ihren Gegenstand nach vielen Seiten hin untersuchen, um daraus eine Schlussfolgerung zu ziehen.
Auch wenn Sie etwas **begründen**, **überprüfen**, sachlich **erörtern** oder sich mit einem Gegenstand ebenfalls nur rein sachlich **auseinandersetzen**, gelangen Sie zu Sachurteilen. Die hierbei von Ihnen verlangten Denkoperationen sind wie beim Beurteilen sehr anspruchsvoll, da sie eine intensive Auseinandersetzung mit den betreffenden Sachverhalten erfordern.

Kriterien für Sachurteile

- inhaltliche und sprachliche Genauigkeit
- Erfassen des Spezifischen der Sache
- Berücksichtigung der wesentlichen Aspekte der Sache
- zutreffende Einbindung der Sache in größere Zusammenhänge
- sprachliche Distanz zu von anderen vertretenen Auffassungen
- keine Bewertung der Sache
- keine Beeinflussung durch positive oder negative Gefühle für die Sache

b) Werturteile

Werturteile bezeichnen Sachverhalte als gut oder schlecht. Weitere Wertprädikate sind richtig oder falsch, angemessen oder nicht angemessen, günstig oder ungünstig, brauchbar oder unbrauchbar, annehmbar oder nicht annehmbar, schädlich oder unschädlich.

Sie geben ein Werturteil ab, wenn Sie zu einer Sache **Stellung nehmen**, etwas **erörtern** (und dabei am Ende eine Bewertung abgeben) oder sich mit etwas **auseinandersetzen** (und ebenfalls am Ende eine Bewertung abgeben).
Sie müssen Ihr Werturteil begründen. Sonst wäre Ihr Urteil nicht mehr als eine oberflächliche Meinungsäußerung. Für die Begründung eines Werturteils über Politik stehen zwei Maßstäbe zur Verfügung, nämlich *Effizienz* und *Legitimität*. Diese Maßstäbe fungieren zugleich als Rationalitätskriterien für Ihr Werturteil (siehe Grafik unten).

c) Sollurteile (Entscheidungs- und Gestaltungsurteile)
In einem Sollurteil wird ausgesprochen, dass etwas getan oder nicht getan werden soll. Dies geschieht zunächst in Form eines Entscheidungsurteils. Ist die Entscheidung für ein Handeln gefallen, konkretisiert ein Gestaltungsurteil diese Entscheidung. Dieses Urteil befindet darüber, wie der betreffende Gegenstand detailliert geregelt werden soll. Sie geben ein Gestaltungsurteil ab, wenn Sie zu einem Problem ein **Lösungsmodell** oder ein **Lösungskonzept entwickeln**.
Sollurteile müssen ebenfalls anhand der Maßstäbe *Effizienz* und *Legitimität* begründet werden (siehe Grafik unten).

2. Die Multiperspektivität politischer Urteile
Wert- und Sollurteile fallen abhängig vom sozialen und ideologischen Standort der urteilenden Menschen unterschiedlich aus. Ein weiterer Grund für unterschiedliche Urteile liegt in der Rolle, welche die Menschen im Gemeinwesen einnehmen. Man kann deshalb drei Urteilsperspektiven unterscheiden.
Es gibt die Perspektive der *Politiker*, also derjenigen, die für politische Entscheidungen zuständig sind. Es gibt die Perspektive der *Bürger*, also derjenigen, die von den Entscheidungen betroffen sind, und die Perspektive des *„idealen Staatsbürgers“*. Während sich der ideale Staatsbürger uneigennützig verhält und sich allein um das Wohl des Gemeinwesens sorgt, haben Politiker und Bürger neben dem Gemeinwohl immer auch ihr je eigenes Wohl im Auge.
Wenn Sie in einer Klausur ein Wert- oder Sollurteil abgeben sollen, müssen Sie darauf achten, welche Perspektive Ihnen dabei vorgegeben wird. Es kann sogar sein, dass man von Ihnen verlangt, ein Urteil aus mehreren Perspektiven abzugeben, dass Sie also multiperspektivisch urteilen sollen. Wird Ihnen keine Perspektive vorgegeben, sollten Sie aus der Sicht eines idealen Staatsbürgers urteilen.

Operator „Erörtern“ (Anforderungsbereich III)

Definition:
Zu einer vorgegebenen Problemstellung eine reflektierte, abwägende Auseinandersetzung führen und zu einem begründeten Sach- und/oder Werturteil kommen.

Was heißt das genau?

Der Operator „Erörtern“ verlangt, dass Sie zu einer politischen und/oder wirtschaftlichen Problemstellung konträre Positionen gegenüberstellen und ausgehend von deren Abwägung ein eigenes Urteil formulieren. Dabei können Sie zu einem Sachurteil *und/oder* zu einem Werturteil kommen. Der Fokus liegt auf der prägnanten Gegenüberstellung von Positionen, die sach- und/oder wertebezogen die Kontroverse in der politischen Problemfrage bestimmen. Dabei können Sie zwischen zwei Vorgehensweisen wählen: dem dialektischen (Sanduhr-)Prinzip oder dem linearen (Reißverschluss-)Prinzip (siehe Grafiken rechts). In beiden Fällen beziehen Sie sich auf relevante Urteilskriterien. Ihre Erörterung sollte deutlich machen, dass Ihr Urteil auf Basis relevanter Materialien und stichhaltiger Argumentationen gewonnen wird. Die kriterienbezogene Auswahl und Gewichtung von Argumenten setzt also Sachkenntnis sowie die Reflexion von sachlichen bzw. wertebezogenen Urteilsperspektiven voraus.

Sanduhrprinzip

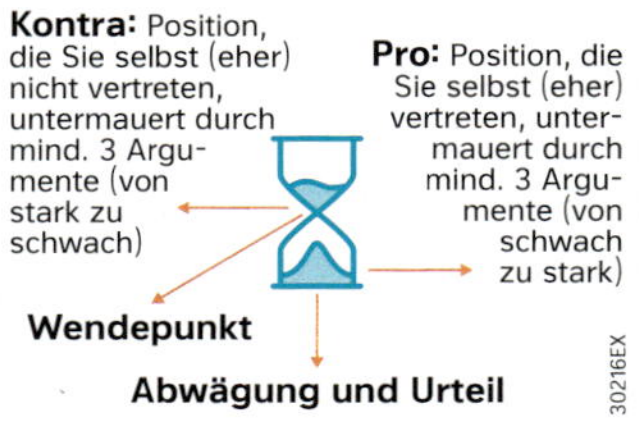

Reißverschlussprinzip

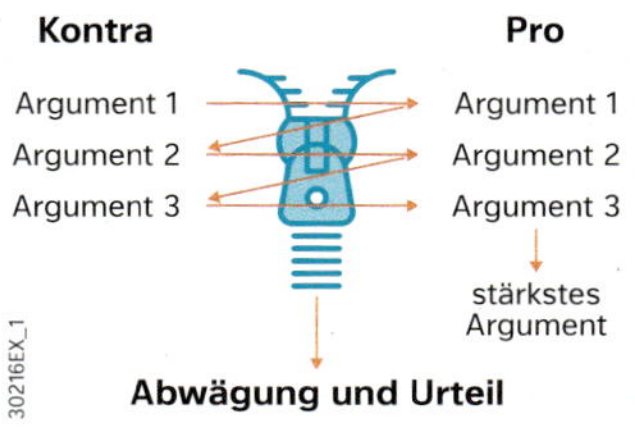

QUERVERWEIS

MODELL Politische Urteilskompetenz (mit Urteilskriterien) S. 66–67

Checkliste zum „Erörtern“

	✓ bzw. ++ + o – –– und Verbesserungstipps
Einleitung:	
Beginnt der Text mit einer aufgabenbezogenen Einleitung, die eine knappe Skizzierung der zu erörternden Problematik/Streitfrage enthält bzw. deren Relevanz verdeutlicht?	
Hauptteil:	
Folgt die Anlage der Erörterung konsequent einer der beiden Prinzipien (dialektisch oder linear), und wird dabei die Progression der Argumente (siehe Grafiken) beachtet?	
Werden relevante Argumente aus unterschiedlichen Perspektiven begründet ausgewählt und inhaltlich nachvollziehbar gewichtet?	
Findet eine (plausible) inhaltliche Anknüpfung an die Materialgrundlage statt?	
Bildet die Erörterung insgesamt zentrale sachliche und/oder wertebezogene Positionen der politischen Debatte zum Problem ab und stellt sie diese insgesamt sachgemäß und plausibel gegenüber?	
Schluss:	
Ist das abschließende Urteil auf Sach- und/oder Werturteilsebene triftig begründet und aus der vorausgehenden Auseinandersetzung nachvollziehbar abgeleitet?	
Sprachlicher Ausdruck und sprachliche Richtigkeit:	
Wird Fachsprache sicher und korrekt verwendet?	
Ist der sprachliche Ausdruck stilistisch angemessen, d. h. erkennbar argumentativ?	
Werden die Regeln in den Bereichen Rechtschreibung, Zeichensetzung und Grammatik beachtet?	

TIPP

Nutzen Sie die Checkliste zur Planung und beim Schreiben als Orientierungshilfe. Sie können Ihren Text auch mithilfe der Checkliste von Mitschülerinnen und Mitschülern korrigieren lassen und ihn im Anschluss überarbeiten. Die Aspekte/Kriterien der Checkliste können Sie ggf. in Absprache mit Ihrer Lehrkraft anpassen. Eine bearbeitbare Vorlage findet sich unter:

WES-118484-140

Beispielaufgabe

M 1 Klimaneutralität: Was wird das kosten?

Deutschland hat dieses Jahr nach einem Urteil des Bundesverfassungsgerichts seine Klimaziele nachgebessert und will bis 2045 klimaneutral sein. Doch die Klimabilanz des EU-Landes mit dem weitaus größten Ausstoß von Treibhausgasen auf Null zu bringen, kostet viel Geld: Sechs Billionen Euro, damit rechnet [...] die aktuelle „Net-Zero-Deutschland"-Studie der Beratungsfirma McKinsey.

Demnach müssten sieben Prozent der gesamten deutschen Wirtschaftsleistung in grüne Technologien und Infrastruktur gesteckt werden, insgesamt rund 240 Milliarden Euro. „Eine nie dagewesene Aufgabe", sagt Ruth Heuss, Co-Autorin der Studie. [...]

Doch nur eine von sechs Billionen Euro müsste dafür zusätzlich investiert werden, pro Jahr 40 Milliarden Euro. Die restlichen fünf Billionen sind Ausgaben, die ohnehin anfallen. Sie müssen nur anders – nämlich in grüne Technologien – investiert werden. Damit können etwa Zuschüsse für den Kauf von privaten Elektroautos finanziert werden oder die Unterstützung für Unternehmer, die in klimafreundliche Produktionsverfahren investieren, statt alte Anlagen zu sanieren. Dazu gehören auch Investitionen in den öffentlichen Nahverkehr, Ladestationen für E-Autos, Batteriespeicher oder in den Ausbau einer landesweiten Infrastruktur für grünen Wasserstoff, statt beispielsweise den Flugverkehr zu subventionieren.

Tim Schauenberg, Klimaneutralität: Was wird das kosten?, Bonn: Deutsche Welle, 21.09.2021, https://p.dw.com/p/40Nrh (Zugriff: 06.01.2023)

1 Erörtern Sie unter Bezug auf den Text Chancen und Risiken der Transformation Deutschlands zu einer „Green Economy".

Möglicher Lösungsansatz (in gekürzter Form)

Die Bekämpfung des Klimawandels verlangt erhebliche ökonomische Anstrengungen. Ob und wie Deutschland als größte Volkswirtschaft der EU die Transformation zu einer klimafreundlichen Wirtschaft bewältigen kann, ist eine zentrale, stark umstrittene Fragestellung.
Der Autor des vorliegenden Artikels argumentiert, dass der Umbau der Wirtschaft zwar erhebliche Summen erfordern, sich jedoch im Wesentlichen durch innovatives Wachstum selbst finanzieren werde (Z. 19–21).

aufgabenbezogene Einleitung mit knapper Skizzierung des Sachverhalts/der Relevanz

Wie stehen die Chancen Deutschlands für einen Weg in eine „Green Economy"?
Harte Skeptiker auf politischer Ebene bestreiten generell die Notwendigkeit eines klimaneutralen Umbaues der Wirtschaft, stellen die Wirksamkeit kostspieliger Investitionen infrage oder …
Andere Kritiker sehen eine Transformation zwar als notwendig an, geben aber zu bedenken, dass die damit verbundenen Kosten die Bürgerinnen und Bürger noch weiter belasteten, Arbeitsplätze gefährdeten und …

Erörterung in dialektischer Form, beginnend mit der schärfsten Kontra-Position

Wie der vorliegende Artikel zeigt, handelt es sich beim Umbau der Wirtschaft um ein gewaltiges ökonomisches und gesellschaftliches Projekt (Z. 14), dessen Gelingen nicht vorhergesagt werden kann. Aber der dort zitierten Studie zufolge weist das Wirtschaftssystem Innovationsreserven auf, die den Einwand, dass die Transformation Arbeitsplätze bedrohe, entkräften (Z. 16–21). Nicht die Transformation gefährdet nach dieser marktwirtschaftlichen Sicht unsere Volkswirtschaft, sondern vielmehr ein Nichtstun oder Weiter so – denn Deutschland gehört heute (noch) zu den führenden Volkswirtschaften in der Entwicklung von Umweltschutzgütern, z. B. … Wenn hier Anreize für Innovationen gesetzt würden, erschließe das Land Zukunftsmärkte im Bereich emissionsfreier Technologien (Z. 23–25), die morgen sonst vielleicht andere besetzten.

Wechsel zur Pro-Perspektive, zunächst auf Sachurteilsebene

Der Ausbau einer klimafreundlichen Wirtschaft sei daher zum einen ein Gebot (markt)wirtschaftlicher Vernunft. Zum anderen sei nur eine solche Transformation ein Weg, zukünftigen Generationen Lebenschancen in Freiheit zu ebnen. Deshalb betont auch das höchste deutsche Gericht die Verantwortung aller Politik, rechtzeitig wirksame Gegenmaßnahmen einzuleiten (Z. 1 f.) …

stärkstes Pro-Argument, Ebene des politischen Werturteiles

Ob der Weg in eine lebenswerte Zukunft über die „Green Economy" funktioniert, kann nicht garantiert werden. Es ist sicherlich zutreffend, dass es sich um eine große Herausforderung handelt … Jedoch stellt Nichtstun keine effiziente oder gar legitime Alternative dar. Daher ist meiner Auffassung nach …

Rückgriff auf Ausgangsfrage, eigenes Urteil (Sach- und/oder Werturteil)

4.4 Keine Angst vor einer „Green Economy“?

BEGRIFF

Fachkonzepte
Sozialer Wandel
Nachhaltigkeit

INFO

Erläuterung
Das Szenario analysiert mögliche Beschäftigungseffekte auf dem Arbeitsmarkt durch Steigerung von Energieeffizienz und Nutzung „grüner“ Technologie. Abgebildet werden absolute Zugewinne und Verluste an Beschäftigten in den angegebenen Sektoren bis 2030.

M1 Szenario: Mögliche Beschäftigungseffekte bis 2030

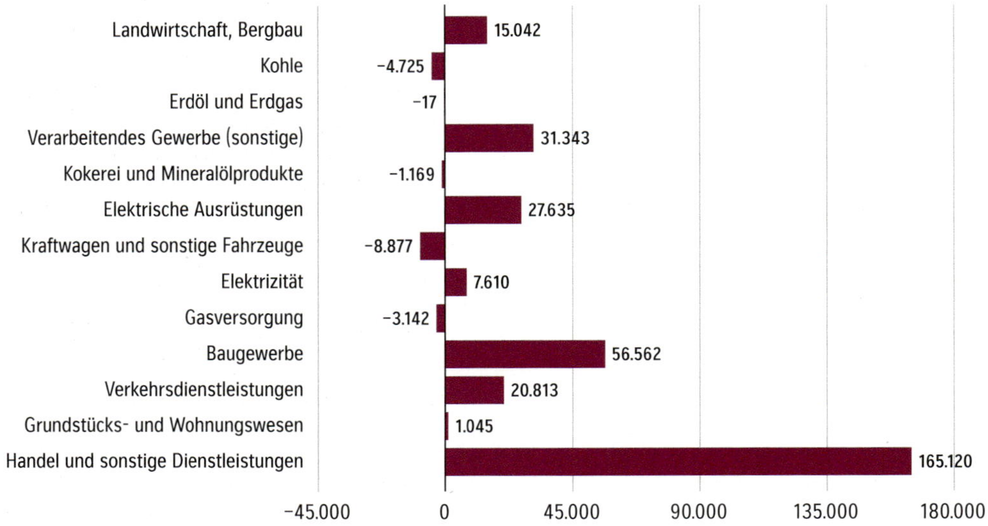

Quelle: Öko-Institut e. V./Fraunhofer ISI/Prognos/M-Five/IREES/FIBL, Folgenabschätzung zu den ökologischen, sozialen und wirtschaftlichen Folgewirkungen der Sektorziele für 2030 des Klimaschutzplans 2050 der Bundesregierung. Endbericht, Berlin: Öko-Institut e. V., 03.01.2019, S. 29, 96

M2 Welche Branchen profitieren – welche geraten in die Krise?

Demonstration der IG Metall in Hannover 2019

Eine forcierte Klimaschutzpolitik wirkt nicht nur auf das Niveau der wirtschaftlichen Aktivitäten, sondern verändert auch die sektorale Struktur von Produktion und Wertschöpfung und damit von Beschäftigung. Soweit Maßnahmen der Klimaschutzpolitik auf eine Verteuerung fossiler Energien als Hauptverursacher der Emission von Treibhausgasen setzen, sind Branchen, die fossile Energien direkt gewinnen oder verarbeiten, wie der heimische Kohlebergbau und die konventionelle Stromgewinnung, sicher einem besonderen Strukturanpassungsdruck unterworfen. Von höheren Energiepreisen besonders betroffen sind energieintensive Branchen, also zum Beispiel die grundstofforientierten Bereiche (Metall- und Stahlerzeugung, die Grundstoffchemie sowie Papier-, Zement- und Glaserzeugung). Auf der anderen Seite profitieren einzelne Branchen unmittelbar von Maßnahmen eines forcierten Klimaschutzes. So entstehen mit dem Ausbau der erneuerbaren Energien neue Wirtschaftszweige, die solche Anlagen zur Nutzung erneuerbarer Energien herstellen (zum Beispiel Wind- und Solarindustrie, die in der traditionellen Wirtschaftszweigsystematik zum Maschinen- und Anlagenbau zählen) oder Dienstleistungsunternehmen, die solche Anlagen planen und warten. Auch in der Bauwirtschaft, insbesondere im Ausbaugewerbe, entstehen zum Beispiel durch die energetische Gebäudesanierung neue Beschäftigungschancen.

Jürgen Blazejczak/Dietmar Edler, Strukturwandel und Klimaschutz. Wie Klimapolitik Wirtschaft und Arbeitswelt verändert, Berlin: Heinrich-Böll-Stiftung, 2011, S. 46 f.

M3 „Wir müssen industrielle Wüsten verhindern" – Interview mit dem Chef der Industriegewerkschaft Metall

Herr Hofmann, in Berlin tobt plötzlich ein Überbietungswettbewerb beim Klimaschutz. Wie finden Sie als Arbeitnehmervertreter das?
Ich finde das verwunderlich. Fast alle Parteien, die da jetzt mitmischen, haben in Ihren Programmen den Satz aufgenommen, dass beim Klimaschutz ein Ausgleich zwischen Ökologie, Ökonomie und Sozialem gewahrt werden muss. [...] Was bedeutet eine Zielverschärfung beim Klimaschutz eigentlich für Unternehmen und Arbeitnehmer?
Der Klimaschutz bedroht deutsche Unternehmen und Jobs?
Der Klimaschutz bedroht nur dann Jobs, wenn wir ihn falsch angehen. Die Gefahr sehe ich zurzeit. Nehmen Sie die Autoindustrie als Beispiel. Die Autohersteller haben die Möglichkeit, Beschäftigung durch Insourcing zu sichern, also indem sie Arbeiten, die bisher von Zulieferern übernommen wurden, in den eigenen Werken erledigen. Aber für einen Zulieferer, der bisher ausschließlich von Bauteilen für Verbrennungsmotoren gelebt hat, verschärfen höhere Klimaschutzziele die Probleme. Die Aufträge dieser Unternehmen werden noch schneller wegbrechen als bisher zu erwarten war. [...] Die Frage ist aber: Wie mildern wir die Umbrüche und Verwerfungen ab, die der Umbau der Industrie mit sich bringt? [...]
Brauchen wir auch in Deutschland ein festes Datum, ab dem keine neuen Verbrennerfahrzeuge mehr verkauft werden dürfen?
Ich hätte nichts gegen ein Ausstiegsdatum, wenn die Politik die Frage beantworten könnte, wie wir bis dahin die notwendige Infrastruktur bereitstellen, die Unternehmen auf neue Produkte umstellen und es verlässliche Brücken für die Beschäftigten gibt. Wir haben darauf bisher keine Antworten, diese Probleme werden noch nicht einmal ernsthaft erörtert.

Jörg Hofmann

Marcus Theurer, „Wir müssen industrielle Wüsten verhindern", in: Frankfurter Allgemeine Zeitung online, 07.05.2021, https://www.faz.net/aktuell/wirtschaft/ig-metallchef-im-gespraech-wir-muessen-industrielle-wuesten-verhindern-17330682.html (Zugriff: 03.01.2023) © Alle Rechte vorbehalten. Frankfurter Allgemeine Zeitung GmbH, Frankfurt. Zur Verfügung gestellt vom Frankfurter Allgemeine Archiv

M4 „Der Naturverlust ist schneller als die Lösungen" – Interview mit Günther Bachmann, Vorsitz Deutscher Nachhaltigkeitspreis (DNP)

Herr Bachmann, Sie feiern 2022 das 15-jährige Bestehen des Deutschen Nachhaltigkeitspreises. Was hat sich in den vergangenen anderthalb Jahrzehnten in puncto Nachhaltigkeit in der Wirtschaft verändert? Und wie wird diese sich in Zukunft verändern müssen?
Günther Bachmann: Heute kommt niemand mehr um die Nachhaltigkeitsfrage herum. Aufsichtsräte und Vorstände befassen sich damit. Nachhaltigkeit ist ein Jobmotor, Ausbildungsordnungen wurden geändert, Dekarbonisierung ist der Ernstfall, die Kreislaufwirtschaft ist ein reiches Feld von Ideen. Wohlgemerkt: Nichts, was wir heute feiern, reicht aus, um auch in zwanzig Jahren zu feiern. Der Naturverlust ist schneller als die Lösungen. Krieg und Unfrieden wachsen schneller als die Brücken, die eine vernünftige Nachhaltigkeitspolitik heute baut. [...]
Warum ist eine nachhaltige Wirtschaftsweise so wesentlich für die Zukunft?
Bachmann: Weil die dominierende Wirtschaftsweise schlicht nicht funktioniert, nicht richtig zählen kann und weder dem Planeten noch dem Menschen guttut. Weil fossilbasierte Volkswirtschaften zu Gewalt und Krieg tendieren. [...]
Vor welchen Herausforderungen stehen Unternehmen, die sich nachhaltig aufstellen wollen?
Bachmann: Die Herausforderung ist, mit nachhaltigen Produkten und Herstellungsprozessen den dominierenden Standard zu setzen. Zwischendurch nervt es, wenn ohne die Umsetzung von Nachhaltigkeitsgrundsätzen Geld verdient oder das Label „klimaneutral" missbraucht wird, weil Standards fehlen. Die Biodiversität ist das Stiefkind – und das zu überwinden, ist eine große Hürde. Die gesam-

Günther Bachmann

te Belegschaft mitzunehmen, ist oft auch eine Herausforderung. Hier fehlen noch neue und breitenwirksame Informationstools, um Beschäftigte für eine nachhaltige Wertschöpfung zu begeistern.

Führung, Werte, Kultur, Kompetenzen — welche organisationalen Voraussetzungen benötigen Betriebe für eine erfolgreiche nachhaltige Transformation?

Bachmann: Harte Transformation per Gesetz und Ordnungsrecht ist unvermeidlich, aber oft schwächer als weiche Transformation durch Initiative, Wagnis und Vormachen. Das macht den DNP wichtig. Weiche Faktoren sind für Betriebe und Non-profit-Organisationen oft zentral: als wertebasierte Unternehmenskultur, Aufmerksamkeit, Fehlerfreundlichkeit, Kultur der Anerkennung und Kooperation. [...]

Wo sehen Sie den größten Handlungsbedarf in puncto Nachhaltigkeit?

Bachmann: Der größte Handlungsbedarf liegt in den kleinsten Schritten. Energie sparen, gesünder essen, anders fahren, weniger verbrauchen, die Natur ernst nehmen, mehr füreinander da sein. All das muss jedes Unternehmen angehen. [...]

Wie nachhaltig leben Sie selbst?

Bachmann: Überhaupt nicht, denn ich bin ja Teil der Überkonsumgesellschaft. Persönlich tue ich, was jede(r) tun kann. Ich fahre Bahn, auch in Europa, kaufe Öko, esse wenig Fleisch, wohne in einer kleinen Wohnung und verzichte unbeschwert auf Superkonsum. Und ich mische mich ein. Niemand lebt unpolitisch.

Nicole Ottersböck, Interview mit Günther Bachmann, Stiftung Deutscher Nachhaltigkeitspreis, in: Werkwandel. Zeitschrift für angewandte Arbeitswissenschaft. Schwerpunktausgabe Nachhaltigkeit in Unternehmen, Nr. 2, Juni 2022, S. 37 f. , Düsseldorf: ifaa – Institut für angewandte Arbeitswissenschaft e. V., https://magazin.werkwandel.de/werkwandel-2-2022/67007127 (Zugriff: 03.01.2023)

M5 Ist grünes Wachstum ein Widerspruch in sich?

Proteste bei der Internationalen Automobil-Ausstellung (IAA) 2019

Der „Green New Deal" scheint eine Art eierlegender Wollmilchsau zu sein: Die Wirtschaft floriert, alle finden erträgliche Arbeit mit fairen Löhnen und der Untergang der Zivilisation findet nicht statt. Und das ohne Revolution, Generalstreik und Barrikadenkampf, weil der Staat einige Billionen investiert. [...] Ökologie und Ökonomie werden versöhnt, lautet das Versprechen. Stetiges, aber ökologisch nachhaltiges Wirtschaftswachstum sichert Arbeitsplätze und hilft beim ökologischen Umbau, um bis 2050 nur noch so viel Treibhausgas auszustoßen, wie durch Kohlenstoffbindung absorbiert werden kann. [...]

Wachse oder weiche, lautet das Prinzip des Kapitalismus, und das beinhaltet einen ständig steigenden Verbrauch von Rohstoffen, Energie und Fläche. Beispiel Elektroautos: Auch deren Herstellung verschlingt Rohstoffe, allein für Lithium und Kobalt, die für die Fahrzeugbatterien benötigt werden, werden Wälder zerstört und enorme Wassermengen verseucht; der Flächenverbrauch für Straßen und Parkplätze unterscheidet sich nicht von dem der Benzin- und Dieselfahrzeuge und der Strom fließt auch nicht einfach so aus der Steckdose. [...] Ein ökologischer Kapitalismus ist unmöglich. Wahrscheinlicher ist, dass die Träume platzen und die Perspektivlosigkeit noch ärger wird. Um die Umweltzerstörung zu beenden, ist eine Abkehr vom Wachstum notwendig.

Peter Bierl, Weniger Realismus wagen, in: Jungle World, 03.06.2021, https://jungle.world/artikel/2021/22/weniger-realismus-wagen (Zugriff: 17.10.2022)

1 Sammeln Sie ausgehend von M1 und M2 Beispiele für Branchen: Wer profitiert, wer gerät nach den Szenarien durch eine „Green Economy" in die Krise?

2 Stellen Sie die Annahmen aus M1 und M2 dem Interview M3 gegenüber.

3 **Zusatzaufgabe:** Analysieren Sie unter Bezug auf M4 Herausforderungen für ein Gelingen der Klimawende.

4 Nehmen Sie vor dem Hintergrund der Herausforderungen für Produktion und Beschäftigung Stellung zur Wachstumskritik in M4 und M5.

4.5 Lange Wellen und Basisinnovationen als Treiber der Weltkonjunktur?

M1 Entwickelt sich die Weltwirtschaft in „Langen Wellen"?

Die Wissenschaftler Joseph Schumpeter und Nikolai Kondratieff erforschten lange Wellen der Innovation, von denen auch Anleger profitieren können

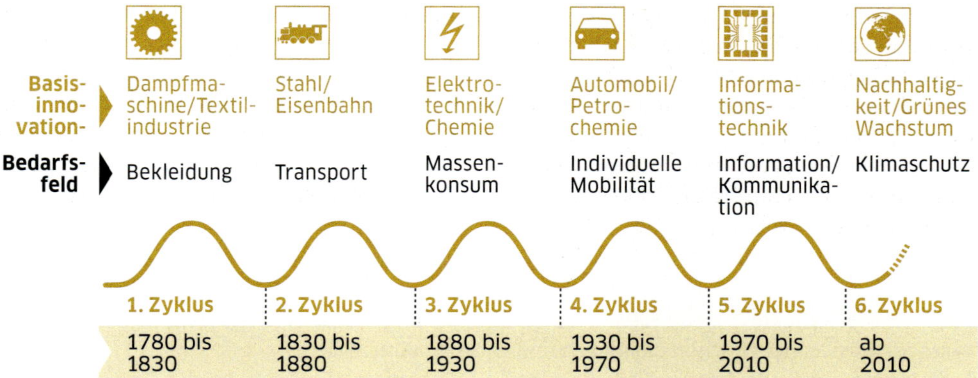

Quelle: Leo Nefiodow; Global Capital Markets & Thematic Research Allianz Global Investors

INFO

Lange Wellen
Das Schaubild zeigt schematisch die Abfolge von „Basisinnovationen", welche die Weltwirtschaft beeinflussten. Das Konzept stammt vom russischen Ökonomen N. Kondratjew (siehe Info auf S. 74).

Erklärfilm:
Die Theorie der langen Wellen nach Kondratjew

M2 Basisinnovation Klimatechnologie?

Ende des 18. Jahrhunderts sorgte die Dampfmaschine für einen gewaltigen Innovationsschub. Rund 50 Jahre später bescherten Eisenbahn und Stahl der Welt die nächste Wachstumswelle, die Ende des 19. Jahrhunderts von Erfindungen rund um Elektrotechnik und Chemie abgelöst wurde. Solche technologischen Umbrüche, die eine produktivitätssteigernde Breitenwirkung entfalten und letztlich sämtliche Lebensbereiche erfassen, sind nach ihrem Entdecker benannt, dem russischen Ökonomen Nikolai Kondratjew [...]. Geht es nach Hans-Jörg Naumer, dem Leiter der Kapitalmarktanalyse bei Allianz Global Investors, steht die Weltwirtschaft nun am Beginn eines neuen, sechsten Kondratjew-Zyklus: der „grünen Welle".

Naumer hat mehrere Kennzeichen ausgemacht, dass der „alte" Kondratjew-Zyklus ausläuft und nun durch einen neuen abgelöst wird: [...] Gesucht sind neue Technologien, die volkswirtschaftliche Engpässe lösen.

Anders als früher geht es allerdings nicht mehr um Fragen wie den Transport oder die Kommunikation, sondern um die Notwendigkeit, die Ressourcen der Erde zu schonen. „Der Klimawandel ist der ultimative Wake-up-Call, dass die Umwelt selbst ein knappes Gut geworden ist", sagt Naumer. „Bei der neuen Wachstumswelle geht es um die Transformation der Ökonomie zu nachhaltigem Wachstum."

Der „grüne Kondratjew" werde nicht von der Ausbeutung der Umwelt, sondern vom intelligenten und nachhaltigen Umgang mit den natürlichen Ressourcen geprägt sein. „Noch lebt die Menschheit über ihre Verhältnisse, wie der Verbrauch an Bio-Kapazität und der CO_2-Fußabdruck zeigen", sagt Naumer. „Sollen die Ansprüche der nachkommenden Erdbewohner an ein menschenwürdiges Leben erfüllt werden, so bedarf es eines Übergangs vom parasitären zum symbiotischen Wachstum. Dabei wird Umwelttechnologie mittels Digitalisierung den Umgestaltungsprozess treiben."

bm, Allianz GI macht neue Wachstumswelle aus – und die ist grün, in: Fonds professional online, Wien: FONDS professionell Multimedia GmbH, 17.03.2021, https://www.fondsprofessionell.de/news/maerkte/headline/allianz-gi-macht-neue-wachstumswelle-aus-eine-gruene-205463/ (Zugriff: 04.01.2023) (Schreibweise Kondratjew verändert)

INTERNET

WES-118484-141
Podcast: Klimawandel: Wohin mit dem CO_2?

INFO

CO_2-Fußabdruck
Konzept zur Erfassung individueller Emissionen klimawirksamer Gase (etwa durch Heizung, Mobilität, Ernährung etc.); Kritiker des Konzeptes bemängeln die Verlagerung der Problemlösung weg von der Politik auf das Individuum.

Nicolai D. Kondratjew, im Deutschen auch Kondratieff (1892–1938), russischer Ökonom

INFO

Basisinnovationen
Kondratjew erforschte Ursachen weltwirtschaftlicher Konjunkturbewegungen. Auf seinen empirischen Ergebnissen und deren Interpretation basiert die Theorie der „Langen Wellen“ der Weltkonjunktur (auch als „Kondratjew-Wellen“ bezeichnet), wonach „Basisinnovationen“ eine wesentliche Rolle für gesamtwirtschaftliche Entwicklungen spielen sollten.

INFO

Venture-Kapitalisten
Risikokapitalgeber

M3 Alternative Basisinnovationen in der Diskussion

Der Übergang von der vierten auf die fünfte lange Welle ist qualitativ etwas grundlegend Neues, weil wir mit dem fünften Kondratjew zum ersten Mal einen Langzyklus durchlaufen, der nicht mehr primär von Energie, sondern von der Verwertung von Informationen getragen wird. [...]

Welche neuen Märkte werden im nächsten Langzyklus entstehen? Hinter einem großen Markt steht ein großes Knappheitsfeld der Gesellschaft. Wenn nach dem sechsten Kondratjew Ausschau gehalten wird, stellt sich die Frage: Gibt es heute Knappheitsfelder mit dem Potenzial, in den nächsten zwei bis drei Jahrzehnten einen neuen Markt von mindestens 2.000 Milliarden US-Dollar Umsatz hervorzubringen? Die Kandidaten, die dafür infrage kommen, müssen heute schon existieren und einen Umsatz von mindestens 50 Milliarden US-Dollar aufweisen, denn sonst können sie ein Volumen von 2.000 Milliarden US-Dollar in den nächsten 20 bis 30 Jahren nicht erreichen.

Ein erster Kandidat ist der Umweltmarkt. [...] Die Produktivitätsreserven des Umweltsektors sind beträchtlich; allein die schon heute möglichen Einsparungen an Rohstoffen und Energie werden in den USA per anno auf 1.000 Milliarden Dollar geschätzt, weltweit auf über 2.500 Milliarden US-Dollar. In Deutschland arbeiten im Umweltbereich inzwischen genauso viele Menschen wie in der Automobilindustrie, bei einem Viertel des Umsatzes. Das bedeutet, dieser Markt bietet genau jene arbeitsintensiven Arbeitsplätze, die wir brauchen. Und für diesen Markt sind die Europäer hervorragend positioniert.

Ein zweiter Kandidat ist die Biotechnologie auf der Basis der DNA. Die Biotechnologie ist ein hochattraktives Feld für Forscher, Unternehmer und Venture-Kapitalisten und erreicht inzwischen ein Marktvolumen von 25 bis 30 Milliarden US-Dollar. Um auf 2.000 Milliarden US-Dollar zu kommen, wird man allerdings mehr als 30 Jahre brauchen. Das heißt, diese Branche ist derzeit noch viel zu klein und kann in den nächsten zehn Jahren nicht spürbar zu einer Entlastung des Arbeitsmarktes beitragen. [...]

Ein dritter Kandidat ist die Anwendung des Lichtes. Zu den bekanntesten Anwendungen im Konsum- und Investitionsgütermarkt zählen Kameras, die gesamte Beleuchtungstechnik, Mikroskope, Laser, optische Speicher und Sensoren. [...] Optische Technologien eignen sich besonders gut für die Fortentwicklung der Informationstechnik, weil sich Photonen (die kleinsten Bestandteile des Lichtes) wesentlich schneller bewegen können als Elektronen. Und die solare Energiequelle dürfte die aussichtsreichste Energiequelle der Zukunft sein.

Der vierte und wohl wichtigste Kandidat im sechsten Kondratjew dürfte der Informationsmarkt sein. Information ist eine Grundgröße des Wachstums, deshalb wird sie auch im nächsten Langzyklus eine Schlüsselrolle einnehmen. [...]

Als fünfter Kandidat ist die Gesundheit zu sehen. In diesem Markt finden sich alle anderen Kandidaten wieder. So wird Umweltschutz beispielsweise nicht der Umwelt zuliebe und auch nicht primär, um Kosten zu sparen, betrieben, sondern hauptsächlich aus Sorge um unsere Gesundheit. Die wichtigste Anwendung der Biotechnologie dient ebenfalls der Gesundheit. Damit kündigt sich so etwas wie ein **Leitsektor für den sechsten Kondratjew an: Gesundheit im ganzheitlichen Sinn.** [...]

Mit dem sechsten Kondratjew wird es zu einer grundlegenden Veränderung in den produktivitätsbestimmenden Qualitäten kommen. Technologie zum Beispiel ist weltweit verfügbar und bringt in der Konkurrenz der ökonomisch entwickelten Länder keinen relevanten Vorsprung mehr [...]. Auch der Zugriff auf Kapital wird den Unternehmen dadurch erleichtert, dass die Börsen der Welt jedermann zur Verfügung stehen. Auch – und das ist das Neue – Forschung, Entwicklung, Fachwissen und Organisation bringen immer weniger fachliche Vorteile, weil sie sich im Zuge der Globalisierung weltweit angleichen. Was die Unternehmen und Volkswirtschaften in Zukunft unterscheiden wird, ist die Qualität „weicher“ Faktoren wie Zusammenarbeit, Einsatzbereitschaft, Kreativität, Angstfreiheit, Verantwortungsbewusstsein und Loyalität.

Leo A. Nefiodow, Die großen neuen Märkte des 21. Jahrhunderts, in: Kempfenhausener Gespräche, 2. Zyklus, 3. Gespräch, München: Bayerische HypoVereinsbank AG, 10.–12. Oktober 1997, S. 3–16, hier S. 10–15 (Schreibweise Kondratjew verändert)

M4 Kondratjew-Wellen – empirisch nachweisbar …?

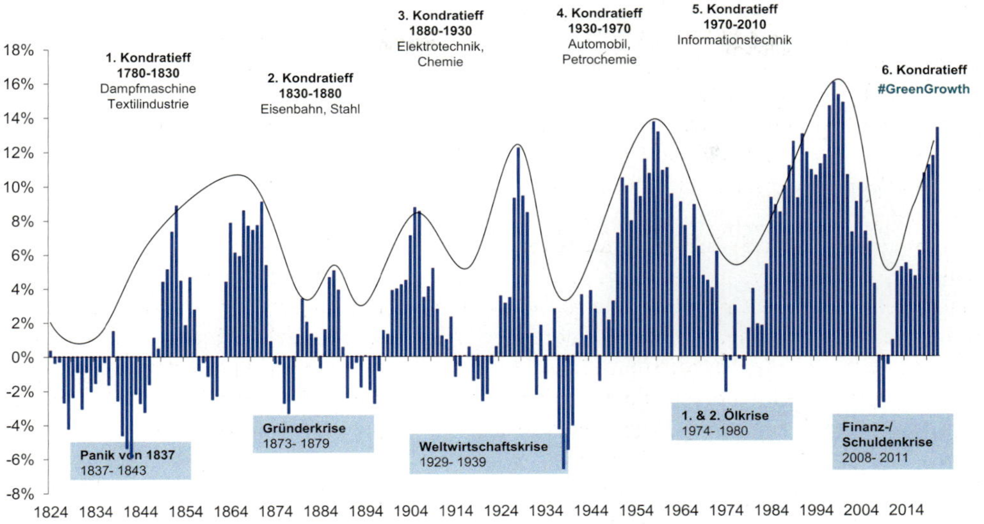

Keine Prognose für die Wertentwicklung einer Fondsanlage. Datenstand: Januar 2021
Quelle: Robert J. Shiller, Stock Market Data used in „Irrational Exuberance", Princeton University Press, 2005, Datastream; Global Capital Markets & Thematic Research Allianz Global Investors

INFO

Erläuterung
Die Säulen bilden zehnjährige Renditeentwicklungen eines der wichtigsten US-amerikanischen Börsenindizes ab.

M5 … oder unbrauchbares Konstrukt?

Ursache der Langen Wellen müsste eine Konstante der menschlichen Natur sein oder ein Merkmal in den Beziehungen der Menschen untereinander und zu ihrer Umwelt, das über sämtliche Veränderungen der Lebenswelt seit ungefähr 1770 Bestand hat. Dieses hypothetische Merkmal kann erst mit der industriellen Revolution wirksam geworden sein – niemand spricht von Kondratjew-Zyklen vor dieser Zeit, obgleich es zweifellos Innovationen schon früher gab. Und solange wir keine gute Theorie haben, wissen wir auch nicht, ob es in der gegenwärtigen Situation Bestand haben wird. Trägheit des menschlichen Geistes? Begrenzte Geschwindigkeit für die Ausbreitung von Innovationen oder ökonomischen Strukturen? Respekt vor dem Überkommenen? Das sind im Zeitalter des Internets hochvariable Größen. Wahrscheinlich gibt es die Kondratjew-Zyklen nicht; vielmehr sind sie ein Artefakt der Datenanalyse. Wenn es sie doch gibt, wissen wir nicht, ob ihre Ursachen Bestand haben. Also taugen sie nicht für die Zukunftsprognose – noch nicht einmal für die Einschätzung der Gegenwart. Was bleibt, ist eine Aussage der Art: Der sechste Kondratjew-Zyklus wird stattfinden – oder auch nicht. Und ob oder ob nicht, ist im Wesentlichen belanglos.

Christoph Pöppe, Kondratieffs Zyklen der Wirtschaft. An der Schwelle neuer Vollbeschäftigung?, in: Spektrum, Ausgabe 8/1999, Heidelberg: Spektrum der Wissenschaft Verlagsgesellschaft mbH, https://www.spektrum.de/magazin/Kondratjews-zyklen-der-wirtschaft-an-der-schwelle-neuer-vollbeschaeftigung/825623 (Zugriff: 05.01.2023) (Schreibweise Kondratjew verändert)

INTERNET

WES-118484-142
Eine historische Einordnung der Theorie der langen Wellen.

1. Vergleichen Sie die in M1 dargestellten „Kondratjew"-Zyklen mit den Ihnen bekannten gewöhnlichen Konjunkturzyklen.
2. **Zusatzaufgabe:** Informieren Sie sich über Grundannahmen des Konzeptes der „Langen Wellen" (Kondratjew) sowie des Begriffes der „Basisinnovationen" und präsentieren Sie Ihre Ergebnisse. Nutzen Sie z. B. den Webcode neben M5.
3. Erörtern Sie die Bedeutung von Klimatechnologie (M2) als möglicher Basisinnovation im Verhältnis zu den in M3 benannten Alternativen.
4. Überprüfen Sie die empirische Überzeugungskraft der Theorie der „Langen Wellen" ausgehend von Ihren bisherigen Ergebnissen sowie M4 und M5. Nutzen Sie die Methode der Pyramidendiskussion (S. 76).

INTERNET

WES-118484-143
Film: Einfach erklärt: Der idealtypische Konjunkturverlauf (siehe auch Glossar: Konjunkturzyklus)

Eine Pyramidendiskussion durchführen

Eine Möglichkeit, mit der man unterschiedliche Positionen und Sichtweisen zunächst erkennen und darüber in den Austausch treten kann, ist die Pyramidendiskussion. Mit ihr kann man Gemeinsamkeiten und Unterschiede der verschiedenen Sichtweisen herausarbeiten. Sie ist geeignet, um unterschiedliche Positionen zusammenzuführen oder aber auch um den Facettenreichtum eines Themas greifbar zu machen. Eine Pyramidendiskussion hat mehrere Phasen.

1. Phase: Einzelarbeit
In der ersten Phase macht sich jeder Teilnehmende einzeln Gedanken über die Fragestellung, um die es geht. Ziel dieser Phase ist, möglichst viele relevante Aspekte zusammenzutragen und so eine möglichst umfassende Antwort auf die Frage zu formulieren.

2. Phase: Partnerarbeit
Im zweiten Schritt finden sich jeweils zwei Personen zusammen und stellen sich gegenseitig ihre Gedanken und Ergebnisse aus der ersten Phase vor. Sie tauschen sich darüber aus und diskutieren diese. Danach versuchen sie, eine gemeinsame Antwort auf die Fragestellung zu formulieren.

3. Phase: Gruppenarbeit
In dieser Phase tauschen sich zwei Paare in gleicher Weise über ihre Überlegungen und Ergebnisse aus der vorangegangenen Phase aus. Auch sie versuchen, auf der Basis ihres Austauschs eine gemeinsame Antwort auf die Frage zu formulieren.

4. Phase: Plenarphase
In dieser letzten Phase stellen die Gruppen aus der Phase 3 wiederum ihre Ergebnisse vor, vergleichen diese mit denen der anderen Gruppen und erarbeiten eine gemeinsame Definition.

5. Phase: Abschluss- und Methodenreflexion
Am Ende nimmt sich jeder Teilnehmende noch einmal seinen ursprünglichen Antwortversuch vor und vergleicht ihn mit der Version, die von der Gruppe am Ende erarbeitet wurde. Welche Aspekte wurden bei der ersten Version nicht berücksichtigt? Worin lag der Ertrag im Austausch mit den anderen? Gab es Punkte, die besonders strittig waren? Worauf konnte man sich zügig einigen? Fand im Verlauf der Pyramidendiskussion eine inhaltliche Weitung statt oder lief der Prozess darauf hinaus, sich immer mehr auf das Wesentliche zu verständigen? …

Ablauf einer Pyramidendiskussion

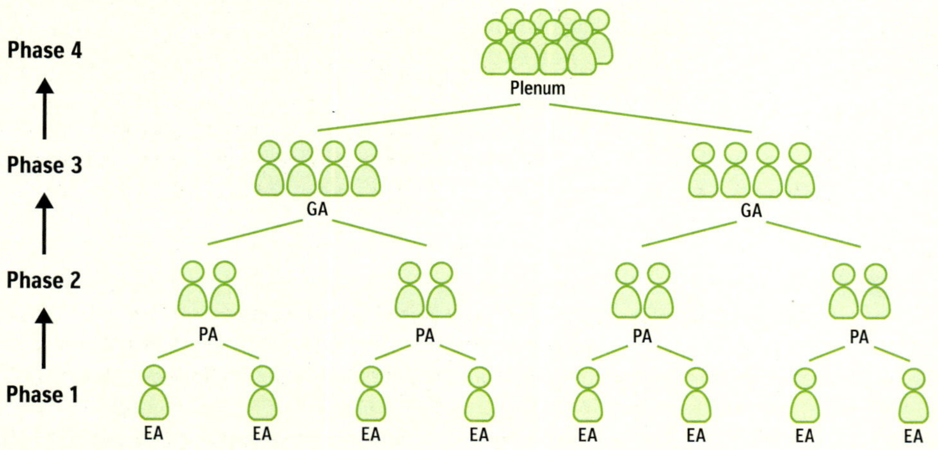

EA: Einzelarbeit, PA: Partnerarbeit, GA: Gruppenarbeit

Herausforderung Klimaneutralität

Klimaneutralität als politisches Ziel

Im internationalen **Klimaabkommen von Paris 2015** haben sich 197 Staaten nach langen Verhandlungen darauf verständigt, den weltweiten Temperaturanstieg im Vergleich zum vorindustriellen Zeitalter möglichst auf 1,5 °C zu begrenzen. Aus diesem völkerrechtlich bindenden Vertrag sind seitdem zahlreiche nationale Gesetze entstanden, um die Emission von klimawirksamen Gasen bis zur Jahrhundertmitte massiv zu reduzieren. Für Deutschland als „Emissionsgroßmacht" (S. Rahmstorf) haben hier der **„Green Deal"** der Europäischen Union, aber auch die nationale Klimagesetzgebung eine hohe Bedeutung. Das **Bundesverfassungsgericht** hat zudem im April 2021 die damalige Bundesregierung aufgefordert, langfristige Klimaschutzziele zu konkretisieren, um die **Lebens- und Freiheitschancen zukünftiger Generationen** nicht unumkehrbar zu beeinträchtigen. Die in den gesetzlichen Maßnahmen enthaltenen Reduktionsziele sollen u. a. einen weitgehenden **Umbau der Produktionsstruktur** bewirken, sodass bis 2050 eine Verminderung der Emissionen gegenüber dem Stichjahr 1990 um 65 % erreicht wird.

Geteilte Reaktionen auf die Vorgaben zur Bekämpfung des Klimawandels

Wissenschaftlich wird zwar die erhebliche Bedrohungssituation durch den Klimawandel seit Langem nicht mehr substanziell infrage gestellt. Dennoch stoßen die **politischen Vorgaben** zur Bekämpfung des Klimawandels gesellschaftlich und ökonomisch auf ein **geteiltes Echo** und daher auch keineswegs nur auf Zustimmung, sondern weiterhin auf massive Widerstände. Zum einen erfordert die Transformation zu einer „Green Economy" von privaten und öffentlichen Akteuren nicht nur **erhebliche Investitionen**, sondern auch eine Infragestellung gewohnter Denk- und Verhaltensmuster in Produktion und Konsum. Gleichzeitig stellen die digitale Transformation, der Fachkräftemangel sowie nicht zuletzt die Energiekrise infolge des Ukrainekrieges zahlreiche Unternehmen, Beschäftigte sowie öffentliche Haushalte vor erheblichen Anpassungsdruck. Dies weckt gegenüber dem geforderten **Strukturwandel in Produktion und Beschäftigung** hin zu einer klimaneutralen Wirtschaft zusätzlich Widerstände.

Klimaneutrale Transformation als Chance für die Wirtschaft?

Allerdings sehen Unternehmen auch vielfältige Chancen für **neue Geschäftsmodelle** und Beschäftigung durch die Transformation. Nicht nur für Start-ups, sondern auch für klassische Branchenriesen zeichnen sich – allerdings nach massiven Investitionen – neue trans- und internationale Marktchancen ab. Auf diesem Feld vollzieht sich daher in Deutschland eine intensive Diskussion: Führt der Umbau der Wirtschaft zu Wettbewerbsnachteilen für die Vorreiter? Welche Rolle kann und soll nationale und transnationale Gesetzgebung erfüllen, um **Zukunftsmärkte** mit Wettbewerbsregeln abzusichern? Zu welchen **ökonomischen und sozialen Kosten** werden sich Umbrüche in den traditionellen Industrien vollziehen, deren Geschäftsmodelle auf Verbrauch fossiler Energieträger beruhten? In Deutschland stehen hier die **Automobilindustrie und die Transformation ihrer Zulieferer** besonders im Fokus. Studien führender Forschungsinstitute sehen im Saldo **Beschäftigungsgewinne** als Ergebnis einer erfolgreichen Transformation, legen aber auch **Risiken in einzelnen Sektoren** der Volkswirtschaft offen. In diesem Zusammenhang betonen gerade Arbeitnehmervertretungen der klassischen Industriebranchen die mit möglichen Jobverlusten verbundenen Gefahren für den sozialen Frieden.

Ist „grünes Wachstum" wirklich möglich?

Schließlich treten in dieser Debatte um die zukünftige Ausgestaltung einer klimaneutralen Ökonomie auch Positionen ins Blickfeld, die einen deutlich anderen Akzent setzen: Durch Klimawandel und Artensterben werde die maßlose **Übernutzung der planetarischen Ressourcen** sichtbar. Eine **„Green Economy"** nach den Regeln einer weiterhin marktgesteuerten, wachstums- und gewinnorientierten globalisierten Wirtschaft sei mit dem Ziel ernstzunehmender **Nachhaltigkeit unvereinbar.**

Flexibilisierung der Arbeitswelt

QUERVERWEIS

Operatorentraining
Wiedergeben, S. 38–39
Erläutern, S. 46–47
Erörtern, S. 68–69

1 Geben Sie die Informationen zur geplanten Regulierung der „Gig-Economy" wieder. (30 %)

2 Erläutern Sie ausgehend vom Text Erscheinungsformen der Flexibilisierung von Arbeit. (40 %)

3 Erörtern Sie mit Textbezügen Chancen und Risiken der Regulierung von Nicht-Normalarbeitsverhältnissen. (30 %)

INTERNET

WES-118484-151
Überprüfen Sie sich selbst: Erwartungshorizont zu dieser Klausur

INFO

Gig-Economy
Mit Gig-Economy wird ein Teil des informellen Arbeitsmarktes bezeichnet, bei dem zeitlich befristete Aufträge kurzfristig an Arbeitssuchende, Freelancer oder geringfügig Beschäftigte vergeben werden. Die aus dem Unterricht bekannten „Crowdworker" sind Teil der „Gig-Economy".

M1 EU startet Initiative zur Regulierung der Gig-Economy

Die Europäische Kommission schlug am Donnerstag (9. Dezember [2021]) Rechtsvorschriften zur Verbesserung der Arbeitsbedingungen von Plattformarbeitern vor. Nach Schätzungen arbeiten derzeit 28 Millionen Menschen über digitale Plattformen, die Dienstleistungen von Essenslieferdiensten wie Deliveroo und Just Eat bis zu Mobilitätsdiensten wie Bolt und Uber anbieten.

„Da immer mehr Arbeitsplätze durch digitale Arbeitsplattformen geschaffen werden, müssen wir menschenwürdige Arbeitsbedingungen für all diejenigen sicherstellen, die ihr Einkommen aus dieser Arbeit beziehen", sagte die EU-Digitalchefin Margrethe Vestager.

Als Richtlinie würde das EU-Gesetz Mindestanforderungen in der gesamten EU festlegen, die von den nationalen Gesetzgebern weiterentwickelt werden könnten.

Kernstück des Gesetzes ist die sogenannte „widerlegbare Vermutung", eine Bestimmung, nach der Arbeitnehmer, die bestimmte Kriterien erfüllen, automatisch als Arbeitnehmer eingestuft werden, sofern die Plattform nicht das Gegenteil beweisen kann.

Zu den Kriterien gehören die Festlegung des Entgelts, Anforderungen wie das Tragen einer Uniform, die Überwachung der Arbeitsleistung, die Verhinderung, dass Arbeitnehmer ihre Arbeitszeit selbst gestalten können, und die Beschränkung der Möglichkeit, für jemand anderen zu arbeiten.

Wenn zwei dieser fünf Kriterien erfüllt sind, gelten die Arbeitnehmer automatisch als Arbeitnehmer, mit allen damit verbundenen rechtlichen Konsequenzen. […]

Nach Angaben der Kommission würden diese Maßnahmen zu einer Neueinstufung von bis zu 4,1 Millionen Menschen führen, die im Durchschnitt 120 Euro mehr verdienen würden, da sie unter Tarifverträge fallen würden.

Umgekehrt würden bis zu 3,8 Millionen Menschen als Selbstständige eingestuft werden.

[...] Die meisten Plattformen haben sich gegen den Vorschlag gewehrt und argumentiert, dass Arbeitnehmer in der Lage sein sollten, ihre eigene Form der Beschäftigung zu wählen und dass sie aufgrund des Angestelltenstatus nicht mehr für mehrere Plattformen gleichzeitig arbeiten oder ihre Arbeitszeiten selbst bestimmen können. [...]

Uber warnte, dass der Vorschlag „Tausende von Arbeitsplätzen gefährden" würde.

Eine kürzlich von Copenhagen Economics im Auftrag von Delivery Platforms Europe durchgeführte Studie, der alle großen beteiligten Plattformen angehören, schätzte, dass bis zu 250.000 Kuriere aufgeben könnten, wenn die Gesetzgebung die Flexibilität bei Arbeitszeiten und -plänen einschränkt. [...]

Kritiker der Maßnahmen verweisen [...] auf das Beispiel Spaniens. Dort wurden bereits im vergangenen Jahr ähnliche Regelungen erlassen, die jedoch dazu führten, dass Deliveroo den spanischen Markt ganz verließ und 8.000 seiner Kuriere ihren Job verloren. [...]

Luca Bertuzzi/Mathieu Pollet, EU startet Initiative zur Regulierung der Gig-Economy, übersetzt von Martin Herrera Witzel, in: EURACTIV Deutschland, Berlin: Haus der Bundespressekonferenz, 10.12.2021, https://www.euractiv.de/section/soziales-europa-jobs/news/eu-launches-bid-to-regulate-gig-economy/ (Zugriff: 05.12.2022)

Formulierungshilfen

zu Aufgabe 1:
Einleitungssatz: Der Artikel „…" von …, der am … auf … veröffentlicht wurde, thematisiert …
Hauptteil (hier: Verben, um sprachliche Distanz herzustellen): Die Autoren stellen dar …, erläutern …, berichten …, verdeutlichen …, erklären …, führen als Beispiel an …

zu Aufgabe 2:
Einleitungssatz: Im Folgenden werde ich Erscheinungsformen … ausgehend vom Text „…" erläutern.
Hauptteil: Im Text wird Flexibilisierung von Arbeit am Beispiel der „…" dargestellt. Als Beispiele werden … angeführt. Die Flexibilisierung von Arbeit lässt sich an diesem Beispiel erklären als …
Weitere Erscheinungsformen der Flexibilisierung sind … (Unterrichtsbeispiele)
Schlussteil: Flexibilisierung von Arbeit kann zusammenfassend als ein Trend bezeichnet werden, in dem …

zu Aufgabe 3:
Einleitungssatz: Das Thema … ist umstritten. Im Zentrum steht die Frage, … Daher sollen im Folgenden die … erörtert werden.
Hauptteil: Regulierungsansätze sind laut der Textinformation …
Als Chance einer … kann man sehen, dass … Hinsichtlich des Kriteriums der Wirksamkeit ist festzustellen, dass …
Ein Risiko bezüglich unerwünschter Nebenfolgen stellt dar, dass …
Schlussteil: Nach dem Abwägen lässt sich schlussfolgernd ableiten, dass die … überwiegen, da durch eine Regulierung zu erwarten ist, dass …

II

Menschenrechte
Demokratie
Protektionismus
Verbot
Regeln
Lieferketten
Arbeitsteilung
Arbeitskosten
Nachhaltigkeit
Absatzmärkte
Handelskrieg
Import
Export
Freihandel
Wettbewerbsfähigkeit
Arbeitsbedingungen
Produktionskosten
Auslandsinvestitionen
Internationalisierungsstrategien
Produktvielfalt

Globale politische und ökonomische Prozesse

1 Wählen Sie in Partnerarbeit zwei bis drei Begriffe aus der Wortwolke aus. Notieren Sie Ihre Assoziationen zu diesen Begriffen und präsentieren Sie diese Ihren Mitschülerinnen und Mitschülern.

2 Ist die Abbildung zur Globalisierung (linke Seite unten) realistisch oder utopisch? Entwickeln Sie eine begründete Einschätzung.

3 Die Vereinten Nationen haben 17 Ziele zur Lösung globaler Probleme formuliert (Bild oben). Begründen Sie, welche Herausforderungen auf globaler Ebene aktuell besonders dringend gelöst werden müssen. **HILFE**

1. Unternehmen im internationalen Wettbewerb

1.1 Phoenix Contact – wie kam es zur Internationalisierung?

M1 Die Anfänge (1923) und heute (2022)

BEGRIFF

Fachkonzepte
Interesse
Markt

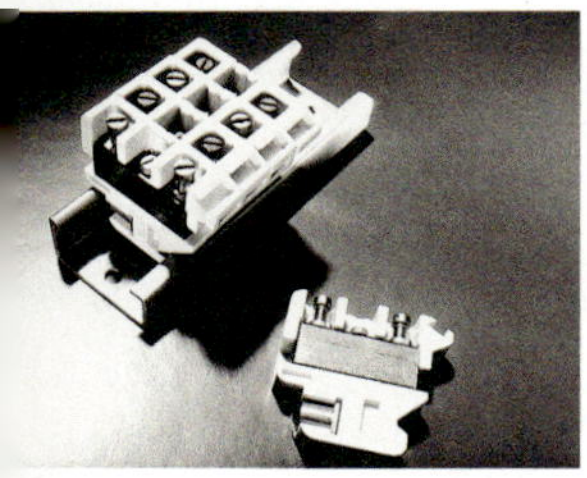

Reihenklemme

INFO

All Electric Society charakterisiert eine Gesellschaft, deren gesamter Energiebedarf mithilfe von regenerativ erzeugter Energie gedeckt wird.

M2 Stationen der Unternehmensgeschichte

1923 Gründung der Phönix Elektrizitätsgesellschaft direkt unter dem Essener Hauptbahnhof; Fahrleitungsarmaturen sind das erste Handelsprodukt.

1920er-Jahre Erfindung der sogenannten Reihenklemme (Stromklemmen können auf einer Schiene aneinandergereiht werden); bei kleinen Defekten muss nur das defekte Teil ausgetauscht werden.

1943 Bombardierung des Firmensitzes am Essener Hauptbahnhof; der Sitz des Unternehmens wird in die 200 km entfernte Kleinstadt Blomberg verlagert.

1957 Bau der ersten Werkshalle für Werkzeugbau, Kunststofffertigung, Schraubendreherei und Montage in Blomberg

1970er- und 1980er-Jahre Ausbau des Produktportfolios in Richtung Elektronik und Automatisierungstechnik

1981 erste Gründungen von Tochtergesellschaften in Schweden, der Schweiz und den USA

Nach 1990 Gründungen von Vertriebsgesellschaften in mehr als 50 Ländern und Produktion in elf Ländern; in China Aufbau der zweitgrößten Tochtergesellschaft nach den USA

Im 21. Jahrhundert Schwerpunktsetzung auf Elektrifizierung, Vernetzung und Automatisierung als Basis für das Zukunftsbild einer „All Electric Society“

Nach: Unsere Geschichte, Blomberg: PHOENIX CONTACT Deutschland GmbH, https://www.phoenixcontact.com/de-de/ueber-uns/geschichte (Zugriff: 10.01.2023) (verändert)

M3 Phoenix Contact – ein Unternehmen stellt sich vor

Installation von Phoenix-Contact-Produkten

Ein Standbein des Unternehmens – Ladeinfrastruktur für E-Mobilität

Unter einer globalen Dachmarke bietet Phoenix Contact innovative Produkte, Lösungen und Digitalisierungskompetenzen für die Elektrifizierung, Vernetzung und Automatisierung aller Sektoren von Wirtschaft und Infrastruktur. [...] Auch jenseits des Kerngeschäfts [...] werden Potenziale der Digitalisierung, Elektrifizierung und der veränderten Mobilität erschlossen.

Phoenix Contact beschäftigt [...] rund 22.000 Mitarbeitende und hat 2022 einen Umsatz von 3,6 Mrd. Euro erwirtschaftet. Weltweit wird in einem Fertigungsnetzwerk in 11 Ländern mit unterschiedlich hoher Fertigungstiefe produziert. Zur Phoenix-Contact-Gruppe gehören weltweit mehr als 50 Vertriebsgesellschaften, welche die Nähe zu den Märkten und den Kunden sicherstellen [siehe M4].

Mit [...] Verbindungs- und Automatisierungstechnik entwickelt Phoenix Contact [...] Lösungen für die Welt von morgen. Die ganzheitlichen Konzepte inklusive Engineerings- und Serviceleistungen kommen zum Beispiel in der Verkehrsinfrastruktur, der Elektromobilität, für sauberes Wasser, regenerative Energien und intelligente Versorgungsnetze oder im energieeffizienten Maschinen- und Anlagenbau zum Einsatz.

Das Produktspektrum umfasst Komponenten und Systemlösungen für die Erzeugung, den Transport und die Verteilung von Energie, den Geräte- und Maschinenbau sowie den Schaltschrankbau. Ein vielfältiges Programm von Reihen- und Sonderklemmen, Leiterplattenklemmen und -Steckverbindern, Kabelanschlusstechnik und Installationszubehör bietet innovative Komponenten. Elektronische Interfaces und Stromversorgungen, Automatisierungssysteme auf Basis von Ethernet und Wireless, offene Steuerungssysteme, Sicherheitslösungen für Mensch, Maschine und Daten sowie Überspannungsschutzsysteme stellen Errichtern und Betreibern von Anlagen, Liegenschaften sowie Stadt- und Verkehrskonzepten smarte Lösungen zur Verfügung.

Die digitale Transformation unterstützt Phoenix Contact mit Produkten, Systemen und Lösungen. Durch die Erfahrungen im hauseigenen Maschinenbau ist das Unternehmen mit den Anforderungen der Digitalisierung und des durchgängigen Datenflusses, vom Engineering über die Fertigung bis Installation und Wartung, entlang des gesamten Produktlebenszyklus, vertraut.

In Entwicklungsbereichen an den Standorten Deutschland, China und den USA entstehen Produktinnovationen und spezifische Lösungen für individuelle Kundenwünsche. [...] In enger Zusammenarbeit mit Hochschule und Wissenschaft werden Zukunftstechnologien wie Elektromobilität und die Digitalisierung erforscht und in marktgerechte Produkte, Systeme und Lösungen überführt.

Die Phoenix Contact-Gruppe, Blomberg: PHOENIX CONTACT Deutschland GmbH, 01/2023

INFO

Ethernet
ist um ein Vielfaches schneller als WLAN. Es ermöglicht Datenübertragungsgeschwindigkeiten bis zu 10 Gigabit/Sekunde.

1 100 Jahr Phoenix Contact – beschreiben Sie anhand der Bilder in M1 Ihre Eindrücke dazu, wie sich das Unternehmen in diesem Zeitraum entwickelt hat.

2 Arbeiten Sie die Geschäftsfelder, in denen das Unternehmen tätig ist, heraus (M2, M3). **HILFE**

3 Beurteilen Sie Chancen und Risiken des Unternehmensportfolios für die Zukunft des Unternehmens (M3).

M4 Beschaffung – Produktion – Absatz

INFO

All Electric Society
siehe Info auf S. 82

Galvanik
Verfahren zur metallischen Beschichtung unterschiedlicher Werkstücke und Oberflächen

QUERVERWEIS

Merkmale und Folgen von Globalisierung
S. 48, M2

Seit 2020 setzt Phoenix Contact sich intensiv mit dem Konzept der All Electric Society auseinander. Die All Electric Society ist eine Vision, die Antworten auf den Klimawandel und die Sicherung nachhaltiger Entwicklung geben soll. Als international aufgestelltes Unternehmen mit einem Fertigungsnetzwerk in elf Ländern ist Phoenix Contact auch bei der Rohstoffbeschaffung international aufgestellt und will damit flexibel auf Engpässe reagieren. Wenn jedoch die Hauptfertigungsstätten in einer Region liegen, wie auf dem Halbleitermarkt im asiatischen Raum, führt dies auch bei Phoenix Contact aufgrund der angespannten internationalen Lage auf der Materialversorgungsseite zu Engpässen. Die Auswirkungen der Pandemie, gerissene Lieferketten und auch der Krieg in der Ukraine hinterlassen im Unternehmen Spuren bei der Beschaffung von Vorprodukten und Rohstoffen.

Da Phoenix Contact über Fertigungskapazitäten in verschiedenen Ländern verfügt und sich außerdem dazu entschieden hat, in Deutschland eine hohe Produktionstiefe zu haben, ist die Abhängigkeit von ausländischen Lieferanten und Zulieferern nicht so ausgeprägt wie in vielen anderen Unternehmen. Diese Produktionstiefe in Deutschland startet bei einer eigenen Schraubenproduktion und Galvanik und führt bis zu fertigen Produkten. Zudem soll dadurch ein Abfluss von Hightech-Wissen in Zukunftstechnologien wie künstliche Intelligenz oder Halbleitern gestoppt werden.

Die Hauptabsatzmärkte des Unternehmens liegen in Deutschland, Europa, Amerika und Asien. 2022 erzielte das Unternehmen einen Umsatzzuwachs von 19 Prozent. In den Hauptabsatzmärkten war dieses Umsatzniveau gleich hoch. Der Auslandsanteil (alle Länder ohne Deutschland) am Umsatz beläuft sich auf 75 %. Bezogen auf den Absatz haben sich die weltweiten Spannungen, wie zum Beispiel der Ukrainekrieg, bisher kaum negativ ausgewirkt. Angesichts der unklaren und unsicheren Perspektiven in der internationalen Entwicklung können zukünftig Probleme aber nicht ausgeschlossen werden. Das besondere Produktportfolio lässt jedoch die Unternehmensspitze optimistisch in die Zukunft blicken.

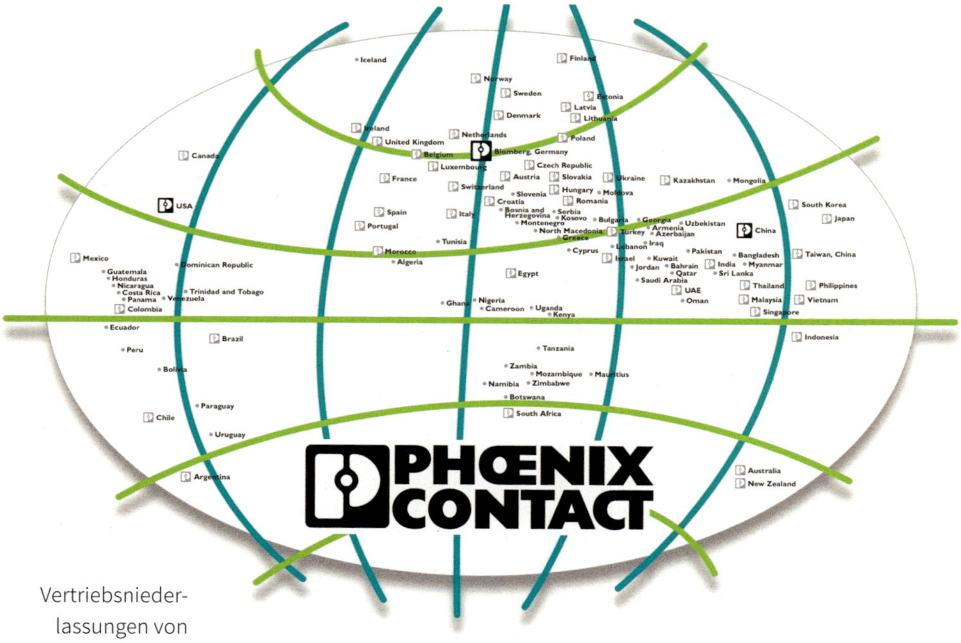

Vertriebsniederlassungen von Phoenix Contact

Autorentext nach Unternehmensangaben

1 Stellen Sie die Strategie des Unternehmens bezüglich der Bereiche Beschaffung, Produktion und Absatz dar (M4).

2 Erläutern Sie die internationale Ausrichtung des Unternehmens hinsichtlich Beschaffung, Produktion und Absatz (M4).

3 Erörtern Sie die Herausforderungen für das Unternehmen im Bereich des Beschaffungswesens angesichts einer schwierigen internationalen Lage (M4).

M5 Der Vorsitzende der Geschäftsführung im Interview

Frank Stührenberg, Vorsitzender der Geschäftsführung von Phoenix Contact, über Globalisierung, aktuelle Herausforderungen und den Kurs des Unternehmens.

Haben wir heute eine andere Welt der Globalisierung als noch vor zwei Jahren?
Ja, wir haben eine fundamental andere Situation als vor einem Jahr [2021], ich würde sogar sagen, als wir noch vor drei Monaten hatten. Die Kriegssituation [in der Ukraine] hat etwas fundamental verändert. Auch bei mir ist dadurch ein Paradigma ins Wanken geraten. Persönlich, als Unternehmen, in der Branche und als Exportwirtschaft haben wir daran geglaubt, dass die Rede vom „Wandel durch Handel" Substanz hat. Wir dachten, wenn wir in Russland 250 Menschen in zukunftsfähigen Arbeitsplätzen und in unserer offenen Unternehmenskultur beschäftigen, können wir gesellschaftlich kleine positive Wirkungen erzielen. Ich gebe zu: Diese Einschätzung ist mächtig ins Wanken geraten. Die Sichtweise auf die Globalisierung, ihre positive Dynamik und das Wachstum, das es durch sie in den vergangenen Jahren gab, ist erschüttert.

Wie sehen sie die geopolitischen Herausforderungen für die Unternehmen?
Es ist schon jetzt so, dass sich das Verhältnis zwischen den USA und China, die Strategie des Decoupling, auf den Weltmarkt auswirkt. Die Selbstverständlichkeit der Zusammenarbeit zwischen der westlichen und fernöstlichen Welt wird es so nicht mehr geben. Auch China setzt auf bestimmte Branchen, deren Entwicklung es in der eigenen Hand haben will. Europa dazwischen hat auf diese Situation, die nicht nur eine kurze Phase sein wird, zu reagieren. Aus der Sicht eines Technologieunternehmens aus Deutschland liegt darin aber auch eine Chance.

Und worin liegt die?
Stärkere lokale Wertschöpfung, wie sie etwa in den USA und auch in Europa derzeit betrieben wird, bedeutet auch Investition in Maschinen und Anlagen. Für uns heißt das, dass wir die einzelnen Weltregionen stärker „local für local" entwickeln werden – statt Wertschöpfungsketten voranzutreiben, die vollständig über den Globus integriert und durchgetaktet sind. Jetzt steht eine kluge Lokalisierung oder Regionalisierung an, ohne dass die Aufwände für ein Unternehmen dabei zu groß werden dürfen.

Wie schwierig ist es, jetzt Lieferketten umzustellen?
Liefertreue und Zuverlässigkeit bleiben unsere höchsten Ansprüche an uns selbst. Wir haben aber derzeit wie alle in der Branche unsere Schwierigkeiten damit. Unser Unternehmen, das eine tiefere interne Wertschöpfung hat, kann noch navigieren. Wir sind nicht von internationalen Lohnfertigern abhängig. Nach einem Jahr des Kämpfens um die knappen Reste, die in der Elektronik noch auf dem Markt waren, scheinen nun alle Puffer langsam erschöpft. Diese Störungen machen uns schon Sorgen. Kritisch ist auch das Thema der nicht mehr verfügbaren Logistikkapazitäten. Das hat man irgendwann nicht mehr in der eigenen Hand.

Hilft dabei die lokale Agilität von Landesgesellschaften?
Seit Beginn unserer Internationalisierung haben wir versucht, in den Ländern Einheiten aufzubauen, die einen möglichst starken lokalen Footprint hatten. Lokale Geschäftsführungen, eine Eigenkultur der Unternehmen, etwa im Vermarktungsprozess, lokale Lager, ein ei-

INFO

Decoupling
Entkopplung; China und die USA setzen die Entkopplung technologischer Standards als politisches Druckmittel ein.

Agilität
Beweglichkeit, Flexibilität

INFO

Shared Service Center
sind indirekte Bereiche oder Serviceabteilungen, die interne Dienstleistungen erbringen, die in einem Shared Service Center zusammengeführt werden.

genes Portfolio, keine Abhängigkeit von Shared Service Centers bei der Auftragsverwaltung und Rechnungsstellung, eigene logistische Kompetenzen. Damit konnten manche Probleme umgangen werden. [...] Metallteile für Klemmen werden nicht tonnenweise durch die Welt transportiert, sondern [...] von den Zulieferern vor Ort in die Montage angeliefert. Das hat uns letztes Jahr geholfen, auch Engpässe in Europa auszugleichen. In den USA haben wir eine Elektronikproduktion, die wir gerade ausbauen.

Welches sind Ihre Pläne für China?
Wie das mit Plänen derzeit so ist. Wir hatten einen Plan für dieses Jahr, wir hatten auch einen Plan für letztes Jahr ... Auch wenn sich Dinge derzeit Monat für Monat ändern, bleibt China der größte Markt außerhalb von Deutschland. Das für uns so wichtige Thema Elektromobilität kann man aus heutiger Sicht nicht ohne China denken, also [werden] wir eine Position im Markt finden. Im aktuellen Fünfjahresplan setzt China aber für bestimmte Technologien, Branchen und Märkte erklärtermaßen auf einen eigenen Kreislauf mit nationalen Wertschöpfungsketten. [Dies wird auch] unser Chinageschäft maßgeblich bestimmen. [...]

Wie reagiert Phoenix Contact auf diese neuen Gegebenheiten?
Anstatt einfach abzuwarten und zu hoffen, dass alles so bleibt wie es war, müssen wir uns auf die Situation einstellen. Wir stellen uns darauf ein, dass wir uns noch viel stärker als bisher mit chinesischen Unternehmen vernetzen, indem wir in China noch mehr eigene Entwicklungs- und Softwarekompetenz aufbauen. [...] Die Position unserer Werke soll so sein, dass auch große und bedeutende chinesische Unternehmen sagen, dass sie Phoenix Contact in China und in ihrer Nähe haben wollen. [...] [Dabei hilft uns] innovative[r] Vorsprung. [...] Dazu gehört auch, künftig nicht mehr jeden Schritt als Unternehmen alleine zu tun, sondern sich aus der Komfortzone herauszubewegen und auch mit chinesischen Partnern enger zusammenzuarbeiten. Das alles aber, ohne dass wir blind über alles hinweggehen, was sich politisch ankündigt – das verlangt gerade die Größe dieses Marktes von uns.

Beeinträchtigen all diese Herausforderungen die Innovationskraft des Unternehmens?
Ohne Frage ist es richtig: Alle exogenen Einflüsse – Pandemie, Lieferengpässe, Krieg, Deglobalisierung – binden enorme Kapazitäten. Gleichwohl bin ich für unser Unternehmen sehr sicher, dass wir die notwendigen Innovationen und auch die Sprunginnovationen nicht auslassen. Wir müssen uns klarer priorisieren und fokussieren. In den vergangenen Jahren war es toll, jährlich hundert neue Produkte präsentieren zu können, auch wenn zwanzig davon Variationen bestehender Produkte waren. Jetzt reicht es eben nur noch zu 80 oder 60 Produktinnovationen, auf die es aber wirklich ankommt. Und wir bleiben dabei auch strategisch fokussiert – auf „Empowering the All Electric Society“. Die energetische Transformation der Welt bleibt groß und technologisch herausfordernd und wir haben die richtigen Menschen und genügend Mittel in unseren Projekten. Nur weil wir einen Container aus China nicht gleich da hinkriegen, wo wir wollen, lassen wir beim Innovationspotenzial keinen Millimeter nach.

All Electric Society
siehe Info auf S. 82

„Bei Innovationen keinen Millimeter nachlassen“, Interview von Laura Venema mit Frank Stührenberg, in: Global Business Magazine, Stuttgart, 25.05.2022, https://globalbusiness-magazine.de/bei-innovationen-keinen-millimeter-nachlassen/ (Zugriff: 10.01.2023)

1 Fassen Sie zusammen, worin Frank Stührenberg die größten Herausforderungen für das Unternehmen Phoenix Contact sieht (M5).
2 Erklären Sie, wie der Geschäftsführer die Besonderheiten der Lieferkettenproblematik einschätzt (M5).
3 Erläutern Sie die China-Pläne des Unternehmens (M5).
4 Nehmen Sie Stellung zu den China-Plänen (M5). HILFE

1.2 Deutsche Unternehmen – international wettbewerbsfähig?

M1 Lohnzurückhaltung – Bedingung für Wettbewerbsfähigkeit?

BEGRIFF

Fachkonzepte
Wettbewerb
Freiheit

Zeichnung: Thomas Plaßmann

M2 Wettbewerbsfähigkeit – das sind die Indikatoren

Internationale Wettbewerbsfähigkeit ist dann gegeben, wenn Unternehmen ihre Produkte auf ausländischen Märkten zu Preisen absetzen können, die die entstandenen Kosten decken und zudem noch eine angemessene Rendite erbringen (Preis-Wettbewerbsfähigkeit). Auch [...] Produktqualität, Zeitpunkt und Zuverlässigkeit der Lieferung sowie Finanzierungsbedingungen sind für den Absatzerfolg maßgeblich.
Wirtschaftswissenschaftler unterscheiden idealtypisch zwischen zwei Strategien, mit denen ein Unternehmen im dynamischen Wettbewerbsprozess Vorteile erringen kann. Ein Unternehmen kann entweder versuchen, bekannte Produkte durch Ausnutzen von Massenproduktionsvorteilen effizienter zu produzieren oder durch neue Produkte sowie durch die Differenzierung schon am Markt eingeführter Produkte die heterogenen Nachfragen besser zu befriedigen und auf diesem Wege höhere Preise durchzusetzen.

Vier Faktoren bestimmen vor allem internationale Wettbewerbsvorteile:
- die örtlichen Standortbedingungen, wie Infrastruktur, Lohnniveau, Ausbildungs- und Technologiestandard sowie Eigenschaften der Mitarbeiter (Fleiß, Präzision, Intuition);
- die Nachfragebedingungen auf dem Heimatmarkt, d. h. die Preis- und Qualitätsansprüche der heimischen Kunden als Antriebsmotor, um im Ausland notwendige Wettbewerbsvorsprünge zu erzielen;
- die Intensität des heimischen Wettbewerbs, der die Innovationskraft der Unternehmen ständig anregt und Anstrengungen im internationalen Wettbewerb fördert;
- die Existenz von international wettbewerbsfähigen Zulieferindustrien, aus denen wichtige Kuppelressourcen wie Mitarbeiter, Patente und Materialien abgeschöpft werden können.

Nach: Internationale Wettbewerbsfähigkeit, in: Gabler Wirtschaftslexikon, Wiesbaden: Springer Gabler, http://wirtschaftslexikon.gabler.de/Definition/internationale-wettbewerbsfaehigkeit.html (Zugriff 27.10.2022) (verändert)

1 Diskutieren Sie, welche Position der Karikaturist durch seine Zeichnung vertritt (M1).
2 Charakterisieren Sie Grundzüge der Wettbewerbsfähigkeit von Unternehmen (M2).

Erklärfilm: Harte und weiche Standortfaktoren

M3 Harte und weiche Standortfaktoren

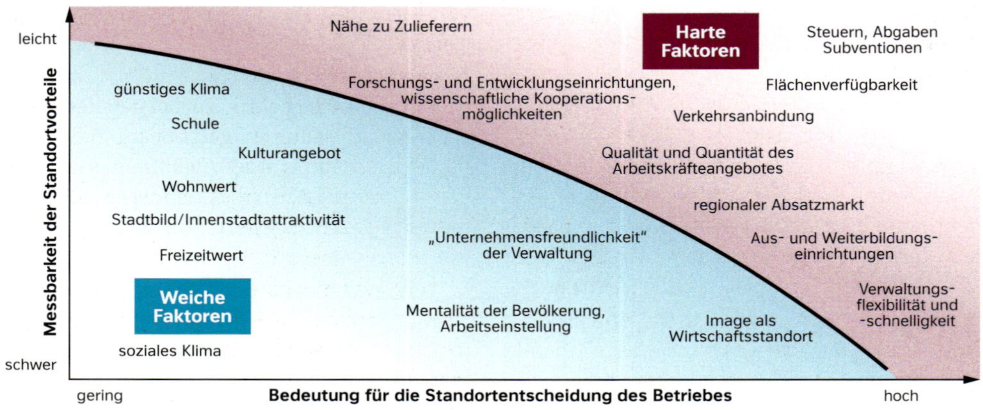

Quelle: Busso Grabow et al., Weiche Standortfaktoren, Stuttgart u. a.: Deutscher Gemeindeverlag, 1995 (verändert) ©Westermann 6356EX_12

M4 Weltspitze bei der Wettbewerbsfähigkeit?

Deutschlands mittelständische Unternehmen sehen sich gut gerüstet für den Wettbewerb mit der Konkurrenz aus dem Ausland. Die kleinen und mittleren Firmen profitierten von den aus ihrer Sicht guten Standortbedingungen in Deutschland, heißt es in einer Studie der staatseigenen Förderbank KfW. […]
Kleinere und mittlere Unternehmen aus Deutschland belegen […] [2016] den Spitzenplatz bei der internationalen Wettbewerbsfähigkeit nach Rang zwei im Jahr 2014. Das trage erheblich zu Wachstum und Beschäftigung in Deutschland bei […]. Mehr als zwei Drittel aller Arbeitsplätze in Deutschland sind demnach im Mittelstand angesiedelt.
Der Untersuchung zufolge fühlen sich kleine und mittlere Unternehmen in anderen Ländern deutlich stärker durch mangelnde Infrastruktur, politische Instabilität, Korruption oder Finanzierungsschwierigkeiten beeinträchtigt. So beklagen den Angaben zufolge US-Mittelständler unter anderem unzureichende Infrastruktur und hohe Bürokratie. […]
Allerdings sehen auch Mittelständler in Deutschland Verbesserungspotenzial: Der Bürokratieabbau müsse aus ihrer Sicht vorangetrieben werden, Steuern und Abgaben würden noch immer als zu hoch empfunden. Zudem bereite der Fachkräftemangel vielen Sorgen. Die Entwicklung des eigenen Unternehmens schätzen die Befragten in Deutschland besser ein als vor zwei Jahren. Ihre Stärken sehen sie in Qualität, Innovation und Service.

Mittelstand läuft der Konkurrenz davon, in: ntv, Köln: ntv Nachrichtenfernsehen GmbH, 20.11.2016, http://www.n-tv.de/wirtschaft/Mittelstand-laeuft-der-Konkurrenz-davon-article19134096.html (Zugriff: 27.10.2022)

M5 Verliert Deutschland den Anschluss an die Weltspitze?

Sie heißen Henkel oder Bosch, Trumpf oder Bertelsmann, Müller oder Kärcher: Unternehmen in Familienbesitz. Sie sind oft weniger in den Schlagzeilen als die börsennotierten Firmen – zu Unrecht, denn in den großen und kleinen Betrieben in Privatbesitz ist ein Großteil der Arbeitnehmer beschäftigt, sie erwirtschaften einen erheblichen Teil der Umsätze und Gewinne der deutschen Wirtschaft. Wenn diese Unternehmen daher Alarm schlagen, sollte dies aufhorchen lassen. Und sie tun es, über die Stiftung Familienunternehmen, die von rund 500 Firmen aus dem Kreis der größten deutschen Familienunternehmen getragen wird. […]

„Deutschland hat im internationalen Vergleich insgesamt erheblich an Wettbewerbsfähigkeit eingebüßt, auch wenn das noch durch die gute Konjunkturlage verdeckt wird“, sagt Rainer Kirchdörfer, Vorstand der Stiftung Familienunternehmen.
So zeigten die Daten, dass die Arbeitskosten hierzulande vergleichsweise hoch, die Bildungsausgaben des Staates dagegen eher niedrig sind. Bei den Strompreisen landet Deutschland sogar auf dem zweitletzten Platz, und die digitale Infrastruktur ist bestenfalls Mittelmaß. Punkten kann es immerhin noch bei der finanziellen Stabilität des Staates, der Banken und der Privatwirtschaft, gerade im Vergleich zu manch südeuropäischen Ländern. Auch im Feld der Regulierung habe Deutschland zuletzt etwas Boden gutgemacht, da beispielsweise die Gründung von Kapitalgesellschaften inzwischen relativ unkompliziert sei.
Besonders stark sei Deutschland jedoch im Bereich der Steuerpolitik zurückgefallen. Dies sei weniger dadurch geschehen, dass hier Steuern erhöht wurden, vielmehr seien die Unternehmenssteuern in anderen Ländern teilweise deutlich gesenkt worden. [...]
Die Interessensvertreter fordern vor diesem Hintergrund nun eine Entlastung. „Die Politik muss endlich die Standortbedingungen Deutschlands wieder in den Fokus rücken“, sagt Stiftungschef Kirchdörfer.

Frank Stocker, Standort Deutschland verliert den Anschluss an die Weltspitze, in: Die Welt online, 07.01.2019, https://www.welt.de/wirtschaft/article186630560/Familienunternehmen-Wettbewerbsfaehigkeit-deutscher-Firmen-in-Gefahr.html (Zugriff: 27.10.2022)

M6 Kosten der Arbeit – (k)ein Problem für den Standort?

Für eine Stunde Arbeit zahlten deutsche Unternehmen im vergangenen Jahr durchschnittlich 35 Euro. Damit lag Deutschland lediglich im westeuropäischen Mittelfeld – in fünf anderen Ländern waren die Arbeitskosten in der privaten Wirtschaft höher. Im Vergleich zum Vorjahr stiegen sie in Deutschland um 2,3 Prozent, einen halben Prozentpunkt weniger als im Durchschnitt der Europäischen Union. [...] Auf lange Sicht haben die Arbeitskosten nur sehr mäßig zugelegt: Im Zeitraum von 2001 bis Ende 2018 verzeichnete die Bundesrepublik den drittgeringsten Anstieg innerhalb der EU, dahinter lagen nur noch Griechenland und Portugal. [...]
Ähnlich fiel der Trend bei den Lohnstückkosten aus, die für die internationale Wettbewerbsfähigkeit eine größere Rolle spielen. [...] [D]ie Lohnstückkosten legten im Zeitraum von 2000 bis Ende 2018 nur mäßig zu – im längerfristigen Durchschnitt nur um 1,1 Prozent pro Jahr. [...] Trotz der Zuwächse in den vergangenen Jahren sind die Lohnstückkosten seit Einführung des Euros deutlich schwächer gestiegen als in fast allen anderen Mitgliedstaaten der Währungsunion [...].
Während die deutsche Wirtschaft die höheren Arbeitskosten gut verkraften kann, macht ihr ein anderes Problem zunehmend zu schaffen: die marode öffentliche Infrastruktur. Inzwischen geben in Umfragen rund zwei Drittel der deutschen Unternehmen an, durch Infrastrukturmängel regelmäßig in ihren Geschäften behindert zu werden. [...] Dadurch, dass Investitionen ausgeblieben sind, wurde das Produktivitätswachstum gebremst.

INFO

Lohnstückkosten bezeichnen das Verhältnis von Arbeitskosten zur Produktivität. Zu den Arbeitskosten gehören der Bruttolohn, die Arbeitgeberanteile an den Sozialleistungen sowie bestimmte Steuern (siehe auch Glossar).

Produktivität steht für das Verhältnis zwischen dem, was für die Produktion eingesetzt wird (Boden, Arbeit, Kapital), und dem Ergebnis der Produktion.

Deutschland kann sich höhere Löhne leisten, in: Böckler Impuls, Ausgabe 12/2019, Düsseldorf: Hans-Böckler-Stiftung, https://www.boeckler.de/de/boeckler-impuls-deutschland-kann-sich-hoehere-loehne-leisten-4633.htm (Zugriff: 03.01.2023)

1 Stellen Sie die Bedeutung von harten und weichen Standortfaktoren gegenüber (M3).
2 Arbeiten Sie aus M4 und M5 die Situation deutscher mittelständischer Unternehmen im internationalen Wettbewerb heraus.
3 Analysieren Sie mithilfe von M1 bis M6, welche Standortbedingungen für die Wettbewerbsfähigkeit deutscher Unternehmen am wichtigsten sind. HILFE
4 Beurteilen Sie die Situation des Wirtschaftsstandorts Deutschland (M1 bis M6).

Operator „Zusammenfassen“ (Anforderungsbereich I)

Definition:
Sachverhalte auf wesentliche Aspekte reduzieren und sprachlich distanziert, unkommentiert und strukturiert wiedergeben.

Was heißt das genau?

Der Operator „Zusammenfassen“ bezieht sich fast immer auf Texte. Auch Schaubilder, Tabellen oder Grafiken können als Material beigefügt sein.
An den Anfang stellen Sie Angaben zur Textsorte (z. B. Bericht, Kommentar usw.), zu der Autorin/dem Autor, zum Titel und zum Erscheinungsdatum. Dann formulieren Sie das Thema des Textes (Worum geht es?) sowie die zentrale Aussage.
Die Zusammenfassung des Textes müssen Sie eigenständig unter Berücksichtigung der im Text enthaltenen Fachbegrifflichkeit formulieren. Belegen Sie Materialbezüge durch Zeilenverweise. Zitieren ist nicht erlaubt! Wichtig ist, dass Sie die Zusammenfassung auf das Wesentliche beschränken. Das bedeutet, dass Sie das Wesentliche erfasst haben. Die Zusammenfassung muss nicht dem Aufbau des Textes folgen, Sie können sie auch gemäß den wesentlichen Aspekten strukturieren (Aspektorientierung).
Die sprachliche Distanzierung vom Material stellen Sie durch den Konjunktiv der indirekten Rede oder Ersatzformen („Der Autor behauptet, dass …“ + Indikativ) sicher. Kommentierungen sind untersagt.

TIPP

Nutzen Sie die Checkliste zur Planung und beim Schreiben als Orientierungshilfe. Sie können Ihren Text auch mithilfe der Checkliste von Mitschülerinnen und Mitschülern korrigieren lassen und ihn im Anschluss überarbeiten. Die Aspekte/Kriterien der Checkliste können Sie ggf. in Absprache mit Ihrer Lehrkraft anpassen. Eine bearbeitbare Vorlage findet sich unter:

WES-118484-210

Checkliste zum „Zusammenfassen“

	✓ bzw. ++ + o – –– und Verbesserungstipps
Einleitung:	
Sind Textsorte, Autor/-in, Titel, Quelle, Thema und zentrale Aussage bezogen auf die Aufgabe benannt?	
Hauptteil:	
Ist die Zusammenfassung aspektorientiert angelegt und wird dabei der Aufgabenbezug deutlich?	
Ist die Zusammenfassung auf das Wesentliche konzentriert?	
Sind Fachbegriffe vorhanden?	
Sind Bezüge auf das Material mit Zeilenbelegen versehen?	
Ist die Zusammenfassung in eigenen Worten und ohne Zitate formuliert?	
Sprachlicher Ausdruck und sprachliche Richtigkeit:	
Wird durchgängig ein nicht kommentierender Sachstil verwendet?	
Wird Fachsprache sicher und korrekt verwendet?	
Werden die Regeln in den Bereichen Rechtschreibung, Zeichensetzung und Grammatik beachtet?	

Beispielaufgabe

M 1 Deutsche Unternehmen: Meister der Globalisierung

Drei Viertel der 181 [...] befragten Top-Manager westeuropäischer Unternehmen haben das Wachstumspotenzial in den Schwellenländern erkannt. Fast ebenso viele wissen allerdings auch, dass ihre Unternehmen noch längst nicht fit sind für die neuen Herausforderungen und dass es beträchtlicher Anstrengungen bedarf, um die neuen Käuferschichten in den Schwellenländern als Kunden zu gewinnen. [...] Wenn Schwellenländer zu Käufermärkten werden, hat das gewaltigen Einfluss auf die Zukunftsstrategie der Unternehmen: Die Hersteller müssen ihre Produkte viel stärker als bisher auf die Anforderungen der neuen Märkte ausrichten – in den Heimatmärkten entwickelte Produkte dorthin zu exportieren, reicht nicht mehr.

Damit fällt ein langjähriger Glaubenssatz im Westen: Dass Unternehmen im Zuge der Globalisierung zwar die Produktion verlagern, Forschung und Entwicklung – und damit einen Bereich besonders hoher Wertschöpfung – aber an den Heimatstandorten belassen. Eine Studie der Unternehmensberatung Arthur D. Little (ADL) zeigt aber, dass das ein Irrtum ist [...] „Europäische Unternehmen sind daran aktiv beteiligt, denn sie haben schon vor einiger Zeit begonnen, diese Arbeiten nach Asien und in andere Wachstumsmärkte zu verschieben.“ Beim Münchner Autohersteller BMW etwa waren 2001 nur zwei der fünf Forschungszentren außerhalb Deutschlands angesiedelt, heute sind es sieben von zehn. Der Chip-Hersteller Infineon hat 18 seiner 26 Forschungs- und Entwicklungsstandorte im Ausland, bei Siemens, dem größten deutschen Konzern, arbeiteten 2010 mehr als 17.000 der gut 30.000 Wissenschaftler in einem der 134 Forschungszentren außerhalb Deutschlands. In Singapur, wo die Rechtssicherheit hoch und das Plagiate-Risiko niedrig ist, eröffnen deutsche Konzerne besonders gern ihre Labors: BMW-Designer entwerfen dort neue Autokarossen, Bosch-Chemiker erforschen Solarmodule, Siemens leistet sich das größte Wasserforschungszentrum des Konzerns.

Und das ist vermutlich erst der Anfang: Die von ADL befragten knapp 100 Führungskräfte aus den weltweit wichtigsten Industriestaaten und Schwellenländern gehen davon aus, dass die Forschungs- und Entwicklungsaktivitäten europäischer Unternehmen in Asien und Südamerika bis 2020 um rund 250 Prozent wachsen werden.

Hans-Jürgen Klesse/Florian Willershausen/Peter Steinkirchner, Deutsche Unternehmen: Meister der Globalisierung, Wirtschaftswoche online, 21.06.2012, https://www.wiwo.de/politik/konjunktur/deutsche-unternehmen-meister-der-globalisierung/6754256-all.html (Zugriff: 23.11.2022)

GLOSSAR

Schwellenländer

1 Fassen Sie die wesentlichen Aussagen der Autoren zum Wachstumspotenzial der Schwellenländer zusammen.

Beispiellösung

In dem Artikel „Deutsche Unternehmen: Meister der Globalisierung“ aus der Wirtschaftswoche online vom 21.06.2012 thematisieren die Autoren Hans-Jürgen Klesse, Florian Willershausen und Peter Steinkirchner die Verlagerung von Forschungsaktivitäten deutscher Unternehmen ins Ausland. Die ausländischen Forschungsaktivitäten hätten sich in den letzten 20 Jahren deutlich erhöht.

Einleitung mit Textsorte, Titel, Quelle, Thema, zentraler Aussage

Die Autoren des Artikels, der sich auf eine Befragung von Führungskräften bezieht, führen aus, dass sich deutsche und europäische Unternehmen bereits in der Vergangenheit dazu entschieden hatten, ihre Forschungs- und Entwicklungsaktivitäten ins Ausland zu verlagern. Dabei sei vor allem der asiatische und südamerikanische Raum vorrangiges Ziel der Verlagerungen (Z. 26–29 und 50–54). Diese Verlagerungen der Forschungs- und Entwicklungsaktivitäten würden vor allem von Großunternehmen der verschiedensten Branchen praktiziert. Dazu gehörten die Automobilindustrie, die Chemieindustrie und IT-Unternehmen (Z. 30–39). Zielgebiete seien vor allem Länder mit hoher Rechtssicherheit, um vor Plagiaten und Raubkopien sicher zu sein (Z. 39–42). Auch zukünftig werde – entgegen allen Voraussagen – die Forschung und Entwicklung eher ins Ausland verlagert als in den Heimatregionen belassen (Z. 47–54).

sprachliche Distanz durch indirekte Rede

Inhalte auf das Wesentliche verkürzt

Praxiskontakt: International ausgerichtete Unternehmen vor Ort erkunden

Die internationale Ausrichtung von Unternehmen können Sie selbst durch eine Erkundung vor Ort oder auch online genauer untersuchen. Zu einer Unternehmenserkundung gehören die detaillierte Auseinandersetzung mit dem jeweiligen Betrieb im Vorfeld sowie eine intensive Nachbereitung der gesammelten Informationen. Die folgenden Schritte sollen Ihnen dabei helfen, aus der Betriebserkundung den größtmöglichen Nutzen zu ziehen.

Schritt 1:

Erkunden Sie in Kleingruppen, welche Unternehmen in Ihrer Region in den Bereichen Beschaffung, Produktion und Absatz international ausgerichtet sind. Tragen Sie die Informationen in eine Tabelle nach diesem Muster ein:

INTERNET

WES-118484-211
Tabelle als Vorlage

Name des Unternehmens	Branche	Art der internationalen Ausrichtung	Informationsquellen

Schritt 2:

Entscheiden Sie sich für ein Unternehmen, das Sie besonders interessiert und über das Sie mehr erfahren wollen. Beachten Sie dabei, dass in der Klasse unterschiedliche Branchen, unterschiedliche Unternehmensgrößen und unterschiedliche Marktausrichtungen berücksichtigt werden. Gehen Sie dann in Gruppenarbeit arbeitsteilig vor.

Schritt 3:

Analysieren Sie Ihr ausgewähltes Unternehmen bezüglich der internationalen Ausrichtung detaillierter. Nutzen Sie dabei verschiedene Quellen (z. B. Internet, Publikationen des Unternehmens). Eine Tabelle nach folgendem Muster kann Sie dabei unterstützen:

INTERNET

WES-118484-212
Tabelle als Vorlage

	National	International
Kennziffern des Unternehmens (Umsatz, Beschäftigte, Geschäftsfelder)		
Herkunft der Investitionsgüter (Maschinen, Anlagen etc.)		
Herkunft der Rohstoffe		

	National	International
Nationalität der höher qualifizierten Arbeitskräfte		
Nationalität der geringer qualifizierten Arbeitskräfte		
Produktionsstandorte des Unternehmens		
Marktausrichtung		
Gründe für Standortentscheidungen		
Konkurrenzsituation		

Schritt 4:
Fertigen Sie ausgehend von Ihren bisherigen Ergebnissen einen Fragenkatalog an, mit dem Sie eine Befragung mit einer Vertreterin oder einem Vertreter des Unternehmens zur Ausrichtung und Perspektive des Unternehmens durchführen können. Berücksichtigen Sie besonders die Aspekte, zu denen Sie noch keine Informationen ermitteln konnten.

INTERNET

WES-118484-213
Anregungen für einen Fragenkatalog

Schritt 5:
Nehmen Sie Kontakt mit dem Unternehmen auf und fragen Sie, ob Sie ein Expertengespräch zur internationalen Ausrichtung des Unternehmens führen können. Betonen Sie, dass Sie dies im Unterricht und in ihrer Gruppe vorbereitet und sich bereits mit dem Unternehmen beschäftigt haben. Vereinbaren Sie einen Termin.

Schritt 6:
Führen Sie das Expertengespräch mithilfe Ihres Fragenkatalogs. Ergänzen Sie ggf. zusätzliche Informationen, die Sie von den Unternehmensvertreterinnen bzw. -vertretern bekommen.

Schritt 7:
Arbeiten Sie die Ergebnisse der Befragung in die Ergebnisse Ihrer Analyse ein.

Schritt 8:
Präsentieren Sie Ihre Ergebnisse vor der Klasse.

Schritt 9:
Vergleichen und diskutieren Sie in der Klasse die unterschiedlichen Ergebnisse Ihrer Untersuchungen.

1 Führen Sie eine Erkundung zur Frage der internationalen Ausrichtung von Unternehmen vor Ort oder auch online durch.

1.3 Warum sind deutsche Unternehmen international tätig?

BEGRIFF

Fachkonzepte
Internationale Beziehungen
Interesse

M1 Motive für Auslandsinvestitionen

Motive deutscher Industrieunternehmen für Auslandsinvestitionen (in %)

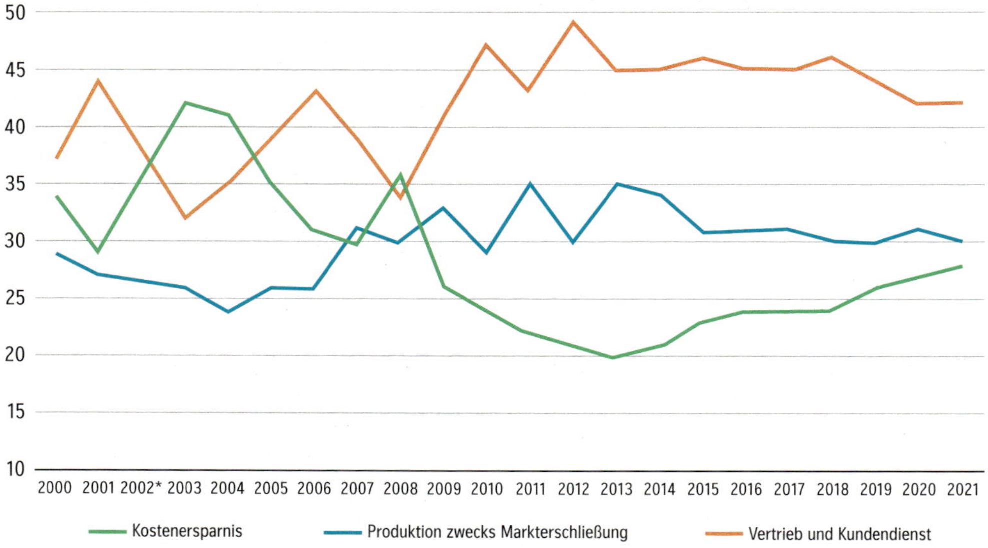

Quelle: DIHK-Sonderauswertung Auslandsinvestitionen, 2021 * 2002 keine Befragung zu den Auslandsinvestitionen © Westermann 30201EX

M2 Wer investiert wo?

Inländische Direktinvestitionen im Ausland
in Mrd. Euro

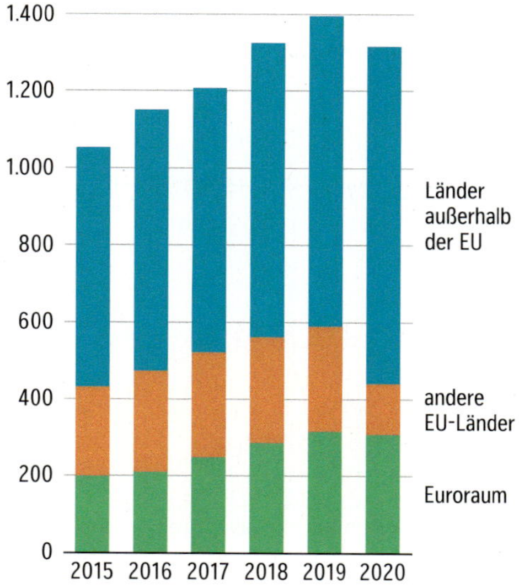

Quelle: Deutsche Bundesbank © Westermann 30202EX

Ausländische Direktinvestitionen im Inland
in Mrd. Euro

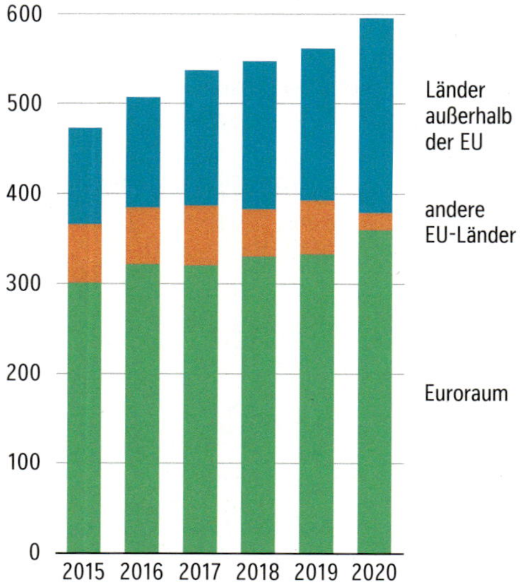

Quelle: Deutsche Bundesbank © Westermann 30203EX

M3 Grenzüberschreitende Investitionen

Vor- und Nachteile grenzüberschreitender Investitionen werden in der Öffentlichkeit immer wieder kontrovers diskutiert. Sie bieten vielfältige Chancen, die zur wirtschaftlichen Belebung von Regionen beitragen können. Zugleich bergen sie die Gefahr, dass die Möglichkeiten einer liberalen Weltwirtschaft ungleich ausgenutzt werden. [...]

Investitionen aus dem Ausland sind häufig ein politisch umstrittenes Thema. In Deutschland etwa wurde im Jahr 2016 die Übernahme des Roboterherstellers KUKA durch ein chinesisches Unternehmen intensiv diskutiert: Erwächst der deutschen Wirtschaft Schaden, indem technologisches Wissen nach China fließt? Ist es unklug, sich gegen ausländische Investitionen aufzulehnen und nicht vielmehr sinnvoll, dass ausländische Unternehmen in Deutschland investieren? [...]

Ausländische Investitionen haben verschiedene Formen. Nutzen und Risiken sind unterschiedlich zu bewerten. Die bekannteste Form sind Direktinvestitionen: Dabei wird in ein neues Unternehmen investiert, oder es werden Anteile an einer existierenden Firma gekauft.

[...] Ein Beispiel aus Europa: Der Autohersteller Daimler errichtet ein Werk zur Produktion der Mercedes B-Klasse im ungarischen Kecskemet und investiert eine Milliarde Euro in dieses Vorhaben. Dies hat für das Zielland der Investition wirtschaftliche Vorteile: Zum einen entstehen im Werk selbst Arbeitsplätze, zum anderen zieht die Errichtung einer Automobilfabrik andere Investoren, vor allem aus der Zulieferindustrie, an. Möglich ist auch, dass Arbeitskräfte in den von ausländischen Investoren errichteten Fabriken Kenntnisse und Fähigkeiten gewinnen, die sie dann bei der Gründung neuer, eigener Unternehmen nutzen können. Im Idealfall entwickelt sich durch ausländische Investitionen ein nachhaltiger wirtschaftlicher Aufschwung. [...]

Ausländische Investitionen können aber auch in anderer Form erfolgen. Eine schon erwähnte ist die Übernahme eines inländischen Unternehmens durch ein ausländisches. Der Kauf einer inländischen Firma ist selten ein rein ökonomisches Thema, sondern weckt oft auch Emotionen. [...] Übernahmen bestehender Unternehmen werden in vielen Fällen als unerwünschter Ausverkauf des wirtschaftlichen Know-how eines Landes kritisiert. [...]

Die Investitionstätigkeit deutscher Unternehmen im Ausland wird hierzulande weniger diskutiert. Laut Statistik haben in den letzten 25 Jahren deutsche Unternehmen in jeder Fünf-Jahres-Periode mehr im Ausland investiert als ausländische Unternehmen in Deutschland. [...]

Zugleich gab es Umschichtungen: Die verarbeitende Industrie und der Handel bauten ihre Investitionen aus, die Banken und Versicherer dagegen reduzierten ihre Investitionen im Ausland.

Heribert Dieter, Grenzüberschreitende Investitionen, in: Informationen zur politischen Bildung, Bonn: Bundeszentrale für politische Bildung, 10.11.2017, https://www.bpb.de/shop/zeitschriften/izpb/259370/grenzueberschreitende-investitionen/ (Zugriff 27.10.2022)

1. Beschreiben Sie die Motive für Auslandsinvestitionen deutscher Unternehmen von 2000 bis 2021 (M1).
2. **Zusatzaufgabe:** Ergänzen Sie weitere mögliche Motive für Auslandsinvestitionen.
3. Vergleichen Sie den Umfang und die Entwicklung der inländischen Direktinvestitionen im Ausland mit den ausländischen Direktinvestitionen im Inland (M2).
4. Stellen Sie Vor- und Nachteile von grenzüberschreitenden Investitionen in einer Tabelle gegenüber (M3). HILFE
5. **Zusatzaufgabe:** Recherchieren Sie aktuelle Beispiele für deutsche Direktinvestitionen im Ausland und ausländische Direktinvestitionen in Deutschland.

M4 Attraktive Schlüsseltechnologien?

Zeichnung: Thomas Plaßmann

M5 Bleiben Auslandsinvestitionen weiterhin ein attraktives Ziel?

Immer weniger Industrieunternehmen planen den Schritt ins Ausland. Zugleich wollen die auslandsaktiven Betriebe ihr Investitionsvolumen zunehmend aus Kostengründen erhöhen. Das zeigt eine DIHK-Sonderauswertung der Konjunkturumfrage zu Auslandsinvestitionen unter mehr als 2.000 deutschen Industrieunternehmen.

Der Erhebung zufolge wollen 43 Prozent der Industrieunternehmen im Ausland investieren – so wenig wie zuletzt vor zehn Jahren. Dabei ist unsere exportstarke Industrie hierzulande stärker als andere Länder von der Erschließung ausländischer Märkte durch Auslandsinvestitionen abhängig, die immer wieder ausgebremst wird – durch protektionistische Maßnahmen, wirtschaftliche Entkoppelungstendenzen und aktuell durch die Coronakrise.

Auch wenn insgesamt weniger Unternehmen den Schritt ins Ausland planen, so steigen die Investitionsvolumina der auslandsaktiven Unternehmen in den einzelnen Märkten gegenüber dem Vorjahr an – vor allem in China von 12 auf 20 Punkte, in Nordamerika von neun auf 25 Punkte und in Afrika sowie im Nahen und Mittleren Osten sogar von sieben auf 28 Punkte. Zugleich wollen mehr Betriebe in den Top-3-Zielregionen deutscher Auslandsinvestitionen präsent sein – in der Eurozone (Anstieg von 63 auf 65 Prozent), in China (Anstieg von 36 auf 39 Prozent) und in Nordamerika (Anstieg von 31 auf 35 Prozent). Aber auch die sonstige EU, Schweiz und Norwegen werden für Unternehmen attraktiver (Anstieg von 21 auf 23 Prozent). Die Betriebe wissen stabile Lieferketten in Heimatnähe ebenso zu schätzen wie den wachsenden Konsum in China und eine verlässliche Wirtschaftspolitik in den USA. Hinzu kommt die steigende Attraktivität der Eurozone und der sonstigen EU für Nahverlagerungsaktivitäten. [...]

Insgesamt werden durch die deutschen Direktinvestitionen in diesem Jahr erstmalig über acht Millionen Arbeitsplätze an ausländischen Standorten geschaffen und gesichert.

Vertrieb- und Kundendienst bleiben zwar weiterhin die Hauptmotive für Auslandsinvestitionen, allerdings wird es für immer mehr Unternehmen in Deutschland relevant, aus Kostengründen im Ausland zu investieren. Aktuell sind es 28 Prozent; der höchste Wert seit 2008 – ein Hinweis auf steigenden Kostendruck an heimischen Standorten. Im Textil-, Bekleidungs- und Ledergewerbe sowie im Fahrzeugbau dominieren Kostengründe den Gang ins Ausland (jeweils 48 Prozent). Auch bei den Herstellern von Metallerzeugnissen (33 Prozent), in der Elektrotechnik (30 Pro-

QUERVERWEIS
Instrumente zur Beschränkung des Freihandels (Protektionismus) S. 118, M5

zent) sowie bei Spitzentechnologieunternehmen (27 Prozent) spielt dieses Investitionsmotiv zunehmend eine wichtige Rolle.
Ein Blick in die Industriebranchen zum Auslandsengagement zeigt, dass sich vor allem der Maschinenbau zurückhält. Hier plant lediglich ein Fünftel der Unternehmen, Auslandsinvestitionen auszuweiten, während 23 Prozent diese kürzen wollen. Abstriche bei den Auslandsplänen nehmen die Elektrotechnik vor (von elf auf acht Punkte) sowie das Textil-, Bekleidungs- und Ledergewerbe (minus 12 nach fünf Punkten).
Deutlich expansiver ist dagegen die pharmazeutische Industrie, die ihre Investitionspläne für das Ausland im Schnitt kräftig ausweitet (42 nach 27 Punkten). Auch im Fahrzeugbau planen die Unternehmen unter dem Strich mit höheren Budgets (36 Prozent mit Ausweitungen, 23 Prozent mit Kürzungen). Während in der chemischen Industrie (inklusive Pharma) überdurchschnittlich viele Betriebe einen Aus- und Aufbau von Produktionskapazitäten zur Markterschließung planen, geht es bei den Auslandsinvestitionen im Fahrzeugbau hauptsächlich um Kostenersparnis.

Weniger Betriebe investieren mehr im Ausland, Konstanz: IHK Hochrhein-Bodensee, April 2021, https://www.ihk.de/konstanz/standortpolitik/netze/sonstig/weniger-betriebe-investieren-mehr-im-ausland-5087414 (Zugriff: 10.01.2023)

M6 Droht ein Ausverkauf deutschen Know-Hows?

Lange Zeit sahen die deutsche Politik und die deutschen Wirtschaftsverbände in ausländischen Investitionen kaum Grund zur Sorge. Das änderte sich im Jahr 2016. Den Anlass dazu bot die Wirtschaftspolitik Chinas, die vor allem in drei Punkten kritisch betrachtet wird:
Der erste betrifft die Behandlung deutscher Investitionen in China. Die Politik hat den Eindruck gewonnen, dass deutsche Unternehmen in China gerne als Technologieträger genutzt werden. Mit ihnen wird solange kooperiert, bis die chinesischen Unternehmen die Technologie kopiert haben.
Ein Beispiel hierfür ist die Eisenbahnindustrie. Siemens lieferte zunächst komplette Züge und wurde dann von der chinesischen Regierung gezwungen, ein Gemeinschaftsunternehmen mit einer chinesischen Firma zu gründen. Diese übernahm die deutsche Technologie. Siemens ist heute vom chinesischen Eisenbahnmarkt verschwunden, und der frühere Siemens-Kooperationspartner CNR drängt nun als Anbieter auf den deutschen Markt.
Der zweite Punkt betrifft die Ungleichbehandlung: Chinesische Unternehmen können in Deutschland hiesige Firmen vollständig übernehmen, aber deutschen Unternehmen wird dies in China nicht gestattet. Sie müssen sich auf Minderheitsbeteiligungen beschränken.
Der dritte Punkt betrifft die Aushöhlung der technologischen Kompetenz in Deutschland. China hat sich das Ziel gesetzt, bis zum Jahr 2025 ein führender Anbieter in zehn anspruchsvollen Industriezweigen zu werden, darunter die Luftfahrt, Hochgeschwindigkeitszüge und Elektromobilität. Technologische Kompetenz, die nicht im Land selbst vorhanden ist, soll im Ausland eingekauft werden.

Heribert Dieter, Grenzüberschreitende Investitionen, in: Informationen zur politischen Bildung, Bonn: Bundeszentrale für politische Bildung, 10.11.2017, https://www.bpb.de/shop/zeitschriften/izpb/259370/grenzueberschreitende-investitionen/ (Zugriff 27.10.2022)

1 Analysieren Sie die Karikatur M4 hinsichtlich ihrer Aussage.

2 Analysieren Sie die internationale Ausrichtung deutscher Unternehmen anhand der Entwicklung
a) der deutschen Direktinvestitionen nach Zielregionen (M5) und
b) der Motive für Auslandsinvestitionen (M5).

3 **Zusatzaufgabe:** Entwickeln Sie Hypothesen, warum die Entwicklungen in verschiedenen Branchen so unterschiedlich sind (M5).

4 Erörtern Sie, ob und inwiefern durch ausländische Investitionen in Deutschland eine Gefahr für den Investitionsstandort Deutschland vorliegen kann (M3, M4, M6).

1.4 Staatliche Garantien für Unternehmen – eine trügerische Sicherheit?

BEGRIFF

Fachkonzepte
Menschenrechte
Freiheit

GLOSSAR

Menschenrechte
Staat

M1 Schlagzeilen: Deutsche Firmen in der Kritik

China: Erste Anzeige gegen deutsche Firmen wegen Zwangsarbeit in Xinjiang – weitere Klagen wahrscheinlich

Christiane Kühl, in: Merkur online, 08.09.2021, https://www.merkur.de/wirtschaft/china-xinjiang-deutschland-lieferkettengesetz-zwangsarbeit-anzeige-firmen-90964290.html (Zugriff: 05.01.2023)

NGO verklagt deutsche Firmen wegen mutmaßlicher Zwangsarbeit in China

ZEIT ONLINE, kzi, as, in: Die Zeit online, 06.09.2021, https://www.zeit.de/gesellschaft/2021-09/menschenrechte-ngo-china-klage-unternehmen-zwangsarbeit (Zugriff: 05.01.2023)

Gewerkschaftschef stellt umstrittenes VW-Werk in China infrage

mic/Reuters, in: Spiegel online, 17.06.2022, https://www.spiegel.de/wirtschaft/unternehmen/volkswagen-ig-metall-chef-stellt-umstrittenes-werk-in-china-infrage-a-200a3dba-84c5-406e-807d-78429f5cb9bf (Zugriff: 05.01.2023)

„Lässt mich nicht kalt“: Wie deutsche Firmen in Chinas unterdrückter Provinz Xinjiang Geschäfte machen

Dana Heide, in: Handelsblatt online, 15.07.2021, https://www.handelsblatt.com/politik/international/basf-vw-laesst-mich-nicht-kalt-wie-deutsche-firmen-in-chinas-unterdrueckter-provinz-xinjiang-geschaefte-machen/27421224.html (Zugriff: 05.01.2023)

M2 Bundesregierung lehnt Investitionsgarantien in China ab

Die Bundesregierung hat erstmals wegen der Menschenrechtslage in der chinesischen Provinz Xinjiang Investitionsgarantien für ein Unternehmen abgelehnt. Betroffen seien insgesamt vier Anträge auf Verlängerung von Garantien, wie das Bundeswirtschaftsministerium am Freitag mitteilte. Ein Firmenname wurde nicht genannt. Dem „Spiegel“ zufolge dürfte es sich um Volkswagen handeln.
Das Ministerium verwies auf die Menschenrechtslage in Xinjiang. Diese habe sich in den vergangenen Jahren zugespitzt und ist „durch Zwangsarbeit und massenhafte Internierungen von Angehörigen der Uiguren-Minderheit gekennzeichnet“. Die Bundesregierung übernehme deswegen keine Investitionsgarantien für bestimmte Projekte in China mehr. Dies betrifft Vorhaben in Xinjiang selbst oder Projekte mit Geschäftsbeziehungen dorthin. Die jetzt abgelehnten Anträge hatten laut Ministerium einen Bezug zu einer Betriebsstätte in Xinjiang beziehungsweise ließ er sich nicht ausschließen.
Ein VW-Sprecher bestätigte lediglich, dass der Konzern die Investitionsgarantien beantragt hat. „Wir haben bisher keine Antwort auf unsere Anträge seitens der Bundesregierung erhalten. Wir erwarten eine Entscheidung“, sagte er. Auch eine Ablehnung sei möglich. Aus Unternehmenskreisen verlautete, die Investitionsentscheidung wäre von einer Ablehnung nicht betroffen. [...] Seit dem Amtsantritt der neuen Bundesregierung wurden demnach 13 Anträge auf Übernahme oder Verlängerung von Investitionsgarantien in China gebilligt. Sie hätten keinen Bezug zu Xinjiang gehabt.
Die chinesische Führung steht wegen ihres Umgangs mit der muslimischen Minderheit

INFO

Uiguren
In China leben etwa elf Millionen Uiguren – vor allem in der Region Xinjiang. Die meisten Uiguren gehören der Religion Islam an und sind in China eine Minderheit.

der Uiguren in der Region seit Jahren in der Kritik. Forschern und Menschenrechtlern zufolge sind dort mehr als eine Million Menschen in Umerziehungslager gesteckt worden. Wirtschaftsminister Robert Habeck (Grüne) sagte in dieser Woche, die Volksrepublik sei zwar ein großer Handelspartner, aber es gebe auch bei Menschenrechten „sehr relevante Probleme". Die Staatsführung in Peking begründet ihr Vorgehen gegen die Uiguren in Xinjiang mit Vorwürfen von Separatismus, Extremismus und Terrorismus. Die muslimische Minderheit sieht sich politisch, religiös und kulturell unterdrückt.

Berlin lehnt Investitionsgarantien wegen Menschenrechten in China ab, 27.05.2022 ©dpa

M3 Investitionsgarantien

Investitionsgarantien des Bundes schützen Investitionen von deutschen Unternehmen in Entwicklungs-, Schwellen- und ehemaligen Transformationsländern gegen politische Risiken. Investitionsgarantien tragen damit zur Sicherung von Projekten bei, die unter schwierigen Rahmenbedingungen durchgeführt werden. Bei drohenden Schadensfällen kann die Bundesregierung Projekte durch diplomatische Interventionen im Anlageland unterstützen. Hiervon profitieren auch kleinere und mittlere Unternehmen. [...]

Eine Garantie schützt vor folgenden Risiken:

- Verstaatlichung, Enteignung oder enteignungsgleiche Maßnahmen,
- Krieg, kriegerische Auseinandersetzungen, Revolution und Aufruhr oder terroristische Akte, die im Zusammenhang mit solchen Ereignissen stehen,
- Bruch rechtsverbindlicher Zusagen staatlicher oder staatlich kontrollierter Stellen,
- Zahlungsmoratorien und Konvertierungs- oder Transferbeschränkungen.

Nach einem stark durch die COVID-19-Pandemie geprägten Jahr 2020 hat sich das neu übernommene Garantievolumen im Jahr 2021 mit 2,6 Milliarden Euro im Gegensatz zum Vorjahr nahezu verdreifacht. [...]
Auch das hohe, neu registrierte Antragsvolumen und die starke Steigerung der Anfragen belegen das hohe Interesse an der Absicherung politischer Risiken. Es zeigt sich, dass deutsche Unternehmen weiterhin in erheblichem Umfang in Entwicklungs- und Schwellenländern investieren und eine Absicherung durch Investitionsgarantien angesichts weltweit spürbarer politischer Risiken oftmals eine wesentliche Voraussetzung für die Investitionsentscheidung ist.
Investitionsgarantien können nur für förderungswürdige Projekte übernommen werden. Dazu muss das Projekt Arbeitsplätze in Deutschland sichern oder schaffen und die Entwicklung des Anlagelands fördern. Zudem muss die Investition in ihren Umwelt-, Sozial- und menschenrechtlichen Auswirkungen unbedenklich sein.

Investitionsgarantien, Berlin: Bundesministerium für Wirtschaft und Klimaschutz, https://www.bmwk.de/Redaktion/DE/Artikel/Aussenwirtschaft/investitionsgarantien.html (Zugriff: 10.01.2023)

INFO

Transformationsländer
werden Staaten genannt, die sich im Übergang von einem planwirtschaftlichen in ein marktwirtschaftliches System befinden, z. B. Länder auf dem Gebiet der ehemaligen Sowjetunion.

Zahlungsmoratorien
meint hier gesetzgeberische oder behördliche Maßnahmen, mit denen ein Zahlungsaufschub oder -verbot erlassen wird, sodass Gläubiger ausstehende Zahlungen von Schuldnern nicht bekommen.

Konvertierungs- oder Transferbeschränkungen
sind staatliche Maßnahmen, mit denen der Umtausch (die Konvertierung) der Landeswährung in Fremdwährungen bzw. der Transfer von Zahlungen ins Ausland beschränkt oder verboten wird.

1 Diskutieren Sie Ihre Eindrücke und Fragen zu den Schlagzeilen in M1.

2 **Zusatzaufgabe:** Informieren Sie sich über die Situation der Uiguren in China.

3 Stellen Sie anhand von M1 und M2 dar, warum die Bundesregierung ihre Investitionsgarantien für Investitionen in Xinjiang abgelehnt hat.

4 Charakterisieren Sie Umfang und Bedeutung von Garantien für Unternehmen, die im Ausland investieren (M2, M3). HILFE

5 Erörtern Sie, ob eine Verweigerung von Investitionsgarantien durch die Bundesregierung gerechtfertigt ist (M2). Berücksichtigen Sie die Grundsätze für die Vergabe dieser Garantien (M3).

M4 Deutschlands Handel mit Russland

Volumen des Außenhandels zwischen Deutschland und Russland (in Mrd. Euro)

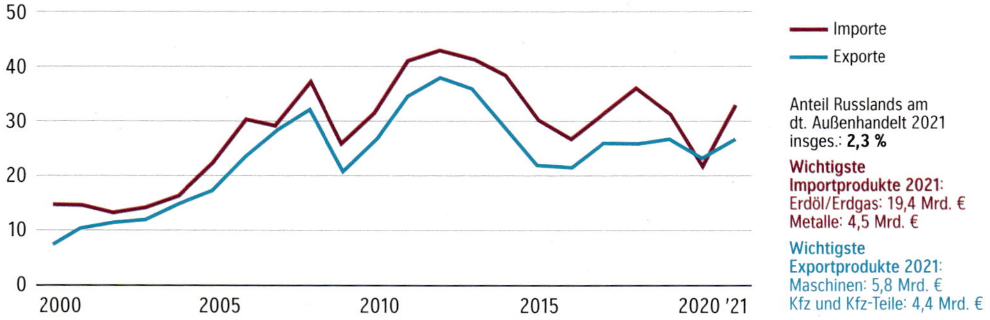

Quelle: Statistisches Bundesamt (Destatis), Wiesbaden, 2022

M5 Folgen der Russland-Sanktionen für Unternehmen

Die Strafmaßnahmen gegen Russland [aufgrund des Ukrainekriegs] sind hart, umfassend – und in Details oft reichlich unklar. Das beschert betroffenen Unternehmen viel Unsicherheit [...]. Bestehende Geschäftsbeziehungen mit russischen Kunden, Kooperationen mit russischen Partnern sowie Zahlungs- und Kapitalverkehr werden zunehmend zum Problem. Vor allem im Detail: Da aktuell kein Totalembargo besteht, das jeglichen Handel mit Russland untersagt, müssen Unternehmen ihre Waren und Geschäftspartner einzeln darauf prüfen, ob sie unter den Sanktionen zulässig sind. [...]

In einer aktuellen Umfrage kommt die Wirtschaftsprüfungsgesellschaft KPMG zu dem Ergebnis, dass für zwei von drei Betrieben das Identifizieren betroffener Geschäftspartner, Warengruppen und Dienstleistungen sowie das Einhalten von Ein- und Ausfuhrkontrollen die größte Herausforderung ist. [...] Viele deutsche Unternehmen und Banken haben schnell reagiert. „Sie ziehen sich freiwillig vom russischen Markt zurück, obwohl sie von den Sanktionen nicht betroffen sind," sagt Christian von Soest vom German Institute for Global and Area Studies (GIGA).

Das mag moralisch geboten sein, könnte für sie aber noch ungewollte Folgen haben. Denn wenn sie gar nicht von Sanktionen betroffen sind, fehlt dem abrupten Abbruch der Geschäftsbeziehungen die Rechtsgrundlage. Die Unternehmen brechen also womöglich Verträge, an die sie trotz Krieg weiterhin gebunden sind. [...]

Für Unternehmen könnten etwa Nebenvereinbarungen, wie der Service für einmal gelieferte Produkte, zur Falle werden. „Angenommen, man hat eine Maschine nach Russland geschickt und dafür auch einen Wartungsvertrag vereinbart: Wenn derartige Maschinenlieferungen nun verboten werden, betrifft das dann auch Lieferungen aller Ersatzteile und die Wartung?", fragt Metz. Wartungsverträge hätten meist mehrjährige Laufzeiten. Dass Lieferanten diese einfach einseitig aussetzen können, ist in kaum einem Vertrag vorgesehen. [...]

Eine weitere Herausforderung: Die Unternehmen müssen auch die Eigentumsverhältnisse ausreichend klären. Oft ist es gar nicht so einfach zu ermitteln, ob an einem Geschäftspartner etwa ein sanktionierter Oligarch beteiligt ist. „Besonders kompliziert sind Sanktionen gegen weltweit agierende russische Unternehmer. Jeder Handelspartner muss durchleuchtet werden, ob nicht eine oder mehrere dieser gelisteten Personen im Hintergrund maßgeblich an Geschäftsentscheidungen beteiligt sind," so Metz.

Nele Höfler/Isabelle Wermke, Russland-Sanktionen: Wer hilft deutschen Unternehmen bloß aus dem Sanktionsdickicht?, in: Wirtschaftswoche online, 18.05.2022, https://www.wiwo.de/unternehmen/dienstleister/russland-sanktionen-wer-hilft-deutschen-unternehmen-bloss-aus-dem-sanktionsdickicht/28325034.html (Zugriff: 27.10.2022)

INFO

Oligarch
Person, die mit wenigen anderen zusammen Macht ausübt (Oligarchie = Herrschaft der Wenigen), Mitglied einer kleinen einflussreichen Elite

M6 Weshalb sind Firmen weiter in Russland tätig?

Wegen des Kriegs gegen die Ukraine schließen sich immer mehr Unternehmen den internationalen Sanktionen gegen Russland an. Sie schränken ihre Geschäfte dort ein oder ziehen sich komplett zurück. Papier, Blumen und Teilchenbeschleuniger werden zum Beispiel grundsätzlich nicht mehr aus der EU nach Russland geliefert. Denn das ist durch Sanktionen verboten. In anderen Wirtschaftsbereichen, wie etwa der Medizintechnik, laufen die Geschäfte bislang fast im gleichen Umfang weiter.

Die Unternehmen begründen das damit, dass ein Stopp drastische Folgen hätte und viele Unschuldige treffen würde. Das sei zum Beispiel der Fall, wenn Unternehmen medizinische Diagnosegeräte, etwa für die Krebserkennung, nach Russland liefern oder dort Impfstoffampullen oder Verbandmaterial herstellen [...].

Eine Firma, die das zum Beispiel macht, ist die Hartmann Gruppe aus Heidenheim. Dort will man das auch weitermachen, sagt Philipp Hellmich, ein Sprecher des Unternehmens. Denn Gesundheit sei laut den Vereinten Nationen ein Menschenrecht und Medizinprodukte seien deshalb immer von Sanktionen ausgeschlossen. [...]

Neben der Medizintechnik gibt es noch weitere Unternehmensbereiche, in denen immer noch Geschäfte mit Russland gemacht werden. Zum Beispiel beliefern deutsche Firmen das Land mit Messtechnik für Atomkraftwerke. Mit dieser Technik wird überprüft, ob radioaktive Strahlung austritt. [...]

Auch landwirtschaftliches Saatgut und Landmaschinen würden weiterhin aus Deutschland kommen. „Wenn man das stoppt, kann Russland weniger Getreide herstellen“, so [die Deutschlandfunk-Nova-Reporterin] Katja Scherer. „Getreide würde auf dem Weltmarkt noch teurer als es durch den Krieg ohnehin schon ist – und noch weniger Menschen in ärmeren Ländern könnten sich das leisten.“ [...]

Wie viele Unternehmen ihr Russland-Geschäft hingegen aus finanziellen Gründen nicht einstellen, etwa weil sie viel investiert haben und nun Kredite abbezahlen müssen, ist [...] nicht bekannt. [...] [Es heißt aber], dass die meisten Unternehmen, die nicht in versorgungsrelevanten Bereichen unterwegs sind, inzwischen aus Russland raus wollten. [...]

So ergeht es auch der Hartmann Gruppe. Lieferte das Unternehmen früher auch Kosmetika nach Russland, beschränkt es sich inzwischen auf medizintechnische Produkte. Außerdem setzt sie geplante Investitionen nicht mehr um und finanziert auch keine Werbemaßnahmen mehr vor Ort. [...] Einige deutsche Unternehmen, wie etwa der Chemiekonzern BASF, pausieren ihr Geschäft nicht nur, sondern verlassen den russischen Markt komplett. Oft dauert es aber einige Wochen bis Unternehmen so etwas umsetzen können. [...]

Zudem müsse man sich die Frage stellen, was beispielsweise mit den Fabriken passiere, die deutsche Firmen aufgeben, meint Katja Scherer. So hätten die Baumarktkette Obi oder der Lebensmittelkonzern Dr. Oetker ihr Russland-Geschäft zwar verkauft, allerdings an russische Investor*innen und Manager*innen. „Indirekt stärkt man die russische Wirtschaft damit sogar“, sagt die Deutschlandfunk-Nova-Reporterin. „Denn die Gewinne verbleiben danach komplett im Land, obwohl man eigentlich das Gegenteil erreichen will. Die Unternehmen sind also in einer schwierigen Lage.“

Moderatorin: Jenni Gärtner/Gesprächspartnerin: Katja Scherer, Warum deutsche Firmen weiter in Russland Geschäfte machen, in: Deutschlandfunk Nova, Köln: Deutschlandradio, 16.05.2022, https://www.deutschlandfunknova.de/beitrag/wirtschaft-deutsche-firmen-machen-in-russland-weiter-geschaefte (Zugriff: 10.01.2023)

1 Analysieren Sie Deutschlands Handel mit Russland von 2000 bis 2021 (M4).

2 Beschreiben Sie die Situation deutscher Unternehmen, die in Russland tätig sind, nach Ausbruch des Ukrainekrieges (M5).

3 Erläutern Sie die in M5 und M6 dargestellten Reaktionen von Unternehmen auf die Russlandsanktionen im Jahr 2022.

4 Beurteilen Sie die Folgen von Investitionsgarantien (M2, M3) einerseits und Sanktionsmaßnahmen andererseits (M5, M6) für Unternehmen in Deutschland. HILFE

5 Nehmen Sie Stellung zu den unterschiedlichen Reaktionen der Unternehmen bezüglich ihres Russlandengagements (M5, M6).

1.5 Das EU-Lieferkettengesetz – ein akzeptierter Rahmen?

BEGRIFF

Fachkonzepte
Nachhaltigkeit
Werte

M1 Produktion von Leder in Bangladesch

M2 Ziele, Adressaten und Inhalte des EU-Lieferkettengesetzes

GLOSSAR

Menschenrechte
Nachhaltigkeit

QUERVERWEIS

Ziele 8 und 12 – führt das EU-Lieferkettengesetz zu mehr Nachhaltigkeit?
S. 150–151

Das Ziel [des europäischen Lieferkettengesetzes] ist die weltweite Einhaltung von geltenden Menschenrechtsstandards und des Umweltschutzes, um eine fairere und nachhaltigere globale Wirtschaft sowie eine verantwortungsvolle Unternehmensführung zu fördern. Bei der Vorstellung des Entwurfs sagte EU-Justizkommissar Didier Reynders: „In der EU sollen nur Unternehmen aktiv sein, die die Menschenrechte schützen und die Umwelt nicht schädigen." [...]

Für wen gilt das EU-Lieferkettengesetz?

- Europäische Unternehmen sowie in der EU tätige Firmen aus Drittstaaten ab 500 Mitarbeitenden und mehr als 150 Millionen Euro Umsatz weltweit fallen unter das europäische Gesetz. Dies betrifft rund 9.400 Firmen.
- Für Risikobranchen, in denen das Gefahrenpotenzial für Mensch und Umwelt besonders hoch ist, müssen die Anforderungen der Richtlinie bereits ab 250 Angestellten und 40 Millionen Euro Umsatz erfüllt werden. Dazu gehören u. a. die Textil- und Lederindustrie, die Land- und Forstwirtschaft, Fischerei und Bergbau. [...] Dies betrifft rund 3.400 Firmen.
- Kleine und mittelgroße Unternehmen (KMU) sind zwar nicht direkt von dem Gesetz betroffen, aber indirekt z. B. als Zulieferer von größeren, betroffenen Unternehmen. [...]

Was müssen Unternehmen laut Liefergesetz beachten?

Betroffene Firmen müssen ihre unternehmerischen Sorgfaltspflichten entlang der Lieferkette und in Bezug auf Menschenrechte und Umwelt erfüllen. Folgende Schritte müssen sie hierfür umsetzen:

- Ermittlung von tatsächlichen oder etwaigen negativen Auswirkungen auf Menschenrechte und Umwelt, um dann geeignete Maßnahmen zu treffen, um diese zu verhindern, abzuschwächen und zu beheben. [...]
- Die Firmen müssen Beschwerdeverfahren einrichten und den Zugang zu diesem allen Personen entlang der Lieferkette ermöglichen
- Sie müssen transparent und öffentlich über die Wahrnehmung ihrer Sorgfaltspflichten informieren inkl. einem Jahresbericht
- Die Unternehmen sind zur Kontrolle und Überwachung der Wirksamkeit dieser Maßnahmen verpflichtet

- Unternehmen mit einem Jahresumsatz von über 150 Millionen müssen in einem Transformationsplan darlegen, wie sie ihren Beitrag zu den Emissionsreduktionszielen des Pariser Klimaabkommens zu leisten gedenken. [...]

Welche Verstöße fallen unter das Lieferkettengesetz?

Europäische Firmen sind dann in der Verantwortung sicherzustellen, dass sie selbst, die Nutzer ihrer Produkte sowie ihre Zulieferer auf den Schutz der Menschenrechte, der Biodiversität und der Umwelt achten wie z. B. durch die Achtung von:

- grundsätzlichen Arbeitnehmerrechten, wie auch in den Kernarbeitsnormen der Internationalen Arbeitsorganisation (ILO) festgehalten, wie z. B. Vereinigungsfreiheit, Verbot von Kinder- und Zwangsarbeit, Gleichheit des Entgelts, Diskriminierung in Beschäftigung und Beruf etc.
- Menschenrechten, wie z. B. Freiheit und Sicherheit der Person, körperliche Unversehrtheit, Rechtsfähigkeit und Gleichheit vor dem Gesetz, Privatsphäre, räumliche Freiheit, Essen und Grundversorgung sowie Erholung und Freizeit
- Schutz der biologischen Vielfalt und von Ökosystemen
- Schutz von Gewässern und der Atemluft
- Bekämpfung des Klimawandels [und von]
- Umweltverstöße[n,] wie Treibhausgasemissionen, Umweltverschmutzung oder die Zerstörung der biologischen Vielfalt und die Zerstörung von Ökosystemen.

Moritz Homann, EU-Lieferkettengesetz verpflichtet Unternehmen zu fairer und nachhaltiger Wirtschaft, München: EQS Group AG, 26.09.2022, https://www.eqs.com/de/compliance-wissen/blog/eu-lieferkettengesetz/ (Zugriff: 24.11.2022)

INFO

Pariser Klimaabkommen
Das Abkommen wurde auf der UN-Klimakonferenz in Paris 2015 verabschiedet und legt als Ziel fest, den weltweiten Temperaturanstieg auf deutlich unter 2 Grad Celsius, möglichst auf 1,5 Grad Celsius im Vergleich zum vorindustriellen Zeitalter zu beschränken.

M3 Die Sicht von Unternehmen?

Mit dem Gesetz [sollen] deutsche Unternehmen verpflichtet [werden], ihrer globalen Verantwortung für die Achtung von Menschenrechten und Umweltstandards besser nachzukommen. Hierfür soll sich die Verantwortung der Unternehmen künftig auf die gesamte Lieferkette erstrecken, abgestuft nach den Einflussmöglichkeiten. [...]

Gut gemeint, schlecht gemacht. So könnte die Kritik der deutschen Wirtschaft grob zusammengefasst werden. Zu befürchten ist, dass das Ziel, nämlich die Verbesserung der Menschenrechtslage vor Ort, nicht nur nicht erreicht wird, sondern sogar das Gegenteil eintritt. Der befürchtete Grund: Firmen aus anderen Ländern mit möglicherweise deutlich geringeren Standards füllen die auftretenden Lücken im Auslandsgeschäft. [...]

Den Unternehmen droht also eine Klagewelle auf der einen Seite und überbordende Bürokratie auf der anderen Seite. [...] Die vermeintliche Begrenzung der Sorgfaltspflichten für deutsche Unternehmen auf ihre direkten Zulieferer ist eine Mogelpackung, denn das vorgesehene umfassende Risikomanagement sowie die Berichts- und Dokumentationspflichten werden voraussichtlich eins zu eins an alle Lieferanten weitergegeben. Folge: Viele Firmen müssten ihr Auslandsgeschäft aufgeben, weil das Risiko von Klagen und Bußgeldern zu groß würde.

Das Gesetz stellt die Firmen zudem unter Generalverdacht. Dabei gelten für deutsche Firmen bereits hohe Standards. [...] Das geplante Gesetz legt den Handel an die Kette, begrenzt unternehmerische Freiheit und führt nicht zu besseren Arbeits- und Lebensbedingungen vor Ort.

Mehr Bürokratie, weniger Menschenrechte, Berlin: INSM Initiative Neue Soziale Marktwirtschaft GmbH, 07.06.2021, https://www.insm.de/insm/themen/soziale-marktwirtschaft/lieferkettengesetz-mehr-buerokratie-weniger-menschenrechte (Zugriff: 27.10.2022)

1. Beschreiben Sie die Eindrücke, die das Bild M1 bei Ihnen hinterlässt.
2. Stellen Sie die wichtigsten Regelungen des EU-Lieferkettengesetzes dar (M2).
3. Arbeiten Sie die in M3 geübte Kritik an dem Gesetz heraus.
4. Nehmen Sie Stellung dazu, dass europäische Unternehmen für die weltweite Einhaltung von Menschenrechten und Umweltstandards Verantwortung übernehmen sollen.

M4 Das Lieferkettengesetz – faire Bedingungen von Anfang an?

Der Brand einer Textilfabrik in Pakistan sorgte 2012 weltweit für Entsetzen: Fast 300 Menschen starben in den Flammen, zumeist Frauen, die vor allem für den deutschen Textildiscounter KiK nähten. [...] Mit einem sogenannten Lieferkettengesetz will die EU-Kommission die europäischen Unternehmen nun dazu verpflichten, die Produktionsbedingungen in ihren weltweiten Lieferketten stärker in den Blick zu nehmen – um zu verhindern, dass zur Gewinnmaximierung gegen Menschenrechte oder auch Umweltstandards verstoßen wird. [...]

Im Entwurf der Kommission ist vorgesehen, dass Opfer von Menschenrechtsverletzungen oder Umweltschäden zukünftig Schadenersatzforderungen vor europäischen Gerichten geltend machen können. Dabei sollte Fahrlässigkeit ausreichen. Ein starker Hebel, der Unternehmen dazu bringen soll, auf die Einhaltung von Menschenrechtsstandards und Umweltschutz in ihren Lieferketten zu achten. Unternehmerverbände kritisieren diese Regelung. Sie fordern eine Abschwächung der Haftungsregelung etwa durch eine sogenannte Safe-Harbour-Klausel. Safe Harbour, zu Deutsch „sicherer Hafen“, wird eine Regelung genannt, die die zivilrechtliche Haftung für Unternehmen unter bestimmten Bedingungen massiv reduziert. Nach dieser Regelung könnten sich Unternehmen zum Beispiel ihre Produkte oder die globalen Produktionsprozesse von externen Prüfern als einwandfrei zertifizieren lassen. Mit einem solchen Zertifikat haften die Unternehmen dann nur noch, wenn ihnen grobe Fahrlässigkeit oder Vorsatz nachgewiesen werden kann. [...]

Der EU-Abgeordnete René Repasi (SPD) wirft der Bundesregierung vor, damit eines der wichtigsten Instrumente des EU-Lieferkettengesetzes praktisch aushöhlen zu wollen. Es sei quasi unmöglich, einem Unternehmen nachzuweisen, dass es Kenntnis von Menschenrechtsverletzungen etwa bei der Gewinnung von Rohstoffen am Anfang der Lieferkette hatte und dies bewusst ignoriert hat, so Repasi. [...]

Selbst bei einigen der größten Katastrophen der vergangenen Jahre waren im Vorfeld Zertifikate ausgestellt worden. Offiziell geprüft war zum Beispiel auch das Gebäude der Textilfabrik Rana Plaza in Bangladesch, das 2013 einstürzte. Mehr als 1.000 Menschen starben, die Gebäudesicherheit war kurz zuvor bescheinigt worden. [...]

Die EU-Kommission will Unternehmen zukünftig dazu verpflichten, in ihren Lieferketten genau zu ermitteln, wo Risiken etwa für schwerwiegende Menschenrechtsverletzungen bestehen. Da, wo das Risiko besonders hoch ist, sollen die Unternehmen handeln.

Die Bundesregierung aber schlägt nun eine entscheidende Veränderung für diese Risikoanalyse vor. Demnach sollen vor allem solche Risiken eine Rolle spielen, auf die die Unternehmen auch „Einflussvermögen“ haben. Damit könnten die Risikoanalysen weitgehend ins Leere laufen. Denn werden Risiken „zunächst unbeachtet gelassen“, sollen daraus resultierende Schäden „als nicht vorhersehbar und unvermeidbar“ gelten. Die Folge: Für solche unvorhersehbaren Risiken müssten die Unternehmen dann auch nicht haften.

Lara Straatmann/Julia Regis, EU-Lieferkettengesetz: „Zahnloser Papiertiger“?, in: Tagesschau.de, Hamburg: NDR, 27.10.2022, https://www.tagesschau.de/investigativ/monitor/lieferketten-105.html (Zugriff: 24.11.2022)

1 Beschreiben Sie den Zusammenhang zwischen den Fabrikbränden in Asien und dem geplanten EU-Lieferkettengesetz (M4).

2 Erklären Sie, was unter der „Safe-Harbour-Klausel“ (M4, Z. 26) zu verstehen ist.

3 Erläutern Sie die Kritik, die an der Bundesregierung geübt wird (M4).

4 **Wählen Sie eine Aufgabe aus:**

a) Erörtern Sie Vor- und Nachteile eines Lieferkettengesetzes für die Unternehmen. HILFE

b) Erörtern Sie Vor- und Nachteile eines Lieferkettengesetzes für die Verbraucher. HILFE

Unternehmen im internationalen Wettbewerb

Internationale Wettbewerbsfähigkeit von Unternehmen

Mit internationaler Wettbewerbsfähigkeit wird die **Stellung von Unternehmen auf dem Weltmarkt** bezeichnet. Unternehmen, die über eine hohe Wettbewerbsfähigkeit verfügen, gelingt es, sich mit ihrem Angebot auf dem Weltmarkt gegenüber ihren Mitbewerbern zu behaupten und ihre Produkte kostendeckend und gewinnbringend zu verkaufen. Dies wird auch **Preis-Wettbewerbsfähigkeit** genannt. Um im internationalen Wettbewerb erfolgreich zu sein, spielen neben dem Preis aber noch weitere, **nicht preisliche Faktoren** eine wichtige Rolle, zum Beispiel die Qualität der Produkte oder die Lieferzuverlässigkeit des Unternehmens. Die **internationale Wettbewerbsfähigkeit einer ganzen Volkswirtschaft** setzt sich dann aus der Wettbewerbsfähigkeit der vielen einzelnen Unternehmen dieser Volkswirtschaft bzw. dieses Landes zusammen.

Die Attraktivität eines Wirtschaftstandortes für Unternehmen, sowohl innerhalb einer Volkswirtschaft als auch im internationalen Maßstab, wird insbesondere von den jeweils vorhandenen harten (leicht messbaren) und weichen (schwieriger messbaren) **Standortfaktoren** geprägt. Die Bedeutung der einzelnen Faktoren ist auch in Deutschland immer wieder ein Diskussionsthema.

Internationalisierungsstrategien von Unternehmen

Internationalisierung von Unternehmen heißt, dass diese auf ausländischen Märkten aktiv werden. Diese Aktivitäten können die Bereiche **Beschaffung**, **Produktion** und **Absatz** umfassen.

Um sich international aufzustellen, können Unternehmen unterschiedliche **Strategien** anwenden, angefangen beim Im- und Export von Rohstoffen, Fertigungsteilen o.Ä. über Kooperationen mit ausländischen Unternehmen bis hin zu Direktinvestitionen im Ausland in Form von Investitionen in neue Unternehmen oder Beteiligungen an vorhandenen Unternehmen sowie Fusionen (Zusammenschlüssen) und Übernahmen.

Zu den – je nach Branche und im Zeitverlauf variierenden – **Motiven für Auslandinvestitionen** von deutschen Industrieunternehmen zählen das Bestreben, Kosten zu sparen, die Erschließung neuer Absatzmärkte und der Aufbau von Vertriebs- und Kundendienststrukturen. Auch für das Land, in dem investiert wird, können sich dadurch Vorteile ergeben, da zum Beispiel neue Arbeitsplätze entstehen und sich möglicherweise weitere (Zulieferer-)Unternehmen ansiedeln.

Insbesondere ausländische Investitionen im Inland geraten allerdings auch immer wieder in die **Kritik**, vor allem im Hinblick auf die Gefahr, dass auf diesem Wege zu viel Wissen von Mitbewerbern übernommen und so die internationale Wettbewerbsfähigkeit deutscher Unternehmen geschwächt werden könnte. Zugleich liegen nach wie vor die Direktinvestitionen deutscher Unternehmen im Ausland über den ausländischen Direktinvestitionen in Deutschland und bilden damit einen wichtigen Faktor der Wettbewerbsfähigkeit.

Politische Rahmensetzungen für international agierende Unternehmen

Der **Staat** hat vielfältige Möglichkeiten, die Internationalisierungsstrategien von Unternehmen zu begleiten. Er kann sie **fördern**, um die heimischen Unternehmen und die eigene Wirtschaft zu unterstützen, er kann aber auch **Reglementierungen** vornehmen, wenn es um eigene politische und wirtschaftliche Interessen geht.

So gibt der Staat zum Beispiel **Investitionsgarantien** an Unternehmen, die im Ausland investieren wollen. Sie sollen die Unternehmen vor Verstaatlichungen schützen oder Investitionsrisiken abmildern. Durch politische Begleitung kann der Staat somit „Türöffner“ für Auslandsinvestitionen von Unternehmen sein. Gerade in krisenhaften Zeiten sind diese Garantien für Unternehmen eine wichtige Unterstützung.

Andererseits kann der Staat aber auch **Bedingungen** für international tätige Unternehmen stellen, um Unternehmensentscheidungen im Sinne seiner politischen Vorstellungen zu beeinflussen. So kann er die Berücksichtigung von Menschenrechtslagen bei Investitionsentscheidungen einbeziehen oder – wie im Fall des Lieferkettengesetzes – Unternehmen zur Beachtung von Menschenrechten sowie Umweltschutzvorgaben in ihren internationalen Lieferketten verpflichten.

2. Strukturen und Probleme des internationalen Handels

2.1 Dimensionen des internationalen Handels

BEGRIFF

Fachkonzepte
Wettbewerb
Kooperation
Internationale Beziehungen

M1 Was setzt ein Becher „Starbucks-Coffee“ voraus?

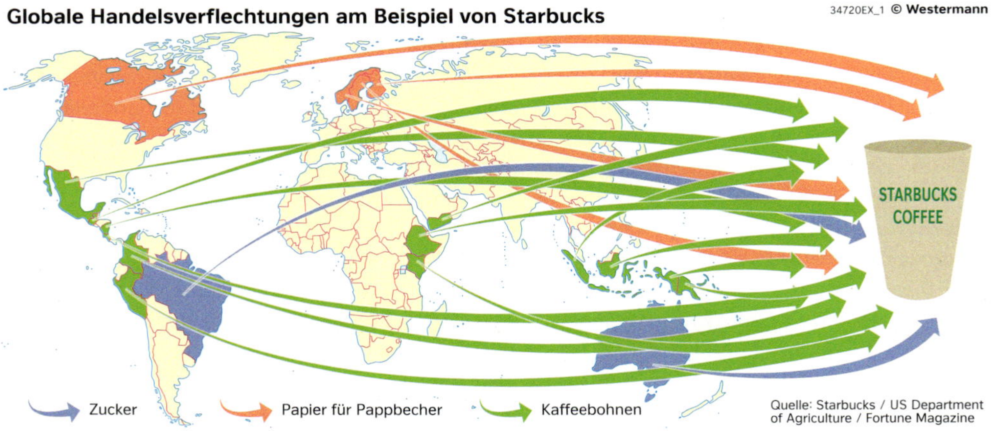

M2 Containerschiffe – Ermöglichung internationalen Handels

Ohne die Containerschifffahrt wäre der heutige Welthandel nicht möglich. Denn einfache, modulare und allgegenwärtige Container transportieren etwa 60 Prozent des gesamten Weltseehandels. Sie ermöglichen den Transport von Gütern von Tür zu Tür per Lkw, Bahn, Schiff und Hafen und haben ihn zum enormen Vorteil der Verbraucher billiger und einfacher denn je gemacht. […]
Während die Menge der im Container beförderten Güter von rund 102 Millionen Tonnen im Jahr 1980 auf rund 1,83 Milliarden Tonnen im Jahr 2017 gestiegen ist, haben die Schiffe ihre Kapazität ebenfalls erhöht. Zwischen 1980 und 2018 ist die Tragfähigkeit von Containerschiffen von rund 11 Millionen Tonnen auf rund 253 Millionen Tonnen gestiegen. Die Containerschifffahrt hat über 210 Milliarden Euro für den Kauf neuer Schiffe ausgegeben, die immer erstaunlichere Mengen an Containern transportieren können.

Heutiges Thema: Containerschifffahrt – Daten & Fakten, Baienfurt: Pfaff International GmbH, 02.12.2019, https://www.pfaffinternational.com/containerschifffahrt/ (Zugriff: 08.11.2022)

Massengutfrachter 1982 …

… und Containerschiff 2022

M3 Entwicklung des grenzüberschreitenden Warenhandels

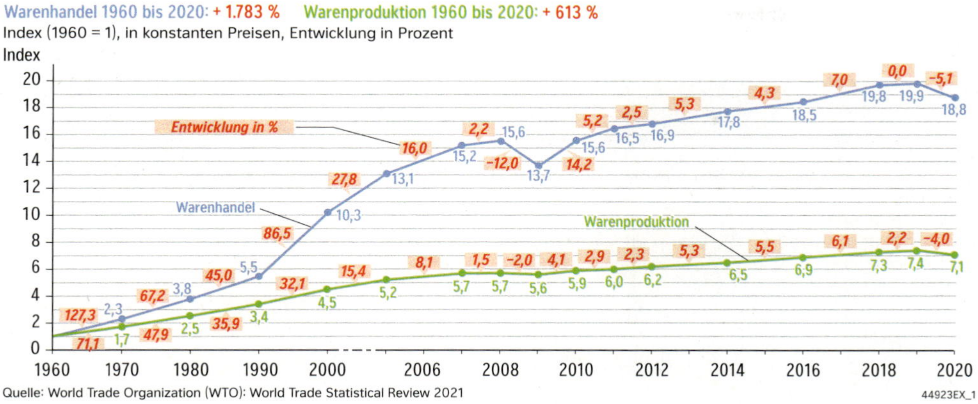

M4 Grenzüberschreitender Warenhandel heute

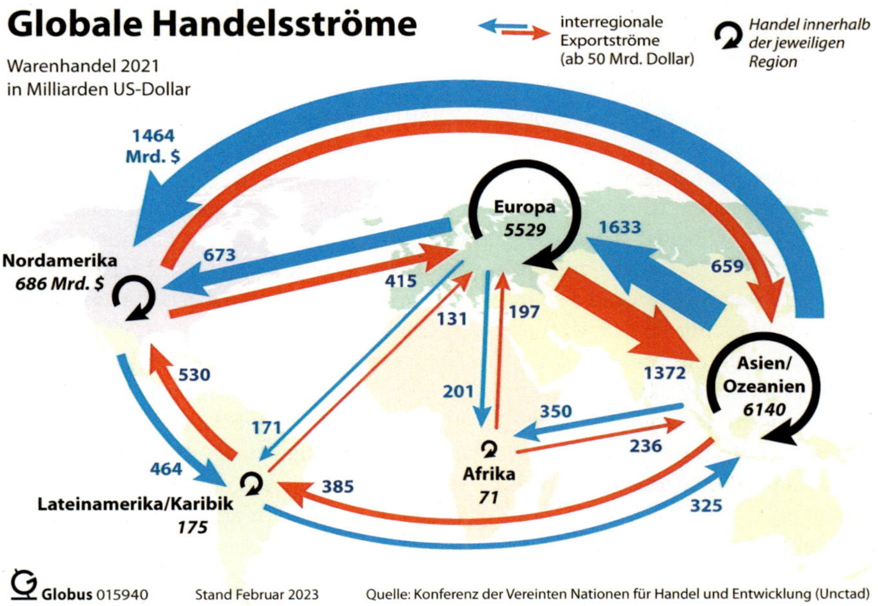

1 a) Formulieren Sie Ihre spontanen Eindrücke zu der Grafik M1.
b) Ermitteln Sie Länder und mögliche Transportmittel, die Ihnen den Kauf eines Bechers „Starbucks Coffee“ in Deutschland erlauben (M1).

2 Stellen Sie unter Rückgriff auf M2 den Beitrag der Containerschifffahrt zur Entwicklung des internationalen Handels dar.

3 Beschreiben Sie die Entwicklung des weltweiten Warenhandels und der weltweiten Warenproduktion (M3).

4 **Zusatzaufgabe:** Erklären Sie die unterschiedliche Entwicklung von Warenhandel und Warenproduktion.

5 Analysieren Sie die globalen sowie die innerhalb der Regionen stattfindenden Handelsströme (M4). HILFE

2.2 Internationaler Handel – wirtschaftlich attraktiv?

BEGRIFF

Fachkonzepte
Wettbewerb
Internationale Beziehungen

M 1 Ein gleichwertiges Obstangebot?

M 2 Der Nutzen internationaler Arbeitsteilung

Adam Smith (1723–1790), schottischer Moralphilosoph und Begründer der Nationalökonomie

Ein Familienvater, der weitsichtig handelt, folgt dem Grundsatz, niemals etwas herzustellen zu versuchen, was er sonst wo billiger kaufen kann. So sucht der Schneider, seine Schuhe nicht selbst zu machen, er kauft sie vielmehr vom Schuhmacher. Dieser wiederum wird nicht eigenhändig seine Kleider nähen, sondern lässt sie vom Schneider anfertigen. Auch der Bauer versucht sich weder an dem einen noch an dem anderen, er kauft beides jeweils vom Handwerker. Alle finden, dass es im eigenen Interesse liegt, ihren Erwerb uneingeschränkt auf das Gebiet zu verlegen, auf dem sie ihren Nachbarn überlegen sind, und den übrigen Bedarf mit einem Teil ihres Erzeugnisses oder, was dasselbe ist, mit dem Erlös daraus zu kaufen.

Was aber vernünftig im Verhalten einer einzelnen Familie ist, kann für ein mächtiges Königreich kaum töricht sein. Kann uns also ein anderes Land eine Ware liefern, die wir selbst nicht billiger herzustellen imstande sind, dann ist es für uns einfach vorteilhafter, sie mit einem Teil unserer Erzeugnisse zu kaufen, die wir wiederum günstiger als das Ausland herstellen können. [...]

Die Vorteile, die ein Land von Natur aus gegenüber einem anderen in der Produktion einzelner Waren besitzt, sind mitunter so groß, dass es, wie alle Welt weiß, vergeblich wäre, ihm hierin Konkurrenz machen zu wollen. In Treibhäusern, Mistbeeten und mit erwärmtem Mauerwerk lassen sich auch in Schottland recht gute Trauben ziehen und daraus auch sehr gute Weine keltern, nur würden sie etwa dreißigmal so viel kosten wie ein zumindest gleich guter aus dem Ausland. Wäre es also sinnvoll, jegliche Einfuhr von ausländischem Wein durch Gesetz zu verbieten, nur um den Anbau von Klarett und Burgunder in Schottland anzuregen?

Wenn es mithin gleichsam offenkundiger Unsinn sein würde, für die Erzeugung einzelner Produkte das Dreißigfache an Kapital und Arbeitskräften umzulenken und aufzuwenden, was sonst nötig wäre, um die erwünschten Waren im Ausland in gleicher Menge zu kaufen, so muss es auch Torheit sein, wenn auch eine nicht ganz so augenfällige, so doch eine von genau der gleichen Art, für jede andere Investitionen ein Dreißigstel oder auch nur ein Dreihundertstel mehr Kapital und Arbeitskräfte umzulenken und zu verwenden. Es spielt in dieser Hinsicht keine Rolle, ob es sich um natürliche oder erworbene Vorteile handelt, die ein Land gegenüber einem anderen besitzt. Solange es dem anderen überlegen ist, ist es für Letzteres immer vorteilhafter, Waren, die es braucht, zu kaufen, anstatt sie selbst herzustellen.

Adam Smith, Der Wohlstand der Nationen, hrsg. v. Horst Claus Recktenwald, München: dtv, 1978, S. 371 ff.

INFO

Klarett
mit Gewürzen und Zucker gesüßter Wein

Burgunder
Wein aus dem Anbaugebiet Burgund in Frankreich

F

Erklärfilm: Gründe für Welthandel

M3 Autarkie – Gegenmodell zum internationalen Handel

Das griechische Wort Autarkie beschreibt den Zustand, dass sich eine Volkswirtschaft komplett selbst versorgen kann. Alle benötigten Ressourcen werden aus Eigenproduktion gewonnen, auf den Außenhandel wird vollständig verzichtet.

Als volkswirtschaftliche Theorie hat die Autarkie ihren Ursprung erst Anfang des 20. Jahrhunderts. Sie wurde als Reaktion auf den sich verbreitenden Wirtschaftsliberalismus entworfen und sieht vor, dass sich einzelne Nationalstaaten komplett selbst versorgen. Ziel ist die vollständige wirtschaftliche Unabhängigkeit, sodass auf Im- und Exporte vollständig verzichtet werden kann. [...] Die vollständige Herstellung von Autarkie ist kaum möglich. Moderne Volkswirtschaften sind auf Bodenschätze wie Öl, Gas, Holz oder Edelmetalle angewiesen, um zu funktionieren. [...]

Als einziger heutiger Staat versucht Nordkorea, die Autarkie zu erreichen, und hat dies als Staatsziel proklamiert. Faktisch kann diese jedoch nicht gegeben sein. Im Gegenteil, ohne die regelmäßigen Nahrungslieferungen aus Südkorea oder China wäre ein Großteil der Bevölkerung Nordkoreas bereits verhungert.

Autarkie, in: Rechnungswesen, BWL & VWL Lexikon, Garmisch-Partenkirchen: Rechnungswesen-verstehen.de, http://www.rechnungswesen-verstehen.de/lexikon/autarkie.php (Zugriff: 08.11.2022)

GLOSSAR

Staat
Volkswirtschaft

M4 Internationale Arbeitsteilung am Beispiel Laptops

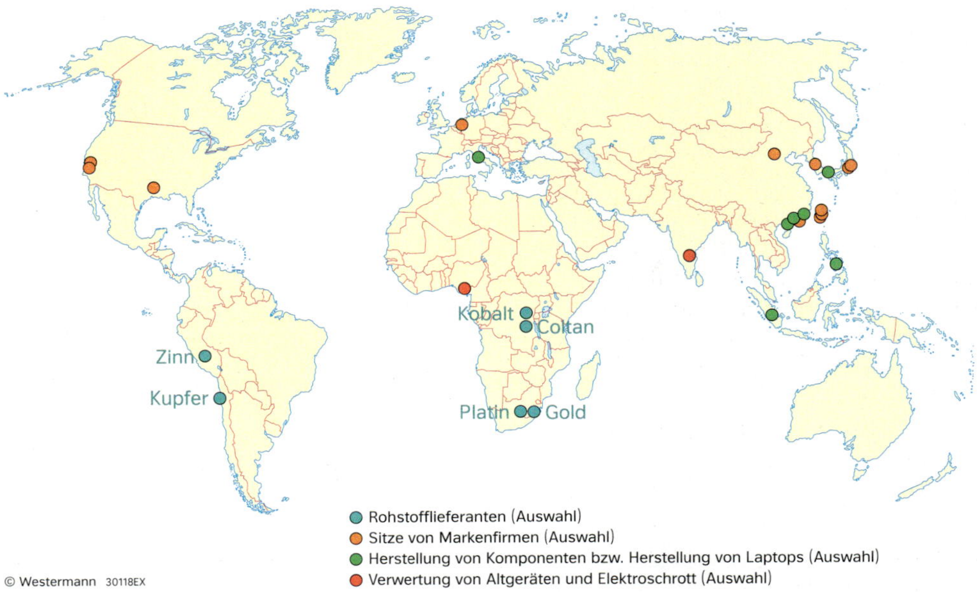

1 Vergleichen Sie die beiden Obstangebote (M1) hinsichtlich ihrer Vielfalt, der Herkunftsorte ihrer Produkte und ihrer Attraktivität.

2 Fassen Sie die Argumentation zusammen, mit der Adam Smith die internationale Arbeitsteilung und den internationalen Handel begründet (M2). HILFE

3 **Zusatzaufgabe:** Arbeiten Sie aus M3 heraus, mit welchen Schwierigkeiten ein Land rechnen muss, das wirtschaftliche Autarkie anstrebt.

4 Analysieren Sie die Herstellung von Laptops unter dem Gesichtspunkt internationaler Arbeitsteilung (M4).

5 **Zusatzaufgabe:** Überprüfen Sie, ob es für Deutschland sinnvoll wäre, Laptops autark herzustellen.

2.3 Wie lässt sich der Nutzen des internationalen Handels theoretisch erklären?

BEGRIFF

Fachkonzepte
Wettbewerb
Kooperation
Internationale Beziehungen

M1 Eine verzwickte ökonomische Situation

Stellen Sie sich ein Land vor. Seine Produkte sind im Verhältnis zu den Produkten anderer Länder sehr teuer. Sollte dieses Land dennoch versuchen, Produkte zum Handelstausch anzubieten, oder sollte es sich wegen Aussichtslosigkeit vom internationalen Handel abkoppeln?

Autorentext

M2 Lohnt sich der Handel mit einem unproduktiven Land?

Michael Goodwin/Dan E. Burr, Economix: Wie unsere Wirtschaft funktioniert (oder auch nicht) Berlin: Jacoby & Stuart, 2013

M3 Klassische Außenhandelstheorien – Adam Smith und David Ricardo

Der Vorteil des internationalen Austauschs liegt auf der Hand, wenn es sich um Güter handelt, die jeweils nur in einem Land vorkommen. Man spricht hier von Nicht-Verfügbarkeiten. Die Ursache ist eine unzureichende Menge oder Qualität der benötigten Produktionsfaktoren im betreffenden Land. Aufgrund unterschiedlicher Beschaffenheit des Faktors Boden, zu dem auch Klima und Rohstoffausstattung zählen, können einige Staaten manche Güter nicht selbst herstellen oder anbieten, Beispiele sind Erdöl oder tropische Früchte. Solche natürlichen Produktionsvoraussetzungen sind, wenn überhaupt, nur mit großem Kostenaufwand zu verändern. So müssten beispielsweise erst Gewächshäuser gebaut werden, um Bananen in Deutschland anbauen zu können.

Absolute Kostenvorteile

Aber auch wenn zwei Länder die gleichen Güter produzieren können, beispielsweise Kohle und Weizen, liegen oft erhebliche absolute Kostenunterschiede bei der Herstellung vor (bedingt zum Beispiel durch unterschiedliche Abbautiefen oder Klimazonen). Dann ist es für jedes der Länder von Vorteil, sich auf das Gut zu spezialisieren, bei dem es absolute Kostenvorteile aufweist, und einen Teil seiner Produktion zu exportieren sowie das im Inland nur sehr viel teurer herstellbare andere Gut zu importieren. Beide Staaten transferieren dadurch Produktionsfaktoren aus den jeweiligen kostenmäßig unterlegenen Bereichen in diejenigen, in denen sie Kostenvorteile haben. Auf diese Weise kann die Gesamtproduktion beider Länder gesteigert werden, was einen Wohlfahrtsgewinn darstellt. Bereits der Gründervater der Nationalökonomie, der schottische Philosoph Adam Smith (1723–1790), hat diese Vorteile der Spezialisierung durch internationale Arbeitsteilung 1776 in einem anschaulichen Beispiel begründet. [...]

Komparative Kostenvorteile

Wie aber, wenn in einer Ausgangssituation ohne Handel zwischen zwei Ländern A und B das Land B alle Güter kostengünstiger herstellen kann als A? Dann gibt es doch – jedenfalls für B – keinen Anreiz, mit A zu handeln? Dennoch beobachten wir, dass Staaten wie Deutschland und Polen intensiven Handel betreiben, obwohl die meisten Güter in Polen billiger hergestellt werden könnten. Eine Antwort auf diese Frage fand der englische Nationalökonom David Ricardo (1772–1823) mit dem Theorem der komparativen Kostenvorteile. Angenommen, Polen kann sowohl Stahl als auch Kraftfahrzeuge günstiger herstellen als Deutschland. Polens Kostenvorteil bei der Stahlproduktion ist allerdings deutlich größer als im Falle von Autos. Dann lohnt es sich für beide Länder, wenn sich Polen auf Stahl und Deutschland auf Autos spezialisiert und beide Staaten das jeweils andere Gut im Nachbarland einkaufen. Die Vorteilhaftigkeit der internationalen Arbeitsteilung beruht in diesem Fall auf komparativen Kostenunterschieden aufgrund von unterschiedlichen Produktivitätsrelationen zwischen den beiden Ländern bei der Herstellung der beiden Produkte.

GLOSSAR

Produktionsfaktoren

QUERVERWEIS

Adam Smith
S. 108, M2

David Ricardo (1772–1823), britischer Wirtschaftswissenschaftler

Die Ausnutzung komparativer Kostenvorteile

		Stahl (Wertschöpfung in Mio. Euro/Monat)	Kraftfahrzeuge (Wertschöpfung in Mio. Euro/Monat)	Gesamtwertschöpfung (in Mio. Euro/Monat)
Keine Arbeitsteilung und kein Handel	Polen	120	100	220
	Deutschland	70	90	160
				380
Arbeitsteilung und Handel	Polen	240	0	240
	Deutschland	0	180	180
				420

Klaus-Peter Kruber u. a., Theoretische Grundlagen des internationalen Handels, in: Informationen zur politischen Bildung, Bonn: Bundeszentrale für politische Bildung, 27.08.2008, https://www.bpb.de/shop/zeitschriften/izpb/8194/theoretische-grundlagen-des-internationalen-handels/ (Zugriff: 08.11.2022) (verändert = ergänzt um ein Beispiel)

F

Erklärfilm: Das Modell des Produktlebenszyklus

M4 Moderne Außenhandelstheorie I – Produktlebenszyklus-Theorie

Der Produktlebenszyklus

©Westermann 13721EX_5

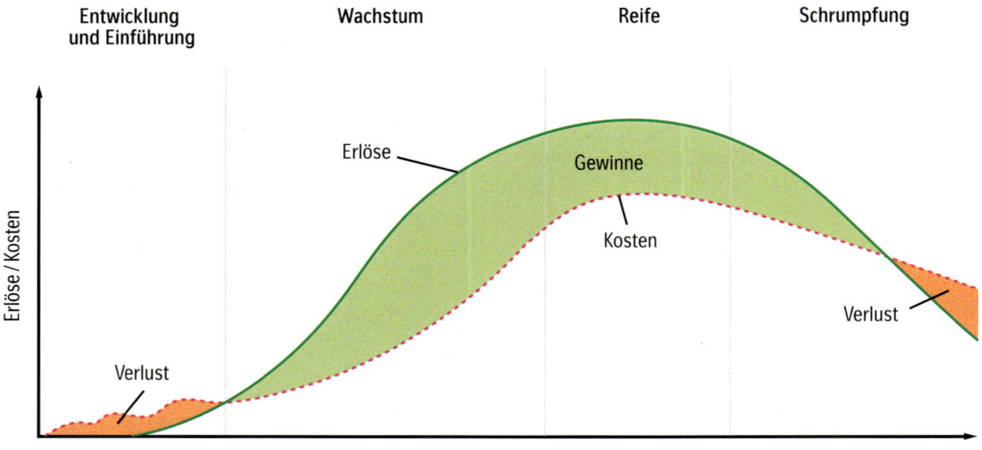

Quelle: Elmar Kulke, Wirtschaftsgeographie, 5. Aufl., Paderborn: Schöningh, 2013 (verändert)

Eine zeitraumbezogene Betrachtung (dynamisches Modell) entwickelte der Amerikaner Raymond Vernon (1913–1999) mit der Produktlebenszyklus-Theorie der internationalen Arbeitsteilung. Ausgangspunkt des Modells ist die Betrachtung des Lebenszyklus eines neuen Produktes. Typischerweise durchläuft ein Produkt mehrere Phasen, in denen sich seine Produktionsfunktion, der Produktionsstandort und der Absatzmarkt in bestimmter Weise verändern. Die Theorie geht davon aus, dass verschiedene Länder je nach ihrer Faktorausstattung komparative Vorteile in verschiedenen Phasen des Zyklus aufweisen. Unterschieden werden dabei die Innovationsphase, die Ausreifungsphase und die Sättigungsphase eines Produkts. Die Argumentation lautet vereinfacht wie folgt: Da Innovationen kapital- und know-how-intensiv sind, erfolgen sie hauptsächlich in den hoch entwickelten Industrieländern. In der Innovationsphase ist das technologisch anspruchsvolle neue Produkt zunächst nur auf dem Inlandsmarkt präsent, es wird technisch entwickelt und neue Anwendungen werden erschlossen. In der Ausreifungsphase steigen die Produktions- und Absatzzahlen.

Mit zunehmender Standardisierung der Produktion wird es möglich, die Herstellungskosten durch Massenproduktionsvorteile zu senken. Die Forschungs- und Entwicklungsarbeit an dem Produkt verliert an Bedeutung. Durch günstige Preise können neue Käuferschichten erschlossen werden, und die inzwischen entstandenen Kapazitäten stehen für Exporte ins Ausland zur Verfügung. Oft ist es bereits in dieser Phase lohnend, auch Teile der Produktion ins Ausland zu verlagern. Dies geschieht durch Errichtung von eigenen Unternehmen oder die Beteiligung an ausländischen Firmen (Direktinvestitionen). Auf diese Weise oder durch Lizenzvergabe gelangt die Technologie ins Ausland. Auch beginnen Firmen in Importländern, die Technologien zu kopieren und nicht selten illegal Imitate zu erstellen.

In der letzten Phase des Lebenszyklus sind die Märkte im Wesentlichen gesättigt, die Technologie ist standardisiert und stellt geringe Anforderungen an die Qualifikation von Arbeitskräften. Entwicklungsländer besitzen in dieser Phase komparative Kostenvorteile. Sie produzieren über den eigenen Markt hinaus und beginnen ihrerseits zu exportieren, darunter auch in das ursprüngliche Innovationsland. Von den verbliebenen Produzenten im Innovationsland, die der Konkurrenz aus den Niedriglohnländern nicht gewachsen sind, wird der Ruf nach Protektion laut. Häufig werden sie von den ausländischen Anbietern vom Markt verdrängt. Ein Beispiel ist die Verlagerung der Textil- und Lederindustrie in Entwicklungsländer: Waren 1970 noch 379.000

INFO

Faktorausstattung
Ausstattung mit den Produktionsfaktoren Boden, Kapital und Arbeit

Arbeitskräfte in Deutschland in der Textilindustrie beschäftigt, betrug ihre Zahl 2007 nur noch 88.000.
Der Produktlebenszyklus erklärt, dass hoch entwickelte Industrieländer sich mit ihren Exporten auf innovative Produkte spezialisieren, die – verglichen mit späteren Phasen – qualifikationsintensiv erstellt werden. Unter den Importen dieser Staaten finden sich „ältere" Produkte, die sie einst selbst hergestellt haben, bei denen standardisierter Kapitaleinsatz gegenüber der Qualifikationsintensität zugenommen hat. Ein Beispiel ist die Werftindustrie: Während Frachtschiffe und Tanker aus Korea und China importiert werden, haben sich die deutschen Werften vom Standardschiffbau völlig verabschiedet und sich auf Kreuzfahrtschiffe und Luxusyachten sowie hochkomplexe U-Boote und Korvetten konzentriert. Dementsprechend sank auch in der Werftindustrie die Beschäftigtenzahl von 72.000 im Jahr 1975 auf 15.000 im Jahr 2007.

Klaus-Peter Kruber u. a., Theoretische Grundlagen des internationalen Handels, in: Informationen zur politischen Bildung, Bonn: Bundeszentrale für politische Bildung, 27.08.2008 (siehe M3)

M5 Moderne Außenhandelstheorie II – Theorie des intraindustriellen Handels

Die bisherigen Erklärungsansätze gehen von einer Spezialisierung der Länder entsprechend den komparativen Kostenunterschieden der gehandelten Güter aus. Der größte Teil des Handels der Industrieländer untereinander lässt sich damit aber heute kaum erklären. Immer bedeutender wird der Handel mit vergleichbaren Gütern derselben Art, die sowohl im- als auch exportiert werden (intraindustrieller Handel). Dieser Handel konzentriert sich vor allem auf entwickelte Länder mit ähnlicher Wirtschaftsstruktur; hier macht er häufig über zwei Drittel des gesamten Außenhandels aus.
Wesentliche Ursachen sind subjektive Vorlieben (Präferenzen) der Nachfrager und Produktdifferenzierung seitens der Anbieter. Durch technische oder ästhetische Modifikationen, begleitet von Werbung und anderen Marketingmaßnahmen, versuchen Anbieter, ihr Produkt von anderen abzuheben und das Interesse der Nachfrager auf sich zu ziehen. Ziel ist es, Marktsegmente zu schaffen und mit der eigenen Marke zu besetzen. Kaufkräftige und anspruchsvolle Konsumenten schätzen ein differenziertes Angebot, das ihnen vielfältige Auswahlmöglichkeiten eröffnet: Neben deutschen Käsesorten kaufen einheimische Kunden auch französischen oder italienischen Käse, viele deutsche Autokäufer schätzen Renault oder Fiat, und zahlreiche französische Autofahrer entscheiden sich für Volkswagen oder BMW.

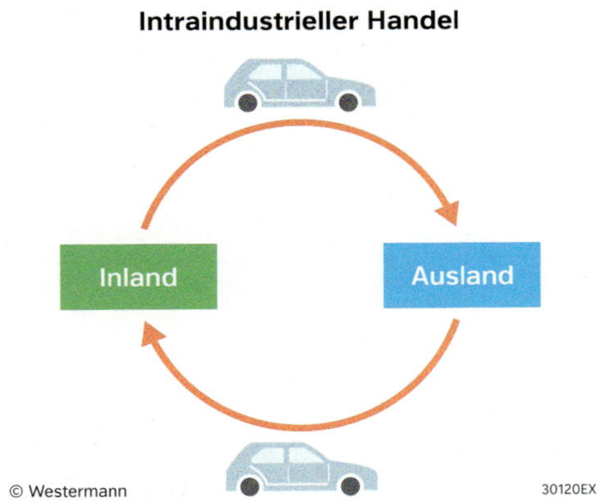

Klaus-Peter Kruber u. a., Theoretische Grundlagen des internationalen Handels, in: Informationen zur politischen Bildung, Bonn: Bundeszentrale für politische Bildung, 27.08.2008 (siehe M3)

1 Diskutieren Sie die „verzwickte ökonomische Situation" (M1).
2 Stellen Sie die im Comic (M2) präsentierten Überlegungen Bild für Bild dar. **HILFE**
3 Erklären Sie die Funktionsweise der absoluten und komparativen Kostenvorteile (M3).
4 Erklären Sie den internationalen Handel mithilfe der Produktlebenszyklus-Theorie und der Theorie des intraindustriellen Handels (M4 und M5).
5 **Zusatzaufgabe:** Überprüfen Sie, ob die klassische Außenhandelstheorie durch die neuen Außenhandelstheorien widerlegt worden ist.

2.4 Die Welthandelsorganisation (WTO) – reformbedürftig?

BEGRIFF

Fachkonzepte
Internationale Beziehungen
Wettbewerb
Menschenrechte

GLOSSAR

Welthandels-organisation

Sitz der WTO in Genf

M 1 Eine zutreffende Sicht auf den Welthandel?

„Der Welthandel wird von den Starken betrieben, und er arbeitet gewöhnlich gegen die Schwachen."

Henry Ward Beecher (1813–1887), Proverbs from Plymouth Pulpit, 1887

Zitiert nach: Aphorismen.de, hrsg. v. Thomas Schefter, Forst, https://www.aphorismen.de/zitat/114124 (Zugriff: 08.11.2022)

M 2 Die WTO – Hüterin des freien internationalen Handels

WTO
World Trade Organization
Welthandelsorganisation
– 164 Mitgliedstaaten –

Ziele
Förderung des Welthandels durch ...
- eine größtmögliche Transparenz bezüglich der Handelspolitiken ihrer Mitglieder
- die Vereinbarung, Einhaltung und Überwachung von gemeinsamen multilateralen Handelsregeln
- die fortwährende Liberalisierung des Welthandels mittels Senkung bzw. Abschaffung von Zöllen und anderen Handelshemmnissen sowie einer Vereinfachung der Zollverfahren
- die besondere Berücksichtigung der Entwicklungsinteressen der ärmeren und ärmsten Mitglieder

Grundprinzipien

Meistbegünstigungsprinzip
Durch das Prinzip der Meistbegünstigung sind WTO-Mitglieder verpflichtet, die Vorteile, die sie einem Handelspartner einräumen, auch jedem anderen WTO-Mitglied zu gewähren.

Inländergleichbehandlung
Ausländische und inländische Unternehmen, Waren und Dienstleistungen müssen gleichbehandelt werden. Das Abkommen verbietet damit nicht, dass die Mitglieder ihre eigene Wirtschaft gegen ausländische Konkurrenz schützen. Allerdings muss dieser Außenschutz gleiche Wirkung für alle haben. Jede andere Art der Diskriminierung ausländischer Güter und Dienstleistungen – etwa durch Anwendung interner Rechtsvorschriften – soll so verhindert werden.

Prinzip der Gegenseitigkeit (Reziprozität)
Das Prinzip der Reziprozität findet besonders bei Verhandlungen über den Zollabbau Anwendung: Gewährt ein Land A einem Land B Vorteile, so sollen diese gegenseitig sein. Land B soll also Land A die gleichen Vergünstigungen gewähren.

Transparenz
Die von WTO-Mitgliedern angewendeten Regelungen und Beschränkungen des Außenhandels sollen für Mitglieder transparent dargestellt werden. Daher sollten die Regelungen für alle einsehbar veröffentlicht und Veränderungen dem WTO-Sekretariat mitgeteilt werden.

Allgemeine Ausnahmebestimmungen
Die Prinzipien der Meistbegünstigung, Gleichbehandlung und Gegenseitigkeit sind zugeschnitten auf den Handelsverkehr zwischen Ländern ähnlichen Entwicklungsstandes. Im Verkehr zwischen Industriestaaten und Entwicklungsländern kann aber die rechtliche Gleichbehandlung aufgrund der tatsächlichen Unterschiede zu unerwünschten Ergebnissen führen. Deshalb lässt das WTO-Recht Ausnahmen von diesen Prinzipien zu, um die Entwicklung der schwächeren Volkswirtschaften nicht zu gefährden.

Seit ihrer Gründung 1995 ist die Welthandelsorganisation (World Trade Organization – WTO) das zentrale Forum für die Förderung des internationalen Handels. Eine ihrer wichtigsten Aufgaben ist die Beilegung von Handelskonflikten. Zu ihren zentralen Zielen gehört die Liberalisierung des Welthandels. Dies soll durch den Abbau von Zöllen und nichttarifären Handelshemmnissen (wie z.B. Einfuhrkontingenten, Exportsubventionen, technischen Normen, Vereinbarungen über freiwillige Exportbeschränkungen) geschehen. Die Mitglieder der WTO decken weit über 90 % des Welthandels ab.

Autorentext

M3 Sollte die WTO ihren Charakter ändern?

Seit vielen Jahren stehen die Bemühungen um eine weitere Liberalisierung des Welthandels und einen freieren Dienstleistungsverkehr im Schussfeld der Kritik sogenannter globalisierungskritischer Nichtregierungsorganisationen (NGO). [...].

Seit der „Schlacht von Seattle" im Jahr 1999 verstummen die Vorwürfe gegenüber der Welthandelsorganisation (WTO) nicht mehr. Diese übersehe die tatsächlichen Auswirkungen des grenzüberschreitenden Handels auf das Leben und die Gesundheit der Menschen, Tiere und Pflanzen, sie trage den Wechselwirkungen zwischen Wirtschaft, Arbeit und sozialer Sicherheit nicht Rechnung und zerstöre durch die Öffnung und Liberalisierung der Märkte die Umwelt.
Ob die gesellschaftspolitischen Fragestellungen ins Pflichtenheft der WTO gehören und, wenn ja, in welcher Form diese Probleme angegangen werden sollen, darüber gehen die Meinungen der Politiker sowie der Vertreter von Wirtschaft und Wissenschaft auseinander. [...]

Die WTO als reine Handelsorganisation
Die Befürworter der „reinen Handelsorganisation" schlagen vor, die WTO in ihrer bisherigen, hauptsächlich auf den Handel ausgerichteten Form zu belassen. Gesundheits-, Arbeits- und Umweltschutzpolitik ist aus ihrer Sicht Sache der Nationalstaaten und der speziell dafür geschaffenen internationalen Organisationen wie beispielsweise der Internationalen Arbeitsorganisation (ILO). [...]
Für eine Trennung von Handels- und Gesellschaftspolitik setzen sich vor allem Vertreter der Entwicklungsländer ein. Zusätzliche Gesundheits-, Sozial- und Umweltschutzvorschriften würden [...] die wirtschaftlich schwachen Staaten um ihre Kostenvorteile bringen und eine Wettbewerbseinbuße gegenüber den Industrieländern bedeuten. [...]

Die WTO als Organisation für Handel und Soziales
Die [...] Reformvariante sieht die WTO als ein Vertragswerk, das in Ergänzung zum internationalen Handel auch Fragen der Gesundheit, der sozialen Sicherheit und des Umweltschutzes regelt, als ein Vertragswerk, in dem Handel und gesellschaftspolitische Fragen rechtlich gleichrangig nebeneinanderstehen. Die Verfechter dieser Variante [...] sind überzeugt, eine weltweite Sozialordnung, die allen Menschen soziale Sicherheit garantiert, sei aus moralisch-ethischen Erwägungen unverzichtbar und daher auf internationaler Ebene zu realisieren. [...]
[Die] Reformvariante [...] mag aus völkerrechtlicher Sicht logisch und machbar erscheinen. Ob der Vorschlag politisch und institutionell realisierbar ist, ist eine andere Frage. [...] Mit dem Einbezug der Gesundheits-, Sozial- und Umweltschutzpolitik würde sich die WTO einem Erwartungsdruck vonseiten der NGO und Verbrauchergruppen aussetzen, dem sie kaum gewachsen wäre, auf jeden Fall so lange nicht, als sie sich prioritär für einen freien und offenen Handel einsetzt.

Überlegungen zu Reformmöglichkeiten für die WTO, in: Neue Zürcher Zeitung online, 13.05.2005, https://www.nzz.ch/articleCMZ56-ld.344280 (Zugriff: 08.11.2022)

GLOSSAR

Nichtregierungsorganisation

INFO

„Schlacht von Seattle"
Großdemonstrationen im amerikanischen Seattle gegen die sozialen Auswirkungen des von der WTO geförderten freien Handels

1 Nehmen Sie spontan Stellung zu dem Zitat in M1.

2 Stellen Sie die Ziele und Grundprinzipien der WTO dar (M2).

3 Arbeiten die Argumente für und gegen eine Reform der WTO zu einer Organisation für Handel und Soziales heraus (M3).

4 **Wählen Sie eine Aufgabe aus:**
a) Nehmen Sie Stellung zu der Frage, ob die WTO ihren Charakter ändern sollte (M3).
b) Entwickeln Sie ein kurzes Streitgespräch zwischen zwei Vertretern der in M3 vorgestellten Positionen.

2.5 Freihandel oder Protektionismus?

BEGRIFF

Fachkonzepte
Wettbewerb
Gerechtigkeit

M1 Ein Gespräch auf dem Schulhof

Klara: „Neulich beim Shoppen habe ich T-Shirts entdeckt, die aus China stammen. Sie kosten nur drei Euro pro Stück. Ist das nicht toll?"

Sebastian: „Wirklich toll. Mein Vater hat im letzten Monat seinen Arbeitsplatz in der Textilfabrik verloren. Er sucht seitdem verzweifelt nach einer neuen Beschäftigung."

M2 Die Lage der deutschen Bekleidungsindustrie

a) Entwicklung der Umsätze und der Beschäftigtenzahl in der deutschen Bekleidungsindustrie von 2005 bis 2020

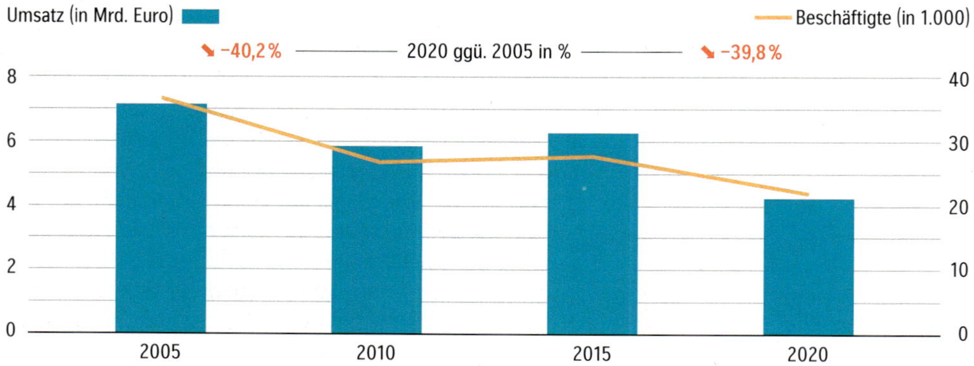

Quelle: Statistisches Bundesamt (Destatis), Wiesbaden, 2021

b) Wichtigste Importländer für Kleidung nach Deutschland 2021 (Einfuhrwert in Mio. Euro)

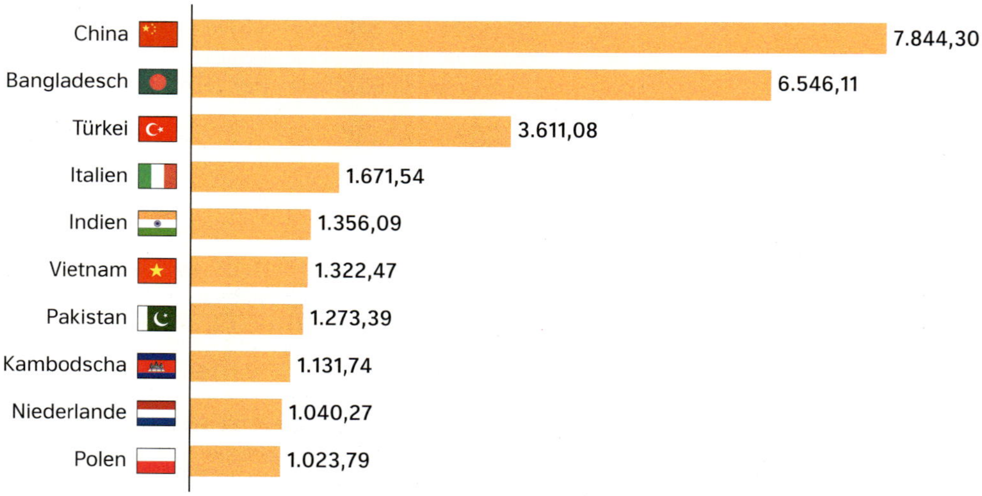

Quelle: Statistisches Bundesamt (Destatis), Wiesbaden, 2022

M3 Internationale Wirtschaftsbeziehungen zwischen Freihandel und Protektionismus

Die Geschichte der internationalen Wirtschaftsbeziehungen ist geprägt durch die Auseinandersetzung zwischen Vertretern des Freihandels und des Protektionismus. Erstere plädieren für den Abbau von Handelshemmnissen und die gegenseitige Öffnung der Märkte. Protektionisten befürworten den Schutz des heimischen Marktes durch Aufbau von Handelshemmnissen. In der Wirtschaftsgeschichte lassen sich Phasen unterscheiden, in denen mal das eine, mal das andere Prinzip stärker dominierte.

Im Zeitalter des Merkantilismus (16. bis 18. Jahrhundert) war die Außenhandelspolitik der europäischen Staaten beispielsweise geprägt vom Protektionismus. Mit der Industrialisierung und der Verbesserung des Transportwesens begann ab Ende des 18. Jahrhunderts eine Phase intensiver Ausdehnung des internationalen Handels. Vorreiter des Freihandels war zunächst England, die stärkste Wirtschaftsnation des 19. Jahrhunderts. [...]

Zwischen 1850 und 1880 setzte sich der Freihandel in Europa und Nordamerika weitgehend durch, der Welthandel erlebte bis zum Ersten Weltkrieg eine Blütezeit. Von 1914 bis 1945 dominierte wiederum der Protektionismus. Die beiden Weltkriege und die Weltwirtschaftskrise führten zu einem starken Rückgang des Handels, die Staaten schotteten sich gegeneinander ab, der Welthandel schrumpfte auf einen Bruchteil des Standes vor 1914. Nach dem Zweiten Weltkrieg ging die Initiative zur Wiederbelebung der Weltwirtschaft von den USA aus. Instrument der Handelsliberalisierung war das GATT bzw. ab 1995 die Welthandelsorganisation (WTO). Auch die Bildung regionaler Freihandelszonen hat zum Abbau von Zöllen und anderen Handelshemmnissen beigetragen. Bekanntestes Beispiel ist die wirtschaftliche Integration im Gemeinsamen Markt der Europäischen Union.

Allerdings erfasste auch in Zeiten verstärkter Liberalisierung die Tendenz zum Freihandel nicht alle Wirtschaftszweige gleichermaßen. Weltweit unbeschränkten Freihandel hat es nie gegeben. So haben die Industriestaaten bis heute ihren Agrarsektor stark untereinander und gegenüber den Entwicklungsländern abgeschottet, und auch in vielen anderen Wirtschaftszweigen werden Handelshemmnisse zäh verteidigt und neue eingeführt. Nicht nur in den Entwicklungsländern, sondern gerade auch in den Industrieländern, die gemeinhin zu den „Gewinnern" der Globalisierung gerechnet werden, lassen sich verstärkt Rufe nach Abschottung gegen „unfaire" Konkurrenz vernehmen.

Klaus-Peter Kruber u. a., Theoretische Grundlagen des internationalen Handels, in: Informationen zur politischen Bildung, Bonn: Bundeszentrale für politische Bildung, 27.08.2008, https://www.bpb.de/shop/zeitschriften/izpb/8194/theoretische-grundlagen-des-internationalen-handels/ (Zugriff: 08.11.2022)

QUERVERWEIS

WTO
S. 114, M2

INFO

GATT
General Agreement on Tariffs and Trade (Allgemeines Zoll- und Handelsabkommen)

Merkantilismus
Mit der merkantilistischen Wirtschaftspolitik wollten die absolutistischen Staaten ihre Staatseinnahmen erhöhen, indem sie den Export förderten und Importe mit Zöllen belegten.

INTERNET

WES-118484-221
Film: Einfach erklärt: Freihandel

WES-118484-222
Film: Einfach erklärt: Protektionismus

M4 Sollte mein Land seine Wirtschaft mehr gegen ausländische Wettbewerber schützen?

Ergebnis einer Umfrage in verschiedenen Ländern, 2018

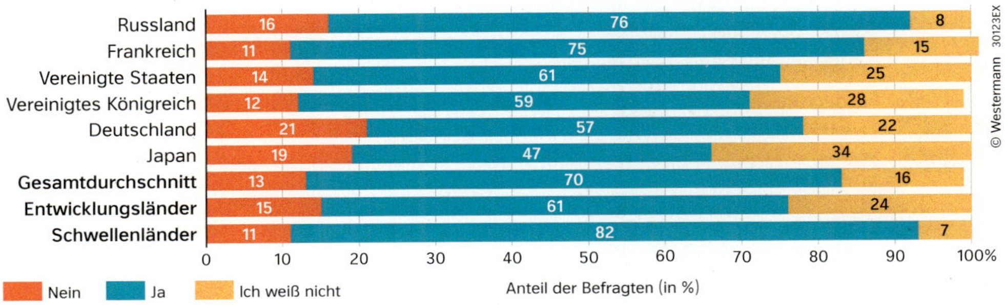

Quelle: Bertelsmann Stiftung, 2018

Details: Weltweit; YouGov; 30.01.2018 bis 14.02.2018; 14.831 Befragte weltweit; ab 18 Jahre; Online-Umfrage

M5 Instrumente zur Beschränkung des Freihandels

1. Tarifäre Handelshemmnisse	**Zölle:** Das Importland erhebt Gebühren auf die Einfuhr von Gütern. Dadurch kommt es zur Verteuerung dieser Güter in diesem Land. Auf diese Weise werden zugleich einheimische Anbieter der gleichen Güter gegen Konkurrenz aus dem Ausland geschützt.
2. Nichttarifäre Handelshemmnisse	**Regulatorische Vorschriften:** Das Importland wendet auf importierte Güter Vorschriften an, die auf den ersten Blick nicht als Handelshemmnisse erkennbar sind und dennoch den Handel behindern. Dies gilt etwa für Gesundheits- und Umweltvorschriften sowie technische Standards und Normen. Zur Diskriminierung ausländischer Anbieter kommt es dann, wenn deren Produkte spezielle und teure Zulassungsverfahren durchlaufen müssen, von denen einheimische Produzenten befreit sind.
	Kontingente: Die Einfuhr von Gütern wird auf eine bestimmte Menge begrenzt. Hierdurch sollen die Absatzchancen der heimischen Produzenten gesichert werden. Diese können dann ohne Furcht vor ausländischer Konkurrenz höhere Preise verlangen.
	Exportsubventionen: Der Staat subventioniert die Produktion bestimmter, für den Export gedachter Güter aus dem Staatshaushalt. Diese Güter sind dann im Ausland besonders preisgünstig und verdrängen dort einheimische Produkte vom Markt.
	Dumping: Produkte werden im Ausland zu Preisen verkauft, die nicht die Herstellungs- und Transportkosten decken. Dieses auf den ersten Blick ruinöse Verhalten zielt darauf ab, den Markt des Importlandes zu erobern. Ist dieses geschehen, werden die Preise stark angehoben. So lassen sich die anfänglichen Verluste rasch ausgleichen und auf Dauer hohe Gewinne erzielen.
	Einfuhr- und Ausfuhrverbote: Die Einfuhr unerwünschter Güter wird untersagt. Dies gilt beispielsweise für Drogen. Die Ausfuhr „sensibler“ Güter wird untersagt. Dies gilt etwa für Hightech-Produkte oder Güter, die der militärischen Geheimhaltung unterliegen.

Autorentext

M6 Wahrnehmungen von Freihandel und Protektionismus

London School of Economics and Political Science 2007 Coll Misc 0519-32

QUERVERWEIS

Materialien zur Vorbereitung des Positionenspiels/der Amerikanischen Debatte finden Sie auf S. 110–113, 116–118, 136–137.

1. Entwickeln Sie Hypothesen über den möglichen Zusammenhang der Aussagen in M1.
2. Erklären Sie die Lage der deutschen Bekleidungsindustrie (M2).
3. Fassen Sie das Wechselspiel von Freihandel und Protektionismus (M3) zusammen.
4. **Zusatzaufgabe:** Erklären Sie das Umfrageergebnis in M4.
5. **Zusatzaufgabe:** Nehmen Sie aus der Perspektive eines Anhängers des Freihandels Stellung zu den verschiedenen Handelshemmnissen in M5. HILFE
6. Vergleichen Sie die Situationen in M6 und die damit verbundenen Botschaften.
7. Führen Sie zur Frage „Was ist besser – Freihandel oder Protektionismus?“ ein Positionenspiel oder eine Amerikanische Debatte (siehe S. 119) durch .

Positionenspiel und Amerikanische Debatte

Die zwei folgenden Lernwege bieten sich an, wenn Sie kontroverse Fragen erörtern sollen, wie zum Beispiel die Frage, ob im Freihandel oder im Protektionismus mehr Vorteile liegen.

Positionenspiel

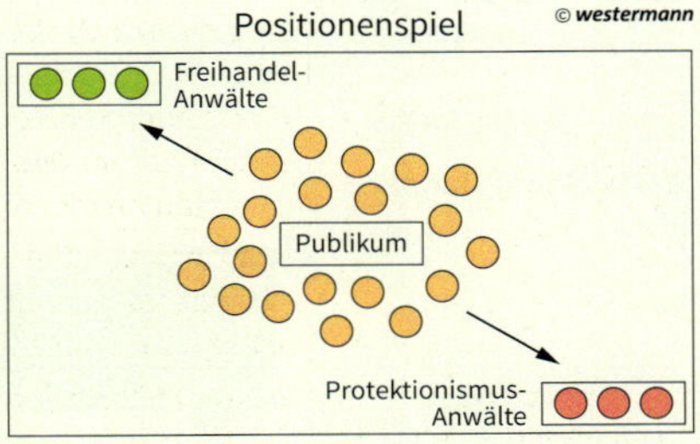

Schritt 1: Vorbereitung

- Bestimmen Sie jeweils drei Personen, die die Position „Freihandel" sowie die Position „Protektionismus" als Anwältinnen bzw. Anwälte vertreten. Die übrigen von Ihnen bilden das Publikum.
- Die Anwältinnen bzw. Anwälte bereiten sich intensiv darauf vor, ihre Position argumentativ zu vertreten, um das Publikum von ihrer jeweiligen Position zu überzeugen.
- Die übrigen Schülerinnen und Schüler bereiten sich auf beide Positionen vor.

Schritt 2: Durchführung

- Die Anwältinnen bzw. Anwälte positionieren sich an den gegenüberliegenden Seiten des Raumes. Das Publikum hält sich in der Raummitte auf.
- Legen Sie fest, welche Seite beginnen soll. Dann tragen die Anwältinnen bzw. Anwälte jeder Seite abwechselnd ihre Argumente vor.
- Je nach Zustimmung oder Ablehnung verändern die Mitglieder des Publikums ihren Stehplatz: Bewegen Sie sich auf eine Seite zu, heißt das Zustimmung. Bewegen Sie sich weg, bedeutet dies Ablehnung. Starke Zustimmung/Ablehnung zeigen Sie dadurch an, dass Sie sich weit von der Mitte entfernen und nahe bei der betreffenden Seite platzieren. Wer in der Mitte stehen bleibt, ist unentschlossen. Anhand der Bewegungen ist die Stärke jedes Arguments gut zu erkennen.
- Sind alle Argumente vorgetragen, müssen sich die Mitglieder des Publikums für eine der beiden Auffassungen entscheiden und sich entsprechend im Raum positionieren.

Schritt 3: Auswertung

Werten Sie das Spiel gemeinsam aus. Insbesondere die Mitglieder des Publikums haben hier Gelegenheit, ihre Reaktionen zu erläutern und zu begründen.

Amerikanische Debatte

Schritt 1: Vorbereitung

- Teilen Sie den Kurs in zwei Hälften: Die eine Hälfte von Ihnen sucht nach Argumenten für den Freihandel, die andere Hälfte nach Argumenten für den Protektionismus.
- Jede Seite bestimmt mehrere, am besten fünf Personen, die sich dann bei der Debatte am Tisch gegenübersitzen.

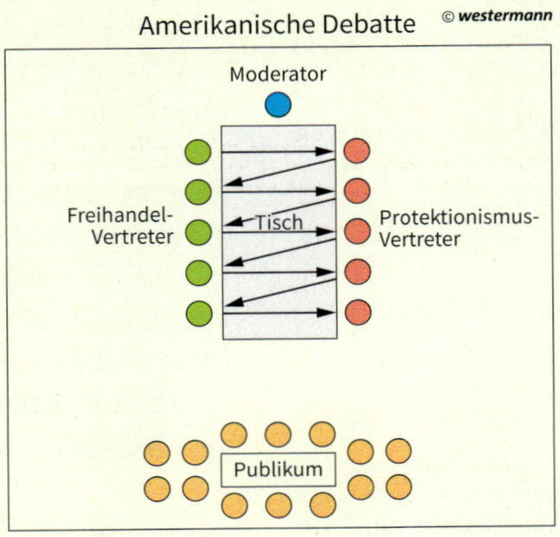

Schritt 2: Durchführung

- Die Redezeit pro Person und Beitrag beträgt maximal eine Minute.
- Legen Sie fest, welche Seite beginnen soll. Die erste Rednerin bzw. der erste Redner dieser Seite eröffnet die Debatte. Dann erhält die erste Rednerin bzw. der erste Redner der anderen Seite das Wort. Abwechselnd kommen die übrigen Redner/-innen beider Seiten zu Wort.
- Nachdem die erste Runde zu Ende gegangen ist, geht das Ganze zum Ausgangspunkt zurück.

Schritt 3: Auswertung

Abschließend können Sie entweder eine Feedbackrunde im Kurs oder eine Abstimmung darüber, welche der beiden Positionen Sie für überzeugender halten, durchführen.

2.6 Nutzt oder schadet Freihandel den Entwicklungsländern?

BEGRIFF

Fachkonzepte
Internationale Beziehungen
Gerechtigkeit

GLOSSAR

Entwicklungsländer

M1 Austauschverhältnisse

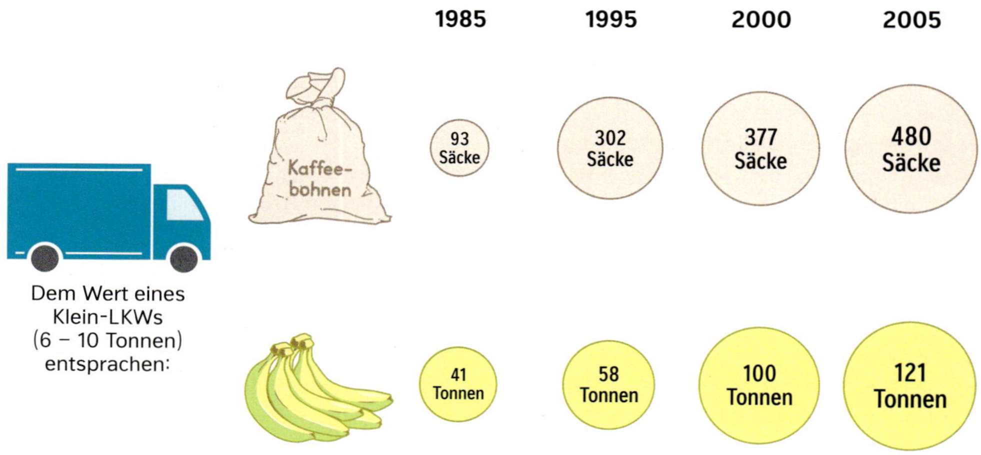

Quelle: Dritte Welt – Fair Trade

© Westermann 30124EX

Erklärfilm: Terms of Trade

M2 Die Terms of Trade

Der Begriff Terms of Trade [...] bezeichnet die Austauschverhältnisse im internationalen Handel sowie die Beziehung zwischen den durchschnittlichen Ausfuhr- und Einfuhrpreisen eines Landes oder einer Gruppe von Ländern.

Die Terms of Trade eines Landes verbessern sich, wenn die im Export erlösten Durchschnittspreise steigen und/oder die für Importgüter bezahlten Preise sinken; verhält es sich umgekehrt, so spricht man von einer Verschlechterung der Terms of Trade; es müssen dann nämlich mehr Güter exportiert werden, um die Importe bezahlen zu können.

Meist bezeichnet man mit den Terms of Trade die reale Austauschrelation zwischen Primärgütern (Rohstoffen) und Industriegütern (Fertigerzeugnissen). Längerfristig hat sich diese Relation zugunsten der Güter produzierenden Industrieländer und zum Nachteil der Rohstoffe exportierenden Entwicklungsländer verschoben.

Das heißt, Entwicklungsländer beliefern den Weltmarkt mit billigen Rohstoffen und beziehen teure Fertigprodukte. Die Bilanz von Importen und Exporten ist für sie daher schlecht. [...]

Die Entwicklungsländer forderten daher seit den 1970er-Jahren eine neue Weltwirtschaftsordnung [...] mit dem Ziel, von den internationalen Wirtschaftsbeziehungen stärker zu profitieren bzw. Benachteiligungen, die sich nach ihrer Auffassung aus der bisherigen Ordnung ergeben, abzubauen.

Die Forderungen richten sich im Wesentlichen auf folgende Bereiche:

- Stabilisierung schwankender Rohstoffpreise durch ein Vorrats- bzw. Ausgleichslager (buffer stock): Bei sinkenden Preisen wird ein Vorrat angelegt, bei steigenden Preisen verkauft;
- Bindung der Rohstoffpreise an die Preise für Industriegüter (Indexierung),
- Beseitigen von Importbeschränkungen in Industrieländern.

Ursachen: Terms of Trade, Riga: YaClass, https://www.yaclass.at/p/geografie-und-wirtschaftskunde/12-schulstufe/globalisierung-20170/entwicklungslaender-20334/re-22e84552-d65a-4df1-b80d-3c375b625a3d (Zugriff: 08.11.2022)

M3 Freihandel – ein attraktives Angebot?

Zeichnung: Klaus Stuttmann

M4 Freihandel hilft den Entwicklungsländern nicht

Märkte zu öffnen und Zölle zu senken ist kein Königsweg, die Entwicklungschancen armer Länder zu verbessern. Dort müssen Regierungen ihre Industrie gezielt fördern und die Marktöffnung steuern. Freihandelsabkommen schränken ihren Spielraum dafür stark ein, ohne die Weltwirtschaft auf Dauer zu stabilisieren. [...]

Das multilaterale Handelssystem scheint in einer Krise zu sein. [...] Ein Hauptgrund dafür sind unterschiedliche handelspolitische Interessen, die in der Struktur des Welthandels begründet sind. Vereinfacht gesagt exportieren Entwicklungsländer hauptsächlich Rohstoffe und technisch einfache, arbeitsintensive Konsumgüter wie Textilien, Sportartikel oder Spielzeug.

Die Industrieländer führen dagegen technologisch anspruchsvolle Konsumwaren sowie Kapitalgüter aus – etwa Autos, Pharmaprodukte, Flugzeuge oder Industriemaschinen. Die meisten Industrieländer sind auf Rohstoffimporte aus Entwicklungsländern angewiesen, und diese müssen, um ihr Produktionspotenzial zu entwickeln, Kapitalgüter importieren. [...]

Alle Länder sind daran interessiert, dass die anderen ihre Märkte für nicht landwirtschaftliche Produkte weiter öffnen. Die Industrieländer versuchen aber zugleich, einheimische Wirtschaftszweige, in denen die Entwicklungsländer zu geringeren Kosten produzieren, so weit wie möglich zu schützen. Und die Entwicklungsländer, deren Landwirtschaft nicht mit der hoch subventionierten Agrarproduktion im Norden konkurrieren kann, pochen darauf, dass die Industrieländer den Agrarprotektionismus schnell abbauen.

Für Entwicklungsländer ist es besonders wichtig, die Produkte ihrer verarbeitenden Industrie leichter auf Märkten im Norden absetzen zu können. Denn ohne beschleunigte Industrialisierung ist es praktisch unmöglich, die einheimische Wertschöpfung zu steigern, Arbeitsplätze zu schaffen und die Armut zu verringern. Deshalb zögern die meisten Entwicklungsländer, ihre eigenen Märkte noch weiter für Industriegüterimporte aus den Industrieländern zu öffnen, als sie es im Rahmen der WTO [...] ohnehin getan haben.

In der Tat kann eine Handelsöffnung die Entwicklungschancen ärmerer Länder kaum verbessern. Die Handelsliberalisierung seit Mitte der 1980er-Jahre hat den meisten Entwicklungsländern, wenn überhaupt, nur geringe Entwicklungsimpulse gebracht. [...]

INFO

multilateral
mehrseitig, mehrere Vertragspartner, z. B. Staaten, umfassend

Kapitalgüter (auch Investitionsgüter)
im Gegensatz zu Konsumgütern langlebige Gebrauchsgüter, die der wirtschaftlichen Produktion dienen

Die erfolgreichen Schwellenländer haben nicht einfach auf die Entfaltung von Marktkräften, den Abbau von Handelsschranken und einen Rückzug des Staates aus dem Wirtschaftsgeschehen gesetzt. Vielmehr haben sie wichtige Exportindustrien mit spezifischen staatlichen Vorleistungen und Subventionen gefördert. Viele Produktionszweige, die noch im Entstehen waren, wurden vor übermächtiger Weltmarktkonkurrenz geschützt. Der Außenhandel wurde schrittweise und in solchen Sektoren geöffnet, in denen die einheimischen Produzenten internationale Wettbewerbsfähigkeit erreicht hatten. Dadurch haben sich, unterstützt von niedrigen Zinsen, Industriesektoren entwickelt, die sowohl Importe ersetzen als auch höhere Exporte erzielen können. Eine schnelle Industrialisierung in den ärmeren Entwicklungsländern ist kaum möglich, wenn sie nicht ähnliche industrie- und handelspolitische Maßnahmen ergreifen können. Dazu gehört, dass sie mit gezielten Handelseinschränkungen ihre schlechtere Ausgangsposition im globalen Wettbewerb ausgleichen und mit Schutz und Förderung für bestimmte Sektoren ihren Entwicklungsrückstand aufholen können. [...]

Das geltende Handelsregime schränkt aber die Möglichkeiten für handels- und industriepolitische Maßnahmen stark ein. Nicht nur dürfen junge Industrien immer weniger mit Zöllen vor der oft übermächtigen Konkurrenz aus höher entwickelten Ländern geschützt werden. Die Industrieländer sind auch bestrebt, den Einsatz anderer wirtschaftspolitischer Instrumente, die sich auf den Außenhandel auswirken, zu beschränken – zum Beispiel alle Formen der Exportförderung oder die Bevorzugung einheimischer Firmen im öffentlichen Beschaffungswesen.

INFO

Regime
ist eine Bezeichnung für internationale Vertragswerke, hier: den internationalen Handel betreffend.

Detlef Kotte, Freihandel hilft den Armen wenig, in: Welt-Sichten. Magazin für globale Entwicklung und ökumenische Zusammenarbeit, Frankfurt a. M., 30.08.2012, https://www.welt-sichten.org/artikel/1046/freihandel-hilft-den-armen-wenig (Zugriff: 06.09.2022)

M5 Blockierter Welthandel – ein akzeptabler Zustand?

Zeichnung: Gerhard Mester

1 Entwickeln Sie Hypothesen für die in M1 dargestellte Entwicklung.

2 Erläutern Sie die Forderungen der Entwicklungsländer nach einer Verbesserung ihrer Terms of Trade (M2).

3 Analysieren Sie die Karikatur M3 hinsichtlich ihrer Botschaft. Nutzen Sie die Methode auf S. 123.

4 Analysieren Sie die handelspolitische Lage der Entwicklungsländer sowie die Wege zur Verbesserung ihrer Situation (M4). HILFE

5 **Zusatzaufgabe:** Entwickeln Sie Vorschläge zur Beseitigung des in der Karikatur dargestellten blockierten Welthandels (M5).

Karikaturenanalyse

Karikaturen sind satirische Darstellungen von Menschen, gesellschaftlichen Zuständen oder politischen Problemen. Im Fach Politik-Wirtschaft haben Sie es besonders häufig mit Karikaturen zu tun, denn Karikaturen haben meistens einen politischen Hintergrund. Sie wollen, humorvoll verpackt, etwas kritisieren oder auf Probleme aufmerksam machen. Dazu verzerren sie die Wirklichkeit, indem sie übertreiben oder untertreiben, manchmal auch schockieren und provozieren.
Eine Karikatur ist also immer Ausdruck einer subjektiven Sichtweise bzw. Meinung und möchte Sie als Betrachterinnen und Betrachter zu einer Stellungnahme herausfordern. Bevor Sie sich zu einer Karikatur positionieren, ist diese jedoch genau zu „entschlüsseln".
Bedenken Sie dabei, dass Karikaturen stets kontextgebunden sind (z. B. sich auf eine bestimmte politische Debatte oder ein Gesetz beziehen) und für das Verständnis ihrer Botschaft daher Vorwissen über den Sachverhalt (aus dem Unterricht, den Nachrichten usw.) notwendig ist.

Schritt 1: Beschreiben

- Nennen Sie den Namen des Karikaturisten sowie, falls angegeben, Erscheinungsort/-datum.
- Beschreiben Sie die Karikatur dann ganz genau, achten Sie auf die Details, z. B.
  - Akteure (Politiker, Prominente, typisierte Personen, gegebenenfalls Tiere),
  - Körpersprache (Haltung, Aussehen, Gestik, Mimik der Personen/Tiere),
  - räumliche Umgebung,
  - zeichnerische Stilmittel (Übertreibung, Bagatellisierung, Verzerrung, Symbole).

  Achten Sie auch besonders auf zugehörige Texte (Sprechblasen, Unterschrift usw.).

Schritt 2: Deuten

- Arbeiten Sie die Bedeutung der einzelnen Merkmale/Stilmittel der Karikatur heraus.
- Schätzen Sie den Übertreibungs- und Verzerrungsgrades der Wirklichkeit ein.
- Formulieren Sie die zentrale Botschaft der Karikatur.
- Vermuten Sie, was die Karikatur bei den Betrachterinnen und Betrachtern bewirken soll.

Schritt 3 (optional): Bewerten

- Bewerten Sie die Qualität der Karikatur (Verständlichkeit, angemessenes Verhältnis zwischen der Wirklichkeit und der Darstellung in der Karikatur).
- Begründen Sie, ob Sie die Botschaft der Karikatur befürworten oder ablehnen.
- Formulieren Sie Ihre eigene Meinung zur dargestellten Problematik.

M1 Karikatur A

M1 Karikatur B

Zeichnung links: Heiko Sakurai, 02.08.2004

Zeichnung rechts: Pepsch Gottscheber, 03.11.1999

1 Analysieren Sie eine der beiden Karikaturen.

Operator „Herausarbeiten“ (Anforderungsbereich II)

Definition:
Materialien auf bestimmte, explizit nicht unbedingt genannte Sachverhalte hin untersuchen und Zusammenhänge zwischen den Sachverhalten herstellen.

Was heißt das genau?

Beim Operator „Herausarbeiten“ sollen Sie Materialien in einer bestimmten Weise auswerten. Oft geht es um Texte. „Herausarbeiten“ kann sich aber auch auf Tabellen, Grafiken und Karikaturen beziehen. Im jeweils vorliegenden Material sollen Sie in der Regel Sachverhalte, die nicht zwingend alle ausdrücklich genannt werden, erschließen. Dies können Motive, Absichten, Grundhaltungen, Einstellungen, Zwecke, Ursachen oder Hintergründe sein. Sofern es von der Sache her gerechtfertigt ist, sollen Sie Zusammenhänge zwischen den Sachverhalten herstellen.
Sie sollen also nicht einfach nur die im Material enthaltenen Aussagen wiedergeben oder zusammenfassen. Vielmehr sollen Sie mithilfe Ihres Vorwissens nähere Ausführungen zu nur angedeuteten oder indirekt angesprochenen Sachverhalten machen.
Der Operator verlangt von Ihnen zwei Denkleistungen: Zum einen müssen Sie sich im betreffenden Material auf das Verstehen der Sachverhalte konzentrieren, die Sie gemäß der Aufgabenstellung herausarbeiten sollen. Zum anderen müssen Sie Ihr gelerntes Wissen aktivieren und anwenden.

TIPP

Nutzen Sie die Checkliste zur Planung und beim Schreiben als Orientierungshilfe. Sie können Ihren Text auch mithilfe der Checkliste von Mitschülerinnen und Mitschülern korrigieren lassen und ihn im Anschluss überarbeiten. Die Aspekte/Kriterien der Checkliste können Sie ggf. in Absprache mit Ihrer Lehrkraft anpassen. Eine bearbeitbare Vorlage findet sich unter:

WES-118484-220

Checkliste zum „Herausarbeiten“

	✓ bzw. ++ + o – –– und Verbesserungstipps
Einleitung:	
Ist eine aufgabenbezogene Einleitung mit knapper Skizzierung des Sachverhalts vorhanden?	
Leiten ankündigende Bemerkungen zum Hauptteil über?	
Hauptteil:	
Werden die herausgearbeiteten Sachverhalte in einer sinnvoll strukturierten Abfolge dargelegt?	
Sind Bezüge auf das Material mit Zeilenbelegen versehen?	
Enthält das jeweils Herausgearbeitete über das Material hinausgehende Informationen (oder erschöpft es sich in einer paraphrasierenden Wiedergabe des Materials)?	
Werden gegebenenfalls vorhandene Zusammenhänge zwischen den Sachverhalten hergestellt?	
Schluss:	
Ist ein aufgabenbezogenes Fazit vorhanden?	
Sprachlicher Ausdruck:	
Wird Fachsprache sicher und korrekt verwendet?	
Ist der sprachliche Ausdruck stilistisch angemessen?	
Werden die Regeln in den Bereichen Rechtschreibung, Zeichensetzung und Grammatik beachtet?	

Beispielaufgabe

M 1 Das schlechte Image des Freihandels

Die öffentliche Wahrnehmung der ökonomischen Auswirkungen des internationalen Handels hat in den meisten westlichen Ländern eine erstaunliche Entwicklung durchlaufen: Aus der Euphorie der 1980er- und 1990er-Jahre des letzten Jahrhunderts über die immer stärker zusammenwachsenden Volkswirtschaften der Welt [...] wurde ab der Jahrtausendwende eine allgemeine Skepsis, ja vielerorts eine regelrechte Ablehnung der sogenannten Globalisierung. Diese Skepsis breitete sich zunächst in politisch linken Kreisen aus [...]. Sie griff aber nach und nach auf die gesellschaftliche Mitte über, in der mittlerweile ein kritischer Unterton bezüglich des Freihandels und der Globalisierung zum allgemein akzeptierten Argumentationsmuster geworden ist. [...]

Bemerkenswerterweise wurde in den letzten Jahren die lauteste Stimme gegen Freihandel und Globalisierung von der politischen Rechten erhoben, die mit aufsehenerregenden Aktionen, wie dem Austritt des Vereinigten Königreichs aus der Europäischen Union und dem dezidiert protektionistischen Kurs des US-Präsidenten Donald Trump (2017–2021 im Amt), Schlagzeilen machte. Es scheint so, als seien die übriggebliebenen Stimmen pro Freihandel – von links und rechts in die Zange genommen – in der öffentlichen Debatte nur noch schwach wahrnehmbar geworden.

Charakteristisch am beschriebenen, mittlerweile geläufigen „kritischen Unterton" sind die Überbetonung der Risiken des Freihandels und eine weitgehende Ignoranz der damit verbundenen Vorteile. Dies wird relativ unhinterfragt hingenommen, obwohl der überwiegende Teil der Unternehmerschaft heutzutage kaum anders denken und handeln könnte als in einer globalisierten Welt. Auch in der ökonomischen Forschung gibt es [...] weiterhin kaum Stimmen, die sich für Protektionismus und Handelsbarrieren einsetzen. Und schließlich genießen gerade die derzeit jungen Generationen der „Millennials" und der „Generation Z" wie keine anderen zuvor die Vorteile einer Welt ohne Handels- und Reisebarrieren [...].

Luca Rebeggiani, Freihandel steigert Wohlstand – auf der ganzen Welt, in: Konrad-Adenauer-Stiftung e. V. (Hrsg.), Ein Plädoyer für den Freihandel. Rationale Argumente für eine emotional geführte Debatte, Berlin, 2021, S. 11 f.

1 Arbeiten Sie die Position des Autors zu Freihandel und Protektionismus heraus.

Möglicher Lösungsansatz (in gekürzter Form)

Der Autor Luca Rebeggiani äußert sich in seinem Text über Änderungen in der Wahrnehmung des auf Globalisierung und Freihandel beruhenden internationalen Handels. Er konstatiert einen tiefgreifenden Wandel von der Euphorie der 1980er- und 1990er-Jahre hin zu einer gegenwärtig allgemeinen Skepsis und Ablehnung der Globalisierung und des Freihandels.	aufgabenbezogene Einleitung mit Skizzierung des Sachverhalts
Es stellt sich die Frage, ob er es bei Feststellungen über den Wandel belässt oder ob seinen Aussagen eine eigene Position zu entnehmen ist.	hinführende Bemerkungen
Der Autor stellt eine Ablehnung des Freihandels im gesamten politischen Spektrum fest, sowohl im linken als auch im rechten politischen Lager und selbst in der politischen Mitte (Z. 9–17). In seinen Aussagen hierzu schwingt ein Ton des Bedauerns mit. So sieht er nur noch wenige „übriggebliebene [...] Stimmen pro Freihandel", die „von links und rechts in die Zange genommen – in der öffentlichen Debatte nur noch schwach wahrnehmbar geworden" seien (Z. 27–30). Er beklagt, dass die Risiken des Freihandels überbetont und die Vorteile weitgehend ignoriert würden (Z. 33–35). Als weitere Argumente führt er an … Damit stellt er sich klar hinter die Position des Freihandels, Handelshemmnisse, wie etwa Zölle, zu vermeiden und weltweit für offene Märkte zu sorgen …	Herausarbeiten der Position zum Freihandel, dabei Rückgriff auf gelerntes Wissen
Der Autor steht dem Protektionismus, also der Abschottung des heimischen Marktes durch Handelshemmnisse, klar ablehnend gegenüber. Er beruft sich im Sinne eines Autoritätsbeweises auf die ökonomische Forschung. Dort gebe es überwiegend ablehnende Stimmen (Z. 39–42). In der Tat ist sich die Wirtschaftswissenschaft seit jeher über die wachstumshemmenden Wirkungen protektionistischer Maßnahmen weitgehend einig. Da der Autor von der Unpopularität des ehemaligen amerikanischen Präsidenten Donald Trump weiß, erwähnt er dessen „dezidiert protektionistischen Kurs" (Z. 24).	Herausarbeiten der Position zum Protektionismus, dabei Rückgriff auf gelerntes Wissen
Ingesamt zeigt sich somit, dass der Autor ein Verfechter des Freihandels ist und den Protektionismus äußerst kritisch sieht.	aufgabenbezogenes Fazit

2.7 Kann Fairer Handel den Entwicklungsländern helfen?

BEGRIFF

Fachkonzepte
Menschenrechte
Gerechtigkeit

INTERNET

WES-118484-223
Film: Einfach erklärt: Fair Trade

M1 Wie teuer darf eine Tafel Schokolade sein?

Kostenanteile des Rohkakaos in einer Tafel Schokolade

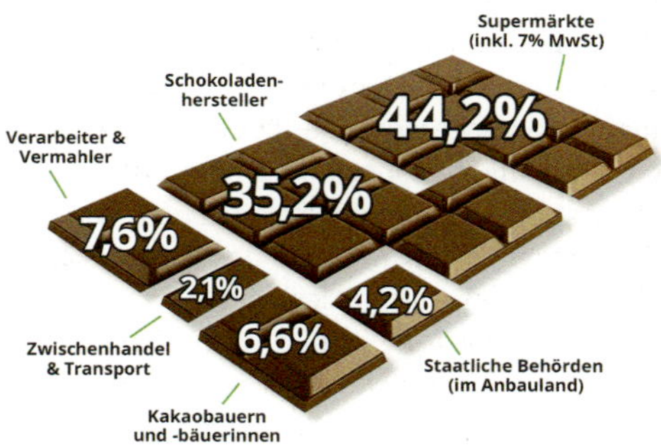

1,00 Euro – 1,50 Euro – 2,00 Euro –2,50 Euro – 3,00 Euro?

M2 Was ist ein fairer Preis?

Der Preis für Kakaobohnen ist erst dann fair, wenn er ein existenzsicherndes Einkommen für die Kakaobäuerinnen und -bauern ermöglicht. Ein existenzsicherndes Einkommen muss die Grundbedürfnisse der Kakaobauernfamilien abdecken. Dazu zählen eine angemessene Unterkunft, gesunde und ausreichende Ernährung, sauberes Trinkwasser, eine angemessene Gesundheitsversorgung, Bildung, Mobilität und die Möglichkeit, Ersparnisse für Ernteausfälle oder Krankheitsfälle zu bilden. Aber auch die Investitionskosten in die Kakaoplantage müssen abgedeckt sein.

Wie hoch ein existenzsicherndes Einkommen und ein entsprechender existenzsichernder Preis liegen muss, unterscheidet sich je nach Anbauregion und wird durch viele Faktoren beeinflusst. Sowohl die Größe der Anbaufläche als auch die Anzahl der Familienmitglieder und der Grad der Kakaoabhängigkeit spielen eine Rolle. [...] Kakaobauernfamilien in der Côte d'Ivoire (Elfenbeinküste), die über ausreichend große Flächen verfügen und angemessene Erträge produzieren, müssten demnach einen Ab-Hof-Preis von 2.390 US-Dollar pro Tonne Kakao bekommen. Tatsächlich liegt der Ab-Hof-Preis in der Côte d'Ivoire aktuell bei rund 1.344 US-Dollar pro Tonne (Stand: Oktober 2022).

Monatliches Einkommen einer sechsköpfigen Kakaobauernfamilie

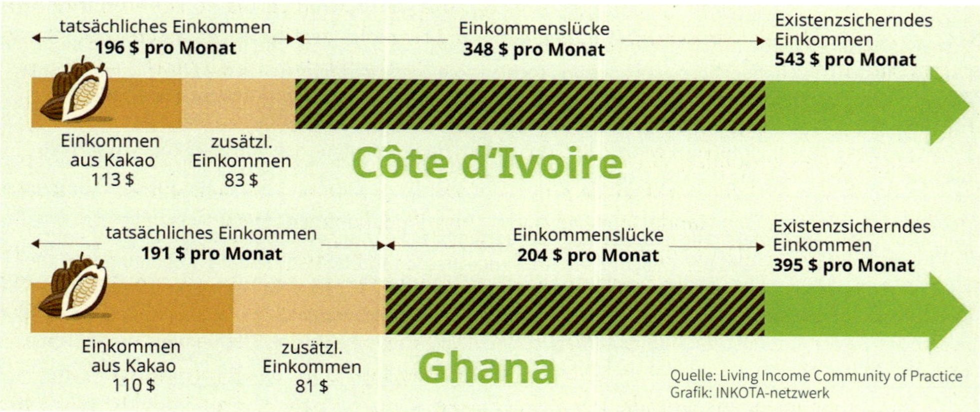

Kakaopreise und Einkommen für Kakaobauern, Berlin: INKOTA-netzwerk e. V., https://de.makechocolatefair.org/themen/schwankende-kakaopreise-und-geringes-einkommen-der-kleinproduzentinnen (Zugriff: 08.11.2022) (verändert = aktualisiert)

M3 Wie fairer Handel zu einem würdevollen Leben beiträgt

Unsere glitzernde Konsumwelt wäre kaum denkbar, wenn nicht auf der ganzen Welt Menschen oft sehr hart arbeiten würden, um die bei uns angebotenen Waren zu produzieren. Leider geht es dabei meist alles andere als fair zu. Weil viele möglichst wenig zahlen wollen, werden Menschen weltweit ausgebeutet. Sie bekommen Dumpinglöhne dafür, dass sie in Fabriken ohne Notausgänge arbeiten oder in einsturzgefährdeten Minen schuften. Der Faire Handel zeigt, dass es auch anders gehen kann: transparent, gerecht, solidarisch und nachhaltig.

Fairer Handel ist Hilfe zur Selbsthilfe. Kleinproduzenten im globalen Süden werden gezielt gestärkt. Die Fair-Trade-Bewegung möchte die wirtschaftliche und soziale Situation von benachteiligten Bäuerinnen und Bauern sowie Arbeiterinnen und Arbeitern verbessern. Sie sollen für ihre Arbeit und ihre Produkte angemessen bezahlt werden und eine stabile Existenz aufbauen können.

Mit zusätzlichen Prämien werden beispielsweise der Aufbau von Gemeinschaftsprojekten oder die Umstellung auf ökologischen Anbau unterstützt. Ebenso wichtig ist die Bildungs- und Informationsarbeit für einen gerechteren Welthandel. So können noch mehr Menschen davon überzeugt werden, dass wir alle Verantwortung für unsere Mitmenschen und unseren Planeten tragen.

Zu den wichtigsten Grundsätzen im fairen Handel zählen unter anderem:

- faire Mindestpreise und zusätzliche Prämien für Gemeinschaftsprojekte
- Mitwirkung und Mitbestimmung
- langfristige Handelspartnerschaft auf der Basis von Dialog, Transparenz und Respekt
- Einhaltung von Arbeitsschutzrechten und Verbot von Kinder- und Zwangsarbeit
- schonender Umgang mit der Umwelt bei Anbau, Produktion und Weiterverarbeitung
- Bildungs- und Kampagnenarbeit für einen gerechten Welthandel.

Wie fairer Handel zu einem würdevollen Leben beiträgt, Berlin: Brot für die Welt, https://www.brot-fuer-die-welt.de/themen/fairer-handel/ (Zugriff: 08.11.2022)

INTERNET

WES-118484-224
Links zu aktuellen Studien zur Wirksamkeit von Fair Trade

M4 Wie fair ist Fairtrade?

Fairtrade ist oft ungerecht, das sagt der senegalesische Ökonom Ndongo Samba Sylla. Er hat ein Buch geschrieben mit dem provokanten Titel „Marketing Poverty to Benefit the Rich" – zu Deutsch: Armut vermarkten, damit die Reichen profitieren.

SRF [Schweizer Radio und Fernsehen]: Warum dieser provokative Buchtitel?

Ndongo Samba Sylla: Ich will damit sagen, dass Fairtrade eine gute Strategie ist, eine großzügige Geste der Solidarität. Aber es gibt zwischen der Idee und der Wirklichkeit einen großen Unterschied. Der Handel mit Fairtrade-Produkten kommt den Ärmsten nicht zugute. Im Gegenteil: Gerade die Ärmsten werden marginalisiert.

Warum ist das so?

Dafür gibt es verschiedene Gründe. Der erste Grund ist, dass die wirklich Armen Mühe haben, sich zu organisieren. Sich zu Kooperativen zusammenzuschließen ist aber Voraussetzung für die Zulassung zu Fairtrade. Sie haben auch Mühe, ihre Produktion zertifizieren zu lassen, weil das zu teuer ist. Ein Beispiel: Produzenten in Guinea-Bissau konnten ihre Produkte nicht zertifizieren lassen, weil ihnen das Geld fehlte für die Busfahrt in die Hauptstadt. Das sind die Realitäten in Afrika.

Das heißt aber auch, dass Fairtrade-Organisationen die Bauern zu wenig unterstützen, damit diese ihre Produktion zertifizieren lassen können.

Ja, darum geht es. Auch wenn viele Fairtrade-Organisationen einiges tun, um den Zugang zur Zertifizierung zu verbessern. Aber die Ärmsten werden nicht erreicht, weil dieses Systems ganz auf den Export ausgerichtet ist. Die Ärmsten bauen ihre Produkte meist für den eigenen Konsum an.

Ndongo Samba Sylla (geb. 1978), senegalesischer Entwicklungsökonom

INFO

Zertifizierung
Bescheinigung, Beglaubigung, Genehmigung (als Ergebnis einer Prüfung)

Cover des Buches von Ndongo Sylla, Athens 2014

Der Titel Ihres Buches sagt, dass von Fairtrade vor allem die reichen Länder profitieren. Warum?
Die Grundidee des Fairtrade-Systems besagt, dass die Konsumenten im Norden mehr bezahlen. Was sie mehr bezahlen, wird zu den Produzenten im Süden transferiert, um dort die Armut zu bekämpfen.
In der Realität bleibt dieses Mehr, das bezahlt wird, aber zu einem großen Teil in den Ländern des Nordens. Das Geld kommt den Großverteilern zugute, den Supermärkten und den Fairtrade-Organisationen. Dazu kommt, dass die Mehreinnahmen durch den fairen Handel sehr gering sind – so gering, dass man nicht sagen kann: Hier wird Armut wirklich bekämpft.

Das heißt, wenn ich Fairtrade-Mangos aus Guinea-Bissau, Senegal oder Burkina Faso kaufe, unterstütze ich vor allem den Großverteiler?
Das ist die Regel. Es mag sein, dass in einigen Wertschöpfungsketten etwas mehr zu den Produzenten gelangt. Aber global gesehen, ist das die Regel.

Aber immerhin können die Produzenten im Fairtrade-System ihre Landwirtschaftsprodukte zu fixen Mindestpreisen verkaufen. Sie sind also keinen Preisschwankungen ausgesetzt. Ist das nicht schon ein großer Vorteil?
Die fixen Preise sind das eine. Das andere ist die Menge. Denn leider kann in vielen Fällen nur ein kleiner Teil der Produktion zu Fairtrade-Bedingungen geliefert werden. Der größte Teil aber muss auf dem freien Markt verkauft werden, weil es zu wenig Abnehmer für Fairtrade-Produkte gibt. Es gibt bei vielen Produkten eine Überproduktion. Das heißt, dass die Produzenten einen Verlust einfahren. Der Vorteil, den sie durch das Fairtrade-System haben, wird so unterlaufen. [...]

Sie kritisieren auch, dass im Fairtrade-System Bauern ihre Rohstoffe an die Verarbeiter im Norden liefern, statt sie selber zu verarbeiten.
[...] Mir ist kein einziges Beispiel bekannt, bei dem ein Land sich durch den Verkauf von rohen Landwirtschaftsprodukten hat entwickeln können. Das einzige Modell, das funktionieren kann, ist den Ländern des Südens endlich zu erlauben, auch verarbeitete Produkte zu exportieren. Nur so wird man einen Wissenstransfer zu uns in den Süden haben, werden Arbeitsplätze geschaffen und wird den Ländern in Afrika ermöglicht, sich wirklich zu entwickeln. [...]
Deshalb sage ich – die reichen Länder müssen endlich ihre Verantwortung ernst nehmen und die ungerechten Handelsstrukturen verändern. Nehmen Sie das Beispiel Schokolade. Die Schweiz, Belgien oder auch Frankreich produzieren Schokolade. Aber sie schotten ihre Märkte so ab, dass die Länder im Süden nur rohen Kakao exportieren können. Das ist nicht nur nicht liberal, es zementiert auch ungerechte Strukturen. Solange das so ist, bleibt der faire Handel ein Tropfen auf den heißen Stein.

Interview von Christoph Keller mit Ndongo Samba Sylla, Wie fair ist Fairtrade wirklich?, Zürich: SRF Schweizer Radio und Fernsehen, 28.06.2018, https://www.srf.ch/kultur/gesellschaft-religion/kritik-an-fairtrade-wie-fair-ist-fairtrade-wirklich (Zugriff: 08.11.2022) (verändert)

1 Begründen Sie den Preis, den Sie für eine Tafel Schokolade zu zahlen bereit wären (M1).
2 Beschreiben Sie die wirtschaftliche Lage von Kakaobauernfamilien in Afrika (M2).
3 Stellen Sie das Konzept von Fair Trade dar (M3).
4 Arbeiten Sie die an Fair Trade geäußerte Kritik heraus (M4).
5 Erörtern Sie, ob das Konzept von Fair Trade aufgrund der vorgebrachten Kritik aufgegeben oder ob es aufgrund seiner positiven Effekte beibehalten werden sollte. **HILFE**

2.8 Internationaler Handel – trotz Risiken?

BEGRIFF

Fachkonzepte
Internationale Beziehungen
Wettbewerb

M 1 Gekappte Verbindungen

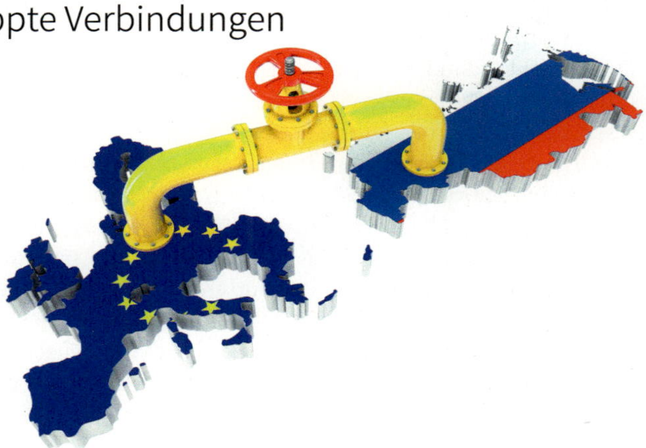

M 2 Ist Deutschland von China abhängig?

Abhängigkeit kann etwas Schönes sein. Ein Ausdruck von Vertrauen, wie bei Partnern, die sich aufeinander verlassen können. Jeder konzentriert sich auf das, was er am besten kann, und am Ende profitieren beide. Abhängigkeit kann aber auch gefährlich werden, wenn ein Partner sich hintergangen fühlt, das Vertrauen verliert. Ist es erst einmal weg, ist es meist nur noch eine Frage der Zeit, bis die ganze Beziehung kippt. [...]
So ein Fall sind die Beziehungen Deutschlands zu China. Die deutsche Wirtschaft sei abhängig von China, ist der allgemeine Tenor. Lernt die Lehren aus dem Ukrainekrieg, mahnen die einen. China sei nicht zu trauen. Für eine Abkopplung sei es eh schon zu spät antworten die anderen. Deutschland und China seien bereits untrennbar verflochten. [...]
Schaut man auf die nackten Zahlen zu den wirtschaftlichen Verflechtungen, kann es ganz schön Angst machen: 2021 wurden Waren im Wert von knapp 250 Milliarden Euro zwischen Deutschland und der Volksrepublik China gehandelt. Dabei machte Deutschland ein Defizit von rund 40 Milliarden Euro. Beides so viel wie mit keinem anderen Land. Außerdem kommen Studien zu dem Ergebnis, dass rund eine Million Arbeitsplätze in Deutschland vom Handel mit China abhängig sind. Das ist mehr, als es Jobs in München gibt. Ist Deutschland da nicht untrennbar mit China verwachsen? [...]
Die Antwort ist ein klares Jein. Wenn der Fall Russland die Welt eines gelehrt hat, dann, dass pure Handelsvolumina wenig über die Risiken einer Abhängigkeit aussagen. Es geht um die Waren, die ausgetauscht werden. Während Deutschland vor allem Öl und Gas aus Russland bezog, liefert China Konsumgüter wie Handys und Kleidung, chemische Wirkstoffe und Halbleiter und Rohstoffe wie seltene Erden. Das bedeutet: Während im Handelskrieg mit Russland die Öfen ausgehen, wären bei einem Handelskrieg mit China die Regale im Elektronikgeschäft leer, und die Förderbänder in den Fabriken blieben stehen, weil Teile fehlten. Schließlich würde die Energiewende ins Stocken geraten, weil die meisten Solarzellen und Bauteile für Windräder aus China kommen. [...]
Allerdings sollten die Abhängigkeiten in der Lieferkette auch nicht überbewertet werden: Einer Untersuchung des Münchener Ifo-Instituts zufolge könnte Deutschland 95 Prozent der Importe aus China durch andere Güter ersetzen. [...] Langfristig scheint ein Wegfall Chinas für die deutsche Wirtschaft jedenfalls verschmerzbar. [...]
Neben den Handelsbeziehungen wird häufig auch auf die vermeintlich riesigen Investitionen deutscher Firmen in China verwiesen. Die deutschen Konzerne könnten sich deshalb einen Rückzug von dem riesigen Markt nicht leisten, heißt es. Ein Blick in die Statistik relati-

INTERNET

WES-118484-225
Podcast: Die Neue Seidenstraße: Chancen und Grenzen

QUERVERWEIS

Warum sind deutsche Unternehmen international tätig?
S. 94–97

viert auch diese Behauptung. Rund 90 Milliarden Euro deutscher Bestandsinvestitionen in China hat die Bundesbank für 2020 registriert. Damit ist China für Deutschland nur das viertwichtigste Ziel von Investitionen. [...] Und selbst wenn man sich einzelne Branchen ansieht, relativiert sich das Bild: Rund 40 Prozent der deutschen Investitionen in China entfallen auf die Autoindustrie. [...] Ob die Investitionen im Interesse des Standorts Deutschland sind, ist eine andere Frage. Denn während die deutsche Importquote aus China steigt, stagniert der Anteil Chinas an den deutschen Exporten. Die chinesische Regierung achtet zudem eifersüchtig darauf, dass die Gewinne der ausländischen Konzerne im eigenen Land verbleiben. [...] Zudem verlangt die Regierung den Transfer moderner Technologien, damit die eigene Wirtschaft aufholen kann. Die deutschen Firmen helfen dabei fleißig mit, indem sie immer mehr Forschungszentren in China einrichten. Ist das ein Problem? Kommt darauf an. Das zeigt das Beispiel der deutschen Solarindustrie: Sie war einst weltweit führend, doch mittlerweile kommen 80 Prozent des globalen Nachschubs an Solarzellen von chinesischen Herstellern. [...] Was in der Diskussion auch fehlt, ist Chinas Abhängigkeit vom Westen. Denn auch China bezieht eine Menge Importe aus Deutschland. Deutsche Firmen liefern Maschinen, ohne die chinesische Fabriken nicht funktionieren, Messtechnik, Fahrzeuge, Arzneimittel. Darauf kann China nicht einfach verzichten, ohne sich selbst erheblich wirtschaftlich zu schaden.

Florian J. Müller, So abhängig ist Deutschland von China wirklich, in: Süddeutsche Zeitung, 02.09.2022, S. 22

M3 Was tun bei einer Unterbrechung der Lieferketten?

INFO

Reshoring
Rückverlagern (von Produktionsstätten aus Schwellenländern in Industriestaaten)

QUERVERWEIS

Lieferketten in der Krise – wie können Unternehmen reagieren?
S. 52–53

Corona und einiges mehr – Waldbrände in den USA und Dürren in Kanada, der tagelang blockierte Suezkanal sowie fehlende Lkw-Fahrer – haben das Wirtschaftsmodell der internationalen Spezialisierung und der globalen Lieferketten vielfach ins Wanken gebracht.
Für die EU und insbesondere für Deutschland, wo viele Unternehmen ihr exportorientiertes Geschäftsmodell auf dem Fundament der internationalen Spezialisierung aufgebaut haben, ist der stotternde Waren- und Rohstoffnachschub nicht leicht zu verkraften: Im Jahr 2020 importierten EU-Firmen Vorleistungsgüter aus dem Ausland im Wert von annähernd 2,4 Billionen Euro – das entsprach rund 52 Prozent der gesamten EU-Einfuhren. [...]
Insgesamt gibt es EU-weit 5.200 wichtige Produktgruppen, bei denen es strategische Abhängigkeiten von ausländischen Zulieferern gibt [...]. Allerdings: Stark abhängig von anderen Ländern ist die EU lediglich bei 34 Schlüsselprodukten – 22 davon fallen in die Kategorien Rohstoffe und Vorprodukte, zwölf sind Endprodukte [...].
Angesichts der anhaltenden Lieferkettenprobleme rufen manche europäische Politiker in einigen Industrien zum „Reshoring“ auf. Doch die Rückverlagerung der Produktion nach Europa hat einen entscheidenden Nachteil: Ohne technischen Fortschritt führt das Reshoring zu höheren Produktionskosten – und damit zu höheren Preisen und einer schlechteren internationalen Wettbewerbsfähigkeit.
Nicht zuletzt aus diesem Grund waren die Unternehmen in Europa in der Vergangenheit eher zurückhaltend mit Rückverlagerungen. So haben in Deutschland zwischen 2010 und 2012 nur zwei Prozent der Unternehmen des Produzierenden Gewerbes Teile der Produktion zurückgeholt, von 2013 bis 2015 waren es mit 3 Prozent etwas mehr.

So überwinden Betriebe den Liefernotstand, in: Informationsdienst des Instituts der deutschen Wirtschaft, Köln: Institut der deutschen Wirtschaft Köln e. V., 21.01.2022, https://www.iwd.de/artikel/so-ueberwinden-betriebe-den-liefernotstand-533219/ (Zugriff: 08.11.2022)

1 Beurteilen Sie mögliche Auswirkungen der in M1 dargestellten Situation auf Ihr Leben.

2 Arbeiten Sie den Grad der Abhängigkeit Deutschlands von China heraus (M2).

3 Erörtern Sie die Frage, ob Deutschland die Beziehungen mit China reduzieren sollte. HILFE

4 **Zusatzaufgabe:** Entwickeln Sie Vorschläge für ein Unternehmen, dessen Lieferkette unterbrochen ist (M3).

Konfliktanalyse

Mithilfe der Methode Konfliktanalyse können Sie anhand von Leitfragen politische Konflikte systematisch untersuchen. Ein systematisches Vorgehen ist besonders wichtig, wenn Sie Konflikte auf internationaler Ebene betrachten wollen, da sie in der Regel sehr vielschichtig sind und häufig eine längere Entstehungsgeschichte haben.

Sie können Ihre Konfliktanalyse in den folgenden vier Schritten durchführen.

Analyseschritte	Leitfragen
Schritt 1: Konfliktbeschreibung	▪ Worum geht es in dem Konflikt, worüber genau wird gestritten? ▪ Welche Akteure sind an dem Konflikt beteiligt? ▪ Über welche Macht- bzw. Druckmittel verfügen die Akteure? ▪ Welche weiteren Beteiligten (direkt oder indirekt Betroffene, Verbündete, Vermittler, Schiedsgerichte) gibt es? ▪ Um welcher Art von Konflikt handelt es sich – um einen interessen-, einen wert- oder einen machtorientierten Konflikt?
Schritt 2: Konfliktursachen und Konfliktgeschichte	▪ Welche strukturellen Ursachen hat der Konflikt? ▪ Was ist im Wesentlichen vor Ausbruch des Konflikts geschehen? ▪ Welches konkrete Ereignis löste den Konflikt aus?
Schritt 3: Konfliktverlauf	▪ Welche Entwicklungsphasen (vom Bemühen um Verständigung, über Abnahme der Kooperationsbereitschaft bis zum Schädigen der Gegenseite) lassen sich ausmachen? ▪ Welche Eskalationsstufen (z. B. Beharren auf dem eigenen Standpunkt, verbale Drohungen, Verhängen von Sanktionen, Androhen von Gewalt) lassen sich beobachten? ▪ Welche Machtmittel (diplomatische, rechtliche, wirtschaftliche, militärische) werden eingesetzt? ▪ Welche Versuche einer Konfliktregelung und -beendigung gibt es?
Schritt 4: Konfliktprognose	▪ Wie wird sich der Konflikt vermutlich weiterentwickeln? ▪ Welche Konfliktlösungen sind denkbar?

In einer Konfliktanalyse kommen fast immer zentrale politische Kategorien zum Vorschein:

1. Macht: Die Handlungssituation in einem Konflikt ist durch Machtkonstellationen bestimmt. Macht ist der Inbegriff aller tatsächlich vorhandenen Möglichkeiten, andere zu einem bestimmten gewünschten Verhalten zu veranlassen.

2. Recht: Politik bewegt sich im Rahmen rechtlicher Vorgaben. Diese Vorgaben schränken die Anwendung von Macht ein.

3. Interesse: Konfliktakteure verfolgen Interessen. Sie haben materielle wie immaterielle Wünsche und Bedürfnisse. Diese wollen sie verwirklichen.

4. Ideologie: Die an einem Konflikt Beteiligten müssen ihre Handlungen begründen und rechtfertigen. Dies tun sie mithilfe von Ideologien. Ideologien sind eine Kombination von Weltanschauungen und konkreten Interessen. Ideologien sind geeignet, den jeweils verfolgten Interessen die Weihe einer ideellen Rechtfertigung zu geben.

5. Geschichtlichkeit: Konflikte fallen nicht vom Himmel. Sie haben eine Vorgeschichte, die den Charakter des betreffenden Konflikts maßgeblich prägt.

Eine Konfliktanalyse kann durch eine Generalisierung ergänzt werden. Dabei wird nach der Verallgemeinerbarkeit des konkreten Konfliktes gefragt. Häufig drückt ein Konflikt nämlich eine grundsätzliche Konstellation aus.

1 Führen Sie unter Rückgriff auf S. 132–135 eine Konfliktanalyse zum Handelsstreit zwischen der EU und den USA durch, nachdem Sie sich die Materialien auf diesen Seiten erarbeitet haben.

2.9 Streit um Subventionen – Analyse eines Handelskonflikts

BEGRIFF

Fachkonzepte
Konflikt
Wettbewerb

M1 Flugzeugproduktion als Auslöser eines Handelskonfliktes?

Airbus (EU):
126.500 Beschäftigte (2021)
52,9 Mrd. EUR Umsatz (2021)
771 bestellte Flugzeuge (2021)
10.334 ausgelieferte Flugzeuge (2004–2021)

Boeing (USA):
142.000 Beschäftigte (2021)
62,3 Mrd. USD Umsatz (2021)
909 bestellte Flugzeuge (2021)
9.137 ausgelieferte Flugzeuge (2004–2021)

Daten: Statista, Stand: 2022 (gerundet)

M2 Niederlage der EU im Streit um Subventionen

QUERVERWEIS

Die WTO – Hüterin des freien internationalen Handels
S. 114, M2

Die Welthandelsorganisation hat endgültig entschieden: Airbus erhält nach wie vor illegale Subventionen. [...] Die Entscheidung ist nicht mehr anfechtbar – und sie klingt nach einer ernsten Bedrohung für Airbus. Der europäische Luftfahrtkonzern profitiere immer noch von enormen staatlichen Beihilfen, so das am Dienstag veröffentlichte Urteil der Welthandelsorganisation WTO nach 14 Jahren Streit. Der große US-Rivale Boeing bezifferte den Umfang dieser illegalen Subventionen umgehend mit mehr als 22 Milliarden Dollar. Und die US-Regierung drohte sogleich mit Strafmaßnahmen. [...]

Muss Airbus nun Milliarden Euro an Subventionen zurückzahlen?

Nein. In dem WTO-Verfahren ging es nie um eine mögliche Rückzahlung von Subventionen. Stattdessen gehe es zum einen darum, „dass die als illegal eingestuften staatlichen Hilfen beendet werden. Dazu gibt die WTO auch konkrete Empfehlungen“, erklärt der Jurist und Luftrechtsexperte Nils Kaienburg, der über den WTO-Streit in Sachen Airbus und Boeing promovierte. Zwar seien auch Kompensationszahlungen denkbar, beispielsweise könnte die EU den durch die Subventionen entstandenen Schaden an die USA überweisen. Das ist allerdings nur eine theoretische Möglichkeit, sagt Kaienburg: „Beide Seiten müssen sich auf eine solche Zahlung einigen, was praktisch ausgeschlossen ist.“

Das verweist auf ein Grundproblem der WTO. „Sie ist in weiten Teilen des Verfahrens auf den guten Willen der Streitparteien angewiesen, weil sie selbst kaum Möglichkeiten hat, die Umsetzung ihrer Entscheidungen zu erzwingen“, sagt Kaienburg. Allerdings kann das WTO-Urteil dennoch schmerzhafte finanzielle Folgen haben. Denn es berechtigt die klagende Streitpartei – konkret also die US-Regierung – Vergeltungsmaßnahmen in entsprechender Höhe zu ergreifen. „Das können Strafzölle sein – übrigens unter bestimmten Bedingungen auch auf vollkommen andere Produkte als die, um die es in dem Verfahren geht“, sagt Kaienburg.

Ist der Streit in Sachen Airbus und Boeing nun beendet?

Nein. Das gilt selbst für die Auseinandersetzung bei der WTO. Denn dort gibt es ein weiteres Verfahren: Die EU hat ihrerseits die USA verklagt – wegen illegaler Subventionen für Boeing. In beiden Verfahren hat die WTO übrigens schon mehrfach geurteilt: So stellte sie in den Jahren 2010 bis 2012 fest, dass sowohl Boeing als auch Airbus massiv von illegalen Subventionen profitiert haben – und gab Empfehlungen, wie diese Praxis beendet werden sollte. Anschließend ging es um die Frage, ob diese Empfehlungen umgesetzt wurden, wie es sowohl die USA als auch die EU beteuern. Auch darüber hatte die WTO bereits in den Jahren 2016 und 2017 geurteilt – und festgestellt, dass beide Konzerne weiter von illegalen Subventionen profitieren. Gegen diese Urteile hatten USA und EU jeweils Berufung eingelegt, die letztmögliche Instanz bei der WTO.

Die Berufung der EU ist mit dem [...] Urteil abgeschlossen. Für die Gegenklage gilt aber: „Tatsächlich steht wohl noch in diesem Jahr die Entscheidung der WTO in der Klage der EU gegen die USA an. Das würde dann aus Sicht der Streitparteien quasi aufgerechnet", sagt Kaienburg.

Um welche Subventionen geht es eigentlich?

Im Fall der Klage der USA gegen die EU geht es vor allem um die sogenannte Anschubfinanzierung von EU-Staaten für verschiedene Flugzeugmodelle von Airbus. Grob vereinfacht haben Deutschland und andere Staaten dem Konzern Darlehen gewährt, die Airbus dann zurückzahlt, wenn die entsprechenden Modelle auf dem Markt sind und Gewinne abwerfen. Außerdem sieht die WTO auch einige Infrastrukturprojekte der Staaten für Airbus als illegale Subvention – unter anderem die Auffüllung des Mühlenberger Lochs am Hamburger Standort Anfang der Nullerjahre. Umgekehrt sehen Airbus und die EU in milliardenschweren Rüstungs- und Raumfahrtprogrammen der USA eine illegale Subvention von Boeing. Zudem geht es um hohe Steuernachlässe des Bundesstaats Washington für Boeing im Gegenzug dafür, dass der Konzern dort weiter Flugzeuge baut.

Wie hoch könnten die US-Strafzölle gegen die EU ausfallen?

Nicht einmal Boeing und Airbus selbst nennen hier konkrete Zahlen. Maßgeblich ist nicht die Höhe der illegalen Subventionen, sondern der Schaden, der dem jeweiligen Konkurrenten dadurch entstanden ist. Tatsächlich entscheidet laut „Financial Times" die WTO über die berechtigte Höhe gesondert, auch das wird einige Monate dauern. Boeing selbst spricht vage davon, dass die Strafzölle „sich auf Milliardenbeträge pro Jahr" belaufen könnten – „sofern und solange Airbus nicht die illegalen Subventionen beseitigt".

Welche Auswirkung hat das auf den Handelskonflikt zwischen USA und EU?

Das formale Ende des aktuellen WTO-Verfahrens berechtigt die US-Regierung zu Strafzöllen gegen die EU – und voraussichtlich wird das Ende des parallelen Verfahrens in ein paar Monaten die EU umgekehrt zu Strafzöllen gegen die USA berechtigen. Damit hat der Streit das Potenzial, den Handelskonflikt weiter zu verschärfen [...]. Die Stellungnahme [des amerikanischen Handelsbeauftragten] Robert Lighthizer spricht hier Bände. Die US-Regierung werde „jedes verfügbare Werkzeug nutzen", um US-Arbeiter zu schützen, steht dort in fett gedruckten Lettern. Sollte die EU nicht aufhören, die Regeln zu brechen und US-Interessen zu schaden, „werden die Vereinigten Staaten Gegenmaßnahmen für EU-Produkte ergreifen müssen". Zwar hat die EU zugesichert, die endgültige WTO-Entscheidung „akribisch zu beachten" – nicht ohne herauszustellen, dass es sich nur um „einige wenige Korrekturmaßnahmen" handele. Gleichzeitig verwies EU-Handelskommissarin Cecilia Malmström aber auf das ausstehende Urteil gegen die USA: Man erwarte mit Spannung, „ob die massive und dauerhafte staatliche Unterstützung der USA zugunsten von Boeing" denn legal sei – eine unverhohlene Drohung mit Gegenzöllen.

Wie kann der Streit beigelegt werden?

Klar ist: Die WTO kann diesen Streit nicht beenden – alleine, weil sie ihre Entscheidungen nicht durchsetzen kann, sondern dabei auf den guten Willen der US-Regierung und der EU-Kommission angewiesen ist. Ohnehin geht es weniger um einen handelsrechtlichen als um einen politischen Konflikt. „Im Grunde kann der Streit nur durch Verhandlungen zwischen den USA und der EU gelöst werden. Sie müssten sich darauf einigen, welche staatliche Förderung grundsätzlich erlaubt sein soll und welche nicht", sagt Kaienburg. [...]

Die Erfolgsaussichten für eine solche Verhandlungslösung sind jedoch nicht allzu hoch. Seit Beginn des Streits im Jahr 2004 haben beide Seiten – EU und die USA – keine konstruktiven Schritte in diese Richtung unternommen, sondern in den Verfahren vor der WTO alle taktischen Mittel ausgeschöpft.

Florian Diekmann, Illegale Milliarden-Subventionen. Was das WTO-Urteil für Airbus und die EU bedeutet, in: DER SPIEGEL, 16.05.2018, https://www.spiegel.de/wirtschaft/unternehmen/airbus-subventionen-was-das-urteil-der-wto-bedeutet-a-1208146.html (Zugriff: 05.10.2022)

M3 Niederlage der USA im Streit um Subventionen

Der juristische Streit läuft seit 15 Jahren. Nun ist es amtlich: Wie Flugzeugbauer Airbus erhielt auch Boeing illegale Subventionen vom Staat. In Brüssel feiert man das WTO-Urteil als Sieg. Demnächst kann die EU Vergeltungsmaßnahmen beantragen. Aber auch Washington pocht auf Milliardenzahlungen.

Im Streit um illegale Boeing-Subventionen sind die USA vor der Welthandelsorganisation (WTO) in letzter Instanz unterlegen. Die US-Regierung habe nicht alle schon 2011 und 2012 als illegal eingestuften Begünstigungen für den US-Flugzeugbauer wie verlangt zurückgenommen, urteilte das WTO-Berufungsgremium. Dem europäischen Boeing-Konkurrenten Airbus seien dadurch „bedeutende Verkäufe entgangen", wie hoch der Schaden sei, habe aber nicht festgestellt werden können, so das Gremium.

Das Urteil macht den Weg für Vergeltungsmaßnahmen seitens der Europäischen Union frei, die den Fall vor 15 Jahren angestoßen hatte. Über die Höhe entscheidet ein WTO-Schlichter. Airbus geht dabei von Milliardenbeträgen aus. Gleichzeitig sind vor der WTO aber Milliardenforderungen der Amerikaner anhängig, die in einer Klage gegen die EU wegen illegaler Airbus-Subventionen 2018 die Oberhand behielten. Die USA haben Strafzölle in Höhe von elf Milliarden Dollar jährlich beantragt, wie das Büro des US-Handelsbeauftragten jetzt mitteilte. Auch hier entscheidet der WTO-Schlichter.

Beide Seiten sehen sich als Sieger

Alle Seiten verbuchten die WTO-Entscheidung für sich als Sieg. „Die heutige Entscheidung ist für die EU begrüßenswert, aber auch für ihre Flugzeugindustrie und die Mitarbeiter", meinte EU-Handelskommissarin Cecilia Malmström. Die EU-Kommission verwies darauf, dass die „massiven und handelsverzerrenden Subventionen" der USA Airbus erheblichen Schaden zugefügt hätten – vor allem durch Umsatzeinbußen, weil Boeing seine Flugzeuge wegen der Subventionen günstiger anbieten konnte. Die WTO habe die meisten EU-Vorwürfe abgewiesen, so die US-Regierung. Im Gegensatz dazu sei das Urteil wegen der Airbus-Subventionen deutlich schärfer ausgefallen.

Airbus sprach von einem „großen Sieg". „Dies ist ein klarer Sieg für die EU und Airbus. Er bekräftigt unsere Position, dass Boeing, obwohl das Unternehmen mit den Fingern auf Airbus zeigt, keine Maßnahmen ergriffen hat, um seinen WTO-Verpflichtungen im Gegensatz zu Airbus und der EU nachzukommen", erklärte Airbus-Chefjurist John Harrison laut Mitteilung. Boeing stand dagegen auf dem Standpunkt, dass lediglich noch eine Steuererleichterung des Bundesstaats Washington im Wert von 325 Millionen Dollar als illegal eingestuft worden sei. Der Konzern werde die Regierung darin unterstützen, mit der WTO-Entscheidung in Einklang zu kommen.

WTO: Subventionen beschleunigten Fertigstellung der Boeing 787

Im Boeing-Fall geht es unter anderem um gegen WTO-Regeln verstoßende Steuer- und andere Begünstigungen in den US-Bundesstaaten Washington und South Carolina. Von der Reduzierung der Unternehmenssteuer in Washington habe Boeing so stark profitiert, dass die Firma im Konkurrenzkampf mit Airbus um Aufträge 2013 und 2014 in Dubai, Kanada und Island mit billigeren Preisen zum Zuge kam und dem europäischen Rivalen damit Schaden zufügte.

Die WTO entschied auch in mehreren weiteren Punkten [...] zugunsten der EU. So habe staatliche Unterstützung für Forschung und Entwicklung sehr wohl die Fertigstellung des Dreamliners Boeing 787 beschleunigt. [...]

Das WTO-Urteil trifft Boeing insofern, als bislang erhaltende staatliche Vergünstigungen nun beendet werden müssen. Es zieht aber keine Rückzahlungen erhaltener Subventionen oder Strafzahlungen des Konzerns nach sich. Von der WTO erlaubte Vergeltungsmaßnahmen sind in der Regel Strafzölle zwischen den Klageparteien. Sie sollen sich auf die betroffene Branche beziehen, aber das ist nicht zwingend vorgeschrieben.

USA unterliegen der EU. WTO: Boeing erhielt illegale Subventionen, in: ntv, Köln: ntv Nachrichtenfernsehen GmbH, 28.03.2019, https://www.n-tv.de/wirtschaft/WTO-Boeing-erhielt-illegale-Subventionen-article20935131.html (Zugriff: 05.10.2022)

M4 Die Folge – Strafzölle und Gegen-Strafzölle

a) Strafzölle der USA gegen die EU (Okt. 2019)

Die USA verhängen [...] Strafzölle in Milliardenhöhe auf Importe aus Europa. Bei der Einfuhr von Flugzeugen soll [...] eine zusätzliche Abgabe von 10 Prozent erhoben werden, bei zahlreichen anderen Produkten wie Käse, Wein, Butter, Olivenöl und Kaffee wird es ein Strafzoll von 25 Prozent sein. Die Zölle treffen demnach vor allem Produkte der Länder, die für die Airbus-Subventionen verantwortlich sind: Dies sind Deutschland, Frankreich, Spanien und Großbritannien. [...]

Schlichter der WTO hatten der US-Regierung am Mittwoch das Recht zugesprochen, Strafzölle von bis zu 100 Prozent auf Waren im Wert von 7,5 Milliarden Dollar zu erheben. Die Liste der neuen Strafzölle [...] umfasst Produkte wie Parmesan-Käse und Emmentaler genauso wie Kleidungsstücke, Messer oder Zangen.

b) Strafzölle der EU gegen die USA (Nov. 2020)

Die [EU-]Kommission habe von der Welthandelsorganisation WTO grünes Licht zur Erhebung von Strafzöllen bekommen, sagte EU-Handelskommissar Valdis Dombrovskis [...]. „Und das machen wir jetzt." Brüssel bleibe „natürlich" gleichzeitig offen für eine Verhandlungslösung. Die WTO hatte der europäischen Seite vor einem Monat erlaubt, als Vergeltung für illegale Staatshilfen für den Flugzeugbauer Boeing US-Produkte im Wert von jährlich vier Milliarden Dollar mit Strafzöllen zu belegen. [...] Die US-Strafzölle gelten bereits [...]. Die EU strebt nach Kommissionsangaben im Gegenzug Aufschläge auf in den USA hergestellte Flugzeuge sowie andere Güter wie Traktoren, Süßkartoffeln, Erdnüsse, Tabak und Ketchup an.

a) Käse, Wein, Butter: USA kündigen neue Strafzölle auf EU-Importe an, 03.10.2019 ©dpa; b) Subventionsstreit: EU verhängt Strafzölle auf US-Produkte, Bonn: Deutsche Welle, 09.11.2020, https://p.dw.com/p/3l2pn (Zugriff: 06.10.2022)

M5 Wie funktioniert die Streitschlichtung der WTO?

Wenn ein Mitgliedstaat der Welthandelsorganisation einen Bruch der WTO-Regeln auf seine Kosten vermutet, kann er die Streitschlichtung einschalten. Anschließend beginnt ein mehrstufiges Verfahren, das mehrere Jahre dauern kann. Zunächst ist eine sechsmonatige Konsultationsphase mit dem Ziel, den Streit gütlich zu lösen, obligatorisch. Gelingt dies nicht, kann die klagende Partei die erste Instanz der Streitschlichtung anrufen. Dazu wird ein sogenanntes Panel aus juristischen Handelsexperten gebildet, die nicht bei der WTO angestellt sind. Gegen den Schiedsspruch des Panels kann Berufung eingelegt werden. Der Schiedsspruch dieser Berufungsinstanz (*Appellate Body*) wird erst dann rechtskräftig, wenn er von den WTO-Mitgliedern (*Dispute Settlement Body*) formell angenommen wurde. Das verklagte Land muss sich anschließend wieder regelkonform verhalten, andernfalls kann der Kläger mit Zustimmung der WTO Gegenmaßnahmen ergreifen und in Höhe des Streitwerts Zölle auf Produkte des verklagten Landes erheben.

WTO – Wie geht es weiter?, in: Informationsdienst des Instituts der Deutschen Wirtschaft, Köln, 11.12.2019, https://www.iwd.de/artikel/wto-wie-geht-es-weiter-453081/ (Zugriff: 11.09.2022)

INFO

Konsultation gemeinsame Beratung
obligatorisch verpflichtend
Panel Personengruppe

1 Entwickeln Sie Vermutungen darüber, inwiefern die Produktion von Flugzeugen einen Handelskonflikt auslösen kann (M1).

2 Analysieren Sie arbeitsteilig M2 und M3 anhand der Aspekte: **a)** Gegenstand der Streitentscheidung, **b)** Ergebnis der Streitentscheidung, **c)** Rolle der WTO bei der Streitentscheidung, **d)** Konsequenzen der Entscheidung für die Streitparteien.

3 Nehmen Sie aus der Sicht eines amerikanischen sowie eines europäischen Konsumenten Stellung zu den in M4 aufgeführten Strafzöllen.

4 **Zusatzaufgabe:** Beurteilen Sie Stärken und Schwächen der Streitschlichtung der WTO (M2, M3, M5).

Strukturen und Probleme des internationalen Handels

Tendenzen des Welthandels

Der **Welthandel**, d. h. der Handel zwischen Staaten, ist von 1960 bis 2020 um über 1.700 Prozent gestiegen. Das ist deutlich mehr als der Anstieg der internationalen **Warenproduktion**, die im selben Zeitraum um etwas mehr als 600 Prozent zunahm. Zu beobachten sind drei Tendenzen:

- zum einen die **Dominanz der sogenannten Triade** (EU, USA und die wirtschaftsstarken Staaten Ostasiens), die einen Großteil der weltweiten Handelsströme auf sich vereinigt;
- zum anderen die **starken Handelsströme innerhalb der verschiedenen Weltregionen**;
- drittens ein **Nord-Süd-Gefälle** im Welthandel, das darauf zurückgeht, dass die meisten Entwicklungsländer im Süden des Erdballs, die wirtschaftlich stärksten Länder und fast alle Industrieländer im Norden liegen. Dies führt zu einer charakteristischen Struktur des Warenverkehrs: Exporte des „industriellen Nordens“ sind Industriegüter, die vom „globalen Süden“ importiert werden. Der Süden exportiert dagegen vornehmlich Rohstoffe mit geringer Fertigungstiefe sowie fossile Energieträger in den Norden.

Die Welthandelsorganisation (WTO)

Die WTO ist das zentrale Forum für die Ausrichtung der weltweiten Handelspolitik. Die meisten Staaten gehören ihr an. Anliegen der WTO ist die **Liberalisierung des Welthandels** durch den Abbau von Zöllen und nichttarifären Handelshemmnissen.Leitende Prinzipien der WTO sind:

- das **Meistbegünstigungsprinzip** (Handelsvorteile, die einem Vertragspartner gewährt werden, müssen allen Vertragspartnern gewährt werden),
- das **Prinzip der Inländergleichbehandlung** (ausländische und inländische Unternehmen, Waren und Dienstleistungen müssen gleichbehandelt werden),
- das **Prinzip der Gegenseitigkeit** (was der eine Staat dem anderen Staat an Handelserleichterungen einräumt, muss der andere Staat auch umgekehrt gewähren) und
- das **Transparenzprinzip** (die von den Mitgliedstaaten angewendeten Regelungen im Handelsverkehr müssen allen Staaten mitgeteilt werden).

Im Verkehr zwischen Industriestaaten und Entwicklungsländern darf es **Ausnahmen** von den Prinzipien der Meistbegünstigung, Gleichbehandlung und Gegenseitigkeit geben, um die Entwicklung der schwächeren Volkswirtschaften nicht zu gefährden.

Theorien des internationalen Handels

Der schottische Philosoph Adam Smith stellte die These auf, dass Tausch und Handel zur Verbesserung der Wohlfahrtssituation der daran beteiligten Staaten beitragen. Es bietet sich demnach für jeden Staat an, sich auf die Produktion der Güter zu spezialisieren, bei denen er **absolute Kostenvorteile** hat, d. h. günstiger als andere Länder produzieren kann. Diese Güter bietet er dann zum Tausch für Güter an, die andere Staaten kostengünstig herstellen können. Die so begründete internationale Arbeitsteilung fördert den allgemeinen Wohlstand.

Selbst wenn ein Staat alle Güter teurer herstellt als ein Nachbarland, lohnen sich Arbeitsteilung und Handel. In der Regel sind die Kostennachteile bei der Produktion der verschiedenen Güter nämlich unterschiedlich stark. Der Staat sollte sich auf die Herstellung (und den Export) der Güter spezialisieren, bei denen er im Verhältnis zur Produktion anderer Güter einen sogenannten **komparativen Kostenvorteil** hat. Der englische Nationalökonom David Ricardo konnte in seiner Theorie der komparativen Kostenvorteile nachweisen, dass ein Handel auf dieser Basis den allgemeinen Wohlstand steigert.

Eine moderne Außenhandelstheorie ist die **Produktlebenszyklus-Theorie**. Sie kann erklären, dass hoch entwickelte Industrieländer innovative Produkte produzieren und exportieren, während Entwicklungsländer dieselben Güter kostengünstig produzieren und exportieren, wenn sich deren Herstellung in den Industrieländern nicht mehr lohnt.

Die **Theorie des intraindustriellen Handels** kann erklären, dass ein Großteil des Außenhandels zwischen den entwickelten Industrieländern stattfindet. Hierzu trägt die Kaufkraft der in diesen Ländern lebenden Menschen ebenso bei wie ein Set an Marketingmaßnahmen.

Freihandel versus Protektionismus

Die Geschichte der internationalen Wirtschaftsbeziehungen ist geprägt von der Auseinandersetzung zwischen Anhängern des Freihandels und des Protektionismus. Die Parteigänger des **Freihandels** fordern eine Öffnung der Märkte und den Abbau von Handelshemmnissen. Die Befürworter des **Protektionismus** wollen die heimischen Märkte sowie bestehende heimische Arbeitsplätze durch den Aufbau von Handelshemmnissen schützen.

Argumente für Freihandel	Argumente für Protektionismus
▪ Die internationale Konkurrenz sorgt dafür, dass die Produktionsfaktoren optimal eingesetzt werden. ▪ Die Wirtschaft ist innovativ und dynamisch. ▪ Geschützte Industriezweige tun sich schwer, wettbewerbsfähig zu werden. ▪ Die Verbraucherpreise sind niedrig. ▪ Die Versorgung mit Gütern ist weltweit optimal gewährleistet. ▪ Die internationale Arbeitsteilung fördert die Kooperation zwischen den Staaten. ▪ Schutzzölle führen nur dazu, dass sich Unternehmen dem Wettbewerb entziehen und Monopolgewinne kassieren. Die Konsumenten sind die Benachteiligten. ▪ Protektionistische Maßnahmen provozieren Vergeltungen des Auslands.	▪ Im internationalen Wettbewerb unterlegene „alte“, gleichwohl wichtige Wirtschaftszweige (z. B. Landwirtschaft) werden geschützt. ▪ Junge, sich entwickelnde Industrien müssen so lange geschützt werden, bis sie sich im internationalen Wettbewerb behaupten können. ▪ Politisch und militärisch wichtige heimische Wirtschaftssektoren werden geschützt, um eine Abhängigkeit von anderen Ländern zu verhindern. ▪ Importe aus dem Ausland vernichten heimische Arbeitsplätze oder zwingen heimische Unternehmen zur Produktionsumstellung. Für die Arbeitskräfte bedeutet das Umschulungen oder Umzüge. ▪ Gesundheits- und umweltgefährdende Importe werden abgewehrt. ▪ Zölle und Steuern auf Importe verschaffen dem Staat Einnahmen.

Tarifäre und nichttarifäre Handelshemmnisse

Tarifäre Handelshemmnisse sind in öffentlichen Verzeichnissen (Tarifen), Gesetzen oder Verordnungen zu finden. Sie umfassen in erster Linie Zölle. Dies sind Abgaben, die Staaten beim grenzüberschreitenden Handel auf die Einfuhr von Gütern erheben. Zölle sollen Einfuhren hemmen. Sie verschaffen ferner dem Staat Einnahmen.

Nichttarifäre Handelshemmnisse sind zum einen Kontingente, d. h. mengenmäßige Einfuhrbeschränkungen, und zum anderen Ein- bzw. Ausfuhrverbote für unerwünschte Gütern. Dann gibt es noch regulatorische Handelshemmnisse. Ihnen rechnet man Grenzformalitäten, technische Standards und Normen sowie Gesundheits- oder Umweltschutzvorschriften zu, die den Anschein sachlicher Erfordernisse haben, aber leicht auch willkürlich oder diskriminierend zulasten ausländischer Anbieter gehandhabt werden können.

Ein Instrument der aggressiven Exportförderung ist das Dumping. Es liegt vor, wenn ein Produkt auf Auslandsmärkten systematisch und nachhaltig zu Preisen verkauft wird, die nicht die Herstellungs- und Transportkosten decken oder deutlich unter dem Inlandspreis liegen.

Terms of Trade

Die Terms of Trade geben an, welche Mengen an Importgütern ein Land im Austausch einer Einheit seiner Exportgüter erwerben kann. Entwickeln sich die Terms of Trade positiv, erhält ein Land für seine Exporte mehr Importwaren als vorher. Das heißt zugleich, dass sich seine internationale Wettbewerbsposition verbessert hat. Die Terms of Trade sind für die Entwicklungsländer zunehmend schlechter geworden.

Die handelspolitische Situation der Entwicklungsländer

Die Entwicklungsländer werden durch den Freihandel benachteiligt. Er hindert sie daran, den technologischen Abstand zu verringern, der sie von den Industrieländern trennt. Ohne tarifären Schutz sind sie im industriellen Sektor nicht wettbewerbsfähig. Die Entwicklungsländer befürworten daher die Errichtung von Schutzzöllen für die Einfuhr von Fertigprodukten aus den Industrieländern.

3. Bewältigung globaler Probleme durch die Vereinten Nationen

3.1 Zu viele Probleme auf zu vielen Ebenen?

BEGRIFF

Fachkonzepte
Effizienz
Nachhaltigkeit
Frieden
Gerechtigkeit

INTERNET

WES-118484-231
Weitere Informationen zum Thema dieser Karikatur

M1 Karika-Tour

①

Zeichnung: Sebastian Mandzel, 01.07.2022

INTERNET

WES-118484-232
Weitere Informationen zum Thema dieser Karikatur

②

"AMERIKANISCHER PLASTIKMÜLL AN EINEM EUROPÄISCHEN STRAND... WOW! DIE GLOBALISIERUNG FUNKTIONIERT!"

Zeichnung: Karsten Schley, 30.01.2022

Zeichnung: Schwarwel, 11.03.2019

INTERNET

WES-118484-233
Weitere Informationen zum Thema dieser Karikatur

Zeichnung: Christiane Pfohlmann, 03.02.2011

INTERNET

WES-118484-234
Weitere Informationen zum Thema dieser Karikatur

1 **a)** Analysieren Sie mithilfe einer Internetrecherche (siehe Webcodes/QR-Codes in der Randspalte) arbeitsteilig die Karikaturen (M1) hinsichtlich ihrer Aussageabsicht zum Thema globale Probleme.
b) Präsentieren Sie sich die Ergebnisse gegenseitig und formulieren Sie gemeinsam drei bis vier möglichst konkrete, aus Ihrer Sicht besonders drängende globale Probleme.

M2 Politische Steuerung in Zeiten der Globalisierung

QUERVERWEIS

Informationen zu den **Vereinten Nationen (UNO)** finden Sie ab S. 142 (siehe auch Glossar).

INFO

zivilgesellschaftliche Akteure z. B. Vereine, Verbände bzw. Nichtregierungsorganisationen (siehe auch Glossar)

Interdependenzen wechselseitige Abhängigkeiten

kollektiv gemeinschaftlich

Um Politik geht es überall da, wo Gesellschaften darüber entscheiden, wie sie leben wollen, und dann versuchen, diese Entscheidungen umzusetzen. Dabei geht es immer auch um die Verteilung von verfügbaren Ressourcen und Lebenschancen innerhalb der eigenen Gesellschaft und ihren Umgang mit anderen Gesellschaften. [Grundsätzlich lassen sich] mindestens fünf [politische] Ebenen unterscheiden: Die lokale Ebene (Gemeinden, Städte), die substaatlich regionale Ebene (Provinzen, Bundesländer), die nationalstaatliche Ebene, die regionale Ebene jenseits des Nationalstaates (zum Beispiel die Europäische Union) und schließlich die globale Ebene (repräsentiert durch das Institutionengefüge der Vereinten Nationen).
Über das gesamte Spektrum der Politik hinweg lässt sich eine sich tendenziell immer weiter öffnende Schere zwischen dem Bedarf an politischer Steuerung einerseits und der Fähigkeit der Politik, diese Steuerungsleistungen zu erbringen, andererseits feststellen. Ganz allgemein formuliert, bewirkten und bewirken die Prozesse der Globalisierung zunehmende Vernetzungen von Individuen und Gesellschaften in tendenziell immer weiter ausgreifenden, nicht selten globalen Zusammenhängen.
Für die wachsenden weltweiten Interdependenzen steht besonders exemplarisch die Erwärmung der Erdatmosphäre. Um die damit verbundenen Risiken zu beherrschen, bedarf es einer Veränderung individuellen und kollektiven Verhaltens im Weltmaßstab. Dies kann allein Politik leisten. Ohne eine global abgestimmte politische Umsteuerung könnte es zu katastrophalen Folgen kommen. Es ist unübersehbar, dass die bisherigen klimapolitischen Anstrengungen völlig unzureichend sind, um das selbstgesteckte Ziel der Begrenzung der Erderwärmung um zwei Grad Celsius zu erreichen.
Die dynamischen Wachstumsprozesse der Globalisierung haben auch zu einer deutlichen Zunahme von Akteuren in vielen Bereichen der internationalen Beziehungen geführt. So stieg die Zahl der Mitgliedstaaten der Vereinten Nationen von 91 im Jahr 1960 und 154 im Jahr 1990 auf derzeit 193. Weitaus dynamischer noch verlief das zahlenmäßige Wachstum bei grenzüberschreitend tätigen Unternehmen und zivilgesellschaftlichen Akteuren. [D]ie Steuerung der Weltpolitik, das Regieren der Welt (*global governance*) wird schwieriger. Interessenausgleich wird schwieriger, Problemlösungen werden komplexer und politische Steuerung wird aufwendiger.
Wie kann sich die Politik unter diesen Voraussetzungen behaupten? Sie kann versuchen, ihre inneren Abläufe, ihre Entscheidungsprozesse und ihre Steuerungsfähigkeiten zu optimieren – etwa, indem sie Aufgaben nach unten delegiert [z. B. an Bundesländer, Kommunen, Unternehmen oder Individuen] oder sich mit anderen in regionalen Zusammenschlüssen [wie z. B. der Europäischen Union] zusammenschließt, um geteilte Probleme gemeinsam zu lösen. Viele Indizien sprechen insgesamt [allerdings] dafür, dass die Leistungsfähigkeit der Politik im Weltmaßstab durch die enormen – und voraussichtlich in Zukunft weiter rasch zunehmenden – Anforderungen der technologischen Entwicklung und der Globalisierung zunehmend prekär geworden ist.

Hanns W. Maull, Von den Schwierigkeiten des Regierens in Zeiten der Globalisierung, in: Aus Politik und Zeitgeschichte, Bonn: Bundeszentrale für politische Bildung, 24.07.2015, https://www.bpb.de/shop/zeitschriften/apuz/209964/von-den-schwierigkeiten-des-regierens-in-zeiten-der-globalisierung/ (Zugriff: 17.08.2022) (verändert = gekürzt)

1 Arbeiten Sie die Position Hanns W. Maulls zu politischer Steuerungsfähigkeit in Zeiten der Globalisierung heraus (M2). HILFE

2 **Wählen Sie eine Aufgabe aus:**

a) Entwickeln Sie mithilfe der Kopfstandmethode (S. 141) in Kleingruppen Maßnahmen zur Lösung der Probleme aus Aufgabe 1 (S. 139).
Nehmen Sie in Schritt 6 Bezug auf die Position Hanns W. Maulls (M2).

b) Entwickeln Sie ausgehend von Ihren bisherigen Ergebnissen eine begründete Einschätzung zur Frage, welche Ebenen und Akteure sich zur Entwicklung und Durchsetzung wirksamer Maßnahmen für globale Probleme besonders eignen.

Mit der Kopfstandmethode kreative Maßnahmen entwickeln

Oftmals werden Sie in unserem Fach mit gesellschaftlichen, politischen und/oder ökonomischen Problemen konfrontiert. Ihnen werden Maßnahmen präsentiert, mit denen diesen Problemen begegnet wird. Sie bilden sich ein Urteil darüber, ob die Maßnahme z. B. effizient oder legitim ist. In anderen Fällen wird von Ihnen verlangt, zu einem Problem eine eigene Maßnahme zu entwickeln. Die „Kopfstandmethode" kann dazu beitragen, dass Sie hierbei zu kreativen Lösungen kommen.

Schritt 1:
Formulieren Sie ausgehend von Ihrer inhaltlichen Einarbeitung in das Problem eine Ursprungsfrage, die mit „Wie" beginnt (z. B. „Wie kann erreicht werden, dass Autofahrerinnen und Autofahrer rücksichtsvoller miteinander umgehen?").

Schritt 2:
Stellen Sie ihre Ursprungsfrage inhaltlich auf den Kopf und formulieren Sie gemeinsam eine Kopfstandfrage (z. B. „Wie kann erreicht werden, dass Autofahrerinnen und Autofahrer rücksichtloser miteinander umgehen?").

Schritt 3:
Sammeln Sie nun in Kleingruppen Antworten auf die Kopfstandfrage. Diese Antworten können durchaus (etwas) absurd sein.

Schritt 4:
Kehren Sie gedanklich zur Ursprungsfrage aus Schritt 1 zurück. Nutzen Sie die Antworten auf die Kopfstandfrage aus Schritt 3 und einigen Sie sich davon ausgehend in Ihrer Kleingruppe auf eine Maßnahme, die Sie in Ihrer Gruppe entwickeln wollen.

Schritt 5:
Entwickeln Sie entlang folgender Aspekte eine Maßnahme:
- (ggf. werbewirksamer) Titel der Maßnahme
- konkrete(s) Ziel(e) der Maßnahme
- politische Ebene (z. B. lokal/regional/national/europäisch/global), auf der die Maßnahme initiiert und/oder umgesetzt werden soll
- Initiatorinnen und Initiatoren der Maßnahme (z. B. Staaten/Regierungen, Organisationen, Wirtschaftsunternehmen, Verbände, Individuen)
- Adressat(en) bzw. Zielgruppe(n) der Maßnahme
- weitere von der Maßnahme betroffene Akteure/Personengruppen
- Einschätzung zur Schnelligkeit der Umsetzung der Maßnahme (kurz-, mittel-, langfristig)
- Einschätzung zur Wirksamkeit der Maßnahme
- Einschätzung zum Verhältnis von Aufwand und Ertrag der Maßnahme
- Antizipation möglicher Hürden oder Hindernisse für eine erfolgreiche Umsetzung der Maßnahme.

Schritt 6:
Präsentieren Sie einzelne (höchstens zwei!) Maßnahmen im Plenum. Die Zuschauenden bekommen vor der Präsentation Beobachtungsaufträge (z. B. Notizen zu Chancen und Grenzen der Maßnahme anfertigen). Anschließend erfolgt eine kriteriengeleitete (Effizienz, Legitimität) bzw. wertebezogene Rückmeldung an die präsentierende Gruppe, die ihre Maßnahme gegenüber ihren Mitschülerinnen und Mitschülern argumentativ verteidigen kann.

QUERVERWEIS

MODELL Politische Urteilskompetenz (mit Urteilskriterien) S. 66–67

Schritt 7:
Reflektieren Sie die Umsetzbarkeit, die Wirksamkeit sowie die Effizienz der „Kopfstandmethode".

3.2 Die Vereinten Nationen (UNO) als globale Problemlöser?

BEGRIFF

Fachkonzepte
Effizienz
Interdependenz

M1 Aufgaben der Vereinten Nationen

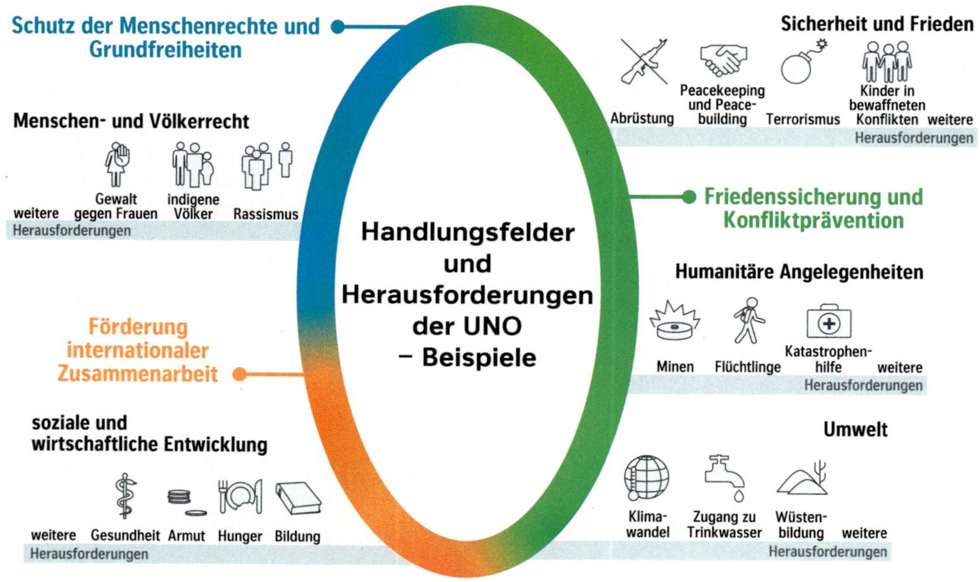

Quelle: Bundeszentrale für politische Bildung, Bonn, 2010, www.bpb.de

© Westermann 30128EX

M2 Chancen und Grenzen einer Weltorganisation

INFO

Vetorecht
Mit dem Vetorecht („veto“: lateinisch = „Ich verbiete“) können die fünf ständigen Mitglieder des UN-Sicherheitsrats Entscheidungen blockieren bzw. zu Fall bringen. Insbesondere Russland hat in der Vergangenheit davon Gebrauch gemacht, z. B. im Zusammenhang mit dem Syrienkrieg oder dem völkerrechtswidrigen Angriff Russlands auf die Ukraine.

GLOSSAR

Staat

Die [Organisation der Vereinten Nationen, auch „UNO“], entstanden aus dem Wunsch nach Friedenswahrung, ist die einzige Organisation, deren Grundsätze und Ziele universell anerkannt werden. [D]erzeit haben sich in der UNO 193 Staaten zusammengeschlossen, um den Weltfrieden zu bewahren und humane Lebensbedingungen für eine Weltbevölkerung von mehr als 7,5 Milliarden Menschen zu gewährleisten. [...]

Das Herzstück der Vereinten Nationen [ist die] Generalversammlung. [Ihr] gehören alle 193 Mitglieder auf der Grundlage des Prinzips „Ein Staat – eine Stimme“ an. Beschlüsse der Generalversammlung [...] entfalten jedoch keine Bindungswirkungen für die Staatenwelt. Dies ist anders beim Sicherheitsrat, dem mächtigsten [UN-Organ]. Die fünf ständigen (China, Frankreich, Großbritannien, Russland und USA) und zehn nicht ständigen Mitglieder können zur Sicherung des Friedens sehr weitreichende und vor allem rechtlich bindende Entscheidungen treffen, die alle Staaten befolgen und umsetzen müssen. Zudem kommt den ständigen Mitgliedern aufgrund ihres Vetorechts eine besondere Vormachtstellung zu, die sie deutlich von den übrigen Mitgliedstaaten unterscheidet. [...]

Das umfassende Friedensverständnis der UNO geht über die Verhinderung von Krieg und Gewalt hinaus. Es schließt entwicklungspolitische Aufgaben ebenso ein wie Umwelt- und Klimaprobleme oder die weltweite Verbesserung der Menschenrechte. [...]

Zweifellos eröffnet die UNO ihren Mitgliedstaaten und Partnern vielfältige Möglichkeiten zu internationaler Zusammenarbeit und kollektivem Handeln. Zugleich jedoch ist die politische Praxis der Vereinten Nationen gerade in der Friedenssicherung häufig durch halbherzige Entscheidungen gekennzeichnet, die nach langwierigen Diskussionen zustande kommen und dann unzureichend ausgeführt werden.

Neben den bürokratischen Hemmnissen, die in jeder Großorganisation auftreten, zeigt sich hier ein Grundproblem, welches die Arbeit der UNO durchgängig prägt: Einerseits haben sich die Mitgliedstaaten der UNO auf der Grundlage des Prinzips souveräner Gleichheit angeschlossen, andererseits ist es der Zweck dieser Organisation, die souveränen Rechte der Staaten – etwa bei der Anwendung von Gewalt, bei den Menschenrechten oder beim Klimaschutz – zugunsten gemeinschaftlicher Interessen zu begrenzen bzw. zu kontrollieren.
Vor dem Hintergrund dieser Grundspannung versuchen die Staaten im Rahmen ihrer Machtmittel und Durchsetzungsfähigkeit, ein höchstmögliches Maß an eigenen Interessen zu realisieren. Da sich souveräne Staaten ungern überstimmen lassen, besteht in der UNO das ungeschriebene Gesetz, Entscheidungen mit einer breiten Mehrheit, möglichst im Konsens zu treffen. Entsprechend lang gestalten sich dann die Verhandlungen zwischen den 193 Staaten und entsprechend weich sind dann oft die erzielten Kompromisse.
[Die] UNO [bleibt] trotz ihrer Schwächen eine unverzichtbare Organisation, die ihre Mitglieder immer wieder an deren selbst eingegangene Verpflichtungen zum Wohle der Menschheit erinnert und deren Einhaltung anmahnt.

Sven Bernard Gareis, UNO- Stärken und Schwächen einer Weltorganisation, in: Informationen zur politischen Bildung, Bonn: Bundeszentrale für politische Bildung, 15.07.2015, https://www.bpb.de/shop/zeitschriften/izpb/209686/uno-staerken-und-schwaechen-einer-weltorganisation/ (Zugriff: 17.08.2022)

INFO

Die **Souveränität** eines Staates besteht darin, dass er selbst entscheiden kann, was im Inneren sowie in den Beziehungen zu anderen Staaten geschehen soll.
Der souveräne Staat hat die Macht, seine Gesetze und seine Regierungsform selbst zu bestimmen. Fremde Staaten dürfen sich nicht einmischen.
Das **Prinzip der souveränen Gleichheit** schließt die (rechtliche) Herrschaft eines souveränen Staates über einen anderen aus, nicht aber die gemeinsame Unterordnung aller Staaten unter die verfasste internationale Gemeinschaft.

M3 Aufbau der Vereinten Nationen

Die Vereinten Nationen

Hauptorgane

Generalversammlung	Sicherheitsrat	Wirtschafts- und Sozialrat	Sekretariat	Internationaler Gerichtshof	Treuhandrat
Sitz in New York	*New York*	*New York*	*Hauptsitz New York*	*Den Haag*	*New York*
193 Mitgliedstaaten	15 Mitglieder	54 Mitglieder	mit Generalsekretär	15 Richter/innen	5 Mitglieder

Ausgewählte Fachorganisationen und Nebenorgane

Sonderorganisationen* (*Auswahl*)

		Sitz in
UNESCO	Bildung, Kultur	*Paris*
ILO	Arbeitsorganisation	*Genf*
WHO	Weltgesundheitsorganisation	*Genf*
FAO	Ernährungsorganisation	*Rom*
IWF	Internat. Währungsfonds	*Washington*
Weltbankgruppe		*Washington*

Spezialorgane (*Auswahl*)

UNCTAD	Handel	*Genf*
UNHCR	Flüchtlingshilfe	*Genf*
WFP	Welternährungsprog.	*Rom*
UNICEF	Kinderhilfswerk	*New York*
UNDP	Entwicklung	*New York*
UNFPA	Bevölkerungsfonds	*New York*
UNEP	Umwelt	*Nairobi*
HABITAT	Wohnungsprog.	*Nairobi*
UNU	UN-Universität	*Tokio*

Verwandte Organisationen (*Auswahl*)

WTO	Welthandel	*Genf*
IAEA	Atomenergie	*Wien*
OPCW	Verbot chemischer Waffen	*Den Haag*

Quelle: Vereinte Nationen, Stand Frühjahr 2014

*rechtlich und finanziell selbstständig © Globus 6433

INTERNET

WES-118484-235
Erklärfilm zur UNO und zum UN-Sicherheitsrat

1 Formulieren Sie ausgehend von M1 in Einzel- oder Partnerarbeit Vermutungen darüber, vor welchen Herausforderungen die Vereinten Nationen bei der Erfüllung ihrer Aufgaben stehen. HILFE

2 Arbeiten Sie Chancen und Grenzen der Vereinten Nationen, das „Wohle der Menschheit" (M2, Z. 72 f.) zu verbessern, heraus. HILFE

3 Erläutern Sie mithilfe von M3 das „umfassende Friedensverständnis der UNO" (M2, Z. 29 f.).

4 Präsentieren Sie einzelne Vermutungen aus Aufgabe 1 im Plenum und überprüfen Sie gemeinsam, ob diese zutreffend sind.

3.3 Die UN-Nachhaltigkeitsagenda 2030 – sehr ambitionierte, aber dringend notwendige Ziele?

BEGRIFF

Fachkonzepte
Nachhaltigkeit
Effizienz
Gerechtigkeit

INFO

Die **Nachhaltigkeitsagenda 2030** wurde von allen Mitgliedstaaten der Vereinten Nationen verabschiedet. Sie trat am 1. Januar 2016 in Kraft und soll innerhalb von 15 Jahren umgesetzt werden. International ist die Agenda als „Sustainable Development Goals“ (SDGs) bekannt. In Deutschland ist ihr offizieller Titel „Transformation unserer Welt: die Agenda 2030 für nachhaltige Entwicklung“. Viele Hintergrundinformationen zu den einzelnen Zielen finden Sie unter

WES-118484-236

GLOSSAR

Armut
Menschenrechte
Nachhaltigkeit

F

Erklärfilm: Von den Millenniumszielen zu den Sustainable Development Goals

M1 Die Nachhaltigkeitsagenda 2030

M2 Für die Menschen, den Planeten und den Wohlstand

Aus der Präambel der Resolution der UN-Generalversammlung vom 21.09.2015 zur Nachhaltigkeitsagenda 2030:

Diese Agenda ist ein Aktionsplan für die Menschen, den Planeten und den Wohlstand [und setzt auf allen sozialen, politischen und ökonomischen Ebenen an]. Sie will [...] den universellen Frieden in größerer Freiheit festigen. Wir sind uns dessen bewusst, dass die Beseitigung der Armut in allen ihren Formen und Dimensionen, einschließlich der extremen Armut, die größte globale Herausforderung und eine unabdingbare Voraussetzung für eine nachhaltige Entwicklung ist.
Alle Länder und alle Interessenträger werden diesen Plan in kooperativer Partnerschaft umsetzen. Wir sind entschlossen, die Menschheit von der Tyrannei der Armut und der Not zu befreien und unseren Planeten zu heilen und zu schützen. Wir sind entschlossen, die kühnen [...] Schritte zu unternehmen, die dringend notwendig sind, um die Welt auf den Pfad der Nachhaltigkeit und der Widerstandsfähigkeit zu bringen. Wir versprechen, auf dieser gemeinsamen Reise, die wir heute antreten, niemanden zurückzulassen.
Die heute [25.09.2015] von uns verkündeten 17 Ziele für nachhaltige Entwicklung und 169 Zielvorgaben zeigen, wie umfassend und ambitioniert diese neue universelle Agenda ist. [...] Sie sind darauf gerichtet, die Menschenrechte für alle zu verwirklichen und Geschlechtergleichstellung und die Selbstbestimmung aller Frauen und Mädchen zu erreichen. Sie sind integriert und unteilbar und tragen in ausgewogener Weise den drei Dimensionen der nachhaltigen Entwicklung Rechnung: der wirtschaftlichen, der sozialen und der ökologischen Dimension. Die Ziele und Zielvorgaben werden in den nächsten fünfzehn Jahren den Anstoß zu Maßnahmen in den Bereichen geben, die für die Menschheit und ihren Planeten von entscheidender Bedeutung sind.

Resolution der Generalversammlung, verabschiedet am 25. September 2015: Transformation unserer Welt: die Agenda 2030 für nachhaltige Entwicklung, A/RES/70/1, dt. Fassung erschienen am 28.02.2022, https://www.un.org/depts/german/gv-70/band1/ar70001.pdf (Zugriff: 17.08.2022)

M3 Umsetzung der Agenda 2030

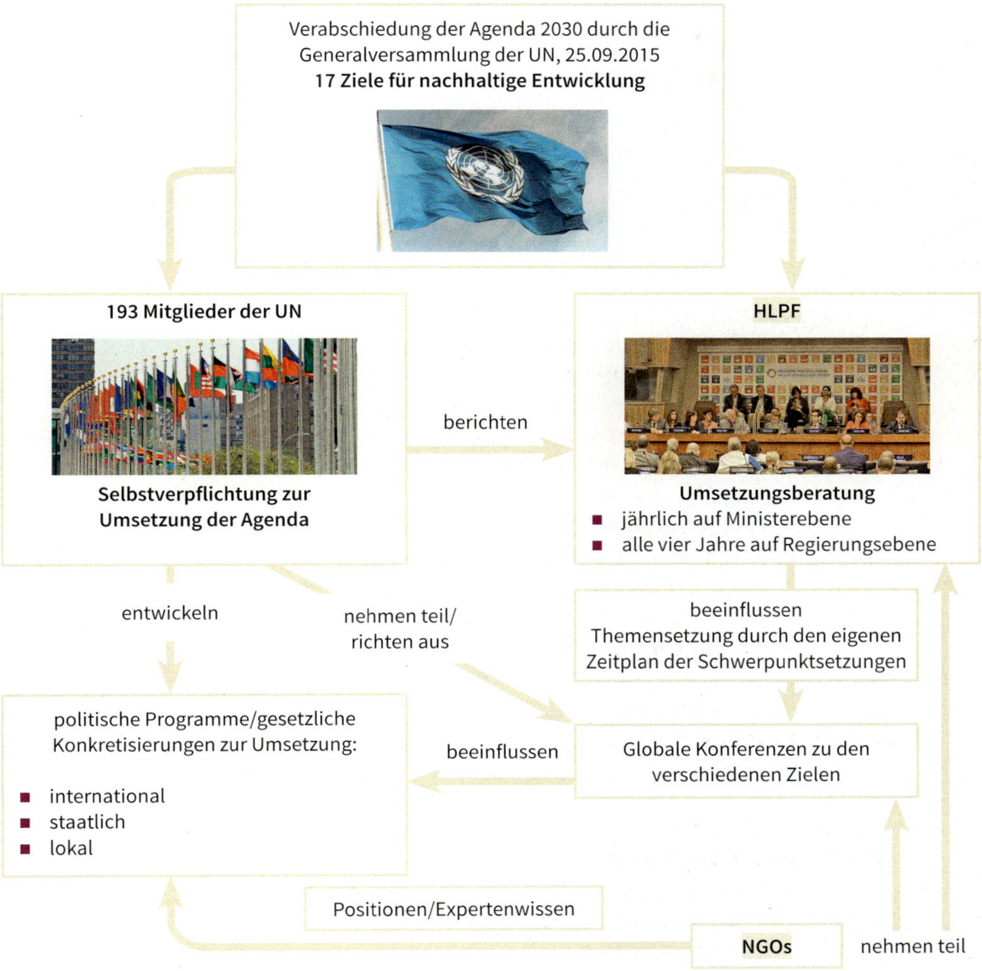

1 Wählen Sie per Zufallsprinzip aus Ziel 1 bis 16 (M1) vier Ziele aus. Bringen Sie diese vier Ziele in Kleingruppen in zwei begründete Rankings hinsichtlich ihrer
a) Relevanz (1 = sehr relevant, 2 = relevant, 3 = weniger relevant, 4 = irrelevant) und
b) Umsetzbarkeit (1 = gut umsetzbar, 2 = umsetzbar, 3 = weniger umsetzbar, 4 = nicht umsetzbar).
Tauschen Sie sich anschließend im Plenum über Ihre Entscheidungen aus.

2 Die Agenda 2030 berührt alle Dimensionen (wirtschaftlich, sozial, ökologisch) von Nachhaltigkeit. Erläutern Sie dies mithilfe von M1 und M2. HILFE

3 Beschreiben Sie die Umsetzung der Agenda 2030 (M3).

4 Die Agenda 2030 richtet sich offiziell an alle Staaten, die Zivilgesellschaft, die Wirtschaft, die Wissenschaft und an jede und jeden Einzelnen. Entwickeln Sie im Plenum begründete Einschätzungen zu folgenden Fragen:
- Wozu müssen die einzelnen Akteure bereit und in der Lage sein?
- Wie können messbare Erfolge kontrolliert werden?

Nutzen Sie Ziele aus Aufgabe 1 zur Konkretisierung.

5 **Zusatzaufgabe:** Recherchieren Sie, ob es in Ihrer Stadt, Gemeinde oder Schule Aktionen und Maßnahmen gibt, die explizit oder implizit mit der Agenda 2030 in Verbindung stehen. HILFE

INFO

HLPF
steht für das „Hochrangige Politische Forum für nachhaltige Entwicklung der Vereinten Nationen“ (High-Level Political Forum on Sustainable Development, HLPF). Die Homepage des HLPF ist zu erreichen unter

WES-118484-237

NGO
steht für „Nichtregierungsorganisation“ (Non Governmental Organization), also für Organisationen von Bürgerinnen und Bürgern, die lokal, regional, national oder international agieren. Sie erbringen eine Vielzahl von Leistungen und humanitären Aufgaben, tragen Anliegen der Zivilbevölkerung bei Regierungen vor und beobachten soziale, ökologische, ökonomische und politische Entwicklungen (siehe auch Glossar).

Operator „Stellung nehmen“ (Anforderungsbereich III)

Definition:
Beurteilung mit zusätzlicher Reflexion individueller, sachbezogener und/oder politischer Wertmaßstäbe, die Pluralität gewährleisten und zu einem begründeten eigenen Werturteil führen.

Was heißt das genau?

Der Operator „Stellung nehmen“ verlangt von Ihnen die Darlegung einer eigenen wertenden Position zu einer Streitfrage bzw. einer umstrittenen Angelegenheit. Diese Darlegung bezieht sich meistens auf Meinungen oder Behauptungen, die in Texten, Karikaturen oder Statistiken zum Ausdruck kommen.

Eine differenzierte, lineare, also nicht abwägende Argumentation muss in Ihren Ausführungen deutlich werden. Es sollte auch deutlich werden, dass das der Stellungnahme zugrundeliegende Material analytisch und argumentativ durchdrungen wurde. Ferner sollten Ihre Ausführungen durch sachbezogene Argumente abgesichert sein.

Besonders relevant ist die Orientierung an wertebezogenen Kriterien bzw. Wertmaßstäben. Diese Maßstäbe können sich z. B. auf das Wohl betroffener Individuen richten (z. B. mit Blick auf Gesundheit oder Gleichberechtigung). Sie müssen sich in Ihren Überlegungen zudem erkennbar an politischen Werten, die Pluralität gewährleisten (z. B. Freiheit, Solidarität, Gerechtigkeit), orientieren. Die perspektivische sowie sach- und wertebezogene inhaltliche Schwerpunktsetzung der Stellungnahme ist von der Streitfrage bzw. dem Sachverhalt sowie von der eigenen Position abhängig. Die Darlegung muss aber stets ein Sachurteil enthalten und auf ein eigenes Werturteil hinauslaufen.

QUERVERWEIS

MODELL Politische Urteilskompetenz (mit Urteilskriterien) S. 66–67

Checkliste zum „Stellung nehmen“

	✓ bzw. ++ + o – –– **und Verbesserungstipps**
Einleitung:	
Beginnt der Text mit einer aufgabenbezogenen Einleitung, die eine knappe Skizzierung der Streitfrage bzw. des Sachverhalts enthält?	
Hauptteil:	
Findet eine inhaltliche Einordnung mit Anknüpfung an die Materialgrundlage statt?	
Wird ein Sachurteil zur Streitfrage bzw. Angelegenheit entfaltet?	
Wird die Streitfrage bzw. Angelegenheit anhand relevanter sach- und wertebezogener Kriterien bzw. individueller und/oder politischer Wertmaßstäbe reflektiert?	
Wird eine differenzierte, begründete eigene Position entfaltet?	
Schluss:	
Handelt es sich um ein überzeugendes, aus der vorangegangenen Argumentation nachvollziehbar abgeleitetes Werturteil?	
Sprachlicher Ausdruck:	
Wird Fachsprache sicher und korrekt verwendet?	
Ist der sprachliche Ausdruck stilistisch angemessen, d. h. erkennbar argumentativ?	
Werden die Regeln in den Bereichen Rechtschreibung, Zeichensetzung und Grammatik beachtet?	

TIPP

Nutzen Sie die Checkliste zur Planung und beim Schreiben als Orientierungshilfe. Sie können Ihren Text auch mithilfe der Checkliste von Mitschülerinnen und Mitschülern korrigieren lassen und ihn im Anschluss überarbeiten. Die Aspekte/Kriterien der Checkliste können Sie ggf. in Absprache mit Ihrer Lehrkraft anpassen. Eine bearbeitbare Vorlage findet sich unter:

WES-118484-230

Beispielaufgabe

M 1 Bis 2030 bleibt kaum noch Zeit

Zeichung:
Marian Kamensky, 27.09.2015

1 Nehmen Sie zur Angemessenheit der Darstellung der UN-Nachhaltigkeitsagenda 2030 in der Karikatur von Marian Kamensky Stellung.

Möglicher Lösungsansatz (in gekürzter Form)

Die Nachhaltigkeitsziele der Vereinten Nationen sollen bis zum Jahr 2030 erreicht werden. Ob und inwiefern diese Ziele wirksam und hilfreich sind, kann auf unterschiedlichen argumentativen Ebenen reflektiert werden. In meiner Stellungnahme werde ich v. a. auf … eingehen.

aufgabenbezogene Einleitung mit knapper Skizzierung des Sachverhalts

Marian Kamensky stellt die UN-Nachhaltigkeitsagenda 2030 in seiner Karikatur vom 27.09.2015 als unwirksam dar. Die Versuche der UNO bzw. der Mitgliedstaaten der Vereinten Nationen, Hunger und Durst im globalen Süden zu bekämpfen, seien fehlgeschlagen und nicht zielgerichtet.

inhaltliche Einordnung

Untersuchungen zeigen, dass das vollständige Erreichen der UN-Nachhaltigkeitsziele bis zum Jahr 2030 aller Wahrscheinlichkeit nach nicht gelingen werde. Punktuell sind allerdings positive Entwicklungen zu verzeichnen. Mit Blick auf ein Agenda-Setting scheint die UN-Agenda durchaus eine gewisse Wirksamkeit entfaltet zu haben. Die politische Durchsetzbarkeit ist sehr herausfordernd, da viele Akteure und Ebenen ineinandergreifen müssen. Es muss ferner betont werden …

sachbezogene Beurteilung

Nimmt man die Perspektive von Menschen in Entwicklungsländern ein, wird die Dringlichkeit der Agenda-Ziele besonders deutlich. Dürren und Konflikte erschweren das Erreichen der ambitionierten Ziele. Im Sinne internationaler Solidarität sollten diese Ziele aber nicht aus den Augen verloren werden. Vor dem Hintergrund der Tatsache, dass der globale Norden seit Jahrzehnten von der internationalen Arbeitsteilung profitiert und dies oft zuungunsten des globalen Südens geschieht, wäre es ungerecht, insbesondere diejenigen Ziele, die sich auf existenzielle Aspekte wie die Beseitigung von Hunger, Durst (siehe Karikatur) und Armut beziehen, zu relativieren oder gar zu streichen. Vielmehr sollte, wie z. B. durch obige Karikatur, möglichst deutlich auf das Leid der Menschen und auf die Notwendigkeit, sie zu unterstützen, hingewiesen werden. Zudem …

Argumentation unter Berücksichtigung von Pluralität und Wertmaßstäben

Das Erreichen der UN-Agenda-Ziele war von vornherein umstritten. Sie wurden und werden als zu ambitioniert kritisiert. Wir brauchen aber diese ambitionierten Ziele, um langfristig das Leid und die Not vieler Menschen im Blick zu behalten. Wenn im Jahr 2030 festgestellt wird, dass die Ziele kaum oder zum Teil nicht erreicht wurden, muss dies zum Anlass genommen werden, unsere Anstrengungen zu intensivieren. Nachhaltigkeit ist kein Projekt, das über Nacht umgesetzt werden kann. Die Agenda-Ziele sind eine Menschheitsaufgabe und unsere internationale Solidarität gebietet es, dass wir sie noch viele Jahrzehnte verfolgen. Kamenskys Karikatur ist ein Beitrag, darauf aufmerksam zu machen. Seine eher fatalistische Sichtweise sollte von den betroffenen und beteiligten Akteuren jedoch nicht übernommen werden. Daher komme ich zu dem Schluss …

eigenes Werturteil

3.4 Ziele 5 und 16 – ist Werbung mit der Regenbogenfahne hilfreich?

M1 Die Regenbogenfahne in der Werbung

M2 Was bedeutet „Pinkwashing“?

INFO

LGBTQIA+
ist die Abkürzung für engl.: lesbian, gay, bisexual, transsexual/transgender, queer, intersexual und asexual = lesbisch, schwul, bisexuell, transsexuell, queer, intersexuell und asexuell. Daneben gibt es weitere Varianten dieser Abkürzung, z. B. LGBTI* (siehe M3). Die LGBTQIA+-Community wird in der Nachhaltigkeitsagenda 2030 nicht explizit erwähnt. Der Community nahestehende Verbände sehen sich und ihre Anliegen aber u. a. in den Zielen 5 und 16 repräsentiert.

Von „Pinkwashing“ spricht man dann, wenn Unternehmen damit werben, sich für die LGBTQIA+-Community einzusetzen, dies aber in der Realität nicht der Fall ist. „Gewisse Firmen nutzen die scheinbare Unterstützung von queeren Menschen als billiges Marketingmittel“, sagt [Stefan Vogler, Marketingexperte und Dozent an der Hochschule für Wirtschaft Zürich]. Firmen betreiben „Pinkwashing“, um sich als weltoffen zu präsentieren, anstatt beispielsweise lesbische oder schwule Menschen tatsächlich zu unterstützen. Oft gehe „Pinkwashing“ für Unternehmen nach hinten los. [...] Im Juni 2021 änderte [z. B.] BMW das Firmenlogo des internationalen Instagram-Accounts zu einem mit Regenbogenfarben. Auf den Accounts für Saudi-Arabien, Russland und Polen tat sich hingegen nichts. In diesen Ländern ist Homosexualität noch immer ein Tabuthema, teils sogar strafbar. Diese Aktion stieß auf viel Kritik. BMW wurde vorgeworfen, die LGBTQIA+-Community nicht wirklich zu unterstützen, sondern nur auf Profit aus zu sein. Kein Wunder, meint Stefan Vogler. „In unserer informierten Gesellschaft erkennen Konsumentinnen und Konsumenten Pinkwashing sofort.“

Alessandra Widmer, Co-Geschäftsleiterin der Lesbenorgansiation LOS, sieht im „Pinkwashing“ ein grosses Problem: „Pinkwashing verstärkt Queerfeindlichkeit.“ Zwar gebe es queeren Anliegen mehr Sichtbarkeit. Aber nebst Sichtbarkeit brauche es auch Sicherheit. „Die Sichtbarkeit, die durch Pinkwashing entsteht, macht die queere Community auch angreifbarer“, sagt Widmer. Wer queeren Menschen nur Sichtbarkeit gebe, aber keine Sicherheit, habe nicht viel erreicht. Wichtig sei, dass Firmen die queere Community das ganze Jahr über unterstützen – nicht nur im Pride-Monat Juni: „Auch dann, wenn es den eigenen Zwecken gerade nicht so viel bringt.“ [...] Widmer [zufolge] könnten Firmen beispielsweise an gemeinnützige Organisationen spenden, die queere Menschen unterstützen. Dazu gehöre auch, dass Firmen intern eine Unternehmenskultur schaffen, in der sich queere Mitarbeitende sicher fühlen.

Lisa Wickart, Das Problem mit Pinkwashing, Zürich: Radio SRF 3, 28.06.2022, https://www.srf.ch/radio-srf-3/profit-mit-pride-das-problem-mit-pinkwashing (Zugriff: 17.08.2022)

M3 Die queere Community und die Bundeswehr

[Am 1. Juni 2022] weht vor dem Bundesverteidigungsministerium in Berlin die Regenbogenflagge als solidarisches Zeichen für LGBTI*-Menschen. Erstmals in diesem Jahr darf das Symbol der LGBTI*-Community offiziell zu bestimmten Anlässen vor Bundesgebäuden der Bundesregierung gehisst werden.

Kritik wird indes [...] von der queeren Community innerhalb der Bundeswehr, dem Verein QueerBw, laut – denn während sich Verteidigungsministerin Christine Lambrecht (SPD) gerne mit der Regenbogenflagge abbilden lässt, fehlen queere Vertreter aus den Reihen der Bundeswehr beinahe gänzlich. Eine Flagge allein beseitige weder die Diskriminierung noch andere Probleme, die queere Menschen innerhalb der Bundeswehr haben.

Die medial inszenierte Beflaggung sorgt gerade auch jetzt für Wut und Unbehagen, weil im Schatten der wehenden Regenbogenfahne es immer wieder zu queerfeindlichen und strukturellen Problemen im Umgang mit LGBTI*-Menschen kommt.

Das jüngste Beispiel dreht sich um Anastasia Biefang – sie ist Stabsoffizierin der Luftwaffe im Dienstgrad eines Oberstleutnants und die erste offen transgeschlechtliche Bataillonskommandeurin der deutschen Bundeswehr. Nachdem sie via Tinder nach Sex-Dates suchte, bekam Biefang von ihrem Arbeitgeber einen Verweis. Biefang ging dagegen vor, doch das Bundesverwaltungsgericht urteilte schlussendlich, dass der Verweis rechtens gewesen wäre, da ihr sexpositives Verhalten „Zweifel an ihrer moralischen Integrität" offenbaren würde.

LGBTI*-Verbände und auch der Queer-Beauftragte der Bundesregierung, Sven Lehmann, kritisierten dieses Urteil [...]. „Das passt nicht in das Jahr 2022! Privatleben ist Privatleben und hat keine moralischen Auswirkungen auf die Art, wie man sein Amt ausführt. Ich habe mich sehr geärgert über dieses Urteil. Da gibt es offensichtlich noch Klärungsbedarf", so Sven Lehmann [...].

Der Fall Biefang steht dabei in einer ganzen Reihe von Ereignissen der letzten Zeit, die immer wieder Zweifel daran aufkommen lassen, wie fortschrittlich die Bundeswehr und das Verteidigungsministerium tatsächlich in puncto LGBTI*-Community sind. [...] [B]eim 20-jährigen Bestehen von QueerBw hatte der Vorsitzende Sven Bäring noch erklärt: „Auf der Welt, in Europa und auch hier in Deutschland versuchen Menschen, Menschenrechte für jede und jeden infrage zu stellen. Es ist unser aller Aufgabe zu zeigen: Nein, Menschenrechte sind unverhandelbar!" Fraglich, ob Verteidigungsministerin Lambrecht die Aussage inzwischen mitbekommen hat.

Auch auf dem Bundestag wehte bereits die Regenbogenflagge.

GLOSSAR

Menschenrechte

ms, Wie ernst meint es die Bundeswehr mit dem Einsatz für LGBTI?, in: Schwulissimo, Hamburg, 01.07.2022, https://www.schwulissimo.de/neuigkeiten/kritik-am-hissen-der-regenbogenflagge-pink-washing-im-bundesverteidigungsministerium (Zugriff: 17.08.2022)*

1 Beschreiben Sie ausgehend von M1 mögliche Motive des Zeigens und Hissens der Regenbogenflagge an öffentlichen Orten.

2 Erläutern Sie ausgehend von M2 und M3, inwiefern Pinkwashing aus Sicht der LGBTQIA+ bzw. LGBTI*-Community problematisch ist.

3 Kann es zur Erreichung der Ziele 5 und 16 der UN-Nachhaltigkeitsagenda hilfreich sein, „wenn Unternehmen damit werben, sich für die LGBTQIA+-Community einzusetzen" (M2, Z. 1 ff.)? Nehmen Sie mithilfe folgender Leitfragen Stellung:
- Ist es grundsätzlich vertretbar, die Regenbogenfahne zu Marketingzwecken zu verwenden?
- Sollten mit der Nutzung der Regenbogenfahne durch Unternehmen und Organisationen immer auch konkrete Maßnahmen zur Unterstützung der Community einhergehen?
- In welchen Fällen ist die Bezeichnung „Pinkwashing" für Marketingaktionen angebracht? **HILFE**

3.5 Ziele 8 und 12 – führt das EU-Lieferkettengesetz zu mehr Nachhaltigkeit?

INFO

In der **Europäischen Kommission** sitzen 27 Vertreterinnen und Vertreter der einzelnen Mitgliedstaaten der Europäischen Union (EU). Die EU-Kommission hat im europäischen Gesetzgebungsverfahren das Initiativrecht.

EU-Gesetzgebung: Richtlinie
Sobald der Entwurf vom Europäischen Parlament und Rat gebilligt wird, haben die EU-Mitgliedstaaten zwei Jahre Zeit, die Richtlinie in nationale Gesetze zu überführen. Deutschland muss sein seit Januar 2023 geltendes nationales Lieferkettengesetz dann nachschärfen.

GLOSSAR

Menschenrechte
Nachhaltigkeit

INTERNET

WES-118484-238
Film: Einfach erklärt: Nachhaltigkeit

M 1 Eine Pressemitteilung der EU-Kommission

Die Europäische Kommission hat [am 23.02.2022] einen Vorschlag für eine Richtlinie über die Nachhaltigkeitspflichten von Unternehmen angenommen. Der Vorschlag zielt darauf ab, ein nachhaltiges und verantwortungsvolles unternehmerisches Verhalten in allen globalen Wertschöpfungsketten zu fördern. Unternehmen spielen eine Schlüsselrolle beim Aufbau einer nachhaltigen Wirtschaft und Gesellschaft. Sie sollen verpflichtet werden, negative Auswirkungen ihrer Tätigkeit auf die Menschenrechte, wie Kinderarbeit und Ausbeutung von Arbeitnehmern, sowie auf die Umwelt – beispielsweise Umweltverschmutzung und Verlust an biologischer Vielfalt – zu ermitteln und erforderlichenfalls zu verhindern, abzustellen oder zu vermindern.
Für Unternehmen werden diese neuen Vorschriften Rechtssicherheit und gleiche Wettbewerbsbedingungen schaffen, für Verbraucher und Anleger werden sie mehr Transparenz bringen. Die neuen EU-Rechtsvorschriften werden den ökologischen Wandel voranbringen und die Menschenrechte in Europa und darüber hinaus schützen.

Gerechte und nachhaltige Wirtschaft: Kommission legt Unternehmensregeln für Achtung der Menschenrechte und der Umwelt in globalen Wertschöpfungsketten fest, Pressemeldung, Brüssel: Europäische Kommission, 23.02.2022, https://ec.europa.eu/commission/presscorner/detail/de/ip_22_1145 (Zugriff: 10.06.2022)

M 2 Höhere Sorgfaltspflichten für Unternehmen

Es geht um Millionen Menschen, die weltweit unter menschenunwürdigen Bedingungen arbeiten. […] Mit [dem EU-]Lieferkettengesetz […] sollen Unternehmen in die Verantwortung genommen werden. Sie sollen nicht nur selbst für menschenwürdige Arbeitsplätze und für die Einhaltung von Umweltstandards sorgen, sondern das auch bei ihren Lieferanten sicherstellen. Ziel ist es, dass auch Vorprodukte – egal ob Schrauben, Stoffe oder Halbleiter – unter Einhaltung grundlegender Menschenrechte und Umweltstandards hergestellt werden. „Tatsächlich geht der größte Teil von Menschenrechtsverletzungen und Umweltschäden durch Unternehmen zurück auf ihre Zulieferer", sagt EU-Justizkommissar Didier Reynders. Also eigentlich auf Firmen, auf die sie keinen Einfluss haben. Doch das soll sich ändern.
Gesetzlich will die EU-Kommission den Unternehmen höhere Sorgfaltspflichten auferlegen. Sie sollen überprüfen, woher ihre zugelieferten Waren kommen, wie sie hergestellt wurden, welche Folgen das für Klima und Umwelt hat. Es geht also nicht nur um Tochterfirmen, sondern um sämtliche, die an einem Herstellungsprozess beteiligt sind. Direkt unter ein neues europaweites Lieferkettengesetz sollen der Kommission zufolge rund 17.000 Unternehmen fallen, wenn sie mehr als 500 Beschäftigte haben. Wo es ein größeres Risiko für Menschenrechts- und Umweltschutzverstöße gebe, gilt die Zahl von 250 Mitarbeitern als Grenze – das ist etwa der Fall, wenn es um den Abbau von Bodenschätzen geht oder um die Textilproduktion. Es gibt in einigen EU-Ländern zwar bereits nationale Gesetze, die das regeln, auch in Deutschland. Die Europaparlamentarierin Anna Cavazzini sieht in dem europäischen Vorstoß trotzdem eine Verbesserung. „Der Entwurf der Kommission geht viel weiter als das deutsche [Lieferkettengesetz]", sagt sie. „Zum Beispiel soll eine Haftungsklausel beinhaltet sein, sodass Opfer leichter Zugang zu Gerichten haben – und das ist gut so, denn um wirklich einen Effekt zu haben, brauchen wir ein Lieferkettengesetz ohne Schlupflöcher."

Holger Beckmann, Faire Bedingungen von Anfang an, in: Tagesschau.de, Hamburg: NDR, 23.02.2022, https://www.tagesschau.de/wirtschaft/weltwirtschaft/eu-lieferkettengesetz-101.html (Zugriff: 10.06.2022)

M3 Unterschiedliche Positionen

[D]as Bündnis „Initiative Lieferkettengesetz", in dem mehr als 125 zivilgesellschaftliche Organisationen vertreten sind, [kritisiert u. a.,] dass der aktuelle Vorschlag [für ein EU-Lieferkettengesetz] nur ein Prozent aller auf dem EU-Markt tätigen Unternehmen träfe und damit nicht weit genug gehe. Nicht nachvollziehbar sei etwa, dass die Bereiche Transport, Bauwesen, Energie und Finanzen nicht als Risikosektoren definiert seien, „obwohl es auch hier oft erhebliche Risiken für Umweltschäden und Menschenrechtsverletzungen gibt", kritisiert Johannes Heeg, Sprecher der Initiative. Unklar sei überdies, wieso die Sorgfaltspflichten nur für „etablierte Geschäftsbeziehungen" gelten; das schaffe falsche Anreize für Unternehmen, die ihre Zulieferer ständig wechseln könnten, um das Gesetz auf diese Weise zu umgehen, ergänzt Cornelia Heydenreich von der Umweltorganisation Germanwatch.

Wirtschaftsverbände wie der Gesamtverband der deutschen Textil- und Modeindustrie, der schon gegen das deutsche Lieferkettengesetz aufbegehrt hatte, halten die Anforderungen des EU-Vorschlags dagegen für unverhältnismäßig und realitätsfern. Steffen Kampeter, Hauptgeschäftsführer der Bundesvereinigung der Deutschen Arbeitgeber (BDA), fürchtet eine „massive Überforderung" und „enorme Unsicherheit" aufseiten der Unternehmen. Peter Adrian, Präsident des Deutschen Industrie- und Handelskammertages (DIHK), schätzt die Wirkung eines EU-Lieferkettengesetzes gemessen an den „bürokratischen und finanziellen Belastungen" als vergleichsweise gering ein und verwies auf die [infolge der Coronapandemie und des Krieges in der Ukraine] ohnehin „wirtschaftlich angespannte Lage". [...]

Julia Hartmann ist Professorin für Management und Nachhaltigkeit an der EBS Universität für Wirtschaft und Recht; sie befasst sich in ihrer Forschung seit Jahren mit nachhaltigen Lieferketten. Die Sorgen der Wirtschafts- und Arbeitgeberverbände kann sie nachvollziehen. [...] Gleichwohl führe mit Blick auf den Klimawandel kein Weg daran vorbei.

„Wir werden in den nächsten dreißig Jahren aufgrund von Bodenerosionen sehr viel Fläche verlieren für die Agrarwirtschaft, die Nahrungsmittelpreise werden steigen, wir werden Flüchtlingswellen und Klimamigrationen sehen, und von einer Inflationsrate von fünf Prozent werden wir wohl weit entfernt sein. [...] Unternehmen müssen verstehen, dass ihre gesamten Geschäftsmodelle durch den Klimawandel massiv betroffen sein werden. Je früher sie sich auf die sozialen und ökologischen Probleme unserer Zeit vorbereiten, desto eher haben sie eine Chance zu überleben."

Martina Kind, Für Mensch und Natur, in: Süddeutsche Zeitung online, 28.03.2022, https://www.sueddeutsche.de/kolumne/nachhaltige-lieferkette-eu-lieferkettengesetz-menschenrechte-1.5555673 (Zugriff: 10.06.2022)

Plakat der Initiative Lieferkettengesetz zum Thema Textilfabriken

GLOSSAR

Klimawandel
Migration

QUERVERWEIS

Das EU-Lieferkettengesetz – ein akzeptierter Rahmen?
S. 102–103

1 Lesen Sie M1 und beschreiben Sie Ihre spontanen Einschätzungen zu einer wirksamen Umsetzbarkeit des Vorhabens.

2 Geben Sie wesentliche Informationen zum EU-Lieferkettengesetz wieder (M2).

3 Arbeiten Sie aus M2 und M3 Chancen und Grenzen des EU-Lieferkettengesetzes heraus. **HILFE**

4 **Zusatzaufgabe:** Erläutern Sie unter Bezugnahme auf M2 und M3 die Rolle der Kriterien Relevanz, Umsetzbarkeit, Wirksamkeit, Aufwand/Ertrag und unerwünschte Nebenfolgen sowie der Werte Gerechtigkeit, (unternehmerische) Freiheit sowie ökologische, soziale und ökonomische Nachhaltigkeit in der Diskussion um das EU-Lieferkettengesetz.

5 Kann das EU-Lieferkettengesetz zur Erreichung der Ziele 8 und 12 beitragen? Entwickeln Sie in Kleingruppen arbeitsteilig positive und negative Extremszenarien für das Jahr 2030. Diskutieren Sie anschließend im Plenum die Plausibilität und die Wahrscheinlichkeit des Eintreffens einzelner Szenarien.

3.6 Sind die Agenda-Ziele überhaupt (noch) erreichbar?

M 1 „Wo die Wilden Kerle wohnen“

INFO

In dem Kinderbuch **„Wo die Wilden Kerle wohnen“** (1963, Maurice Sendak) reist ein Junge zu den „Wilden Kerlen“ und schafft es, ihr König zu werden und sie zu zähmen. Der Titel der Karikatur und die beiden Figuren auf der rechten Seite sind Anspielungen auf dieses Buch.

Zeichnung: Paolo Calleri, 27.09.2015

M 2 Bisherige Umsetzung aus politischer Perspektive

In den vergangenen Jahren wurde bereits einiges erreicht, aber es gibt auch große Herausforderungen. [...] Um die 17 Ziele zu erreichen, wird bei Weitem noch nicht genug getan. Globale Krisen wie die Coronapandemie haben Entwicklungsfortschritte nicht nur stagnieren lassen – bei vielen Zielen sind Rückschritte zu verzeichnen. Wir benötigen dringend eine Trendwende. Herausforderungen wie die Pandemie, der Angriffskrieg Russlands auf die Ukraine und der Klimawandel zeigen: Es geht nur gemeinsam, durch gezielte weltweite Zusammenarbeit. [...]

Die Agenda 2030 steht für ein neues globales Wohlstandsverständnis, das über die verengte Betrachtung von Pro-Kopf-Einkommen hinausreicht. Es geht um eine Umgestaltung von Volkswirtschaften [...]. Es wird deutlich, dass Klimapolitik, nachhaltige Entwicklung und Armutsbekämpfung untrennbar miteinander verwoben sind.

Die Umsetzung der Agenda [...] bietet die große Chance, den Wandel hin zu nachhaltigen und emissionsarmen Lebens- und Wirtschaftsweisen weltweit zu schaffen – unser Verhalten also „enkeltauglich“ zu machen. Dabei fordert die Agenda 2030 ausdrücklich, die Schwächsten und Verwundbarsten in den Mittelpunkt zu stellen und niemanden zurückzulassen („leave no one behind“).

Die globalen Ziele für nachhaltige Entwicklung, 2022, Berlin: Bundesministerium für wirtschaftliche Zusammenarbeit und Entwicklung, https://www.bmz.de/de/agenda-2030 (Zugriff: 17.08.2022)

M3 Wissenschaftliche Zwischenbilanz nach sieben Jahren

Knapp sieben Jahre nach der Geburt der „Agenda 2030" ist die Welt ihren ambitionierten Zielen kaum nähergekommen. Es gebe wenig Hinweise darauf, dass die [Nachhaltigkeitsziele] zum Kampf gegen Klimawandel, Artensterben oder Ungleichheit beigetragen hätten, heißt es in [einer] Untersuchung der Universität Utrecht (Niederlande) [...].

Die [...] Studie hat mehr als 3.000 andere Untersuchungen zur Agenda 2030 ausgewertet, um ihre Wirkung nachvollziehen zu können. Das Ergebnis ist ernüchternd. „Wir sehen keine Belege dafür, dass Finanzmittel zugunsten nachhaltiger Entwicklung umverteilt worden wären oder dass dank der SDGs neue oder ambitioniertere Gesetze eingeführt worden wären oder dass die Politik stringenter geworden wäre", sagt Frank Biermann, deutscher Professor für „Global Sustainability Governance" an der Universität Utrecht und Hauptautor der Studie. „Und die Änderungen, die wir sehen, sind oft Ergebnisse von Prozessen, die lange vor der Agenda 2030 gestartet worden waren."

Dabei waren die 17 Ziele im Rahmen der Agenda 2030 mit jeder Menge Optimismus an den Start gegangen. Immerhin haben es Staaten, Behörden, Städte, Experten und Verbände aus aller Welt geschafft, sich auf einen gemeinsamen Fahrplan zu einigen. Was also ist schiefgegangen?

Die Studie verweist vor allem auf zwei Ursachen. Einerseits widersprechen sich manche der 17 Ziele womöglich gegenseitig. SDG Nummer 8 etwa fordert unter anderem „dauerhaftes Wirtschaftswachstum" und „produktive Vollbeschäftigung" – ist das noch kompatibel mit dem Ziel, die Umwelt zu schützen? Viele Länder könnten hier gezwungen sein, sich zu entscheiden.

Und zum anderen ist der politische Prozess, um die vage formulierten Ziele in konkrete Politik auf nationaler Ebene zu übersetzen, außerordentlich komplex. Wie diese „konkrete Politik" dann aussehen soll, ist ohnehin Auslegungssache. „Wir beobachten, dass viele Regierungen die SDGs für ihre eigenen Zwecke nutzen, indem sie auf eigentümliche Weise interpretiert oder selektiv implementiert werden", sagt Assistenzprofessorin Marjanneke Vijge, eine Mitautorin der Untersuchung. [...]

Die Folge: Staaten und Unternehmen nutzen die „Agenda 2030" bislang vor allem zur PR in eigener Sache, urteilt die Studie. Auf gewisse Weise verschlimmern die gut gemeinten „Ziele für nachhaltige Entwicklung" also die Lage, statt sie zu verbessern. [G]erade weltweit operierende Unternehmen schmücken sich mit ihren Nachhaltigkeitsinitiativen, die aber konkret nur wenig ändern [...]. „Es wird immer deutlicher, dass SDG-bezogene Rhetorik benutzt wird, um das ‚Business as Usual' zu verschleiern", sagt Thomas Hickmann von der Universität Lund in Schweden, der an der Studie mitgearbeitet hat. [...]

Die Kritik an der Nachhaltigkeitsstrategie der UN ist nicht neu. Zum einen ist sie teuer: Verschiedene Schätzungen gehen davon aus, dass es mindestens 2,5 Billionen Dollar pro Jahr kostet, wenn alle 17 Ziele bis 2030 erreicht werden sollen. „Reine Fantasie", urteilte das britische Magazin „Economist" schon 2016. Und die Denkfabrik „Global Policy Forum" kam bei einer Zwischenbilanz im Dezember 2020 zu dem Schluss, es seien zwar Fortschritte auf lokaler Ebene zu verzeichnen. Andererseits jedoch, hieß es in der Bilanz, „weisen viele Trends weltweit in die falsche Richtung."

Auch die neue Studie der Universität Utrecht betont, dass es durchaus „bescheidene Erfolge" zu vermelden gebe. Die Zivilgesellschaft sei lauter und fordernder geworden, Bewegungen wie „Fridays for Future" hätten an Einfluss gewonnen, heißt es. Doch „nach zwei Jahren in einem entscheidenden Jahrzehnt für die Zukunft der Menschheit auf der Erde" brauche es jetzt eins, urteilen die Autorinnen und Autoren: „Grundlegende Veränderungen."

Florian Reiter, Klima, Tierschutz, Nachhaltigkeit: Studie offenbart den großen UN-Selbstbetrug, in: FOCUS online, 20.06.2022, https://www.focus.de/wissen/klima/agenda-2030-klima-tierschutz-nachhaltigkeit-studie-offenbart-den-grossen-un-selbstbetrug_id_107977699.html (Zugriff: 17.08.2022)

M4 Globales Problem Hunger

Welthunger-Index 2022

Der Welthunger-Index (Global Hunger Index, GHI) untersucht die Hungerlage anhand der Indikatoren Unterernährung, Wachstumsverzögerung bei Kindern, Auszehrung bei Kindern und Kindersterblichkeit. Je höher der Wert, desto ernster ist die Hungerlage im betreffenden Land.

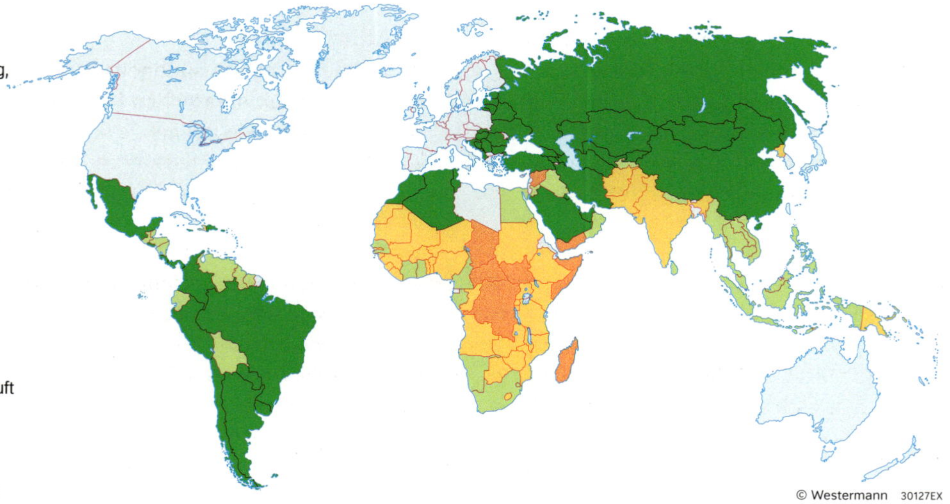

In diesen Ländern ist die Hungerlage

- gravierend (≥ 50,0)
- sehr ernst (35,0 – 49,9)
- ernst (20,0 – 34,9)
- mäßig (10,0 – 19,9)
- niedrig (≤ 9,9)
- nicht erfasst oder nicht eingestuft

Quelle: Deutsche Welthungerhilfe e. V., 2022

M5 Globales Problem moderne Sklaverei

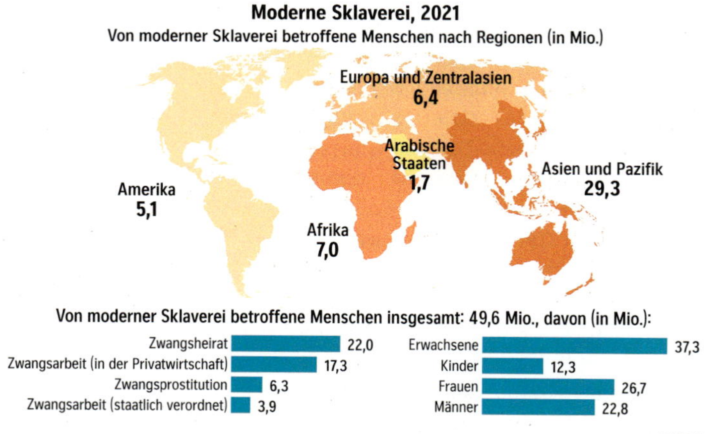

Quelle: Internationale Arbeitsorganisation (ILO)/Walk Free, 2021

M6 Fernab jeder Realität?

[Es kann befürchtet werden,] dass es sich bei der Liste der Nachhaltigkeitsziele insgesamt um eine konkretisierte Utopie handelt, die sich selbst dann in einem Bereich fernab jeder Realität befände, wenn die Welt in einem im großen Ganzen friedlichen Normalzustand wäre, was freilich von Tag zu Tag weniger der Fall ist, und wenn nicht die [große] Zahl der Kriegs- und Krisenflüchtlinge[, die] alle [...] unterhalb der „Armutsgrenze" [leben,] in ständigem Steigen wäre.

Walter Brückmann, Die Vision der UNO für die Zukunft der Welt: die 2030-Agenda für nachhaltige Entwicklung, Berlin: Universitätsverlag der TU Berlin, 2015, S. 39 f.

1 **a)** Formulieren Sie Hypothesen zur Aussageabsicht der Karikatur (M1).
b) Überprüfen Sie diese Hypothesen mithilfe von M2.

2 Arbeiten Sie aus M2 und M3 Chancen und Grenzen der UN-Nachhaltigkeitsagenda heraus.

3 **Zusatzaufgabe:** Die Umsetzung der Agenda ist „Auslegungssache" (M3, Z. 46). Erläutern Sie dies an einem ausgewählten Nachhaltigkeitsziel.

4 Analysieren Sie arbeitsteilig die Statistiken M4 und M5 unter Bezugnahme auf die Ziele bzw. die Zielsetzung der Agenda 2030 (S. 144).

5 Die Agenda 2030 – nur eine „konkretisierte Utopie" (M6, Z. 3), die keine spürbare Wirkung entfalten kann? Nehmen Sie Stellung. HILFE

Bewältigung globaler Probleme durch die Vereinten Nationen

Herausforderung globale Probleme: Ebenen und Akteure

Lösungsmaßnahmen für globale Probleme, wie z. B. Armut, Hunger, Gesundheits- oder Klimaschutz, können grundsätzlich auf **individueller, lokaler, regionaler, staatlicher, internationaler Ebene** ansetzen. **Akteure**, die zur Lösung globaler Probleme beitragen können, sind folglich vor allem **internationale Organisationen, nationale Regierungen, Zivilgesellschaften, Initiativen, Verbände und Nichtregierungsorganisationen sowie Wirtschaftsunternehmen und Individuen**.

Die Vereinten Nationen

Eine **Schlüsselrolle** zur Lösung globaler Probleme kommt den **Vereinten Nationen (kurz: VN, UNO oder UN)** zu. Die Organisation mit Sitz in New York wurde 1945 als Reaktion auf den Zweiten Weltkrieg gegründet, um die Menschen künftig vor der „Geißel des Krieges" zu bewahren. Wenn es Konflikte zwischen Staaten gibt, versucht die UNO zu vermitteln. Oft wird die UNO auf ihre Aufgaben im Bereich Friedenssicherung reduziert. Weitere, direkt oder indirekt damit verbundene Handlungsfelder der Vereinten Nationen sind z. B. der Menschenrechtsschutz sowie verschiedene Aufgaben in den Bereichen Wirtschaft, Entwicklung und Umwelt.
Die Suche nach gemeinsamen **Lösungen und Kompromissen** gestaltet sich innerhalb der Vereinten Nationen allein aufgrund der **hohen Mitgliederzahl** schwierig. Zudem pochen die Mitgliedstaaten auf ihre **politische Souveränität**. Entsprechend komplex ist die innere Organisation der UNO. Rein formal betrachtet ist der **UN-Sicherheitsrat** das weltweit mächtigste Organ im Bereich der internationalen Politik. In der Realität sind Entscheidungsprozesse im Sicherheitsrat aber oftmals blockiert.

Die Agenda 2030

Die Ziele für nachhaltige Entwicklung, die Agenda 2030 der Vereinten Nationen, traten am 1. Januar 2016 in Kraft. Die in dieser Agenda formulierten **17 Sustainable Development Goals (SDGs)** und 169 Zielvorgaben sind ein Versuch, nachhaltige Lösungen für globale Probleme zu finden. Die Agenda wurde von allen UN-Mitgliedstaaten verabschiedet und soll innerhalb von 15 Jahren umgesetzt werden.
Sie umfasst ökonomische, soziale und ökologische Ziele und berührt damit alle Dimensionen von **Nachhaltigkeit**. Die Mitgliedstaaten haben sich zu deren Umsetzung verpflichtet und sind dazu aufgerufen, auf verschiedenen Ebenen (siehe oben) Programme, Projekte und gesetzliche Vorgaben zu unterstützen und zu entwickeln. Auf internationalen Konferenzen tauschen sie sich unter Einbezug zivilgesellschaftlicher Akteure aus.
Das **Hochrangige Politische Forum für nachhaltige Entwicklung (HLPF)** berät die Mitgliedstaaten zur Umsetzung der SDGs. Es tagt jährlich und wertet die globalen Fortschritte aus.

Gemischte Zwischenbilanz

Die bisherige Bilanz der Agenda 2030 bzw. Einschätzungen dazu, ob die Ziele überhaupt noch erreichbar sind, fallen – auch angesichts unterschiedlicher Krisen (Coronapandemie, kriegerische Konflikte) – eher negativ aus. **Kritikerinnen und Kritiker** sehen in der Agenda 2030 ein Konsenspaket der UNO, das utopisch erscheinende Ziele verfolgt. In der politischen, gesellschaftlichen und ökonomischen Realität konkurrieren Akteure mit unterschiedlichen Interessen miteinander. Deren Bereitschaft, das Erreichen der Agenda-Ziele zu unterstützen, variiert stark – auch und vor allem aufgrund unterschiedlicher Ausgangslagen, z. B. in Entwicklungs-, Schwellen- und Industrieländern. **Befürworterinnen und Befürworter** der Agenda sehen hingegen die Chance, globale Probleme auf die politische und gesellschaftliche Agenda zu bringen und auf unterschiedlichen Ebenen unter Einbezug verschiedener Akteure (siehe oben) nachhaltig wirksame Lösungen zu entwickeln. Erst im Jahre 2030 kann letztlich entschieden werden, ob und inwiefern die Nachhaltigkeitsagenda tatsächlich Wirkung entfaltet hat und ob die Freiwilligkeit der Umsetzung der richtige Weg war.

Die UN-Nachhaltigkeitsziele

QUERVERWEIS

Operatorentraining
Zusammenfassen, S. 90–91
Herausarbeiten, S. 124–125
Stellung nehmen, S. 146–147

1 Fassen Sie die Textaussagen zur Erreichbarkeit der Agenda-2030-Ziele zusammen. (30 %)

2 Arbeiten Sie die Position Christian Krolls zur Agenda 2030 heraus. (40 %)

3 „Wäre es nicht angebracht, den Zielkatalog anzupassen, die Ambitionen zurückzuschrauben oder gar komplett zu revidieren?“ (Z. 19 f.)
Nehmen Sie Stellung zu dieser Frage. (30 %)

INTERNET

WES-118484-241
Überprüfen Sie sich selbst: Erwartungshorizont zu dieser Klausur

M 1 Noch darf man hoffen

Es war ein bemerkenswerter Vorgang. Als hätten alle Staatenlenker der Welt für einen kurzen kollektiven Moment völlige Klarheit über die wichtigsten Herausforderungen der Erde und seiner Bewohner erlangt. Und dann haben sie auch noch entschieden, diese Probleme mit einem konkreten Plan anzugehen: [Im Jahr 2015] haben sich 193 Regierungschefs sämtlicher UN-Mitgliedstaaten auf die Agenda 2030 mit 17 sogenannten Nachhaltigkeitszielen und 169 Unterzielen (Sustainable Development Goals, kurz SDGs) geeinigt. [...] Nicht nur das Versprechen, die globalen Interessen über die nationalen zu stellen, mutete historisch an. Auch fanden zwei Diskurse zueinander, die in der Vergangenheit oft als unvereinbar galten: Armutsreduzierung und Nachhaltigkeit. Klar wurde: Für ein gutes Leben aller Menschen innerhalb planetarer Belastbarkeitsgrenzen wird es unumgänglich sein, Wirtschaftsweisen zu entwickeln, die ressourcenschonend und effektiv die extreme Armut besiegen. Dabei sind Industrieländer genauso in der Pflicht wie die Entwicklungs- und Schwellenländer.

[D]ie messbaren Fortschritte fallen noch weit hinter den Versprechungen zurück. So kommen meine Co-Autoren und ich in unserem Sustainable Development Report 2020 zu dem Ergebnis, dass selbst in den noch am besten abschneidenden Ländern – diese sind vor allem in Skandinavien zu finden – viele Ziele weiterhin nicht erreicht werden, vom Rest Europas und anderen Weltregionen ganz zu schweigen. Zudem stößt [...] die Coronakrise die gesamte Weltwirtschaft in heftige Turbulenzen und droht die nachhaltige Entwicklung in noch weitere Ferne zu rücken. Wäre es nicht angebracht, den Zielkatalog anzupassen, die Ambitionen zurückzuschrauben oder gar komplett zu revidieren? Selbst im führenden wissenschaftlichen Fachblatt „Nature“ äußern die Herausgeber [...] ernste Zweifel, ob die Agenda 2030 angesichts der Coronakrise überhaupt noch erreichbar sei. Dabei werden von den Skeptikern [...] wichtige Punkte übersehen.

[...] Kritiker [vermischen] häufig die technische und finanzielle Erreichbarkeit der globalen Nachhaltigkeitsziele und den politischen Willen zu deren Umsetzung. Es mangelt nicht an Ersterem, wie zahlreiche Studien belegen, sondern an Letzterem. Dies zu ändern liegt vor allem in der Hand

INFO

Coronakrise
Am 31. Dezember 2019 wurde der Ausbruch einer neuen Lungenentzündung in China öffentlich. Am 11. März 2020 erklärte die Weltgesundheitsorganisation das Coronavirus zu einer weltweiten Pandemie. In zahlreichen Ländern gab es massive Einschnitte in das Alltagsleben und in die Wirtschaft.

der Zivilgesellschaft, denn die UN-Agenda ist eine Ansammlung nicht bindender Ziele, deren Verfehlen keine Sanktionen nach sich zieht – außer an der Wahlurne!

[...] Die Pandemie hat uns lebhaft vor Augen geführt, dass es eben nicht egal ist, was in anderen Weltregionen passiert. Während sich Multilateralisten seit Jahrzehnten oft den Mund fusselig reden mussten, um die Bedeutung internationaler Kooperation und einer Aufstockung der Entwicklungshilfebudgets [...] zu fordern, ist der Beweis für die globale Dimension vermeintlich lokaler Probleme nun allzu anschaulich erbracht. [...]

Viele gordische Knoten wurden in [der Coronapandemie] zerschlagen. Ein Beispiel ist das Homeoffice, das nicht nur für bessere Vereinbarkeit von Arbeit und Privatleben sorgt, sondern signifikant die Ballungsräume entlastet und Umwelt schont, weil Pendelwege vermieden werden. Geschäftsmodelle kommen zukünftig nicht mehr umhin, sich an die neue Wirklichkeit anzupassen. Etliche alte Gewohnheiten ließen sich bereits überwinden. Was zuvor noch als unmöglich abgestempelt wurde, funktioniert plötzlich. Der Wandel zu einer agileren, digitaleren, nachhaltigeren Wirtschafts- und Lebensweise wird dadurch Realität.

Christian Kroll, Noch darf man hoffen, in: Der Tagesspiegel online, 22.09.2020, in: https://www.tagesspiegel.de/politik/globale-nachhaltigkeitsziele-noch-darf-man-hoffen/26205852.html (Zugriff: 22.08.2022)

INFO

Multilateralismus bedeutet, dass kein Staat die eigenen Interessen ohne Rücksicht auf andere verfolgen sollte und dass von internationaler Kooperation auf der Basis gemeinsamer Regeln und Werte am Ende alle Länder profitieren.

„Gordische Knoten" ist eine Redewendung. Man spricht davon, „gordische Knoten zu zerschlagen", wenn schwierige Probleme mittels energischen Handelns und/oder auf unkonventionellen Wegen gelöst werden.

Formulierungshilfen

zu Aufgabe 1:
Einleitungssatz: Im Artikel „…" von …, der am … auf … veröffentlicht wurde, thematisiert …
Hauptteil (hier: Verben, um sprachliche Distanz herzustellen): Der Autor legt dar …, erläutert …, behauptet …, führt an …, fügt hinzu …, konstatiert …, kommt zu der Schlussfolgerung …

zu Aufgabe 2:
Einleitungssatz: Im Folgenden werde ich die Position von … aus dem Artikel „… " herausarbeiten und hierbei insbesondere auf … eingehen.
Hauptteil: Die Position des Autors ist von … geprägt. Deutlich wird dies in folgender Textpassage: „…" (Z. …).
Aus den Aussagen des Autors in Z. … kann abgeleitet werden, dass seine Position …
Schlussteil: Insgesamt kann konstatiert werden, dass die Position des Autors …

zu Aufgabe 3:
Einleitungssatz: Das Thema … ist umstritten. Folgende Streitfrage steht im Zentrum: …? Je nach Perspektive und Urteilskriterien lassen sich verschiedene Positionen dazu einnehmen. Um die folgende Stellungnahme zur Entwicklung und Verdeutlichung einer differenzierten Position zu nutzen, wird der Fokus auf … und … gelegt. Als argumentative Basis wird auf den Artikel „…" von … zurückgegriffen, in dem mit Blick auf die Streitfrage argumentiert wird, dass …
Hauptteil: Unter Bezugnahme auf das Kriterium … lässt sich argumentieren, dass …
Nimmt man den Wert … als Argumentationsbasis, muss betont werden, dass …
Schlussteil: Aus der vorliegenden Auseinandersetzung lässt sich schlussfolgernd folgendes Werturteil ableiten: …

Zeichnung oben: Thomas Plaßmann, 2017
Zeichnung unten links: Ingmar Decker, 18.07.2008
Zeichnung unten rechts: Burkhard Mohr, 21.05.2019

Berufs- und Studienorientierung

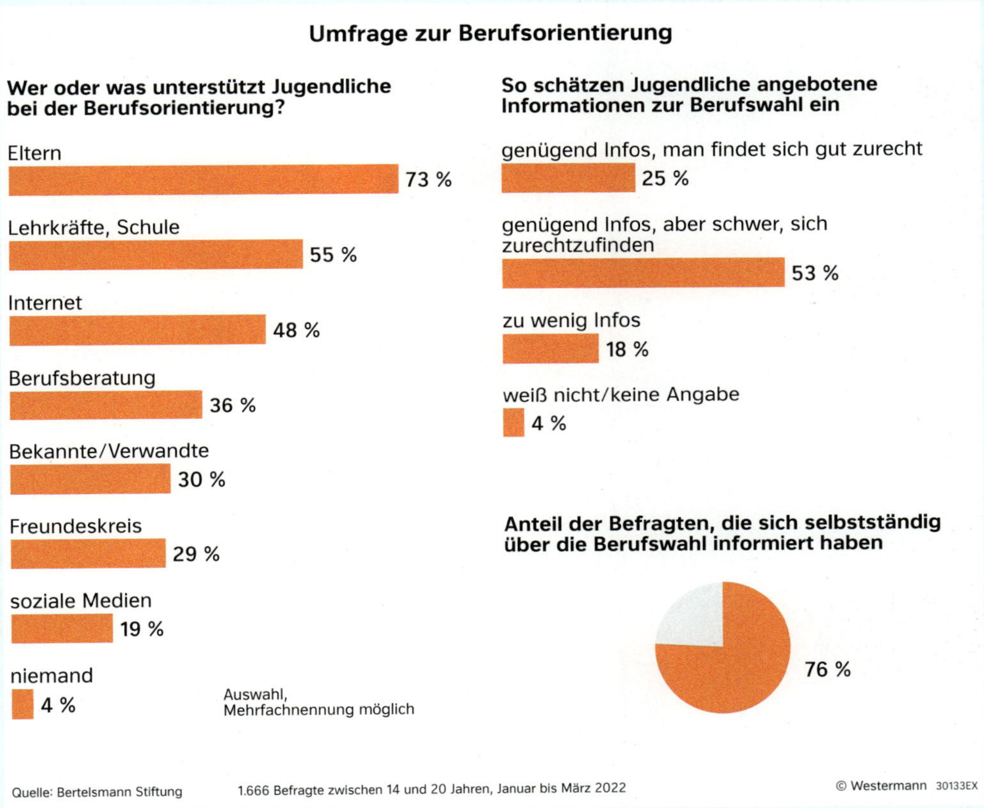

1 a) Beschreiben Sie die Karikaturen und analysieren Sie sie hinsichtlich möglicher Einflussfaktoren auf die Berufswahl. Gehen Sie arbeitsteilig vor.
b) Erläutern Sie weitere mögliche Einflussfaktoren im Berufsorientierungsprozess.

2 Analysieren Sie die Umfrageergebnisse hinsichtlich zentraler Aussagen.

3 Worauf sollten junge Leute im Berufswahlprozess achten? Entwickeln Sie Tipps für ein kritisch-konstruktives Vorgehen ausgehend von den Materialien dieser Doppelseite. **HILFE**

1. Sind meine Stärken und Interessen mit den Anforderungen der Berufswelt vereinbar?

1.1 Welche Stärken und Fähigkeiten habe ich?

M1 Könnte so einmal meine berufliche Zukunft aussehen?

M2 Welche Stärken und Fähigkeiten habe ich?

A. Arbeitsverhalten	**Trifft voll zu**	**Trifft zu**	**Trifft teils zu**	**Trifft nicht zu**
1. Selbstständigkeit (Ich führe Aufgaben ohne Anleitung aus.)				
2. Zuverlässigkeit (Ich halte mich beim Erfüllen eines Auftrags genau an Hinweise, Vorgaben und Absprachen.)				
3. Leistungsbereitschaft (Ich arbeite auch über das geforderte Maß an einer Aufgabe weiter.)				
4. Arbeitstempo (Ich erledige Aufgaben in der vorgegebenen Zeit.)				
5. Organisationsfähigkeit (Ich mache Vorschläge zur Aufgabenverteilung innerhalb einer Gruppe.)				
6. Geschicklichkeit (Ich bin sicher bei der Benutzung von Werkzeugen und Arbeitsgeräten.)				
7. Ordnung (Mein Arbeitsplatz ist immer ordentlich und übersichtlich.)				
8. Sorgfalt (Ich erfülle Aufgaben gewissenhaft und gehe mit mir anvertrauten Sachen behutsam um.)				
9. Belastbarkeit (Ich verkrafte es, wenn ich stark in Anspruch genommen werde, und bei Schwierigkeiten gebe ich nicht gleich auf.)				

10. Verantwortungsbewusstsein (Ich gestalte Entscheidungen mit und bin bereit, dafür gegenüber anderen geradezustehen.)				
11. Motivationsbereitschaft (Ich gehe mit Begeisterung neue Aufgaben an.)				
12. Konzentrationsfähigkeit (Ich kann eine Tätigkeit über längere Zeit ausüben, ohne mich ablenken zu lassen.)				
B. Sozialverhalten				
1. Teamfähigkeit (Ich kann zielgerichtet und produktiv mit anderen zusammenarbeiten.)				
2. Hilfsbereitschaft (Ich helfe, wenn jemand Unterstützung benötigt.)				
3. Kontaktfähigkeit (Ich kann auf andere zugehen und bin an deren Ideen interessiert.)				
4. Höflichkeit (Ich beachte die allgemein anerkannten Umgangsformen.)				
5. Kommunikationsfähigkeit (Ich gehe auf Fragen ein und höre aufmerksam zu.)				
6. Einfühlungsvermögen (Ich kann mich in die Lage anderer Menschen hineinversetzen.)				
7. Konfliktfähigkeit (Ich versuche, Streitigkeiten zu schlichten und einvernehmliche Lösungen zu finden.)				
8. Kritikfähigkeit (Ich kann Kritik sachlich vorbringen und nehme auch Kritik an.)				
9. Kulturelles Interesse (Ich begegne Menschen aus fremden Kulturen offen und interessiere mich für ihre Gewohnheiten.)				
C. Denkfähigkeiten				
1. Auffassungsgabe (Ich kann Zusammenhänge leicht und schnell begreifen.)				
2. Kreativität (Ich habe immer wieder neue Ideen, wie ich Lösungen finden kann.)				
3. Problemlösefähigkeit (Das Lösen kniffliger Aufgaben macht mir Spaß.)				
4. Fachübergreifendes Denken (Ich kann fachspezifisches Wissen auch in anderen Zusammenhängen anwenden.)				
5. Merkfähigkeit (Einmal Gelerntes behalte ich für längere Zeit.)				
6. Ausdrucksfähigkeit (Ich kann mich sprachlich präzise ausdrücken sowie komplexe Sachverhalte strukturiert und verständlich darstellen.)				
7. Abstraktionsvermögen (Ich kann Wichtiges vom Unwichtigen problemlos unterscheiden.)				
8. Reflexionsfähigkeit (Ich erfülle mir gegebene Aufgaben nicht einfach mechanisch, sondern denke über ihren Sinn nach.)				
9. Urteilsvermögen (Ich kann aus Sachverhalten Schlüsse ziehen bzw. Folgerungen ableiten.)				
D. Fachliche Basiskompetenzen				
1. Schreiben (Ich bin sicher in Rechtschreibung und Zeichensetzung.)				
2. Lesen (Ich kann den Sinn von Texten verstehen und wichtige von unwichtigen Textstellen unterscheiden.)				
3. Mathematik (Ich kann die in der Schule vermittelten mathematischen Formeln und Operationen anwenden.)				
4. Fremdsprache (Englisch) (Ich kann mich an einem in Englisch geführten Gespräch, das über Alltagsdinge hinausgeht, mit sinnvollen Beiträgen beteiligen.)				
5. Politik, Kultur und Geschichte (Ich kenne mich in der politischen Ordnung sowie in den religiös-kulturellen Grundlagen Deutschlands aus und besitze Kenntnisse über die wichtigsten Stationen der deutschen Geschichte.)				
6. Präsentationsfähigkeit (Wenn ich präsentiere, hören mir andere gerne zu.)				

Nach: Mein persönliches Profil, in: Bundesarbeitsgemeinschaft Berufswahlpass (Hrsg.), Berufswahlpass, Bonn, Juni 2022, S. 22 f., https://berufswahlpass.de/site/assets/files/1076/bwp_2022_web_barrierefrei.pdf (Zugriff: 29.11.2022) (verändert)

1 Charakterisieren Sie die berufliche Tätigkeit der in M1 abgebildeten Person. **HILFE**

2 Arbeiten Sie heraus, welches Können von der Person verlangt wird (M1).

3 **a)** Beurteilen Sie anhand von M2 Ihre Stärken und Fähigkeiten zunächst selbst. Kopieren Sie dazu die Übersicht oder nutzen Sie den Webcode/QR-Code.
b) Bitten Sie im Anschluss Ihre Sitznachbarin oder Ihren Sitznachbarn, Sie zu beurteilen.
c) Sollten zwischen Ihrer Selbsteinschätzung und der Fremdeinschätzung starke Unterschiede bestehen, sollten Sie sich noch einmal selbstkritisch prüfen.

INTERNET

WES-118484-311
Tabelle M2 zum Ausfüllen

1.2 Was erwarten Unternehmen von ihren Beschäftigten?

M1 Worauf kommt es an? Auszug aus einem Arbeitszeugnis

Frau A. beeindruckte uns von Beginn an mit ihrer großen Einsatzbereitschaft, ihrer sehr guten Auffassungsgabe und ihrer starken Belastbarkeit. Sie beherrschte ihren Arbeitsbereich umfassend und sicher und eignete sich neue Kenntnisse selbstständig und schnell an. Sie verfügt über ein umfassendes, den aktuellen Stand repräsentierendes Fachwissen.
Mit der Führung ihres Teams gelang es Frau A., die fachliche und persönliche Entwicklung ihrer Mitarbeiter zu fördern. Sie wurde insbesondere für ihren offenen, vertrauensvollen und kommunikativen Führungsstil geschätzt. Sie war wegen ihres freundlichen Wesens und ihrer überaus kollegialen Haltung bei Vorgesetzten wie Mitarbeitern gleichermaßen beliebt und geschätzt.

Autorentext in Anlehnung an: Qualifiziertes Arbeitszeugnis, in: Die Bewerbungsschreiber, Bochum: webschmiede GmbH, https://www.die-bewerbungsschreiber.de/qualifiziertes-arbeitszeugnis (Zugriff: 28.11.2022) (verändert)

M2 Hard Skills und Soft Skills

Im Arbeitsleben werden *Hard Skills* von *Soft Skills* unterschieden. Hard Skills meint alle Fähigkeiten, die mit Fachwissen zusammenhängen. Dieses Wissen wird durch Ausbildung oder Studium erworben und durch Berufserfahrung erweitert. Die Hard Skills bilden die Grundlage jeder beruflichen Tätigkeit. Soft Skills bezeichnen nicht fachliche Qualifikationen, wie Flexibilität oder Teamfähigkeit. Soft Skills stehen bei Unternehmen hoch im Kurs. Denn sie ermöglichen es, dass das Fachwissen ungeschmälert zum Einsatz kommt. Damit bilden Soft Skills eine wichtige Ergänzung der Hard Skills.

Die Soft Skills bestehen aus drei Kompetenzen. Die *Persönlichkeitskompetenz* beinhaltet persönliche Eigenschaften und Einstellungen, die sich auf das Arbeitsverhalten auswirken. Die *Sozialkompetenz* ist die Fähigkeit, sich im Umgang mit anderen Menschen der Situation entsprechend zu verhalten. Diese Fähigkeit spielt bei Teamarbeit, aber auch im Umgang mit Kunden eine wichtige Rolle. Die *Methodenkompetenz* ist das Handwerkzeug für die Ausübung einer beruflichen Tätigkeit. Sie besteht im Kern darin, zur Lösung von Aufgaben die richtigen Arbeitstechniken und Strategien anzuwenden.

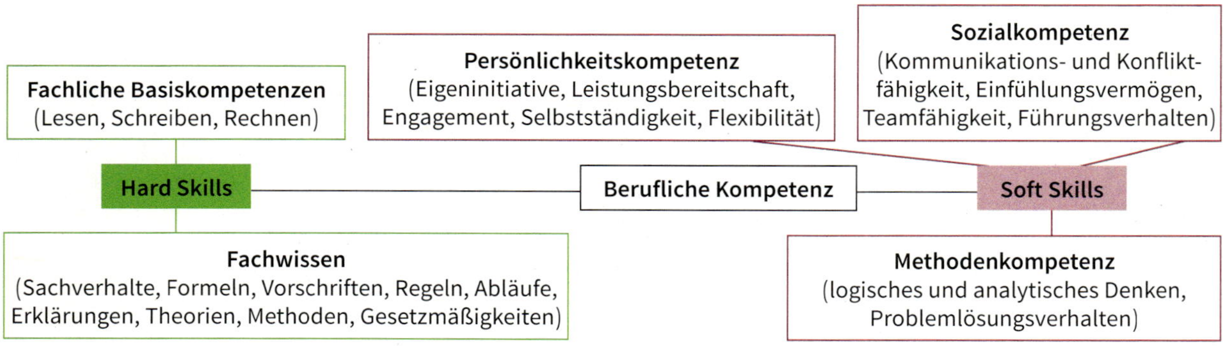

Autorentext

1 Beschreiben Sie die Frau A. im Arbeitszeugnis (M1) bescheinigten Eigenschaften, Einstellungen und Fähigkeiten.

2 Arbeiten Sie aus M2 die Komponenten der beruflichen Kompetenz heraus.

3 Ordnen Sie die im Arbeitszeugnis (M1) aufgeführten Eigenschaften, Einstellungen und Fähigkeiten den Komponenten der beruflichen Kompetenz (M2) zu. HILFE

1.3 Wie behalte ich den Überblick bei der Berufsorientierung?

M1 Dokumentieren – aber wie?

M2 Ein (digitales) Portfolio erstellen

Unter einem Portfolio zur Berufsorientierung kann eine Art Begleitmappe verstanden werden, in der ausgewählte Unterlagen/Ergebnisse aus dem individuellen Berufsorientierungsprozess und darauf bezogene Reflexionen und Zielformulierungen systematisch abgelegt und für das weitere Vorgehen/Lernen genutzt werden können. Über Inhalte und Ziele des Portfolios sowie den Umgang damit sollten in Lerngruppen Absprachen stattfinden. Neben einem klassischen Ordner kann ein Portfolio im digitalen Bereich, z. B. auch mithilfe eines Dateiordners oder der Plattform TaskCards, entstehen.

Autorentext

INFO

TaskCards
Die Plattform TaskCards wird von einer deutschen Firma entwickelt und betrieben, die Server stehen ausschließlich in Deutschland. Nach eigenen Angaben ist Taskcards zu 100 % konform zur Datenschutzgrundverordnung.

M3 Beispiel für ein digitales Portfolio

Portfolio angelegt bei TaskCards über: https://www.taskcards.de (Zugriff: 08.12.2022).

1 Beschreiben Sie ausgehend von M1, welche Informationen und Unterlagen es sich im Berufsorientierungsprozess zu sammeln/zu systematisieren lohnt.

2 Arbeiten Sie Vor- und Nachteile eines digitalen Portfolios (M2 und M3) heraus.

3 Begründen Sie, welche Form(-en) der Dokumentation Sie in Ihrem Berufswahlprozess nutzen können und möchten.

TIPP

Erproben Sie nach Rücksprache mit Ihrer Lehrkraft ein digitales Portfolio und legen Sie fest, wann Sie Ihre Portfolioarbeit reflektieren möchten.

Stellenanzeigen analysieren

Wenn Unternehmen Arbeitsplätze anbieten, dann sind sie auf der Suche nach den besten Bewerberinnen und Bewerbern. Was sie von ihren zukünftigen Mitarbeiterinnen und Mitarbeitern erwarten, teilen sie in ihren Stellenanzeigen mit. Wer sich bewirbt, muss also bestimmte Bedingungen erfüllen.

Stellenanzeigen folgen häufig einem bestimmten Aufbauschema:

1. **Informationen über das Unternehmen:** Branche, Standort, Besonderheiten
2. **Grundsätzliche Anforderung an die Bewerberin/den Bewerber:** berufliche Ausbildung (Studienfach, Studienabschluss)
3. **Beschreibung der Aufgabengebiete,** gegebenenfalls in Teiltätigkeiten aufgegliedert
4. **Konkrete Anforderungen an die Bewerberin/den Bewerber:** erwartete Erfahrungen sowie gewünschte Eigenschaften, Fähigkeiten und Stärken, teils untergliedert in Hard Skills und Soft Skills
5. **Informationen zu den Arbeitsbedingungen:** Arbeitsort, Arbeitszeit, Reisebereitschaft
6. **Informationen über Leistungen des Unternehmens an die Bewerberin/den Bewerber:** Gehalt, soziale Leistungen, Fortbildungsmöglichkeiten
7. **Informationen zum Bewerbungsverfahren:** Bewerbungszeitraum, Bewerbung per Post, E-Mail oder Online-Portal
8. **Kontaktadresse und Ansprechpartner.**

Nicht alle Stellenanzeigen sind sofort verständlich oder enthalten alle eigentlich notwendigen Informationen. In diesem Fall sollten Sie sich nicht scheuen, bei der zuständigen Ansprechpartnerin bzw. dem zuständigen Ansprechpartner des Unternehmens nachzufragen.
Ferner gibt es Anzeigen, die so hohe Anforderungen stellen, dass sie abschreckend wirken. Wenn Sie jedoch überzeugt sind, einen erheblichen Anteil der Anforderungen zu erfüllen, sollten Sie sich bewerben. Denn vermutlich gibt es niemanden, der alles Geforderte beibringen kann. Ihre Bewerbung könnte also durchaus Erfolg haben.
Ab einer bestimmten Qualifikationsstufe bieten die Unternehmen kein bestimmtes Gehalt an, sondern fordern die Bewerberinnen und Bewerber auf, ihre Gehaltsvorstellung mitzuteilen. Dies ist besonders dann eine knifflige Aufforderung, wenn man sich zum ersten Mal bewirbt und seinen Wert noch nicht richtig einschätzen kann.

1 Beschreiben Sie den Aufbau (die Struktur) der nachfolgenden Stellenanzeige.

2 Analysieren Sie die Stellenanzeige. Achten Sie dabei auf folgende Aspekte:
- Was erfährt man aus der Anzeige über das Unternehmen?
- Welche formalen Voraussetzungen muss der Bewerber erfüllen?
- Worin bestehen die Tätigkeiten des Arbeitsplatzes?
- Wie sehen die Arbeitsbedingungen aus?
- Welche Hard Skills und welche Soft Skills werden verlangt?
- Mit welchen nicht geldlichen Leistungen lockt das Unternehmen?
- Wie verhält es sich mit den Gehaltsangaben?

3 Überprüfen Sie, ob alle aus Ihrer Sicht notwendigen Informationen enthalten sind, und formulieren Sie ggf. Fragen, die Sie dem Unternehmen stellen würden.

4 **Zusatzaufgabe:** Analysieren Sie mithilfe der Methode weitere Stellenanzeigen Ihrer Wahl.

M 1 Stellenanzeige

TRAINEE (M/W/D) PROJEKTMANAGEMENT

Standort:
Spelle [Emsland]

Einstieg:
Fach- und Führungskräfte

Arbeitszeit:
Vollzeit

MEHR AUFGABENVIELFALT FÜR DICH

- Im Rahmen des zweijährigen Traineeprogramms bekommst du als Abteilungstrainee (m/w/d) umfassende Einblicke in die Arbeit eines Projektleiters (m/w/d) für Produktentwicklungs- und Organisationsprojekte
- Begleitung der Planung, Überwachung und Steuerung von Projekten im Bereich der Produktentwicklung

MEHR KOMPETENZ FÜR UNS

- Erfolgreich abgeschlossenes Hochschulstudium im technischen oder wirtschaftlichen Bereich, z. B. im Studiengang Maschinenbau, Elektrotechnik oder Wirtschaftsingenieurwesen
- Erste Praxiserfahrungen durch Praktika oder Praxissemester in einem Maschinenbauunternehmen vorteilhaft
- Idealerweise erste Projekterfahrungen im Rahmen des Studiums
- Gute Auffassungsgabe und sehr strukturierte Arbeitsweise
- Kommunikationsstärke
- Sicherer Umgang mit MS-Office-Anwendungen

DU UND DEIN NEUES ARBEITSUMFELD

- Idealer Einstieg in die Arbeitswelt durch das Traineeprogramm nach Abschluss des Studiums
- Intensive Einarbeitung und fachliche Betreuung durch erfahrende Teammitglieder, die ihr Wissen gerne weitergeben
- Möglichkeit der persönlichen Weiterentwicklung durch das Angebot verschiedener Schulungsangebote
- Unterstützung beim Netzwerkaufbau innerhalb des Unternehmens durch zeitweise Einsätze in Schnittstellenabteilungen bei Bedarf
- Zeitraum des Traineeprogramms: 01. April 2023 bis 31. März 2025

Du fühlst dich angesprochen? Dann freut sich
[...] **Maschinenfabrik Bernard Krone GmbH & Co. KG** auf deine Online-Bewerbung und beantwortet vorab Fragen.

Trainee (m/w/d) Projektmanagement, Maschinenfabrik Bernard Krone GmbH & Co. KG, Spelle, https://krone-group.com/job/6807-trainee-projektmanagement/ (Zugriff: 16.01.2023)

2. Welche Ausbildungs- und Studienmöglichkeiten stehen zur Auswahl?

2.1 Ist eine Ausbildung das Richtige für mich?

M1 Berufsaussichten

Zeichnung: RABE (Ralf Böhme), 20.10.2011

M2 Soll ich mich für eine berufliche Ausbildung entscheiden?

„Fachidioten! In der Theorie hui, in der Praxis pfui!“ Natürlich ist diese Aussage in den meisten Fällen ein Vorurteil, jedoch steht sie für eine Haltung, die nicht wenige Arbeitgeber gegenüber akademischen Stellenbewerbern haben. Unter anderem aus diesem Grund muss ein Studium nicht immer die erste Wahl sein.

Gründe, die für eine Ausbildung sprechen:
Wer eine Ausbildung anstatt eines Studiums wählt, ist nahezu immer früher fertig und verdient somit schneller sein eigenes Geld. Mit dem ersten selbstverdienten Geld steigt die finanzielle und vor allem auch persönliche Unabhängigkeit bzw. Selbstständigkeit. Eine Ausbildung ist leichter zu finanzieren als ein Studium. Der erste Schritt ins Berufsleben ist nach einer abgeschlossenen Ausbildung bereits getan. Für Absolventen einer Hochschule steht der Einstieg in die berufliche Praxis noch bevor. Wer grundsätzlich lieber praktisch als theoretisch arbeitet, sollte es eher mit einer Ausbildung versuchen.

Pro Ausbildung: Argumente für den direkten Eintritt in die Arbeitswelt, in: Studium-Ratgeber.de, Rheda-Wiedenbrück: INITIATIVE auslandszeit GmbH, https://www.studium-ratgeber.de/orientierung/ausbildung/pro-ausbildung/ (Zugriff: 01.08.2022)

M3 Zwei Varianten der beruflichen Ausbildung

Es gibt mehr als 300 staatlich anerkannte Ausbildungsberufe. Die weit überwiegende Zahl ist dual organisiert. Das bedeutet: Die Auszubildenden sind im Ausbildungsbetrieb berufspraktisch tätig und erwerben ihr theoretisches Wissen in der Berufsschule. Bestimmte Berufe sind jedoch nur auf dem Wege der schulischen Ausbildung zu erlernen. Wer sich hierfür entscheidet, erhält Vollzeitunterricht an einer privaten oder staatlichen Berufsfachschule, manchmal auch an einer auf den betreffenden Beruf spezialisierten Fachakademie. Für die meisten Berufe in Industrie, Handel, Handwerk und Landwirtschaft gilt die duale Ausbildung. Die vollzeitschulische Ausbildung ist vorgesehen für pflegerische und soziale Berufe sowie für Berufe in den Bereichen Gesundheit, Fremdsprachen, Technik und Gestaltung.

	Duale Ausbildung	**Vollzeitschulische Ausbildung**
Wann bewerbe ich mich?	Oft ist es notwendig, sich ein bis anderthalb Jahre vor Ausbildungsbeginn zu bewerben.	Oft muss man sich schon ein Jahr vor Ausbildungsbeginn bewerben. Manchmal wird noch ein Praktikum vor der Ausbildung verlangt.
Wo bewerbe ich mich?	Beim Ausbildungsbetrieb.	Bei der Berufsfachschule.
Wie lange dauert die Ausbildung?	Je nach Beruf zwei bis dreieinhalb Jahre.	Je nach Beruf zwei bis dreieinhalb Jahre.
Wo lerne ich?	Im Ausbildungsbetrieb und in der Berufsschule.	An der Berufsfachschule und zeitweise in einem Praktikumsbetrieb.
In welcher Form lerne ich?	Wechsel von Praxis im Betrieb und Unterricht in der Berufsschule; Unterricht entweder regelmäßig an bestimmten Wochentagen oder im Blockunterricht.	Vollzeitunterricht an der Berufsfachschule sowie Praktika.
Was bin ich?	Auszubildende/Auszubildender.	Schülerin/Schüler.
Wie viel verdiene ich?	Höhe der Ausbildungsvergütung in Tarifverträgen festgelegt und unterschiedlich je nach Beruf, manchmal auch nach Betrieb.	Meistens keine Ausbildungsvergütung; an staatlichen Schulen entstehen keine Kosten, an privaten Schulen wird Schulgeld verlangt.
Wie steht es mit dem Urlaub?	Es gibt einen Rechtsanspruch auf Urlaub. Die Zahl der Urlaubstage hängt vom Alter ab.	Es gibt feste Ferienzeiten. In manchen Ausbildungen müssen in den Ferien Praktika absolviert werden.

Autorentext

M4 Warum nicht eine Abiturientenausbildung?

Einige große Unternehmen bieten eigene Sonderausbildungen für Abiturienten/-innen an. Wer sich hierfür entscheidet, erhält von Beginn an eine Ausbildungsvergütung. Wie bei der dualen Berufsausbildung ist die Ausbildung zweigeteilt in Theorie- und Praxisphasen. Die Praxisphasen finden im Unternehmen, die Theoriephasen in einer Berufsakademie, einer privaten Berufsfachschule oder einer speziellen Schule des Unternehmens statt. Die Ausbildung bezieht sich meistens auf den kaufmännisch-betriebswirtschaftlichen Bereich.
Die Abiturientenausbildungen vermitteln häufig zwei Abschlüsse. So etwa den Kaufmann im Einzelhandel als anerkannten Ausbildungsberuf und den Geprüften Handelsfachwirt als Zusatzqualifikation. Oder die Bankkauffrau als Ausbildungsberuf und die Finanzassistentin als Zusatzqualifikation. Die Abschlüsse sind aber keine Hochschulabschlüsse.
Die Ausbildung dauert zwischen zwei und vier Jahren. Sie ist auf die Bedürfnisse der Unternehmen zugeschnitten. Erkundigen Sie sich daher, ob Sie mit dem erworbenen Abschluss eine gleichwertige Arbeit in anderen Unternehmen erhalten und welche Chancen des beruflichen Fortkommens im Vergleich zu einem Studienabschluss bestehen.

Autorentext

INTERNET

WES-118484-321
Unter diesen Links können Sie mit dem Suchbegriff „Abiturientenausbildung“ weitern Informationen finden.

M5 Wäre eine Ausbildung im Öffentlichen Dienst etwas für mich?

Wer eine Ausbildung im Öffentlichen Dienst beginnt, kann davon ausgehen, nach der Ausbildung über einen sicheren Arbeitsplatz zu verfügen. Ein weiterer Vorteil ist, dass man schon während der Ausbildung eine Vergütung erhält. Arbeitgeber im Öffentlichen Dienst sind Behörden auf Bundes-, Landes- und kommunaler Ebene. Wer die Ausbildung erfolgreich abschließt, wird als Beamter oder Angestellter in der Verwaltung von Gemeinden, Landkreisen, des Landes oder des Bundes tätig. Es gibt aber noch weitere Tätigkeitsfelder, so bei der Polizei, dem Zoll, der Rechtspflege und der Sozialversicherung. Vergessen werden darf auch nicht die Ausbildung zum Offizier bei der Bundeswehr.
Das Abitur ist Voraussetzung für den Eintritt als Beamter/Beamtin in den sogenannten gehobenen nicht technischen Dienst. Die dafür vorgesehene Ausbildung nennt sich Vorbereitungsdienst. Dieser dauert in der Regel drei Jahre. Er besteht entweder aus einem Vollzeitstudium an einer speziellen, der jeweiligen Behörde zugeordneten Fachhochschule oder aus einem dualen Studium, das sich aus mehrwöchigen Theoriephasen an der betreffenden Hochschule und aus Praxisphasen in den Aufgabenbereichen der Behörde zusammensetzt.

Autorentext

Die Vielfalt des Öffentlichen Dienstes (Auswahl)		
Allgemeine Verwaltung	Archivwesen	Auswärtiger Dienst
Bundesagentur für Arbeit	Bundesnachrichtendienst	Bundesvermögensverwaltung
Bundeswehr	Deutsche Bundesbank	Finanzverwaltung
Justizvollzugsdienst	Polizei	Sozialversicherungen
Verfassungsschutz	Wissenschaftliche Bibliotheken	Zoll

M6 Welche Berufe könnten mich interessieren?

Ausbildungsberufe		
Altenpfleger/-in	Bankkaufmann/-frau	Bauzeichner/-in
Chemielaborant/-in	Elektroniker/-in	Ergotherapeut/-in
Erzieher/-in	Fachinformatiker/-in	Finanzassistent/-in
Fluglotse/-lotsin	Geprüfte/-r Handelsfachwirt/-in	Hörakustiker/-in
Industriekaufmann/-frau	Justizinspektor/-in	Mechatroniker/-in
Medienkaufmann/-frau	Notfallsanitäter/-in	Pharmazeutisch-technische/-r Assistent/-in
Physiotherapeut/-in	Polizeikommissar/-in	Schreiner/-in
Steuerfachangestelle/-r	Versicherungskaufmann/-frau	Verwaltungsinspektor/-in

1 Analysieren Sie die Karikatur M1 hinsichtlich Ihrer Aussage.

2 Arbeiten Sie heraus, was M2 über die Aussichten einer dualen Ausbildung im Vergleich zu einem Studium aussagt.

3 Überprüfen Sie für sich, ob die in M2 aufgelisteten Gründe, die für eine Ausbildung sprechen, bei Ihren Überlegungen zum zukünftigen Beruf eine Rolle spielen.

4 Vergleichen Sie duale Ausbildung, vollzeitschulische Ausbildung, Abiturientenausbildung und Ausbildung im Öffentlichen Dienst (M3 bis M5). HILFE

5 **Wählen Sie eine Aufgabe aus:**
a) Recherchieren Sie die Ausbildungswege der Berufe in M6, die Ihr Interesse finden.
b) Recherchieren Sie Geschäftsfelder, Tätigkeitsbereiche und Ausbildungsangebote eines Unternehmens in Ihrer Region.

Den regionalen und überregionalen Ausbildungs- und Arbeitsmarkt untersuchen

Den Ausbildungs- und Arbeitsmarkt untersuchen Sie in erster Linie mithilfe der Bundesagentur für Arbeit. Die regionalen Daten zum Ausbildungs- und Arbeitsmarkt finden Sie in den Veröffentlichungen der für Ihre Region zuständigen Agentur. In jeder größeren niedersächsischen Stadt gibt es eine solche Agentur (Braunschweig, Celle, Emden Goslar, Göttingen, Hameln, Hannover, Helmstedt, Hildesheim, Leer, Lüneburg, Nienburg, Nordhorn, Oldenburg, Osnabrück, Stade, Uelzen, Vechta, Verden, Wilhelmshaven).
Bundesweite Daten werden von der Bundesagentur für Arbeit veröffentlicht. Wichtig für Ihre Untersuchung ist dabei der „Monatsbericht zum Arbeits- und Ausbildungsmarkt“.
Niedersachsenweite Daten veröffentlicht die Regionaldirektion Niedersachsen-Bremen der Bundesagentur. Alle Veröffentlichungen gibt es im Internet.
Ergänzend können Sie auf die Verlautbarungen der öffentlich-rechtlichen Kammern zurückgreifen, vor allem der Industrie- und Handelskammern (IHK) und der Handwerkskammern (HWK). Es gibt in Niedersachsen sieben IHK, die über 490.000 gewerbliche Unternehmen vertreten, und sechs HWK für annähernd 60.000 Betriebe.
Daten veröffentlicht schließlich das Landesamt für Statistik Niedersachsen. Seine Website enthält die „Statistischen Monatshefte Niedersachsen“, in denen unter anderem aktuelle Daten über Arbeitsmarkt und Erwerbstätigkeit aufbereitet sind.

INTERNET

WES-118484-322
Hier finden Sie nützliche Links für Ihre Recherche.

Es gibt eine Fülle an Aspekten, die Sie auf regionaler und überregionaler Ebene untersuchen können:

- Wie hat sich die Erwerbstätigkeit in Deutschland/in Niedersachsen/in der Region in den letzten zwölf Monaten verändert?
- Wie hat sich die Arbeitslosigkeit auf den verschiedenen Ebenen in derselben Zeit verändert?
- Wie hat sich das Verhältnis zwischen angebotenen Ausbildungsstellen und Bewerber(inne)n um diese Stellen in den letzten Jahren entwickelt?
- Wie viele Absolventinnen und Absolventen nehmen an den jährlichen Abschlussprüfungen der IHK/der HWK in den verschiedenen Ausbildungsberufen teil?
- Welche Zertifikatslehrgänge im Rahmen ihrer Weiterbildungsprogramme führt die IHK/die HWK durch?
- Wie hat sich die Zahl der Ausbildungsverträge in den diversen Branchen des Handwerks während der letzten zehn Jahre entwickelt?
- Wie verteilen sich die Lehrlinge auf die verschiedenen Branchen des Handwerks?
- Wie hoch ist der Anteil der weiblichen und männlichen Lehrlinge in den verschiedenen Branchen des Handwerks?
- Wie hoch ist der Anteil der Abiturientinnen und Abiturienten an den Lehrlingen im Handwerk?
- Wie hat sich die Zahl der Beschäftigten im Handwerk in den letzten zehn Jahren entwickelt?

Standorte der IHK und der HWK in Niedersachsen

1 Untersuchen Sie nach eigener Wahl Ihren regionalen oder den überregionalen Ausbildungs- und Arbeitsmarkt. Entscheiden Sie sich bei Ihrer Untersuchung für zwei bis drei Aspekte. Fassen Sie das Ergebnis Ihrer Untersuchung in einer übersichtlich strukturierten Präsentation für die Schulöffentlichkeit zusammen.

2.2 Universität oder Fachhochschule – wo will ich studieren?

M1 Was erwartet mich beim Studieren?

M2 Was zeichnet Universitäten aus?

Es gibt in Deutschland etwa 500 Hochschulen. Sie reichen von Minihochschulen mit etwa 50 Studierenden bis zu Massenhochschulen mit über 50.000. An den kleinen Hochschulen gibt es einen oder einige wenige Studiengänge, die großen bieten demgegenüber bis zu 150 Studiengänge an.
Die Hochschulen lassen sich drei Typen zuordnen: Universitäten, Fachhochschulen und Berufsakademien. Eine besondere Stellung haben Universitäten. Zum einen ist ihr Auftrag ausdrücklich die Forschung. Wer als Wissenschaftler forschend tätig werden will, strebt deshalb an die Universität. Auch die Studiengänge dort sind forschungsorientiert angelegt. Zum anderen haben die Universitäten das Promotionsrecht, d.h. das Recht, den Doktortitel zu verleihen. Drittens sind sie Einrichtungen, an denen man die Qualifikation zum Professorenamt erwerben kann: die Habilitation.
Die Universitäten bieten in der Regel ein sehr breites Fächerspektrum und damit viele Studiengänge an. Es gibt ferner Studienfächer, etwa Medizin, Pharmazie und Rechtswissenschaft, die man ausschließlich an Universitäten studieren kann. Auch wer später ein Lehramt an Schulen ausüben möchte, muss sein Studium an einer Universität absolvieren.

Den Universitäten gleichgestellte Hochschulen		
Technische Universitäten	Kunsthochschulen	Musikhochschulen
Sporthochschule Köln	Medizinische Hochschule Hannover	Tierärztliche Hochschule Hannover

Autorentext

M3 Was zeichnet Fachhochschulen aus?

Die Fachhochschulen (FH) werden auch Hochschulen für angewandte Wissenschaften (HAW) genannt. Damit ist der entscheidende Unterschied zu den Universitäten benannt: Die Studiengänge an FH sind praxis- und anwendungsorientiert. Die FH kümmern sich aber in begrenztem Maße auch um Forschung. Nicht nur an den Universitäten, sondern auch an den Fachhochschulen kann man den Bachelor- wie den Masterabschluss erwerben.
Das Fächerspektrum an FH ist im Verhältnis zu dem der Universitäten deutlich kleiner. Zum Fächerangebot gehören insbesondere Architektur, Betriebswirtschaft, Gesundheitswesen, Gestaltung (Design), Informatik, Ingenieurwesen, Medien, Sozialwesen und Technik.

Autorentext

INFO

Bachelorabschluss
erster akademischer Abschluss (siehe auch S. 195, M3).

Masterabschluss
zweiter akademischer Abschluss (siehe auch S. 195, M3).

M4 Was erwartet mich beim Studium an einer Fachhochschule?

Anwendungsorientierte Lehre: Das Studium an der Fachhochschule bietet dir eine starke Praxisorientierung. Lehre und Forschung werden hier mit praxis- und anwendungsorientiertem Schwerpunkt betrieben. Dazu gehört auch, dass du im Rahmen deines Studiums an der Fachhochschule häufig mehrwöchige Praktika, Projektphasen und oft auch Praktikumssemester absolvieren musst. Viele Fachhochschulen pflegen sehr gute Kontakte zu zahlreichen Unternehmen und helfen dir bei der Suche nach einem entsprechenden Praktikumsplatz. [...]
Straffe Organisation: Dein Studienplan ist bei einem Studium an der Fachhochschule in der Regel stärker vorgegeben als im Universitätsstudium, das heißt, du hast weniger Wahlmöglichkeiten. Zudem gelten die Studienpläne als sehr straff. Das sorgt aber nicht selten auch für eine bessere Organisation des Studiums an der Fachhochschule, was wiederum ideale Bedingungen für das Einhalten der Regelstudienzeit schafft.
Kleine Studiengänge: Zu den Vorteilen eines Studiums an der Fachhochschule gehört, dass diese deutlich kleiner als Universitäten sind. Dies bezieht sich nicht nur auf die Gesamtzahl der Studenten, sondern auch auf die Größe der einzelnen Studiengänge. Damit bieten Fachhochschulen gegenüber der Universität häufig eine familiärere Atmosphäre, kleinere Seminare und Lerngruppen sowie eine intensivere Betreuung.

Studieren an der Fachhochschule, in: Bachelor Studium. Alle Infos zum Bachelor & Master, Köln: OAK – Online Akademie GmbH, https://www.bachelor-studium.net/studieren-fachhochschule (Zugriff: 02.08.2022)

M5 Hochschulen in Niedersachsen und Umgebung (Auswahl)

Technische Universität Carolo-Wilhelmina zu Braunschweig	Hochschule für Bildende Künste Braunschweig	Technische Universität Clausthal
Hochschule Emden/Leer	Georg-August-Universität Göttingen	Hochschule für Angewandte Wissenschaften und Kunst Hildesheim/Holzminden/Göttingen
Leibniz Universität Hannover	Hochschule Hannover	Medizinische Hochschule Hannover
Tierärztliche Hochschule Hannover	Hochschule für Musik, Theater und Medien Hannover	Universität Hildesheim
Leuphana Universität Lüneburg	Carl von Ossietzky Universität Oldenburg	Universität Osnabrück
Hochschule Osnabrück	Ostfalia Hochschule für angewandte Wissenschaften	Universität Vechta
Jade Hochschule Wilhelmshaven/ Oldenburg/Elsfleth	Universität Hamburg	Technische Universität Hamburg
Hochschule für Angewandte Wissenschaften Hamburg	Universität Bremen	Hochschule Bremen

1 Beschreiben Sie die Gedanken, die Ihnen beim Betrachten der beiden Bilder in M1 durch den Kopf gehen.

2 Vergleichen Sie die Spezifika von Universitäten und Fachhochschulen (M2 und M3). HILFE

3 Setzen Sie sich mit der Frage auseinander, ob das Studium an einer Fachhochschule für Sie infrage kommt (M4).

4 Recherchieren Sie die Profile dreier von Ihnen ausgewählten Hochschulen (M5). Achten Sie insbesondere auf folgende Kriterien:
- Universität oder Fachhochschule
- Zahl der Studierenden
- Angebot an Studienfächern
- Gliederung in Fakultäten/Fachbereiche/Institute
- Besonderheiten (Studienbedingungen, Forschungsschwerpunkte, Preise ...).

INTERNET
WES-118484-323
Informationen zu Hochschulen in Niedersachsen bei Studies online

2.3 Theorie und Praxis verknüpfen? Das Duale Studium

M1 Alina berichtet über ihr Duales Studium

Das Duale Studium läuft immer blockweise ab. Im Wechsel gibt es Praxis- und Studienphasen. Die Theoriephasen sind immer 10 Wochen lang, außer über Weihnachten, da die Hochschule dort ein bis zwei Wochen geschlossen ist und man folglich eine unterbrechende Praxisphase dazwischen hat. In den 10 Wochen hat man 9 bis 10 Wochen Vorlesung und parallel in den letzten 1 bis 2 Wochen die Prüfungen. Diese umfassen sowohl Klausuren zwischen 90 und 180 Minuten als auch Ausarbeitungen ab 30 Seiten einzeln oder in Gruppen. […] Auch während der Praxisphase müssen sog. Praxistransferprojekte (PTP) angefertigt werden, d. h., für jedes Modul muss ein Bezug zwischen der Theorie und der Praxis, am besten einer Tätigkeit in der Abteilung, hergestellt werden. Gleichzeitig beginnt kurz vor dem 4. Semester ein Crash-Kurs als Vorbereitung auf die IHK-Prüfung, welche im 4. Semester stattfindet. Das 5. und 6. Semester ist daraufhin durch viele Ausarbeitungen und ein größeres Projektstudium geprägt, welches auch viel Zeit in Anspruch nimmt. […]
Wenn man sich für ein Duales Studium entscheidet, sollte man sich zunächst einmal an die jeweiligen Institute wenden, um zu fragen, wie es dort abläuft. Neben dem Blockunterricht von 10 Wochen gibt es auch andere Formen, z. B. Montag bis Donnerstag arbeiten, Freitag und Samstag studieren. […]
Ich persönlich bereue das Duale Studium nicht, auch wenn ich zwischenzeitlich Tage hatte, an denen ich aufgrund des Stresses am liebsten alles geschmissen hätte. Wenn man das Duale Studium erfolgreich besteht, erhöhen sich auf alle Fälle die Aussichten auf einen guten Job.

INFO

Modul
Lehreinheit, meistens aus zwei Lehrveranstaltungen bestehend (siehe auch S. 195, M3).

IHK-Prüfung
Prüfung vor der Industrie- und Handelskammer, mit der eine Berufsausbildung abgeschlossen wird

Erfahrungsbericht: Bachelor BWL – Logistik an der Hochschule Osnabrück, in: BWL-Studieren.com, Köln: TarGroup Media GmbH, https://www.bwl-studieren.com/duales-studium/erfahrungsberichte/hs-osnabrueck/ (Zugriff: 02.08.2022)

M2 Was ist ein Duales Studium?

Bei einem Dualen Studium wird das Studium eines praxisnahen Faches mit einer Berufsausbildung verknüpft. Das Studium findet in einer Fachhochschule oder in einer Berufsakademie statt, die Berufsausbildung verläuft im Betrieb.
Berufsakademien sind Einrichtungen, die besonders nahe mit der beruflichen Praxis verbunden sind. Ihre Träger sind häufig die Industrie- und Handelskammern. Mit Abstrichen kann man die Berufsakademien den Hochschulen zurechnen: Ihre Studierenden müssen die Hochschulreife besitzen. Ihre Dozenten stammen von benachbarten Universitäten und Fachhochschulen, unterrichten also nebenberuflich an der Akademie.
Der Reiz eines Dualen Studiums besteht darin, dass an seinem Ende ein akademischer Abschluss – der Bachelor – und eine abgeschlossene Berufsausbildung stehen. Das Studium umfasst sechs Semester, dauert also drei Jahre. In der Regel beendet man nach dem zweiten Jahr die Berufsausbildung mit einer Prüfung vor der Kammer (IHK oder HWK).
Das Duale Studium setzt den Abschluss eines Ausbildungsvertrages mit einem Unternehmen voraus. Das bedeutet unter anderem, dass die Studierenden von ihrem Unternehmen eine Ausbildungsvergütung erhalten. Im Gegenzug nehmen die Studierenden in Kauf, dass sie einige Wochen Urlaub, aber keine monatelange vorlesungsfreie Zeit (Semesterferien) haben.
Der Abschluss eines Dualen Studiums kann den sofortigen Einstieg in das mittlere (nicht in das höhere!) Management eines Unternehmens eröffnen. Denn die Übernahmequote nach dem Studium ist sehr hoch.

Autorentext

INFO

HWK
Handwerkskammer

INTERNET

WES-118484-324
Informationen zum Dualen Studium

M3 Duales Studium oder doch ein Universitätsstudium?

Argumente für ein Duales Studium	Argumente für ein Universitätsstudium
Ich weiß schon, in welcher Branche ich arbeiten möchte. Und ich weiß auch schon, welche Betriebe dafür infrage kommen.	Ich weiß noch nicht, in welcher Branche ich arbeiten möchte. Ich weiß auch noch nicht, ob ich lieber in einem eher kleinen oder großen Betrieb tätig sein möchte.
Dafür, dass ich vom ersten Studientag an schon praktisch tätig bin und nach dem Studium vergleichsweise viel Praxiserfahrung habe, nehme ich die Doppelbelastung von Studium und Arbeit sowie nur wenige Wochen Urlaubszeit in Kauf.	Ich möchte im Studium neue Welten kennenlernen. Abstrakte Theorie schreckt mich dabei nicht ab. Wert lege ich zudem auf die Semesterferien, in denen ich jobben und lange Urlaubsreisen machen kann.
Die Finanzierung eines Studiums fällt mir schwer. Ich möchte zudem von Anfang an ein Gehalt bekommen.	Die Finanzierung eines Studiums ist für mich kein Problem. Notfalls nehme ich einen Studienkredit auf.
Es muss nicht unbedingt ein Universitätsstudium sein. Ich bin auch mit einem Studium an der Fachhochschule oder an der Berufsakademie zufrieden.	Ich möchte unbedingt an einer Universität studieren. Sie bietet die anspruchsvollste Lehre. Und man erfährt etwas über die aktuelle Forschung. Auch möchte ich bei angesehenen Professoren lernen.
Einen Masterabschluss benötige ich nicht unbedingt. Auf den Mastertitel kann ich verzichten, wenn ich dafür nach dem Studium in meinem Betrieb gleich durchstarten kann.	Ich möchte auf jeden Fall nach dem Bachelor noch den Masterabschluss im selben Fach machen. Denn erst im Masterstudium kommt man zu vertieften Erkenntnissen.
Mit abstrakten Theoriediskussionen kann ich nichts anfangen. Ich bin ein praktischer Mensch.	Die Wissenschaft reizt mich ungemein. Vielleicht möchte ich später noch den Doktortitel machen.
Mir ist es wichtig, schnell ins Berufsleben einzusteigen. Ich brauche auch den Kontakt zu Kollegen. Die Karriere ist nicht unwichtig, aber auch nicht von zentraler Bedeutung.	Das Berufsleben kommt früh genug. Wenn ich dann berufstätig bin, möchte ich aber richtige Karriere machen. Dafür benötige ich eine anspruchsvolle wissenschaftlich-theoretische Ausbildung.

Autorentext nach: Azubiyo: Mein Leitfaden zum Dualen Studium. München: FUNKE Works GmbH, Schuljahr 2022/23, S. 8, https://www.azubiyo.de/media/10449/azubiyo_heft2_22-23.pdf? (Zugriff: 28.11.2022) (verändert)

1 Beschreiben Sie den Ablauf des Dualen Studiums, so wie ihn Alina erlebt (M1).

2 Vergleichen Sie das Duale Studium (M2) mit dem Studium an einer Fachhochschule (S. 171, M4). **HILFE**

3 Setzen Sie sich mit der Alternative „Duales Studium – Universitätsstudium“ auseinander (M3): Überwiegen für Sie die Argumente für ein Duales Studium oder für ein Universitätsstudium?

3. Was will ich studieren und wo? – Fachrichtungen und Zugangsbedingungen

3.1 Welche Tätigkeiten wecken mein Interesse? Selbsttests zum Herausfinden der geeigneten Studienrichtung

M 1 Welches Interessenprofil habe ich?

Wie stark interessiere ich mich für die folgenden beruflichen Tätigkeiten?

Berufliche Tätigkeit	sehr stark	mäßig	kaum	gar nicht
1. Kunstwerke/Literatur analysieren und interpretieren				
2. Die Ursachen eines Problems durch wissenschaftliche Untersuchungen analysieren				
3. Konflikte zwischen Personen schlichten				
4. Sich mit unerforschten Themengebieten auseinandersetzen				
5. Filme und Fotos am Computer kreativ aufbereiten				
6. Verträge und juristische Schriftstücke präzise und fehlerfrei formulieren				
7. Eigene Geschäftsideen vertreten und durchsetzen				
8. Kinder und Jugendliche betreuen oder erziehen				
9. Komplexe technische Anlagen und Maschinen bedienen				
10. Eigene Kunstwerke ausstellen				
11. Wissenschaftliche Experimente planen, durchführen und auswerten				
12. Kinder mit Lernschwierigkeiten gezielt fördern				
13. Modelle für Fahr- und Flugzeuge konstruieren				
14. Eigene Songs schreiben oder Musik komponieren				
15. Eine wissenschaftliche Theorie eingehend studieren				
16. Die Bilanzen und Geschäftszahlen eines Unternehmens kontrollieren				
17. Sich intensiv mit Kunst, Literatur oder Musik befassen				
18. Bedürftige Menschen in ihrer Alltagsbewältigung unterstützen				
19. Personalakten führen und verwalten				
20. Wissen an junge Menschen weitergeben				
21. In Projektgruppen die Führung übernehmen und die Gruppe nach außen vertreten				
22. Mit professionellen Künstlern/-innen zusammenarbeiten				
23. Menschen in seelischen Notlagen beistehen				
24. Richtlinien für reibungslose Organisationsabläufe erarbeiten				
25. Computersimulationen für technische Anlagen erstellen				
26. Den wirtschaftlichen Erfolg eines Unternehmens maximieren				
27. In Filmen oder Theaterstücken mitwirken				
28. Eine Schulklasse unterrichten				
29. Anspruchsvolle wissenschaftliche Texte und Fachbücher lesen				
30. Innovative technische Lösungen zur Nutzung erneuerbarer Energien entwickeln				
31. Teambesprechungen und Geschäftstermine zeitlich koordinieren und organisieren				
32. Geschäftliche Verhandlungen führen				
33. Das Budget einer Abteilung verwalten				
34. In einem Labor oder Forschungsinstitut arbeiten				
35. Layouts für Magazine und Kataloge entwerfen				
36. Jugendliche in einer sozialen Einrichtung betreuen und unterstützen				

Berufliche Tätigkeit	sehr stark	mäßig	kaum	gar nicht
37. Wissenschaftliche Theorien auf praktische Fragestellungen übertragen				
38. Rechtliche Fragestellungen bearbeiten				
39. Menschen mit persönlichen Problemen beraten und unterstützen				
40. Computernetzwerke einrichten und betreuen				

Fragen aus: Wie stark interessieren Sie sich für folgende berufliche Tätigkeiten?, Hamburg: Hochschule für Angewandte Wissenschaften Hamburg, https://www.haw-navigator.de/interessentest/interessentest.php (Zugriff: 03.08.2022)

M2 Ist das Lehramt das Richtige für mich?

Wie gern würde ich vermutlich die folgenden Tätigkeiten durchführen?

Für jeden Schultag den Unterricht vorbereiten

An Lehrerfortbildungskursen auch in Ferienzeiten teilnehmen

Fachliteratur zu den Unterrichtsfächern lesen

Konflikte zwischen Schülern/-innen klären

Unterrichtsmaterialien beschaffen oder herstellen

Mit lernschwachen Schülern/-innen spezielle Übungen durchführen

Komplexe Themen für Schüler/-innen verständlich aufbereiten

Schüler/-innen mit und ohne Behinderung gemeinsam unterrichten

Die Leistungen der Schüler/-innen beurteilen

Bei einem Elternabend Probleme der Klasse ansprechen

An Fach- und Gesamtkonferenzen teilnehmen

Für Disziplin in der Klasse sorgen

Mit Eltern Leistungs- und Verhaltensprobleme ihrer Kinder besprechen

Klassenarbeiten bzw. Klausuren korrigieren

Begabten Schülern/-innen zusätzliche Anregungen vermitteln

Fragen nach: Was Lehrer/innen tun: Ist das für Sie attraktiv? Selbsterkundung für Studieninteressierte. Berufsbezogener Interessenfragebogen, Klagenfurt: Institut für Unterrichts- und Schulentwicklung, Universität Klagenfurt, https://studieninteressierte.cct-germany.de/CCT/Lis (Zugriff: 03.08.2022) (verändert)

1 Beantworten Sie die Fragen zu den beruflichen Tätigkeiten (M1).

2 Ordnen Sie die beruflichen Tätigkeiten den folgenden Interessenbereichen zu:
a) Künstlerisch-kreative Interessen
b) Sozial-helfende Interessen
c) Unterrichtend-erzieherische Interessen
d) Wirtschaftlich-unternehmerische Interessen
e) Administrativ-verwaltende Interessen
f) Technisch-handwerkliche Interessen
g) Wissenschaftlich-forschende Interessen.

3 Überprüfen Sie, ob sich anhand Ihrer Antworten ein bestimmtes Interessenprofil ergibt.

4 Setzen Sie sich anhand von M2 mit der Frage auseinander, ob ein Lehramtsstudium für Sie infrage käme.

INTERNET

WES-118484-331
Tabelle M1 zum Ausfüllen

3.2 Wie gewinne ich einen Überblick? Die Fächerlandschaft an Hochschulen

M 1 Chancen akademischer Fächer auf dem Arbeitsmarkt

Zeichnungen: Jan Tomaschoff, 05.07.2009 (links) und 03.02.2022 (rechts)

M 2 Wer studiert welches Fach?

Wer sich gerade frisch immatrikuliert hat, konnte aus Tausenden von Fächern frei wählen. Theoretisch. In der Praxis aber kommen nur wenige gegen ihre Gene, soziale und regionale Prägung an. [...]

„Es ergeben sich die typischen Bilder: Töchter aus höherem Hause studieren Romanistik und Kunstgeschichte. Jungs aus Familien mit niedrigeren Bildungsabschlüssen Ingenieurwissenschaften an einer FH. Die Mädchen werden klassischerweise Grundschullehrerin“, sagt Michael Hartmann, Professor für Soziologie an der TU Darmstadt. Der Bildungsstand der Eltern, die Themen am Abendbrottisch, die ökonomischen Ressourcen – all dies kommt zur genetischen Anlage hinzu und spiegelt sich in der Neigung, die zur Studienfachwahl führt. [...]

Faktoren wie Arbeitsplatzsicherheit oder ein gutes Gehalt sind etwa nicht für jeden Studenten gleich wichtig: In den Ingenieurwissenschaften messen 82 Prozent diesen Aspekten eine besondere Wichtigkeit zu, in den Sprach- und Kulturwissenschaften dagegen ist es nur die Hälfte. [...]

„Man wählt tendenziell den sicheren Weg – und das ist der, den man schon kennt“, sagt Johannes Hensler, ein Medizinstudent aus Schleswig-Holstein. Hensler hat den Arztberuf von klein auf gekannt, sein Vater ist Arzt. Wohl auch deswegen fasziniere ihn der Beruf schon lange; über Geld oder Prestige habe er dabei nicht nachgedacht. Eine Zeitlang habe er sich überlegt, sagt der 24 Jahre alte Student, Musiklehrer zu werden. Doch dann fand er die Lehrerlaufbahn zu starr vorgeschrieben. Berufsmusiker hingegen habe er wegen der Unsicherheiten nicht werden wollen. „Man will Sachen vielleicht anders und besser machen. Aber die meisten bewegen sich auf einem schon bearbeiteten Pfad.“

Besonders deutlich wird dies bei der Auswirkung des Geschlechts auf die Studienwahl. Die gängigen Klischees finden Rückhalt in der Statistik: Männer wählen Maschinenbau, Mathematik, Informatik und Wirtschaftswissenschaften; Frauen Lehramtsstudiengänge, Medizin, Sozialwissenschaften, Sprach- und Kulturwissenschaften.

Anna Loll, Das vorherbestimmte Studium, in: Frankfurter Allgemeine Zeitung online, 30.09.2009, https://www.faz.net/aktuell/karriere-hochschule/campus/faecherwahl-das-vorherbestimmte-studium-1871946.html (Zugriff: 03.08.2022)

M3 Das Fächerspektrum an den Universitäten

An den Universitäten sind viele wissenschaftliche Fächer vertreten. Verwandte Fächer sind in der Regel in einer Fakultät zusammengefasst. Bei manchen Fächern ist die Zugehörigkeit aber nicht eindeutig. Jedes wissenschaftliche Fach setzt sich ferner aus Teilfächern zusammen. Diese führen oft Bezeichnungen, die in der Alltagssprache nicht vorkommen. Die Fächerlandschaft ist schließlich in ständiger Bewegung. Es gibt immer wieder neue Fächer.

Überblick über die klassischen Universitätsfächer (alphabetische Reihenfolge)

Agrar- und Forstwissenschaften Forstwissenschaft Landwirtschaft **Ingenieurwissenschaften** Architektur Bauingenieurwesen Elektrotechnik Maschinenbau **Kulturwissenschaften** Archäologie Ethnologie Geschichtswissenschaft Kunstgeschichte Musikwissenschaft Philosophie Theologie	**Mathematik und Informatik** Informatik Mathematik **Medizin** Humanmedizin Tiermedizin Zahnmedizin **Naturwissenschaften** Biologie Chemie Geographie Geologie Pharmazie Physik **Rechtswissenschaft** Rechtswissenschaft	**Sozialwissenschaften** Pädagogik Politikwissenschaft Psychologie Soziologie **Sprachwissenschaften** Anglistik Germanistik Klassische Philologien (Latein, Griechisch) Romanistik Slawistik **Wirtschaftswissenschaften** Betriebswirtschaftslehre Volkswirtschaftslehre

Autorentext

Teilfächer des Pharmaziestudiums
- Allgemeine Chemie der Arzneistoffe, Hilfsstoffe und Schadstoffe
- Pharmazeutische Analytik
- Wissenschaftliche Grundlagen, Mathematik und Arzneiformenlehre
- Grundlagen der Biologie und Humanbiologie
- Biochemie und Pathobiochemie
- Technologie und Biopharmazie
- Biogene Arzneistoffe
- Medizinische Chemie und Arzneistoffanalytik
- Pharmakologie und Klinische Pharmazie

Anlage B (1): Studienplan, Technische Universität Braunschweig, https://www.tu-braunschweig.de/ (Zugriff: 29.11.2022)

M4 Studiengänge an der Fachhochschule

Die an Fachhochschulen und Berufsakademien angebotenen Fächer sind Ableitungen der Universitätsfächer bzw. deren Übersetzung für die Bedürfnisse der Praxis.

Studiengänge an der Hochschule für angewandte Wissenschaften Ostfalia (Auswahl)

Bio- und Umwelttechnik	Handel und Logistik	Mediendesign
Elektro- und Informationstechnik	Medienmanagement	Kindheitspädagogik
Fahrzeugtechnik	Management im Gesundheitswesen	Soziale Arbeit
Digital Technologies	Wirtschaftsrecht	Wirtschaftsinformatik

Studienangebot der Ostfalia, Wolfenbüttel: Ostfalia Hochschule für angewandte Wissenschaften – Hochschule Braunschweig/Wolfenbüttel, https://www.ostfalia.de/cms/de/studienberatung/studienangebot/ (Zugriff: 03.08.2022) (verändert = Auswahl)

1 Analysieren Sie die Botschaften der beiden Karikaturen (M1).

2 Arbeiten Sie die Faktoren heraus, die die Studienfachwahl beeinflussen (M2). **HILFE**

3 **Wählen Sie eine Aufgabe aus:**

a) Recherchieren Sie anhand von Studienordnungen, aus welchen Komponenten (Teilfächern) sich zwei Universitätsfächer Ihrer Wahl zusammensetzen (M3).

b) Recherchieren Sie, wie zwei Studiengänge Ihrer Wahl an der Hochschule für angewandte Wissenschaften Ostfalia aufgebaut sind (M4).

4 Setzen Sie sich mit der Frage auseinander, ob die Botschaften der Karikaturen (M1) Ihre Studienfachwahl beeinflussen sollten.

3.3 Wie frei kann ich wählen? Zulassungsbeschränkungen

M1 Hat Hendrik eine Chance auf einen Studienplatz in Medizin?

Hendrik, 19 Jahre alt, möchte gerne Medizin studieren. Er ist seit Jahren stark beim Deutschen Roten Kreuz engagiert. Auch absolvierte er sein Schülerbetriebspraktikum im Krankenhaus. Im Leistungskurs Chemie erreichte er immer 13 und 14 Punkte. Sein Abiturdurchschnitt liegt bei 2,1.

Autorentext

M2 Numerus clausus – was ist das?

INTERNET

WES-118484-332

Hier finden Sie eine Studienplatzbörse, die Ihnen wenige Wochen vor Studienbeginn Auskunft über noch freie Studienplätze gibt.

Numerus clausus, meist kurz NC, bedeutet „geschlossene Zahl" und beschreibt damit, dass in vielen Studienfächern nur eine bestimmte Anzahl von Studierenden aufgenommen werden kann. Weil diese Auswahl über den Notendurchschnitt im Abitur vorgenommen wird, wird der NC häufig mit dem Mindestnotendurchschnitt für die Zulassung zu einem bestimmten Studienfach gleichgesetzt. Jede Uni in Deutschland belegt die Fächer Medizin, Pharmazie, Tiermedizin und Zahnmedizin mit einem Numerus clausus. In anderen Fächern gibt es sogenannte „örtliche NCs". Grundsätzlich ist in Deutschland ungefähr die Hälfte der Studienfächer mit einem solchen NC belegt, wobei der Anteil in Berlin und Hamburg mit über 60 Prozent am höchsten ist. Anders sieht es in Thüringen, Mecklenburg-Vorpommern und Rheinland-Pfalz aus: Hier ist nur jeder fünfte Studiengang zulassungsbeschränkt. Ein NC wird in jedem Semester neu festgelegt. Alle Hochschulen geben darüber Auskunft, ob sie ihre jeweiligen Studienfächer mit einem NC belegen.

Nach: Numerus Clausus: Was Du über den NC wissen musst, in: MyStipendium, Berlin: MY Access to Funding gGmbH, https://www.mystipendium.de/studium/numerus-clausus (Zugriff: 04.08.2022) (verändert)

M3 Zulassungsverfahren für Hochschulstudiengänge

zulassungsfrei	Sie können sich direkt an der Hochschule einschreiben (= immatrikulieren). Zumeist müssen Sie persönlich erscheinen, zum Teil ist die Immatrikulation auch per Post oder online möglich. Welche Unterlagen Sie beibringen müssen, steht auf der Homepage der Hochschule. In der Regel sind es das Abiturzeugnis und der Nachweis einer Krankenversicherung.
mit Eignungsprüfung	Möchten Sie ein künstlerisches Fach (Bildende Kunst, Musik) oder Sport studieren, wird in der Regel Ihre Eignung vorab geprüft (z. B. Mappe mit künstlerischen Arbeiten, Vorspielen/-singen). Die Prüfungen finden häufig vor Beginn der allgemeinen Bewerbungsfristen statt. Erkundigen Sie sich auf der Homepage der Hochschule.
örtlich zulassungsbeschränkt	Sie bewerben sich an der Hochschule. Diese prüft, ob Sie den NC für den gewählten Studiengang erfüllen. Maßgeblich ist die Abiturnote. Es sind aber auch andere Kriterien denkbar, wie Berufserfahrung oder ein Auswahlgespräch. Einige Hochschulen nehmen für die Bewerberauswahl am Dialogorientierten Serviceverfahren (DoSV) der Stiftung für Hochschulzulassung teil. Dann richten Sie Ihre Bewerbung an *www.hochschulstart.de*.
bundesweit zulassungsbeschränkt	Die Fächer Medizin, Zahnmedizin, Tiermedizin und Pharmazie unterliegen einem NC. Sie können sich nur über die Stiftung für Hochschulzulassung (*www.hochschulstart.de*) bewerben. 20 Prozent der Plätze werden an die Personen mit den besten Abiturnoten vergeben, 20 Prozent an die mit der längsten Wartezeit. Für die restlichen 60 Prozent werden die Verfahren der örtlich zulassungsbeschränkten Studiengänge angewendet.

Autorentext

1 Beurteilen Sie, ob Hendrik eine Chance auf einen Studienplatz in Medizin hat (M1).

2 Entwickeln Sie Vermutungen darüber, warum
a) Medizin und Pharmazie überall mit einem Numerus clausus belegt sind (M2),
b) in Berlin und Hamburg die Zahl der Studiengänge mit NC am höchsten ist (M2).

3 Recherchieren Sie an von Ihnen favorisierten Hochschulen die Zulassungsbedingungen für Studiengänge, die Sie interessieren (M3).

Hochschul- und Studienangebote untersuchen

Irgendwann müssen Sie entscheiden, an welcher Hochschule Sie studieren wollen. Damit Ihre Entscheidung nicht dem Zufall überlassen bleibt, können Sie Folgendes unternehmen.

1. Die Rangfolge von Entscheidungskriterien festlegen
Beantworten Sie zunächst für sich selbst die Frage, welche der folgenden Kriterien für Ihre Entscheidung über Hochschultyp und Hochschulort wichtig oder eher unwichtig sind:

- Betreuungsverhältnis Lehrende-Studierende in Ihrem Studiengang (Größe von Lerngruppen)
- Bibliotheksausstattung der Hochschule
- Forschungsreputation der Hochschule
- Hochschulort (Großstadt/Kleinstadt, Attraktivität des Hochschulortes, Entfernung zum Heimatort)
- Internationale Ausrichtung der Hochschule (wissenschaftlicher Austausch mit ausländischen Hochschulen, Möglichkeit von Auslandssemestern, Lehrveranstaltungen in Englisch)
- Lebenshaltungskosten am Hochschulort
- Profil der Hochschule (Forschungsorientierung oder Praxisorientierung)
- Studierendenzahl (kleine Hochschule oder Massenuniversität)

2. Einen Hochschulinformationstag besuchen
Viele Hochschulen bieten einmal im Jahr einen Hochschulinformationstag (HIT) an. Hier erhalten Sie einen ersten Eindruck von der Hochschulwelt, erfahren, was Sie an der jeweiligen Hochschule studieren können, und kommen direkt mit Mitarbeiterinnen bzw. Mitarbeitern und Studierenden ins Gespräch. Sie sollten den HIT einer Hochschule besuchen, die gemäß Ihren Entscheidungskriterien als zukünftiger Studienort infrage käme. Ein HIT informiert in der Regel über die folgenden Aspekte:

- Angebot der verschiedenen Studiengänge und die Berufsperspektiven nach dem Studium
- Bewerbungsverfahren für Studienplätze
- Studienfinanzierung
- Möglichkeiten eines Studiums im Ausland
- Mitwirkungsmöglichkeiten für Studierende in Fachschaften, im Studierendenparlament und im AStA, dem Allgemeinen Studierendenausschuss.

Sie sollten das Gespräch mit den anwesenden Vertreterinnen und Vertretern der Studienberatung sowie der Fakultäten und der Studierendenschaft suchen. Antworten auf die folgenden Fragen könnten für Sie bedeutsam sein:

- Wie ist das mich interessierende Studium aufgebaut?
- Wie unterscheiden sich Seminare und Vorlesungen?
- Gibt es eine Anwesenheitspflicht in Vorlesungen?
- Sind in dem mir vorschwebenden Studium Auslandssemester vorgesehen?
- In welche Phasen teilt sich ein Studienjahr auf?
- Wie bekommt man einen Platz im Studentenwohnheim?

3. Am Schnupperstudium teilnehmen
Viele Hochschulen bieten ein Schnupperstudium an. Dabei können Sie erleben, wie sich das Studieren anfühlt: Sie nehmen an einer Vorlesung teil, können zum Mittagessen in die Mensa gehen oder die Universitätsbibliothek besuchen. Außerdem haben Sie Gelegenheit, vor und nach den Lehrveranstaltungen Studierende und Lehrende anzusprechen, um Informationen aus erster Hand zu erhalten. Welche Lehrveranstaltungen zum Schnuppern zur Verfügung stehen, finden Sie normalerweise auf der Website der betreffenden Hochschule. In der Regel brauchen Sie sich nicht anzumelden.

1 Legen Sie die Rangfolge der Kriterien für Ihre Entscheidung über Hochschultyp und -ort fest und begründen Sie dann Ihre Festlegung gegenüber Ihrer Sitznachbarin bzw. Ihrem Sitznachbarn.

HOCHSCHUL KOMPASS

INTERNET

WES-118484-333
Informationen über alle Hochschulen finden Sie im Hochschulkompass, der von der Hochschulrektorenkonferenz betreut wird.

4. Lernchance Betriebspraktikum: Erfolgreich bewerben und einen Betrieb erkunden

4.1 Wie kann ich mit Anschreiben und Lebenslauf überzeugen?

M1 Expertinnen und Experten zum Anschreiben

„Die vier W-Fragen: Wer bist du? Was kannst du? Warum willst du gerade zu diesem Unternehmen? Was hat das Unternehmen davon, dich einzustellen? sollten unbedingt beantwortet werden."

Dr. Christian Schlichtenmayer, Leiter Recruiting bei Schaeffler

„Die Leitfrage muss sein: Was biete ich dem Unternehmen, welchen Mehrwert bringe ich?"

Christina Thiel, Karriereberaterin

„Man muss sich sehr gut überlegen, an wen man das Schreiben sendet, und dann gilt es, den Inhalt genau für diesen Adressaten ansprechend aufzubauen – neugierig zu machen."

Armin Wenny, Human Resources Bosch

Zitiert nach: Dein Anschreiben, in: abi.de, Nürnberg: Bundesagentur für Arbeit, 16.11.2022, https://abi.de/bewerbung/bewerbungsmappe/das-anschreiben (Zugriff: 29.11.2022)

M2 Lästiges Pflichtprogramm? Mit dem Anschreiben punkten!

Ob man sich online oder per Post bewirbt: In der Regel werden Anschreiben, Lebenslauf, Zeugnisse/Zertifikate o. Ä. erwartet. Ein Bewerbungsfoto ist keine Pflicht, wird aber empfohlen und sollte professionell aufgenommen sein.

Beim klassischen Anschreiben handelt es sich um eine Art Brief mit der eigenen Adresse, der Anschrift des Unternehmens, Ortsangabe und Datum. Die Betreffzeile nimmt Bezug auf die konkrete Stelle. Nach der persönlichen Anrede (Ansprechpartner/-in recherchieren) folgt der Fließtext, der auf folgende Fragen antwortet:

- Wie sind Sie auf das Praktikum aufmerksam geworden? Ggf. Bezugnahme auf persönlichen Kontakt!
- Warum interessieren Sie sich für den Praktikumsplatz/die Stelle?
- Warum sind gerade Sie für den Praktikumsplatz/die Stelle geeignet?
- Warum möchten Sie die Stelle bei diesem Unternehmen/dieser Institution erhalten?

Das Anschreiben schließt mit der Bitte um Einladung zum Vorstellungsgespräch, Grußformel, Unterschrift und dem Verweis auf Anlagen ab (siehe Vorlage unter dem Webcode/QR-Code).

Tipps:

- Zeigen Sie aufrichtiges Interesse, indem Sie sich über das Unternehmen und die Stelle informieren und Ihre Interessen/Fähigkeiten mit konkreten Anforderungen/Kenntnissen über das Unternehmen/die Stelle o. Ä. verbinden.
- Zeigen Sie sich offen, interessiert, konstruktiv und glaubhaft, indem Sie relevante praktische Erfahrungen/konkrete Leistungen einbringen (z. B. bisherige Praktika, Mitarbeit in AGs/Schülerfirmen, Teilnahme an Wettbewerben, Ferienjoberfahrungen o. Ä.).

- Stil: Formulieren Sie flüssig, sachorientiert und abwechslungsreich, indem Sie z. B. unterschiedliche Satzanfänge nutzen, den Satzbau variieren und Beispiele/Konkretisierungen/persönliche Bezüge zur Veranschaulichung nutzen.
- Prüfen Sie Layout sowie Rechtschreibung und Zeichensetzungen mehrfach sorgfältig, lassen Sie die Bewerbung von Dritten gegenlesen.

Selbst wenn Unternehmen/Institutionen auf ein klassisches Anschreiben verzichten sollten, werden bei Onlinebewerbungen oft Gründe für die Bewerbung o. Ä. abgefragt. Auch bei E-Mail-Bewerbungen muss in der E-Mail das eigene Anliegen vorgetragen werden (siehe M5: Digital bewerben). Inhalte eines Anschreibens bleiben daher nach wie vor sehr wichtig im Bewerbungsverfahren.

Autorentext

M3 Ein Anschreiben optimieren

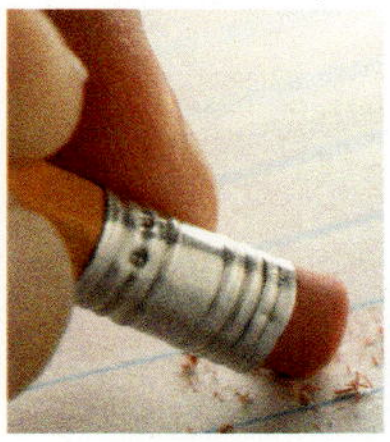

Stellenausschreibung um einen Praktikumsplatz

Sehr geehrte Frau Marquardt,

wie telefonisch besprochen schicke ich Ihnen hiermit meine Bewerbung um einen Praktikumsplatz in Ihrer Apotheke.

Ich helfe gerne Menschen mit gesundheitlichen Problemen und habe – wie Sie meinem Lebenslauf entnehmen können – bereits ein paar Erfahrungen im medizinischen Bereich sammeln können. Daher würde ich mich freuen, in Ihrem Betrieb einen Einblick in den Berufsalltag einer Apothekerin/eines Apothekers zu erhalten.

Das Praktikum im 11. Schuljahrgang findet am Gymnasium Musterfelde vom 27.02. bis 10.03.2023 statt. Es wäre schön, in dieser Zeit ein Praktikum in Ihrer Apotheke absolvieren zu können.

Mit freundlichen Grüßen

Clara von Muster

Anlagen:
Lebenslauf

Autorentext

1 Beschreiben Sie ausgehend von M1 Herausforderungen beim Verfassen eines Anschreibens.

2 Erläutern Sie ausgehend von M2 Gestaltungsmöglichkeiten beim Formulieren eines Anschreibens, insbesondere um sich von anderen abzuheben. **HILFE**

3 Prüfen Sie das Anschreiben (M3) mithilfe der Tipps/Hinweise (M1, M2) und begründen Sie Ihre Optimierungsansätze.

4 **Zusatzaufgabe:** Verfassen Sie ein Anschreiben für Ihre Bewerbung um einen Praktikumsplatz unter besonderer Berücksichtigung von M1 und M2. Sie können die Vorlage (siehe Webcode/QR-Code) dafür nutzen.

INTERNET

WES-118484-341
Vorlage für ein Anschreiben

M4 Den Lebenslauf gestalten – worauf es ankommt

Der perfekte Lebenslauf beinhaltet in übersichtlicher und aussagekräftiger Form für die Stelle relevante Angaben über die Bewerberin/den Bewerber und ihren/seinen bisherigen Werdegang. Für die Gestaltung des Lebenslaufs gibt es unterschiedliche Varianten. Sehr gängig ist ein chronologischer Aufbau (das Aktuelle zuoberst) mit folgenden Aspekten:

Lebenslauf (Überschrift)

Persönliche Daten
Bewerbungsfoto (keine Pflicht, aber ein professionell aufgenommenes Foto ist empfehlenswert)
Berufliche Erfahrungen
(entfällt ggf. bei Bewerbungen um einen Praktikumsplatz)
Bildungsweg
Praktische Erfahrungen/Sonstige praktische Erfahrungen
Besondere Kenntnisse und Fähigkeiten
Hobbys/Persönliche Interessen

Ort, Datum
Unterschrift (im Original; bei Onlinebewerbung Unterschrift ggf. einscannen)

Bei der **Auswahl der Überschriften für die einzelnen Abschnitte** sollte man sich selbst Gedanken machen, welche Kategorien/Überschriften am besten zum eigenen Lebenslauf passen, damit keine Lücken oder Dopplungen entstehen (**Vorlagen/Masken**, z. B. aus dem Internet, sind anzupassen).

Angesichts der Flut von Vorlagen zur Gestaltung von Lebensläufen sollte bei der Orientierung an Layoutvorlagen besonders darauf geachtet werden, dass Anschreiben und Lebenslauf in **Passung zueinanderstehen**, d.h. als zusammengehörig erkennbar sind, sowohl in inhaltlicher als auch in formaler Hinsicht (Schriftarten, Schriftgrößen etc.).

Autorentext nach: Der perfekte Lebenslauf: Aufbau und Tipps, in: Azubiyo, München: FUNKE Works GmbH, https://www.azubiyo.de/bewerbung/perfekter-lebenslauf/ (Zugriff: 20.08.2022) (verändert)

M5 Digital bewerben? Ja, aber bitte professionell!

INTERNET
WES-118484-342
Tipps zum Zusammenführen mehrerer Dokumente zu einer PDF-Datei

Viele Unternehmen/Institutionen möchten Bewerbungsunterlagen in digitaler Form erhalten und stellen über ihre Stellenausschreibung bzw. über Informationen auf der Homepage ihres Unternehmens/der Institution dar, welche Bewerbungsunterlagen sie benötigen und wie die Bewerbung genau erfolgen soll.
Gelegentlich sind **Onlineportale mit Eingabemasken** zu nutzen. Es bietet sich an, vorbereitete Informationen dort hineinzukopieren und alle Eingaben genauestens zu überprüfen, damit sich keine Fehler einschleichen. Dokumente (Lebenslauf, Zeugnisse usw.) sollten als PDF hochgeladen werden, um das Layout zu sichern.
Im Falle einer **E-Mail-Bewerbung** können Bewerbungsunterlagen als PDF im Anhang angefügt werden. Wichtig ist, im E-Mail-Text aussagekräftig und fehlerfrei das eigene Anliegen präzise darzustellen und auf die Bewerbungsunterlagen im Anhang zu verweisen. Es kann ggf. auch sinnvoll sein, im E-Mail-Text Inhalte des klassischen Anschreibens darzustellen (insbesondere dann, wenn ein Anschreiben nicht gefordert ist).
Die eigene **E-Mail-Adresse** sollte neutral und aussagekräftig gewählt sein – das gilt auch für **Namen von Dateien** (z. B. Bewerbung_Vorname_Nachname_Praktikum).

Autorentext nach: FAQ: Bewerbung digital, in: abi.de, Nürnberg: Bundesagentur für Arbeit, 02.11.2022, https://abi.de/bewerbung/bewerbungsmappe/faq-bewerbung-digital (Zugriff: 22.08.2022) (verändert)

M6 Einen Lebenslauf prüfen

Schülerin Clara (Jg. 11) bewirbt sich um einen Praktikumsplatz in einer Apotheke (siehe M3).

Lebenslauf

Name	Clara von Muster
Adresse	Vor dem Turme 1 98765 Musterfelde
E-Mail	clara.von.muster@web.de
Telefon	0123/9876543210
Bildungsweg	Grundschule Mittendorf Gymnasium Musterfelde (Abitur voraussichtlich 2025)
Praktische Erfahrungen	Zukunftstag in der Zahnärztlichen Praxisgemeinschaft Mittendorf im 9. Schuljahr Schulsanitäterin im Gymnasium Musterfelde
Besondere Kenntnisse/ Fähigkeiten	Erste-Hilfe-Kenntnisse, Qualifizierung als Schulsanitäterin in der Schule
Hobbys/ Persönliche Interessen	Jugendfreizeiten mitorganisieren, Freunde treffen, Volleyball spielen

Musterfelde, 01.02.2023

Clara von Muster

Lebenslauf insgesamt übersichtlich gestaltet!

Jeweils Zeitangaben/Jahreszahlen ergänzen!

Aussagekräftige Angaben, gute Voraussetzungen für ein Praktikum in einer Apotheke! Eigenes Engagement zeugt von Interesse und Einsatzbereitschaft!

Jugendfreizeit? Präzisieren, Organisation o. Ä. ergänzen!

Autorentext

1 **Wählen Sie eine Aufgabe aus:**
a) Beschreiben Sie Ihre bisherigen Erfahrungen beim Gestalten eines Lebenslaufs. Beziehen Sie dabei Aspekte aus M4 mit ein.
b) Beschreiben Sie, wie Sie beim Gestalten eines Lebenslaufs nach der Lektüre von M4 vorgehen würden.

2 Arbeiten Sie heraus, an welchen Stellen im Lebenslauf (M4) besonders gut eine Passung zur ausgeschriebenen Stelle hergestellt werden könnte.

3 Prüfen Sie den Lebenslauf (M6) mithilfe der Informationen in M4 und M5: Stimmen Sie den Vorzügen/Optimierungsmöglichkeiten zu? Was sehen Sie anders bzw. was würden Sie ergänzen? Begründen Sie Ihre Einschätzung.

4 **Zusatzaufgabe:** Verfassen Sie einen Lebenslauf für Ihre Bewerbung um einen Praktikumsplatz unter besonderer Berücksichtigung von M4 und M5. Sie können die Vorlage (siehe Webcode/QR-Code) dafür nutzen.

INTERNET

WES-118484-343
Vorlage für einen Lebenslauf

Wir simulieren Vorstellungsgespräche

INFO

Unzulässige Fragen im Vorstellungsgespräch, z. B.: Fragen nach Krankheiten, nach der finanziellen Situation, nach Parteizugehörigkeit, nach Schwangerschaft usw.

M1 Beliebte Fragen im Vorstellungsgespräch

Welchen Tätigkeiten würden Sie in Ihrem Praktikum gerne nachgehen wollen?

Was genau gefällt Ihnen an Ihren Lieblingsfächern?

Wie würden Sie sich (in drei Adjektiven) selbst beschreiben?

Warum bewerben Sie sich um diesen Praktikumsplatz/diese Stelle und warum gerade bei diesem Unternehmen/dieser Institution?

Haben Sie (noch) Fragen – zum Praktikum/zum Unternehmen/…?

…

Autorentext

M2 Rollenkarten

ROLLENKARTE PERSONALCHEFIN/PERSONALCHEF

Sie sind Personalchef/-in eines angesehenen Unternehmens. Selbstverständlich nehmen Sie Praktikantinnen und Praktikanten auf! Zum einen haben Sie immer die Augen offen für Talente, zum anderen empfinden Sie eine gesellschaftliche Verantwortung. Dass die Praktikantinnen und Praktikanten in Ihrem Unternehmen professionell betreut werden und entsprechend professionelles Verhalten erwartet wird, ist für Sie selbstverständlich. Die Bewerberin/Der Bewerber, die/den Sie zum Vorstellungsgespräch eingeladen haben, hat die Bewerbungsunterlagen sorgfältig angefertigt.

So bereiten Sie sich auf das Vorstellungsgespräch vor:

Sie lesen das Ihnen vorliegende Anschreiben und den Lebenslauf der Bewerberin/des Bewerbers aufmerksam. Sie notieren Fragen, die sich aus der Lektüre ergeben. Sie fertigen weitere Notizen für das Gespräch an (z. B. mithilfe von M1), sodass für Sie Ablauf des Gesprächs, Fragen/Impulse und Gesprächsstrategie klar sind. Halten Sie ebenfalls fest, welche Informationen die Bewerberin/der Bewerber von Ihnen bekommen soll, also was Sie über Ihr Unternehmen und Ihre Anforderungen sagen möchten.
Sie überlegen sich, wie die Sitzordnung für das Gespräch gestaltet werden soll.

ROLLENKARTE BEWERBERIN/BEWERBER

Sie haben sich viel Mühe beim Anfertigen der Bewerbungsunterlagen gegeben und freuen sich, dass Sie nun zum Vorstellungsgespräch eingeladen worden sind. Da die Praktikumsplätze sehr begehrt sind, wollen Sie sich gut vorbereiten. Sie wissen, dass der persönliche Eindruck sehr wichtig ist, und versuchen, so authentisch wie möglich zu sein.

So bereiten Sie sich auf das Vorstellungsgespräch vor:

Sie proben auf der Basis von Anschreiben und Lebenslauf eine kurze Selbstvorstellung Ihrer Person und notieren Antworten auf Fragen in M1. Sie antizipieren weitere Fragen und Antwortmöglichkeiten. Sie haben sich genau über das Unternehmen/die Institution informiert und halten noch ein bis zwei Fragen fest, die Sie im Gespräch ggf. stellen könnten. Sie überlegen sich, was Sie ggf. unbedingt sagen möchten.
Sie proben verschiedene Sprech- und Sitzhaltungen.

Ablauf des Rollenspiels

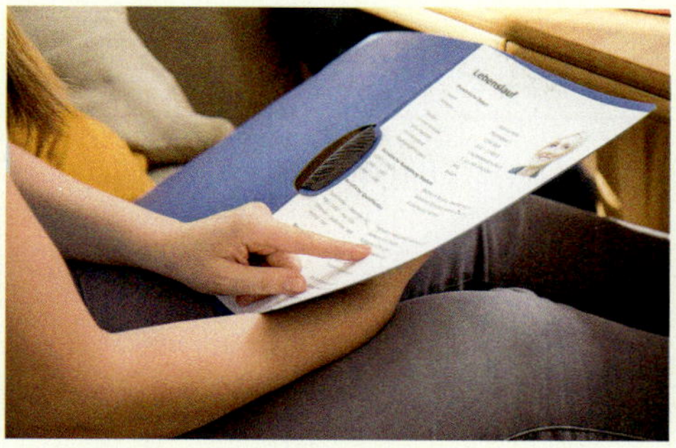

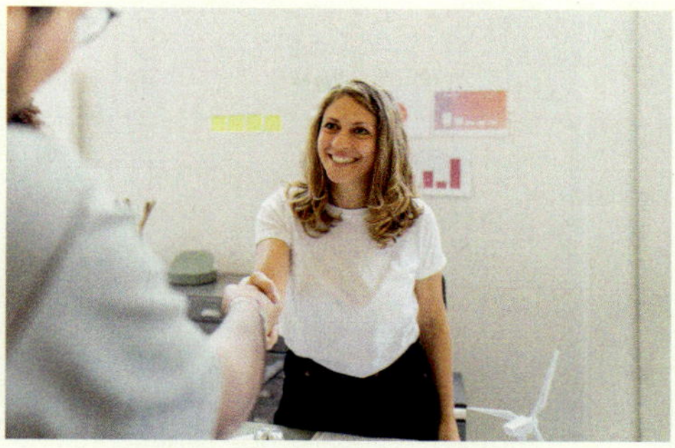

1. Phase: Vorbereitung (Plenum und Gruppenarbeit)
Legen Sie fest, an welchem Beispiel Sie arbeiten möchten: Welches Unternehmen hat die Einladung zum Vorstellungsgespräch ausgesprochen? Mit welchen Bewerbungsunterlagen wollen Sie im Spiel arbeiten? Tipp: Nutzen Sie ein von Ihnen verfasstes Anschreiben und den zugehörigen Lebenslauf. Beides soll auch der „Personalchefin“/dem „Personalchef“ vorliegen.
Bereiten Sie in Kleingruppen die Rollen „Personalchef/-in“ und „Bewerber/-in“ vor. Wählen Sie die Rollenspieler/-innen aus und gestalten Sie das Setting im Raum.

2. Phase: Durchführung mit Beobachtungsaufträgen (Rollenspiel vor der Klasse)
Führen Sie das Rollenspiel durch. Die nicht spielenden Schülerinnen und Schüler beobachten die Rolle, die sie zuvor nicht erarbeitet haben, und bearbeiten während des Spiels einen Beobachtungsauftrag, der auf Aspekte gerichtet ist, die für die Reflexion bedeutend sind.

3. Phase: Reflexion (Auswertungsgespräch im Plenum)
Die Auswertung des Rollenspiels sollte folgende Phasen beinhalten (die Beobachter/-innen lassen ihre Ergebnisse in die Auswertung an passender Stelle einfließen):

- *Rollendistanzierung*: Stellen Sie knapp dar, wie Sie sich in Ihrer Rolle gefühlt haben.
- *Kurzes Feedback zur Rollengestaltung*: Ist den Spielenden die Rollenübernahme gelungen (nachvollziehbares Auftreten, angemessene Sprache o. Ä.)? Begründen Sie Ihre Einschätzung.
- *Inhaltliche Auswertung*: Geben Sie zentrale Inhalte wieder, die im Spiel zur Sprache gekommen sind. Ergänzen Sie ggf. Aspekte/Fragen, die Ihnen gefehlt haben, zeigen Sie Alternativen auf! Würden Sie die Bewerberin/den Bewerber einstellen? Nehmen Sie Stellung! Inwiefern ist das Spiel für Sie realitätsnah?
- *Methodische Auswertung*: Begründen Sie, was bei der Vorbereitung, Durchführung und Reflexion methodisch gut/nicht gut gelungen ist. Geben Sie Verbesserungstipps!
- *Metareflexion*: Hat Ihnen persönlich das Rollenspiel weitergeholfen? Nehmen Sie Stellung.

1 Ergänzen Sie weitere Fragen, die man Bewerberinnen und Bewerbern in Vorstellungsgesprächen stellen könnte (M1).
2 Führen Sie das Rollenspiel – ggf. in Kleingruppen – mithilfe der Anleitung oben und der Rollenkarten in M2 durch.
3 Entwickeln Sie Tipps, worauf man als Arbeitgeber/-in und als Bewerber/-in in Vorstellungsgesprächen besonders achten sollte.

TIPP
Das Rollenspiel kann in Kleingruppen und/oder im Plenum umgesetzt werden.

INFO
Telefoninterview oder Videokonferenz
Sie bereiten sich genauso vor wie auf ein Präsenz-Vorstellungsgespräch. Zusätzlich testen Sie frühzeitig die Technik und haben Ihre Bewerbungsunterlagen griffbereit.

INTERNET
WES-118484-344
Tipps zum Vorstellungsgespräch und zu Auswahltests

4.2 Erkunden – aber was? Eine Fragestellung für die schriftliche Ausarbeitung entwickeln

M 1 Was möchte ich im Praktikum schwerpunktmäßig herausfinden?

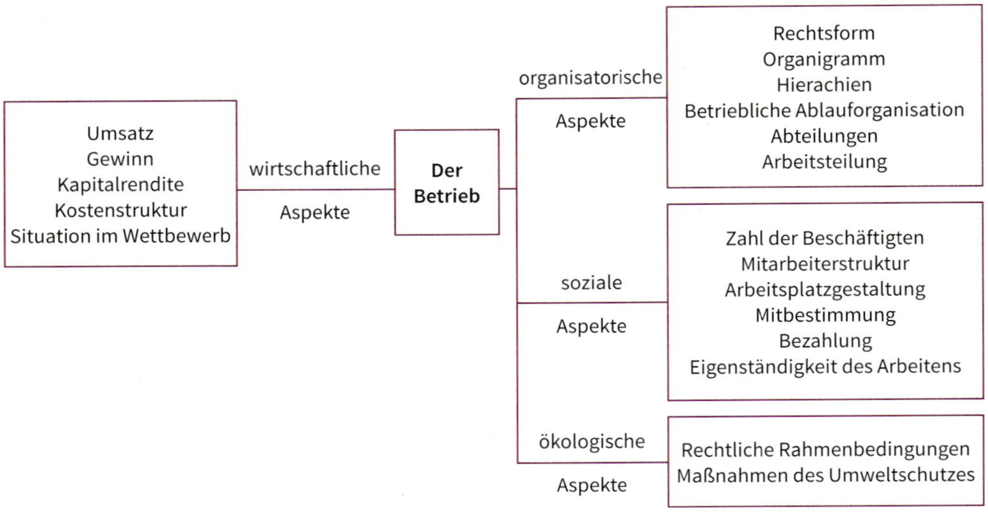

Der Betrieb, in: Niedersächsisches Kultusministerium (Hrsg.), Berufs- und Studienorientierung. Musterkonzept mit Handreichungen, Hannover, 2017, S. 84

M 2 Bezüge zu Unterrichtsthemen herstellen

Erfahrungen, die Schülerinnen und Schüler im Betriebspraktikum im 11. Jg. machen, verarbeiten sie in einem Praktikumsbericht, der sog. schriftlichen Ausarbeitung. Dort verbinden sie Erkenntnisse aus dem Praktikum mit Kompetenzen aus dem Fach Politik-Wirtschaft in Jg. 11.

Mögliche Inhalte aus dem Fachunterricht Politik-Wirtschaft in Jg. 11 (Auswahl):

- Entwicklung der Beschäftigungsstruktur (demografischer Wandel, Wandel der Beschäftigungsformen, geschlechtsspezifische Aspekte) in Deutschland
- Entwicklung der Produktionsstruktur (technologischer Wandel, Digitalisierung) in Dtld. sowie daraus resultierende ökonomische und politische Herausforderungen
- Herausforderungen für Arbeitnehmerinnen und Arbeitnehmer in einer digitalisierten und globalisierten Wirtschaft
- Auswirkungen internationaler Arbeitsteilung auf die Beschäftigungs- und Produktionsstruktur in Deutschland
- Chancen und Risiken einer globalisierten Arbeitswelt
- Situation von Unternehmen im internationalen Wettbewerb
- Internationalisierungsstrategien von Unternehmen (Beschaffung, Produktion, Absatz)

Inhalte nach: Niedersächsisches Kultusministerium (Hrsg.), Kerncurriculum für das Gymnasium – gymnasiale Oberstufe – die Gesamtschule – gymnasiale Oberstufe – das Abendgymnasium – das Kolleg. Politik-Wirtschaft, Hannover, 2018, S. 16 f. (verändert)

M3 Fragestellungen unter der Lupe

a) Kombination: Mitarbeiterstruktur/Arbeitsplatzgestaltung + demografischer Wandel
Fragestellung: **Ist der demografische Wandel ein Problem für das Unternehmen XYZ? Eine Erkundung.**

b) Kombination: Mitarbeiterstruktur/Arbeitsplatzgestaltung + demografischer Wandel
Fragestellung: **Wie das Unternehmen XYZ dem demografischen Wandel trotzt – eine Erkundung**

c) Kombination: Zahl d. Beschäftigten/Mitarbeiterstruktur + geschlechtsspezifische Aspekte
Fragestellung: **„Mehr Frauen in den MINT-Bereich!“ Ist das Projekt des Unternehmens XYZ effizient? Auf welche Legitimitätskriterien stützt es sich?**

d) Kombination: Arbeitsplatzgestaltung + Digitalisierung:
Fragestellung: **Der Arbeitsplatz XYZ gestern, heute und morgen – Auswertung von Interviews zur Digitalisierung im Unternehmen XYZ**

e) Kombination: ______________________________
Fragestellung: ______________________________

Autorentext

QUERVERWEIS

MODELL Politisches Urteilen
(mit Urteilskriterien)
S. 66–67

M4 Checkliste in Bezug auf die Fragestellung

- [x] Die Fragestellung ist problemorientiert/problemhaltig formuliert.
- [ ] Der Frage kann ich in meinem Praktikumsbetrieb exemplarisch nachgehen. Ich kann dazu zum Beispiel Interviews mit Expertinnen und Experten im Betrieb führen und die Ergebnisse in die schriftliche Ausarbeitung einfließen lassen.
- [ ] Der Aspekt, um den es schwerpunktmäßig geht, ist in der Fragestellung klar enthalten (dabei nutze ich Formulierungen wie: … am Beispiel …/… unter Berücksichtigung der Perspektive X/ggf. einen Untertitel: Ergebnisse einer Umfrage im Unternehmen X/…).
- [ ] Die Fragestellung weist einen klaren Bezug auf Kompetenzen auf, die ich im bisherigen Fachunterricht erworben habe.
- [ ] Ich habe geprüft, ob ich Urteilskriterien in meine Fragestellung aufnehmen möchte.

To do: Mit der Lehrkraft über die geplante Formulierung sprechen und ggf. noch optimieren.

Autorentext

1 Wählen Sie zwei Aspekte aus M1, mit denen Sie sich in Ihrem Praktikum schwerpunktmäßig auseinandersetzen könnten. Interessiert Sie ggf. etwas anderes, ergänzen Sie mögliche weitere Aspekte.

2 Stellen Sie im Gespräch mit Mitschüler(inne)n Verknüpfungen zwischen einem gewählten Aspekt (M1) und bisherigen Unterrichtsinhalten (M2) her, indem Sie Fragen formulieren, die diese Verbindung abbilden. Notieren Sie Ihre Top-3-Fragestellungen.

3 **a)** Analysieren Sie die Beispielfragen (M3) vor dem Hintergrund der Kriterien der Checkliste (M4).
b) Diskutieren Sie Vor- und Nachteile verschiedener Formulierungen (M3) im Kurs.
c) Wählen Sie eine Frage aus Ihren Top-3-Formulierungen aus (Aufgabe 2) und entwickeln Sie diese mithilfe der Checkliste (M4) weiter. Stimmen Sie sich mit Ihrer Lehrkraft über die von Ihnen favorisierte Fragestellung für die schriftliche Ausarbeitung und ggf. eine Alternative ab.

4.2 Tipps zur Durchführung und Reflexion des Praktikums

M1 Was möchte ich im Praktikum schwerpunktmäßig herausfinden?

- [x] Die Ziele des Praktikums und Vorgaben aller Art sind Ihnen bekannt (zum Beispiel auch, in welcher Art Ergebnisse des Praktikums zu dokumentieren und später zu präsentieren sind).
- [ ] Sie haben Ihre Erwartungen an das Praktikum/Erkenntnisinteressen formuliert.
- [ ] Für den thematischen Schwerpunkt der schriftlichen Ausarbeitung haben Sie eine Fragestellung formuliert, die Sie auch schon mit der Lehrkraft abgestimmt haben.
- [ ] Arbeitsschritte und Materialien sind vorbereitet, um die Ziele/Vorgaben zu erfüllen.
- [ ] …

Folgendes könnte noch hilfreich sein: ______________________________

____

Autorentext

M2 Nachbereitung des Praktikums: Pflicht oder Kür?

QUERVERWEIS
METHODE Visualisierungstechniken: Mindmap und Concept-Map S. 54–55

Neben der Dokumentation von Praktikumserfahrungen in einem Praktikumsbericht sind Präsentationen ausgewählter Erfahrungen/Ergebnisse üblich. Dabei sollte darauf geachtet werden, das Publikum möglichst aktiv einzubeziehen (z. B. über Fragen/Höraufträge) und mit Visualisierungen zu arbeiten, um Inhalte möglichst anschaulich darzustellen.

Reflexion bezogen auf Erwartungen/Ziele und weitere Schritte zur Berufswahl

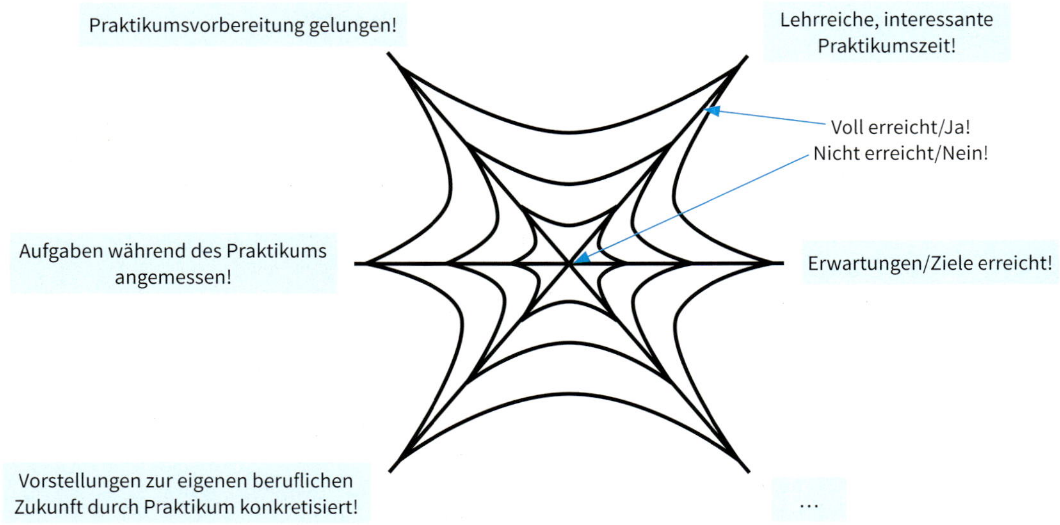

Autorentext

M3 Rückmeldung aus dem Praktikumsbetrieb

Praktikumsbetriebe geben ihren Praktikantinnen bzw. Praktikanten unter Umständen auf Nachfrage oder ggf. auch ungefragt eine (schriftliche) Rückmeldung, welche die Eindrücke, die während des Praktikums gewonnen worden sind, widerspiegelt.
Die Einschätzungen können sich beispielsweise auf die in der Tabelle unten genannten Aspekte beziehen.

Autorentext

Praktikumsbeurteilung

Auftreten & Benehmen	++	+	o	–	––
Teamverhalten & Hilfsbereitschaft	++	+	o	–	––
Pünktlichkeit & Zuverlässigkeit	++	+	o	–	––
Interesse & Motivation	++	+	o	–	––
Auffassungsgabe	++	+	o	–	––
Kommunikationsfähigkeit	++	+	o	–	––
Belastbarkeit	++	+	o	–	––
Eigeninitiative & Selbstständigkeit	++	+	o	–	––
Arbeitsqualität	++	+	o	–	––
++ sehr gut	**+ gut**	**o in Ordnung**	**– mit Abstrichen**	**–– nicht akzeptabel**	

Bogen zur Praktikumsbeurteilung, in: Azubiyo, München: FUNKE Works GmbH, https://www.azubiyo.de/media/6895/azubiyo_vorlage_praktikumsbeurteilung.pdf (Zugriff: 28.11.2022) (verändert = Auszug)

1 Überprüfen Sie mithilfe von M1 Ihre bisherigen Vorbereitungen und klären Sie offene Fragen.

2 Reflektieren Sie Ihr Praktikum mithilfe der Kriterien in M2 und leiten Sie begründet und zukunftsorientiert Konsequenzen ab. **HILFE**

3 Erläutern Sie, wie etwaige Rückmeldungen aus dem Praktikumsbetrieb (M3) konstruktiv genutzt werden könnten.

4 Erörtern Sie das Für und Wider von Rückmeldungen aus dem Praktikumsbetrieb (M3), auch vor dem Hintergrund Ihrer persönlichen Erwartungen und der Praktikumsziele in Ihrer Schule.

5 **Zusatzaufgabe:** Stellen Sie Ihre Praktikumserfahrungen anschaulich in einer Präsentation oder auf einer digitalen Pinnwand (z. B. mithilfe von TaskCards) dar und regen Sie den Austausch über Ihre Ergebnisse an.

Eine schriftliche Ausarbeitung erstellen und überprüfen

Der Praktikumsbericht, in Jg. 11 schriftliche Ausarbeitung genannt, wird bewertet und ersetzt die Klausur des Halbjahres im Fach Politik-Wirtschaft. Erwartungen an die schriftliche Ausarbeitung sowie Bewertungskriterien macht die Fachlehrkraft frühzeitig vor Praktikumsbeginn transparent.

Der folgende Kriterienbogen veranschaulicht einen möglichen Aufbau der schriftlichen Ausarbeitung sowie mögliche Aspekte im Rahmen der Bewertung.

M1 Checkliste zur schriftlichen Ausarbeitung

INTERNET

WES-118484-345
Checkliste
zum Ausfüllen

Inhalt & Struktur	**✓ bzw.** **++ + o – – –** **Ggf.: To Do**
Titelblatt	
Mein Deckblatt enthält übersichtlich folgende Infos: • den Namen meiner Schule, meinen Namen, Klasse, Praktikumszeitraum, • Schriftliche Ausarbeitung zum Praktikum, • den Namen und die Adresse der Praktikumsstätte.	
Inhaltsverzeichnis	
• Die Gliederung der Inhalte ist übersichtlich und in sich schlüssig. • Die Seitenangaben sind korrekt.	
Einleitung	
• Begründung der Wahl des Praktikumsplatzes, Erwartungen: Ich habe die Wahl des Unternehmens/der Institution und Erwartungen an das Praktikum differenziert begründet. Dabei habe ich auf meinen Berufsorientierungsprozess (Interessen, Stärken, Testergebnisse o. Ä., Erkenntnisinteressen) und das von mir gewählte Unternehmen/die von mir gewählte Institution Bezug genommen. • Anschreiben und Lebenslauf befinden sich im Anhang.	
Hauptteil	
Teil 1: Vorstellung des Praktikumsbetriebs sowie eigener Tätigkeiten/des kennengelernten Berufsbilds • Das Unternehmen/Die Institution wird von mir prägnant und nachvollziehbar vorgestellt: Art des Unternehmens, Größe, Branche/Bereich, Dienstleistungen/Produkte, für das Unternehmen/die Institution charakteristische Berufe, Besonderheiten o. Ä. (plus: Verweis auf Schaubild, Organigramm, Leitbild o. Ä. im Anhang). • Eigene Tätigkeiten werden beschrieben und das kennengelernte Berufsbild charakterisiert.	

Teil 2: Thematischer Schwerpunkt • Meine problemorientierte Fragestellung steht in Beziehung zu meinem Praktikumsbetrieb und zu einem Aspekt aus dem Fachunterricht Politik–Wirtschaft (siehe S. 186/187: Erkunden – aber was? Eine Fragestellung für die schriftliche Ausarbeitung entwickeln). • Mein Schwerpunktthema habe ich strukturiert bearbeitet: Einleitung (Warum dieses Thema?), Hauptteil (Darstellung/Anwendung von Kenntnissen/Transfer/Argumentation), Schluss (Urteil/Reflexion/Zukunftsaussichten). • Ich habe Erkenntnisse aus meinem Praktikum einfließen lassen, um die Fragestellung zu beantworten (z. B. Ergebnisse aus Beobachtungen/Analysen, Interviews mit Expertinnen und Experten). Auf Belege im Anhang habe ich verwiesen. Auch Ergebnisse/Theorien/Modelle aus dem Fachunterricht Politik–Wirtschaft und weiteren Quellen werden zur Beantwortung der Fragestellung genutzt.	
Abschlussreflexion	
Reflexionen bezüglich der Erwartungen und künftiger Schritte im Rahmen der Berufsorientierung: • Unter Bezugnahme auf meine eingangs formulierten Erwartungen habe ich meine Praktikumserfahrungen kriterienorientiert/aspektorientiert reflektiert (siehe Tipps zur Durchführung und kriterienorientierten Reflexion). • Ich habe konstruktiv weitere Schritte/künftige Ziele in meinem Berufsorientierungsprozess begründet abgeleitet.	
Quellen- und Literaturverzeichnis	
Die verwendete Literatur und alle Quellen sind vollständig und strukturiert verzeichnet.	
Anhang	
• Der Anhang hat ein eigenes Inhaltsverzeichnis. • Der Anhang enthält ausgewählte, aussagekräftige Ergebnisse/Dokumente/Visualisierungen/eigene Arbeitsprodukte o. Ä. • Fließtext und Anhang sind miteinander vernetzt.	
Formale Vorgaben	
• Layout und Aufbau der Arbeit entsprechen den Vorgaben. • Der vorgegebene Umfang der schriftlichen Ausarbeitung wird eingehalten. • Es wird einheitlich und aussagekräftig zitiert. • Es wird flüssig, abwechslungsreich und unter sicherer Verwendung von Fachsprache formuliert. • Rechtschreibung, Zeichensetzung und Ausdruck wurden geprüft. • Die Arbeit wurde insgesamt sorgfältig angefertigt.	

1 **a)** Vollziehen Sie mithilfe der Checkliste (M1) nach, was im Rahmen einer schriftlichen Ausarbeitung von Ihnen erwartet werden kann, und klären Sie Fragen.
b) Passen Sie die Checkliste (siehe Webcode/QR-Code) an die Vorgaben Ihrer Lehrkraft/Schule an.

2 Arbeiten Sie heraus, an welchen Stellen der Ausarbeitung sich schwerpunktmäßig die Anforderungsbereiche I (Wiedergabe o. Ä.), II (Reorganisation, Transfer) und III (Reflexion/Problemlösen) abbilden.

3 Nutzen Sie die Checkliste zum Verfassen und Überarbeiten Ihrer schriftlichen Ausarbeitung (siehe Webcode/QR-Code). **HILFE**

5. Bestandenes Abitur – und nun?

5.1 Zuerst eine Auszeit nehmen? Freiwilligendienste & Co

M1 Gespräch über die Zukunft

M2 Ariane und Melina berichten über ihre Zeit nach dem Abitur

Ariane: „Nach meinem Abitur war ich mir sicher, dass ich zunächst einmal Deutschland verlassen und ein Abenteuer erleben wollte. Nachdem ich nur Positives über den Kontinent „Down Under" gehört hatte, bekam ich Lust, selbst dorthin zu reisen. Das „Working Holiday Visum" weckte schnell mein Interesse. Eigenständig und frei sein Leben organisieren zu können – das klang nach der Schule verlockend.

Obwohl ich wusste, was ich studieren wollte, wollte ich mich nicht direkt wieder in das Lernen stürzen. Meine Eltern zu überzeugen, sollte sich aber als Herausforderung herausstellen. Der Gedanke, dass ihre Tochter für mehrere Monate ans andere Ende der Welt geht, war für sie schwer zu ertragen. Nach langem Überreden war es dann aber geschafft: Ich würde nach Australien fliegen! [...] Vor dem Abflug arbeitete ich in einer Firma am Fließband, um eine finanzielle Grundlage zu schaffen. [...] Angekommen in Sydney, waren wir zunächst sehr geschafft und verfielen dem Jetlag. Die Organisation vor Ort gab uns am zweiten Tag eine Einführungsveranstaltung. [...] Zurück in Sydney hieß es Arbeit suchen. Die ließ zum Glück nicht lange auf sich warten, und bevor wir uns versahen, wurden wir in einer Gruppe auf der Straße von Fundraisern angesprochen, die nach neuen Mitarbeitern suchten. Fundraiser arbeiten auf der Straße für Charities und versuchen, neue Mitglieder zu werben. [...] Jeden Tag arbeitete ich in Teams in verschiedenen Orten der Stadt und sogar ein zweiwöchiger Work-Trip nach Western Australien wurde mir ermöglicht. [...] Der Job hat mir viel beigebracht, besonders in der Gesprächsführung. Allerdings herrschte immer viel Druck, und Überstunden gehörten zum Alltag. [...] Nach drei Monaten verabschiedeten wir uns von der Stadt und meine Mitbewohnerin und ich gingen auf einen Ostküsten-Trip. [...]"

Ariane Fuchs, Erlebnisse Down Under. Jobben und Reisen in Australien, in: (Nix für) Stubenhocker. Die Zeitung für Auslandsaufenthalte, Nr. 7 / 2017, S. 65–66, zitiert nach: weltweiser, Selm-Cappenberg, https://weltweiser.de/erfahrungsberichte/working-holiday-visum-australien-work-and-travel/ (Zugriff: 29.11.2022)

Melina, wie kam es dazu, dass du dich nach dem Abitur für ein Freiwilliges Soziales Jahr entschieden hast?

Nach meinem Schulabschluss wusste ich nicht so genau was ich machen will. Ich hatte die Möglichkeit, ins Ausland zu gehen oder zu studieren. Aber ich wusste nicht, was ich studieren sollte. Meine Schwimmtrainerin [...] hat mir dann vom Diakonischen Jahr erzählt. [...]

Wie sieht dein Arbeitsalltag im Förderzentrum St. Laurentius aus?

Früh um 7 Uhr übernehme ich mit Hendrik, dem zweiten Freiwilligen, die Frühaufsicht. Die Kinder dürfen erst um 7.45 Uhr in die Schule und sollen so lange im Pausenhof spielen. Wir achten darauf, dass nichts passiert. Danach bin ich in zwei ersten Klassen und unterstütze die Lehrkräfte. Ich kontrolliere zum Beispiel die Hausaufgaben. Dienstag und Mittwoch bin ich nachmittags dann mit im heilpädagogisch orientierten Hort und an den anderen Wochentagen helfe ich nach dem Unterricht mit Aufgaben wie Laminieren oder Kopieren. Viele Lehrer sind schon echt froh, dass wir da sind.

Wie fandest du das Diakonische Jahr?

Ich fand es super! Am Anfang war ich echt schüchtern, aber mit der Zeit bin ich immer selbstbewusster geworden. Ich gehe jetzt aktiv und offen auf Kollegen zu. Auch der Umgang mit den Kindern hat viel bei mir verändert. [...] Ich bin mir jetzt sicher, dass ich Sonderpädagogin werden möchte, und ich kann jedem nur raten: Wenn ihr nicht sicher seid, was ihr machen wollt, dann macht ein Freiwilliges Soziales Jahr.

Interview mit Melina Barts von Amanda Marien, Welche Vorteile bringt ein Freiwilliges Soziales Jahr?, in: Magazin Schule & Bildung, Neuendettelsau: Diakoneo KdöR, https://www.diakoneo.de/magazin/magazin-schulebildung/erfahrungsbericht-was-bringt-ein-freiwilliges-soziales-jahr/ (Zugriff: 29.11.2022)

M3 Möglichkeiten einer Auszeit

Auszeit

- **Dem Wohl der Allgemeinheit dienen**
  - Bundesfreiwilligendienst
  - Freiwilliges Soziales Jahr
  - Freiwilliges Ökologisches Jahr
  - Freiwilliger Wehrdienst
- **Orientierung finden**
  - Praktika
- **Auslandserfahrungen sammeln**
  - Au-pair-Aufenthalt
  - Work-&-Travel-Visum
  - Internationaler Jugendfreiwilligendienst

1 Entwickeln Sie in Anlehnung an M1 Ihren Standpunkt zur Frage, was Sie nach dem Abitur tun wollen.

2 Beschreiben Sie die beiden in M2 dargestellten Wege nach dem Abitur. HILFE

3 Recherchieren Sie arbeitsteilig die in M3 aufgelisteten Möglichkeiten, nach dem Abitur etwas für das Wohl der Allgemeinheit zu tun. Informieren Sie im Anschluss Ihre Lerngruppe insbesondere über zeitliche Dauer, Einsatzbereiche, Entlohnung und Versicherungsschutz der Dienste.

4 **Zusatzaufgabe:** Recherchieren Sie arbeitsteilig die anderen in M3 aufgeführten Möglichkeiten und setzen Sie im Anschluss Ihre Lerngruppe über Ihre Ergebnisse in Kenntnis.

INTERNET

WES-118484-351
Informationen zu den verschiedenen Freiwilligendiensten

5.2 Gleich nach dem Abitur eine Ausbildung beginnen oder ein Studium aufnehmen? Motivationsschreiben und Bewerbungsfristen

INFO

Achtung: Ein Motivationsschreiben darf nicht mit einem Anschreiben verwechselt werden. Siehe hierzu S. 180–181.

M 1 Das Motivationsschreiben

Viele Unternehmen wie auch Hochschulen verlangen von den Bewerberinnen und Bewerbern ein Motivationsschreiben. Es sollte etwa eine Seite umfassen. Das Motivationsschreiben soll bei der Auswahl der geeigneten Bewerber/-innen helfen. Falls der Adressat eines solchen Schreibens keine Vorgaben macht, können Sie sich am folgenden Schema orientieren.

Einleitung
Wer bin ich?
Was hat mich zur Bewerbung um die Ausbildung/das Studium bewogen?
Warum bewerbe ich mich genau bei diesem Unternehmen/dieser Hochschule?

Hauptteil
Warum möchte ich genau diese Ausbildung beginnen/dieses Studienfach studieren?
Welche nützlichen Kenntnisse und Fähigkeiten bringe ich mit?
Welche Berufsvorstellung verbinde ich mit dieser Ausbildung/diesem Studium?
Welche Erwartungen habe ich an die Ausbildung/das Studium (Inhalte, Qualifikationen)?

Schluss
Warum bin ich der geeignete Bewerber/die geeignete Bewerberin?

Autorentext

M 2 Bewerbungsfristen

Wer zu spät kommt, den bestraft das Leben. Diesen Satz sollten Sie beachten, wenn Sie eine Ausbildung oder ein Studium beginnen wollen. Denn Sie müssen Bewerbungsfristen beachten. Der folgende Zeitstrahl soll Ihnen eine erste Orientierung bieten. Die genauen Fristen erfahren Sie auf der Homepage des Ausbildungsbetriebes bzw. der Hochschule. Beachten Sie: Viele Fristen liegen deutlich vor der Abiturprüfung. Legen Sie in diesen Fällen ihr jüngstes Zeugnis bei.

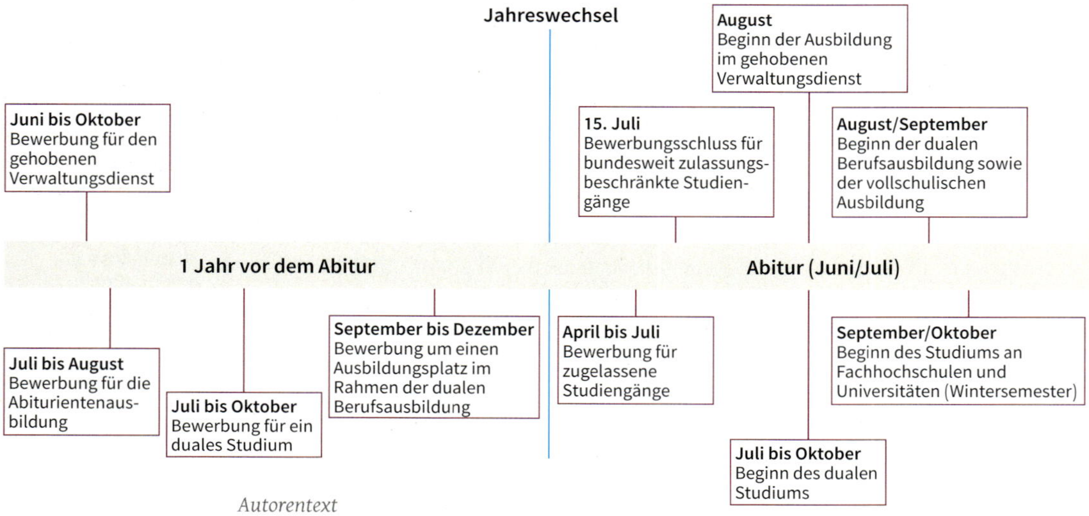

Autorentext

M3 Begriffe aus der Hochschulwelt

Akademisches Viertel (c.t/s.t.)
C.t. (lat. cum tempore) bedeutet „mit Zeit". Das heißt, Lehrveranstaltungen fangen eine Viertelstunde später an als angegeben. Dies ist an den Hochschulen der Normalfall. Findet man bei einer Lehrveranstaltungsangabe jedoch den Zusatz s.t. (lat. sine tempore), dann heißt das, dass die Veranstaltung pünktlich zur angegebenen Zeit beginnt.

Bachelor
Der Bachelor ist der erste akademische Abschluss. Er wird nach einem drei- bis vierjährigen Studium erworben. Der Bachelorabschluss ist berufsqualifizierend, d.h., man kann direkt in das Berufsleben einsteigen. Man kann mit diesem Abschluss aber auch ein Masterstudium anschließen.

Credit Points
Das Gewicht zu erbringender Studienleistungen in den Modulen (siehe unten) wird durch Credit Points (= Leistungspunkte) ausgedrückt. Jedes Modul wird, je nach Schwierigkeitsgrad und Arbeitsaufwand, mit einer bestimmten Anzahl von Punkten bewertet. Bei erfolgreichem Abschluss eines Moduls werden die Credit Points angerechnet. Pro Semester soll man Module im Umfang von 30 Credit Points studieren. Unabhängig von den Credit Points werden die erbrachten Leistungen in Form von Noten bewertet.

Fachschaft
Die Fachschaft ist die Organisation der Studierenden eines Fachbereichs und vertritt deren Interessen. Die Fachschaften organisieren Orientierungstage für Erstsemester.

Immatrikulation
Um ein Studium aufzunehmen, muss man sich persönlich bei der Universität immatrikulieren (= einschreiben, anmelden). Jede Hochschule teilt mit, wann und wo die Immatrikulation stattfindet und welche Unterlagen dazu benötigt werden. In der Regel muss man seinen Personalausweis, sein Abiturzeugnis und den Nachweis seiner Krankenversicherung vorzeigen. Bei einigen Hochschulen kann man die Immatrikulation auch online vornehmen.

Master
Der Master ist der zweite akademische Abschluss. Das Masterstudium dauert ein bis zwei Jahre. Es setzt einen erfolgreichen Bachelorabschluss voraus.

Modul
Das Studium an den Hochschulen ist modularisiert. Das bedeutet, dass es sich aus einer Abfolge erfolgreich zu bestehender Module zusammensetzt. Ein Modul besteht meistens aus zwei inhaltlich aufeinander bezogenen Lehrveranstaltungen. Jedes Modul endet mit einer mündlichen oder schriftlichen Abschlussprüfung. Das Prüfungsergebnis wird mit einer Note versehen. Die in den Modulen erreichten Noten fließen in die Endnote ein.

Semester
Ein Studienhalbjahr heißt Semester. Es gibt ein Wintersemester (WiSe, WS) und ein Sommersemester (SoSe, SS). Das Semester umfasst die Vorlesungszeit und die vorlesungsfreie Zeit, also auch die sogenannten Semesterferien.

Seminar
Das Seminar ist ein sehr häufig angebotener Veranstaltungstyp. Das Seminar erörtert Probleme. Es verlangt die aktive Mitarbeit der Studierenden, zum Beispiel in Form von Referaten, Präsentationen oder schriftlichen Arbeiten. In der Regel besteht Anwesenheitspflicht.

Staatsexamen
Es gibt Studiengänge, die mit einem Staatsexamen abgeschlossen werden. Die Prüfungen finden vor staatlichen Prüfungsämtern statt. Betroffen sind folgende Studienfächer: Humanmedizin, Zahnmedizin, Tiermedizin, Pharmazie und Rechtswissenschaft. Juristen müssen nach einem zweijährigen Vorbereitungsdienst noch ein zweites Staatsexamen ablegen. Ebenso schließt das Lehramtsstudium in manchen Ländern mit dem Staatsexamen ab. Wie Juristen müssen auch Lehrer nach einem Vorbereitungsdienst noch ein zweites Staatsexamen ablegen.

Studentenwerk
Einrichtung, die für die Förderung der sozialen, wirtschaftlichen und kulturellen Belange der Studierenden sorgt. Die Studentenwerke unterhalten Studentenwohnheime und betreiben die Mensa.

Studienordnung / Prüfungsordnung
Studien- und Prüfungsordnungen regeln Aufbau, Inhalt und Umfang eines Studienganges. Sie helfen dabei, das Studium zielführend zu strukturieren.

Vorlesung
Die Vorlesung findet in Form eines Vortrages in einem Hörsaal statt. Vorlesungen werden von Professorinnen und Professoren gehalten. Es gibt meistens keine Anwesenheitspflicht.

Autorentext

1 Verfassen Sie in Anlehnung an M1 ein Motivationsschreiben für eine Ausbildung oder einen Studiengang Ihrer Wahl.

2 Erklären Sie, warum so viel Zeit zwischen Bewerbung und Beginn einer Ausbildung/eines Studiums liegt (M2). **HILFE**

3 Erläutern Sie Ihrer Sitznachbarin bzw. Ihrem Sitznachbarn die Bedeutung von ihr bzw. ihm nachgefragter Begriffe aus der Hochschulwelt (M3).

5.3 Wie kann ich mein Studium finanzieren? BAföG, Stipendium, Studienkredit, Studentenjobs

M1 Wie kann Frederik sein Studium finanzieren?

Frederik ist 19 Jahre alt und hat eine Abiturdurchschnittsnote von 2,3. Er wohnt in Emden und ist seit zwei Jahren bei Fridays for Future aktiv. Nach dem Abitur möchte er unbedingt in Hannover Biologie studieren. Seine Recherchen haben ergeben, dass alle preisgünstigen Studierendenwohnheime in Hannover belegt sind. Frederiks Vater ist Hafenarbeiter, seine Mutter Altenpflegerin.

Autorentext

M2 Mit welchen Kosten muss ich rechnen?

Wie viel Geld brauche ich im Monat, wenn ich studiere? Die Kosten eines Studiums setzen sich aus zwei Komponenten zusammen: den Studienkosten und den Lebenshaltungskosten.

1. Studienkosten: An jeder Hochschule müssen für jedes Semester sogenannte Semestergebühren entrichtet werden. Die Höhe unterscheidet sich je nach Hochschule. In den Gebühren sind Beiträge für die verfasste Studierendenschaft (Allgemeiner Studierendenausschuss (AStA) oder Studierendenrat (Stura)) und das Studentenwerk sowie die Kosten des Semestertickets für Bus und Bahn enthalten. Abgedeckt wird auch der Verwaltungsaufwand der Hochschule. Die Gebühren sind mit etwa 300 Euro pro Halbjahr zu veranschlagen.

2. Lebenshaltungskosten: Sie bestehen aus Kosten für Miete, Lebensmittel, Kleidung, Internet, Lernmittel und Freizeit. Zu Buche schlagen auch die Kosten für die Kranken- und Pflegeversicherung. Abhängig davon, ob das Studium in einer kleinen Stadt oder in einer Großstadt absolviert wird, ist mit Lebenshaltungskosten zwischen 900 und 1.000 Euro im Monat zu rechnen. Den größten Anteil haben die Kosten für die Miete.

Autorentext

M3 Auf welche Finanzierungsquellen kann ich zurückgreifen?

In der Regel wird ein Studium aus mehreren Quellen finanziert. Am meisten verbreitet ist der Mix aus Eltern, eigenem Verdienst durch Nebenjobs sowie staatlichen Zahlungen auf der Basis des Bundesausbildungsgesetzes (BAföG). Studienkredite von Banken werden selten aufgenommen, da sie später mit Zinsen zurückgezahlt werden müssen. An ein Stipendium gelangt man nur nach Bestehen einer Aufnahmeprüfung. Nur wenige Studierende finanzieren daher ihr Studium mithilfe eines Stipendiums. Es lohnt sich dennoch, sich um ein Stipendium zu bewerben. Es deckt einen Großteil der monatlichen Kosten ab.

Autorentext

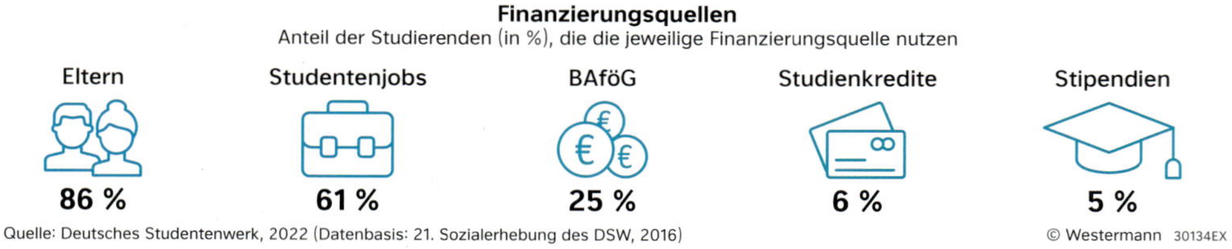

M4 Darlehen nach dem Bundesausbildungsförderungsgesetz

Sind Ihre Eltern aufgrund ihres geringen Einkommens nicht in der Lage, Ihren Unterhalt während des Studiums zu finanzieren, gewährt der Staat Ihnen eine Ausbildungsförderung nach dem Bundesausbildungsförderungsgesetz (BAföG). Den Antrag auf BAföG müssen Sie beim Studentenwerk Ihrer Hochschule stellen.

Leistungen nach dem BAföG werden zur einen Hälfte als Zuschuss (= Geschenk) und zur anderen Hälfte als unverzinsliches Darlehen gezahlt. Das Darlehen müssen Sie einige Jahre nach Abschluss Ihres Studiums zurückzahlen. Zinslos ist das Darlehen aber nur, wenn Sie die für Ihren Studiengang geltende Regelstudienzeit nicht überschreiten. Kommt es zu einer Überschreitung, müssen Sie für das Darlehen Zinsen zahlen. Die Höhe der Leistungen hängt von unterschiedlichen Kriterien ab, so von Ihrem Vermögen und dem Einkommen Ihrer Eltern. Seit Wintersemester 2022/2023 beträgt der monatliche Höchstsatz 812 Euro.

Autorentext

INTERNET

WES-118484-352
Hier finden Sie Informationen zum BAföG.

M5 Bewerbung um ein Stipendium

Sie können sich bei Stiftungen um ein Stipendium bewerben. Wer ein sehr gutes Abiturzeugnis vorweisen kann, hat beste Chancen auf ein Stipendium. Es werden aber auch diejenigen genommen, die neben mindestens guten Abiturleistungen ein gesellschaftliches, kirchliches oder politisches Engagement zeigen, etwa in Jugendgruppen, Bürgerinitiativen, Parteien oder karitativen Organisationen. Es gibt im Wesentlichen drei Quellen für ein Stipendium:

1. Mit einem **Deutschlandstipendium** werden Studierende und Studienanfänger/-innen gefördert, deren bisherige Entwicklung annehmen lässt, dass sie überdurchschnittliche Leistungen erbringen werden. Es ist geplant, dass etwa zwei Prozent der Studierenden an deutschen Hochschulen vom Deutschlandstipendium profitieren. Sie können sich an Ihrer Hochschule um dieses Stipendium bewerben.

2. Die **Studienstiftung des deutschen Volkes** fördert laut Satzung „die Hochschulbildung junger Menschen, deren hohe wissenschaftliche oder künstlerische Begabung und deren Persönlichkeit besondere Leistungen im Dienste der Allgemeinheit erwarten lassen“. Sie können sich selbst bewerben, sofern Sie sich im ersten oder zweiten Semester befinden. Der übliche Weg ist aber, dass die Stipendiatinnen/Stipendiaten vorgeschlagen werden. So dürfen Schulleiter/-innen ihre besten Abiturientinnen/Abiturienten und Professorinnen/Professoren ihre besten Studierenden vorschlagen.

3. Auch die **Begabtenförderungswerke** von Parteien, Gewerkschaften, religiösen Gemeinschaften und der Wirtschaft vergeben Stipendien. Da die Förderungswerke die finanziellen Mittel ihrer Stipendien vom Staat erhalten, ist die finanzielle Förderung bei allen gleich. Wenn Sie sich bei einem dieser Förderungswerke um ein Stipendium bewerben, sollten Sie darauf achten, dass Ihre politische oder weltanschauliche Auffassung mit der Ausrichtung des Förderungswerkes im Einklang steht.

Autorentext

INFO

Begabtenförderungswerke
- Avicenna Studienwerk
- Bischöfliche Studienförderung Cusanuswerk
- Ernst Ludwig Ehrlich Studienwerk
- Evangelisches Studienwerk Villigst
- Friedrich-Ebert-Stiftung
- Friedrich-Naumann-Stiftung für die Freiheit
- Hanns-Seidel-Stiftung
- Hans-Böckler-Stiftung
- Heinrich-Böll-Stiftung
- Konrad-Adenauer-Stiftung
- Rosa-Luxemburg-Stiftung
- Stiftung der Deutschen Wirtschaft

INTERNET

WES-118484-353
Mithilfe dieser Links können Sie sich über die verschiedenen Stiftungen informieren.

1 Ermitteln Sie die vermutlichen monatlichen Kosten für Frederik (M1 und M2).

2 Entwickeln Sie unter Rückgriff auf M3 bis M5 einen Vorschlag, wie Frederik sein Studium finanzieren könnte. HILFE

3 Beurteilen Sie unter Rückgriff auf M5 Frederiks Chancen auf ein Stipendium.

4 Recherchieren Sie arbeitsteilig die Profile der in M5 aufgeführten Stiftungen und Begabtenförderungswerke sowie die Erwartungen, die sie an ihre Stipendiaten richten.

I. Wandel der Arbeitswelt in der globalisierten Gesellschaft

Seite 8, Aufgabe 1 b)

Zukunftsvorstellungen lassen sich mit unterschiedlicher Reichweite verfassen. Sie können sich über die nächsten 5, 20, 50 oder noch mehr Jahre erstrecken. Entsprechend unterschiedlich kann der Grad an vorgestellter Veränderung ausfallen.
Aber überwiegend sind unsere Vorstellungen ein Stück weit in dem gefangen, wovon unser Leben in der Gegenwart bestimmt wird. Gerade bei Entwürfen mit kürzerer zeitlicher Reichweite lassen sich solche Traditionen (man spricht auch von „Pfadabhängigkeiten") oft gut erkennen. Überlegen Sie z. B., von welchen Traditionen der Arbeitswelt der Zeichner der Abbildung links geprägt worden sein könnte, die vielen heute aber eher „überholt" vorkommen.

Seite 10, Aufgabe 3

Hinweise zur Methode Schreibgespräch:
- Sie können diese Methode in Partnerarbeit oder in Kleingruppen durchführen.
- Grundregel: Es wird schriftlich, nicht mündlich kommuniziert.
- Es liegt (nur) 1 Stift bereit – wer etwas zur Thematik beitragen möchte, schreibt ein kurzes, lesbares Statement auf.
- Sie sollten in dem, was Sie dann schriftlich erwidern/ergänzen, auf die Vorrednerin/den Vorredner eingehen.

Eine Beispielgrafik – hier allerdings zum Thema „Teilnahme an Wahlen der EU" – finden Sie unter: **WES-118484-410**

Seite 13, Aufgabe 2

Die in M2 angebotenen Begrifflichkeiten lassen sich auf unterschiedlichen Hierarchieebenen ansiedeln – einige sind über-, andere untergeordnet. Daneben lassen sich einige Begrifflichkeiten wiederum auch als Synonyme verwenden. Sie können die in der Wortwolke hervorgehobenen Begriffe als Ausgangspunkt für eine Gliederung nutzen. Verwenden Sie konkrete Beispiele.

Seite 13, Aufgabe 4

Thesen sind kontroverse, zugleich aber sachlich formulierte Aussagen, denen eine differenzierte argumentative Begründung folgt. Sie gehen damit über wissenschaftliche Vermutungen (Hypothesen) hinaus. Thesenformulierungen beruhen auf der Auswertung von Forschungsergebnissen und bilden als Diskussionsangebot einen wichtigen Bestandteil in der Fortentwicklung und Qualitätssicherung eines Forschungsprozesses.
Für die vorliegende Aufgabe sollten Sie auswählen, welche möglichen Entwicklungen von Gesellschaft und Arbeitswelt Ihnen, ausgehend vom Material, besonders wichtig erscheinen.
Eine (sicher stark umstrittene und zu begründende) These könnte dann z. B. lauten: „*Die Erwerbsarbeit wird in Zukunft einen deutlich geringeren Stellenwert aufweisen.*" Begründung ...

Seite 21, Aufgabe 3

Gehen Sie auf folgenden Gruppen ein:
Frauen und Männer, ältere und jüngere Menschen, Hoch- und Geringqualifizierte.

Seite 23, Aufgabe 5

Berücksichtigen Sie Dinge, die Ihnen wichtig erscheinen, z. B. Freizeit, Vereinbarkeit von Familie und Beruf, Urlaubsmöglichkeiten, Verdienst- und Karrierewünsche ...

Seite 25, Aufgabe 4

Überlegen Sie zunächst, was „intelligente Lösungen" sein könnten, überprüfen Sie anschließend, ob solche Lösungen durch ein allgemeines Gesetz reguliert werden könnten.

Seite 35, Aufgabe 4 b)

Gestalten Sie hierzu z. B. einen Flyer.

Seite 40, Aufgabe 1

Fragen Sie nach ursprünglichen Berufswünschen, Ausbildungswegen, Zeiten von Beschäftigung, Arbeitslosigkeit, Kinderbetreuung, Teilzeitbeschäftigung etc., Nebentätigkeiten sowie der finanziellen Sicherheit und individuellen Arbeitszufriedenheit (auf einer Skala von 1 bis 10) in diesen Phasen. Fragen Sie auch nach Veränderungen der Arbeitsanforderungen durch technische Entwicklungen.

Seite 43, Aufgabe 3

Berücksichtigen Sie soziale und ökologische Folgen früherer industrieller Revolutionen wie
- Kinderarbeit, Massenelend der Fabrikarbeiterinnen und -arbeiter, extrem beengte Wohnverhältnisse, schlechte hygienische Verhältnisse, gesellschaftliche Entwurzelung der Menschen
- Umweltverschmutzung (starke Luftverschmutzung durch Kohleverbrennung vor allem in den industriellen Zentren, Belastung von Wäldern, Gewässern und Böden durch Giftstoffe)

und aktuelle Situationen wie
- Wohnungsnot, Spaltung der Gesellschaft in gut Ausgebildete und wenig Qualifizierte
- Klimakrise durch fossile Energieträger, Energiekrise, Mobilitätskrise, Müllproblematik, Landflucht und Urbanisierung, Wohlstandsentwicklung, Fortschritte in der Medizin, Hunger und Armut, Migration, Korruption.

Seite 45, Aufgabe 5 a)

Berücksichtigen Sie bei Ihrer Stellungnahme die folgenden Kriterien:
- Erwartungen, Hoffnungen und Wünsche verschiedener Akteure (Verbraucher, Arbeitnehmer, Arbeitgeber, Wirtschaftsunternehmen)
- persönliche und unternehmerische Freiheit
- ökonomische, ökologische und soziale Nachhaltigkeit
- Gleichheit und Gerechtigkeit.

Seite 49, Aufgabe 3

Beim Herausarbeiten sollten Sie sich auf die wesentlichen Aspekte beschränken. Hier sind es diese drei:
- internationale Arbeitsteilung und Handel
- staatliche Handlungsoptionen
- unsere Wohlstandsentwicklung

Denken sie daran, Ihre Ausführungen mit Zeilenangaben zu belegen.

Seite 51, Aufgabe 3

Sie können eine Tabelle mit diesen Überschriften anlegen und dort die erwarteten Folgen eintragen:

erneuter Globalisierungsschub	sich weiter fortsetzende verlangsamte Globalisierung	Deglobalisierung der Weltwirtschaft
…	…	
…	…	
…	…	

Seite 53, Aufgabe 4

Ihre Aufgabenbearbeitung kann folgende Stoßrichtungen haben:
- eine Einschätzung abgeben oder
- ein Lösungsmodell oder Lösungskonzept vorstellen.

Seite 58, Aufgabe 5

Hier sollten zuerst die neuen Möglichkeiten der Plattformökonomie gegenüber der alten linearen Ökonomie dargestellt werden. Nutzen Sie dabei die Kriterien Effizienz, Legitimität, Nachhaltigkeit, Freiheit, Macht. Die Risiken, die mit der Plattformökonomie verbunden sind, sollten ebenfalls mit diesen Kriterien untersucht werden.

Seite 63, Aufgabe 2

Die Herstellung von Gütern in einer Volkswirtschaft beruht bis in die Gegenwart in zentralen Bereichen der Produktionsstruktur (Industrie, Landwirtschaft, aber auch: (Güter-)Verkehr) auf dem Einsatz fossiler Energien sowie knapper Rohstoffressourcen. Die Klimagesetzgebung von EU und Bundesregierung will eine massive Senkung klimawirksamer Emissionen erreichen. Wenn dadurch der Einsatz fossiler Energien deutlich teurer wird, steigt für Unternehmen der Anreiz, alternative, emissionsfreie Energiequellen zu nutzen – z. B. Strom aus Photovoltaikanlagen oder aus „grünem" Wasserstoff. Ein weiterer Ansatz ist die Vermeidung von Emissionen durch Effizienzsteigerung in Produktion und Produktdesign. Schließlich verändern sich so auch wichtige Sektoren der Produktionsstruktur insgesamt, z. B. im Bereich der Energie- und Stahlerzeugung – mit erhofften weitreichenden Auswirkungen auf Beschäftigung und die weitere wirtschaftliche Entwicklung.

II. Globale politische und ökonomische Prozesse

Seite 81, Aufgabe 3
Die deutsche Übersetzung der Ziele finden Sie auf S. 144, M1.

Seite 83, Aufgabe 2
Ordnen Sie die Produkte und Dienstleistungen diesen Bereichen zu:

Elektrifizierung	Automatisierung	Vernetzung
…	…	
…	…	

Seite 86, Aufgabe 4
Lesen Sie hierfür noch einmal insbesondere die Zeilen 94–106 sowie 109–129.

Seite 89, Aufgabe 3
Berücksichtigen Sie bei Ihrer Analyse vor allem die folgenden Bereiche:
Arbeitskosten im internationalen Vergleich, Innovationen sowie Ausbildungs- und Technologiestandard, Infrastruktur, Bürokratie und Steuerpolitik.

Seite 95, Aufgabe 4
Unterscheiden Sie bei der Gegenüberstellung zwischen Direktinvestitionen und anderen Investitionsformen:

Direktinvestitionen	
Vorteile	**Nachteile**
…	…

andere Investitionsformen	
Vorteile	**Nachteile**
…	…

Seite 99, Aufgabe 4
Sie können Ihre Aufgabenbearbeitung veranschaulichen, indem Sie Beispiele recherchieren, bei denen Investitionsgarantien angewandt wurden.

Seite 101, Aufgabe 4
Ihre Beurteilung sollte in eine Gegenüberstellung münden:
- Grundzüge und Vorteile von Investitionsgarantien für Unternehmen
- Folgen staatlicher Sanktionsmaßnahmen für Unternehmen

Berücksichtigen Sie in Ihrer Beurteilung zum Beispiel die Kriterien Legitimität, Macht, Sicherheit, Wohlstand.

Seite 104, Aufgabe 4
Ihre Erörterung sollte die folgenden Kriterien berücksichtigen:
Legitimität, unternehmerische Freiheit, Macht, Gerechtigkeit, Nachhaltigkeit sowie Erwartungen, Hoffnungen und Wünsche verschiedener Akteure.

Seite 107, Aufgabe 5
Gehen Sie darauf ein,
- zwischen welchen Regionen die Schwerpunkte des internationalen Handels liegen (Dicke der roten und blauen Pfeile),
- wie ausgeglichen oder unausgeglichen das Verhältnis von Importen und Exporten ist (Verhältnis der roten und blauen Pfeile-„Paare"),
- welche Bedeutung dem intraregionalen Handel (= Handel innerhalb einer Region, schwarze Pfeile) im Vergleich zum interregionalen Handel (= Handel zwischen den Regionen) zukommt.

Seite 109, Aufgabe 2
Denken Sie daran, Ihre Zusammenfassung in eigene Worte zu fassen. Gehen Sie dabei z. B. auf folgende Leitfragen ein:
- Welche allgemeingültigen Grundsätze formuliert Adam Smith?
- Welche Argumente und Begründungen liefert er dafür?

Seite 113, Aufgabe 2
Beschreiben Sie in eigenen Worten, welche Aussagen mit den einzelnen Bildern getroffen werden. Beschränken Sie sich dabei auf das Wesentliche, z. B.:
Bild 1: Es gibt nur zwei Länder (England, Portugal) und nur zwei Produkte (Stoff, Wein).
Bild 2: …

Seite 118, Aufgabe 5
Stellen Sie zunächst die grundsätzliche Einstellung gegenüber Handelshemmnissen aus Sicht eines Vertreters des Freihandels klar.
Gehen Sie dann auf die verschiedenen in der Tabelle genannten Instrumente ein und beleuchten Sie jeweils ihre Auswirkungen auf den Freihandel.

Seite 122, Aufgabe 4
Untersuchen Sie den Text z. B. anhand der folgenden Fragen:
Handelspolitische Lage der Entwicklungsländer:
- Was wird von Entwicklungsländern hauptsächlich exportiert, was importiert?
- Wie verhalten sich die Industrieländer gegenüber den Entwicklungsländern bzw. welche Rahmenbedingungen setzen Freihandelsabkommen?
- Wie gehen die Industrieländer mit ihrer heimischen Wirtschaft um?
- Warum ist dies alles für die Entwicklungsländer ein Problem?

Wege zur Verbesserung der Situation der Entwicklungsländer:
- Was sollten die Entwicklungsländer tun (können)?
- Was sollten die Industrieländer tun?
- Was müsste dafür an den Rahmenbedingungen geändert werden?

Seite 128, Aufgabe 5
Wichtiges Kriterium ist hier die Gerechtigkeit, weitere mögliche Kriterien sind z. B. Effektivität, Nachhaltigkeit (ökonomisch, ökologisch, sozial), Repräsentation, Anreizwirkung.

Seite 130, Aufgabe 3
Mögliche Kriterien sind hier z. B. Effektivität, Effizienz, Legitimität, Sicherheit.

Seite 140, Aufgabe 1
Nutzen Sie folgende Leitfragen:
- Welche grundsätzliche Position zu politischer Steuerungsfähigkeit vertritt der Autor?
- Woran macht er dies konkret fest?
- Auf welche Akteure bzw. wessen Interessen bezieht er sich dabei?

Seite 143, Aufgabe 1
Nutzen Sie z. B. folgende Satzstruktur: Meiner Einschätzung nach stehen die Vereinten Nationen in dem Bereich … vor Herausforderungen, weil …

Seite 143, Aufgabe 2
Arbeiten Sie in Partnerarbeit. Gehen Sie arbeitsteilig (Chancen/Grenzen) vor und vergleichen Sie anschließend Ihre Ergebnisse.

Seite 145, Aufgabe 2
Legen Sie eine Tabelle an und gehen Sie gegebenenfalls arbeitsteilig vor.

Seite 145, Aufgabe 5
Geben Sie in einer Suchmaschine z. B. den Namen ihrer Stadt/Gemeinde/Schule und Begriffe wie „Agenda 2030“, „Vereinte Nationen“ oder „Nachhaltigkeit“ ein.

Seite 149, Aufgabe 3
Bearbeiten Sie die Leitfragen gruppenteilig und tauschen Sie sich anschließend im Plenum über ihre Ergebnisse aus.
Beziehen Sie die Perspektiven und Interessen verschiedener Akteure ein, z. B.
- potenzielle Konsumentinnen und Konsumenten,
- Mitarbeiterinnen und Mitarbeiter des werbetreibenden Unternehmens,
- LGBTQIA+ bzw. LGBTI*-Community.

Seite 151, Aufgabe 3
Arbeiten Sie in Partnerarbeit. Gehen Sie arbeitsteilig (Chancen/Grenzen) vor und vergleichen Sie anschließend Ihre Ergebnisse.

Seite 154, Aufgabe 5
Nutzen Sie Kriterien (z. B. Relevanz, Umsetzbarkeit, politische Durchsetzbarkeit) und Werte (z. B. ökologische, soziale und ökonomische Nachhaltigkeit sowie Freiheit und Gerechtigkeit), um Ihrer Stellungnahme mehr argumentatives Gewicht zu verleihen.

III. Berufs- und Studienorientierung

Seite 159, Aufgabe 3 Gehen Sie von den Problemen aus, die in den Materialien zum Ausdruck kommen.

Seite 161, Aufgabe 1
- In welchem Bereich ist die Person vermutlich beruflich tätig (z. B. Medizin, Büro, Handwerk ...)?
- Mit welchen Gegenständen hantiert die Person? Für welche Tätigkeiten/Fertigkeiten könnten diese stehen (z. B. Glühbirne = Kreativität, Unterschrift = ...)?

Seite 162, Aufgabe 3 Sie können die Zuordnung z. B. in Form einer Tabelle vornehmen:

Eigenschaften, Einstellungen und Fähigkeiten	Hard Skills		Soft Skills		
	Basis-kompetenzen	Fachwissen	Persönlichkeits-kompetenz	Sozial-kompetenz	Methoden-kompetenz
Einsatzbereitschaft			X		
...					

Seite 168, Aufgabe 4 Mögliche Vergleichskriterien: erforderlicher Schulabschluss/weitere Voraussetzungen, Ausbildungsort, Lernform (Theorie-/Praxis-Anteil), Vergütung, mögliche Berufsziele, Berufsaussichten.

Seite 171, Aufgabe 2 Mögliche Vergleichskriterien: angebotenes Fächerspektrum, Organisation des Studiums (engere Vorgaben bzw. größere Wahlfreiheit), inhaltliche Ausrichtung des Studiums (Forschungs- bzw. Praxisorientierung), Größe der Lerngruppen, mögliche Abschlüsse, Kosten, Berufsaussichten.

Seite 173, Aufgabe 2 Mögliche Vergleichskriterien: Lernorte, Ablauf des Studiums (z. B. Praxis- und Projektphasen), Aufwand, Kosten/Vergütung, mögliche Abschlüsse, Berufsaussichten.

Seite 177, Aufgabe 2 Denken Sie an: soziale Faktoren (z. B. Bedeutung des Elternhauses), Berufsaussichten (z. B. Sicherheit, Gehalt) und den Einfluss des Geschlechts.

Seite 181, Aufgabe 2 Gehen Sie dafür die in M2 genannten Aspekte Schritt für Schritt durch.

Seite 189, Aufgabe 2 Prüfen Sie, an welchen Stellen Kriterien und Reflexionsergebnisse in die schriftliche Ausarbeitung einfließen können.

Seite 191, Aufgabe 3 Denken Sie beim Verfassen Ihrer Ausarbeitung auch an die Regeln des Zitierens. Grundsätzlich gibt es zwei Möglichkeiten, Zitate zu verwenden und somit ein Plagiat zu vermeiden:
1. Paraphrase = sinngemäße Wiedergabe von fremdem Gedankengut in eigenen Worten: ohne Anführungszeichen, am Ende der Paraphrase, spätestens am Ende des Absatzes: Beleg durch Quellenangabe (Kurzbeleg), z. B. mit Fußnote oder Klammern im Text: ... (Mustermeier: 23);
2. direktes Zitat = wortwörtliche Wiedergabe der Originalquelle: mit doppelten Anführungszeichen an Beginn und Ende des Zitats, direkt im Anschluss Beleg durch Quellenangabe (siehe Paraphrase), Kennzeichnung von Auslassungen durch eckige Klammern + drei Punkte: [...], Kennzeichnung von eigenen [Ergänzungen] ebenfalls durch eckige Klammern.
Am Ende Ihrer Arbeit listen Sie alle Quellen ausführlich, d. h. mindestens Verfasser, Titel, Ort, Jahr, ggf. URL und Zugriffsdatum, in einem alphabetischen Verzeichnis (nach Autorennachnamen) auf.

Seite 193, Aufgabe 2 Gehen Sie ein auf: die jeweilige Art der Auszeit (Welche Art von Auszeitangebot wurde genutzt?), die Motivation dafür (Warum überhaupt eine Auszeit und warum speziell diese?), Tätigkeiten während der Auszeit, positive und ggf. negative Effekte (Was hat die Auszeit gebracht?).

Seite 195, Aufgabe 2 Denken Sie daran, dass ggf. viele Bewerbungen eingehen, dass sich Bewerberinnen und Bewerber auf mehrere Ausbildungs- bzw. Studienplätze bewerben und dass bestimmte Studiengänge mehr als nur das Abitur voraussetzen.

Seite 197, Aufgabe 2 Die Finanzierung setzt sich meistens aus mehreren Quellen zusammen, siehe hierzu M3. Gehen Sie anhand der Informationen zu Frederik in M1 zunächst darauf ein, welche dieser Quellen ihm vermutlich (nicht) zur Verfügung stehen. Prüfen Sie dann mit Blick auf M1, welche der in M4 und M5 vorgestellten Fördermöglichkeiten eventuell für ihn infrage kommen könnten. Beachten Sie die dafür relevanten Kriterien, wie Abiturnote, gesellschaftspolitisches Engagement, Einkommen der Eltern.

Arbeitsmarktpolitik
meint die Summe aller staatlichen Maßnahmen, die die Beziehungen zwischen Angebot und Nachfrage auf den Arbeitsmärkten ordnen und den Arbeitsmarktprozess beeinflussen.

Armut
bezeichnet generell die mangelnde Befriedigung von Grundbedürfnissen wie Kleidung, Nahrung, Wohnung, Gesundheit; unterschieden wird zwischen absoluter Armut und relativer Armut. Als absolut arm gelten nach Definition der Weltbank Menschen, die weniger als 1,90 USD pro Tag für die Befriedigung der existenziellen Lebensbedürfnisse zur Verfügung haben. Demgegenüber basiert der Begriff der relativen Armut auf der Vorstellung sozialer Ungleichheit. So gilt in Deutschland als relativ arm, wer über maximal 50 % des Medianeinkommens (mittleren Einkommens) einer Bevölkerungsgruppe verfügt. Zusätzlich unterschieden wird zwischen einem Armutsrisiko, das bei weniger als 60 % des Medianeinkommens vorliegt, und einer strengen Armut (weniger als 40 %). Nach den Kriterien der → Europäischen Union ist arm, wer 60 % oder weniger des Medianeinkommens zur Verfügung hat.

Bruttoinlandsprodukt (BIP)
misst den Wert aller Waren und Dienstleistungen, die in einem Jahr innerhalb der Landesgrenzen einer → Volkswirtschaft produziert werden. Das BIP enthält also auch die Leistungen von Ausländern, die innerhalb eines Landes arbeiten, während die Leistungen von Inländern, die im Ausland arbeiten, nicht berücksichtigt werden. Unterschieden wird üblicherweise zwischen nominalem und realem BIP. Bei der Berechnung des nominalen BIP werden alle produzierten Waren und Dienstleistungen zu laufenden Preisen, d. h. den Preisen des Erstellungsjahres, einbezogen. Eine Erhöhung des nominalen BIP kann daher nicht nur auf größere produzierte Mengen, sondern auch auf Preissteigerungen zurückgehen. Deshalb werden im realen BIP konstante Preise, d. h. die Preise eines bestimmten Basisjahres, zugrunde gelegt; die Inflationsrate (→ Inflation) wird also herausgerechnet.

Chancengleichheit
bezeichnet das Recht auf eine egalitäre Verteilung von Zugangs- und Lebenschancen; ein wesentlicher Schritt zur Verwirklichung der Chancengleichheit ist es, allen Menschen unabhängig von ihren persönlichen Voraussetzungen v. a. einen Zugang zu Bildungsangeboten zu ermöglichen. Als einzelne Aspekte können die Gleichstellung der Geschlechter oder von Menschen mit und ohne Migrationshintergrund (→ Migration) genannt werden.

Demografischer Wandel
umfasst alle Veränderungen in der Zahl und Struktur der Bevölkerung eines Landes (Alter, Geschlecht, Lebensform, Kinderzahl, Religion), die über eine längere Zeit hinweg die Zusammensetzung nachhaltig ändern; dazu zählen z. B. die sinkenden Geburtenraten oder die Steigerung der Lebenserwartung in den meisten Industrieländern. In Deutschland gehört der demografische Wandel durch die steigende Zahl der Älteren gegenüber dem Anteil jüngerer Erwerbsfähiger zu den wichtigsten gesellschaftlichen Entwicklungen. Er wirkt sich vor allem auf die Arbeitswelt und die Sozialversicherungssysteme aus, die an die veränderten Entwicklungen angepasst werden müssen. Geburtenrückgang und Alterung der → Gesellschaft lassen sich nach Berechnungen des Statistischen Bundesamtes durch Zuwanderung verlangsamen, nicht jedoch gänzlich aufhalten.

Demokratie
ist eine Herschaftsform, in der die Macht vom Volk (dem Souverän) ausgeht und die Ausübung von Herrschaft durch Wahlen legitimiert wird. Vorherrschende Form ist die repräsentative Demokratie, in der vom Volk gewählte Vertreter die politischen Entscheidungen treffen, die im Namen des Volkes handeln, dabei aber nicht an dessen Auftrag oder Weisung gebunden sind. In einer direkten Demokratie (auch: plebiszitären Demokratie) werden hingegen die politischen Entscheidungen unmittelbar vom Volk z. B. durch Volksabstimmung getroffen. Lediglich die Art der Umsetzung wird der Entscheidung einer Behörde überlassen. Rein auf direkter Demokratie basierende Gesellschaftsmodelle gibt es bisher nur in der Theorie (v. a. sozialistischer Rätesysteme). Das Modell der Schweiz ist dadurch gekennzeichnet, dass neben den direktdemokratischen (Volksinitiative, Referendum) auch repräsentative Elemente (z. B. Parlamente) existieren. Auch in Ländern mit repräsentativer Demokratie sind in verschiedenen Verfassungen und Gesetzen (z. B. deutscher Bundesländer und Gemeindeordnungen; US-amerikanischer Bundesstaaten) direktdemokratische Elemente wie Volksbegehren und Volksentscheid vorgesehen.

Dienstleistungen
In Abgrenzung zur Warenproduktion (materielle Güter) spricht man bei den Dienstleistungen von immateriellen Gütern. Diese zeichnen sich dadurch aus, dass sie unmittelbar verbraucht werden (z. B. Haarschnitt). In der Volkswirtschaftlichen Gesamtrechnung werden Dienstleistungen als tertiärer Sektor erfasst. Der Drei-Sektoren-Theorie zufolge dehnt sich der Dienstleistungsbereich in entwickelten Industriegesellschaften immer stärker aus.

Entwicklungsländer
sind → Staaten, die im Vergleich zu Industrieländern u. a. ein deutlich geringeres Pro-Kopf-Einkommen, geringe Arbeitsproduktivität, eine hohe Analphabetenquote und einen hohen Anteil landwirtschaftlicher Erwerbstätigkeit aufweisen.

Erwerbstätige
sind diejenigen Erwerbspersonen, die nicht erwerbslos sind, sondern eine Tätigkeit ausüben; Erwerbstätige können abhängig Beschäftigte sein (Arbeiter, Angestellte, Auszubildende, Beamte, Soldaten) oder Selbstständige bzw. mithelfende Familienangehörige.

Europäische Union (EU)
ist eine 1993 von den 12 EG-Mitgliedern (Belgien, Dänemark, Deutschland, Frankreich, Griechenland, Großbritannien, Irland, Italien, Luxemburg, Niederlande, Portugal, Spanien) gegründete supranationale Organisation; der Staatenverbund baut auf der Europäischen Gemeinschaft (EG) auf, deren Anfänge bis 1951 zurückreichen. Seit dem Austritt Großbritanniens mit dem Brexit 2020 hat die EU 27 Mitglieder. Seit 2023 gilt in 20 Ländern Euro. Die EU bildet mit dem Vertrag von Lissabon (2009) den rechtsverbindlichen Rahmen für eine Gemeinsame Außen- und Sicherheitspolitik (GASP) und die Zusammenarbeit in der Justiz und Innenpolitik (ZIJP). Die zentralen Organe der EU sind:
1. das Europäische Parlament,
2. der Europäische Rat (Gremium aus den Staats- bzw. Regierungschefs aller EU-Mitgliedstaaten, dem Kommissionspräsidenten, dem Hohen Vertreter für Außen- und Sicherheitspolitik sowie dem Präsidenten des Europäischen Rates),
2. der Rat der Europäischen Union, auch Ministerrat genannt (Gremium der Fachminister der Staaten),
4. die Kommission (Exekutivorgan),
5. der Gerichtshof der Europäischen Union,
6. die Europäische Zentralbank,
7. der Rechnungshof.

Gesellschaft
Unter Gesellschaft wird eine dauerhafte und strukturierte Vereinigung von Menschen in einem sozialen Raum zum Zweck der Befriedigung und Gewährleistung der Bedürfnisse ihrer Mitglieder verstanden. Die Gesellschaft umfasst nicht nur die Bürger eines → Staates, sondern alle dort Lebenden. Dabei sind die wechselseitigen Beziehungen dieser Menschen von entscheidender Bedeutung. Im Unterschied zu zufälligen Zusammentreffen oder Gemeinschaften sind Menschen einer Gesellschaft dauerhaft aufeinander angewiesen, etwa bezogen auf die Arbeitsteilung in der → Wirtschaft. Es ist umstritten, ob wir uns aufgrund der → Globalisierung auf dem Weg zu einer Weltgesellschaft befinden.

Globalisierung
meint die Zunahme der Staatsgrenzen überschreitenden wirtschaftlichen, politischen, kulturellen und sozialen Beziehungen v. a. ab den 1990er-Jahren. Insbesondere werden zu den Merkmalen der Globalisierung eine starke Zunahme internationaler Wirtschafts- und Finanztransaktionen, die Ausdehnung der Kommunikationstechnologien (Internet usw.) sowie eine weltweite Ausdehnung (westlicher) Kultur gezählt. Ursachen sind neben der technischen Entwicklung vor allem der Abbau von wirtschaftlichen Schranken durch die wichtigsten Industriestaaten.

Industrialisierung
bezeichnet die Ausbreitung der Industrie, d. h. der Produktion und Weiterverarbeitung von materiellen Gütern und Waren in Fabriken im Verhältnis zu Handwerk und Landwirtschaft. In Europa fand dieser Prozess grundlegend während des 19. Jahrhunderts statt. Inzwischen wurde er von der Tertiarisierung, der Ausweitung des Dienstleistungssektors, abgelöst. Heute ist im Hinblick auf die Digitalisierung der Produktion sogar von einer Vierten Industriellen Revolution die Rede.

Inflation
ist ein Prozess anhaltender Preisniveausteigerungen und damit einhergehenden Geldwertverlusts: Mit einer Geldeinheit kann man weniger einkaufen; sie verliert also an Kaufkraft. Zur Ermittlung der Inflation dient der sogenannte repräsentative Warenkorb. Hierzu werden Haushalte befragt, die ihr Kaufverhalten ein halbes Jahr lang dokumentieren. Aus den Ergebnissen erstellt das Statistische Bundesamt eine Liste mit ca. 700 Produkten des täglichen Lebens. Die Preisveränderungen werden monatlich erfasst und mit dem Vorjahr verglichen. Der sich daraus ergebende Wert gibt den Grad der Inflation im Vergleich zum Vorjahr an (Inflationsrate). In → Volkswirtschaften gilt eine allzu starke Inflation gemeinhin als unerwünscht, so formuliert das Stabilitäts- und Wachstumsgesetz (1967) das wirtschaftspolitische Ziel der Preisniveaustabilität. Schwerwiegende Folgen für die Bevölkerung der Weimarer Republik hatte die Hyperinflation zu Beginn der 1920er-Jahre mit einer Vervierfachung der Preise pro Woche. Den gegenteiligen Prozess des Preisniveaurückgangs bezeichnen Ökonomen als Deflation.

Klimawandel
In den vergangenen Jahrzehnten hat sich die Durchschnittstemperatur der Erdatmosphäre und der Meere erhöht, eine weitere Erwärmung wird erwartet. Die meisten Naturwissenschaftler führen dies auf den vom Menschen verstärkten Treibhauseffekt zurück, besonders seit dem Beginn der → Industrialisierung. Das Verbrennen fossiler Energieträger und die großflächige Rodung von Sauerstoff produzierenden Wäldern reichern den Anteil von Kohlendioxid (CO_2) in der Luft an. Hinzu kommt der erhöhte Ausstoß von Methangas durch eine intensive Viehwirtschaft. Der Treibhauseffekt wird auf Wasserdampf, Kohlenstoffdioxid, Methan, Stickstoffoxid und fluorierte Verbindungen, z. B. FCKW, zurückgeführt. Verdoppelt sich der CO_2-Anteil in der Erdatmosphäre, rechnet die Klimaforschung mit einer Erhöhung der Erdmitteltemperatur um einen Wert von 1,5 bis 4,5 Grad Celsius. Folgen der globalen Erderwärmung sind schon heute erkennbar: verringerte Schneebedeckung, Inlandeis- und Gletscherschmelze, steigender Meeresspiegel, Überschwemmungen und Wetterveränderungen. Der Klimawandel war 1992 erstmals Gegenstand einer UN-Konferenz. Im Jahr 1997 wurde mit dem Kyoto-Protokoll das erste völkerrechtlich verbindliche Abkommen mit konkreten Gegenmaßnahmen beschlossen. 2015 wurde das Pariser Klimaschutzabkommen verabschiedet.

Konjunkturpolitik
meint Maßnahmen der Wirtschaftspolitik, die konjunkturelle Schwankungen der gesamtwirtschaftlichen Nachfrage vermindern sollen. Konjunkturpolitik hat zum Ziel, eine möglichst stetige Produktionsentwicklung mit geringen Schwankungen im Auslastungsgrad des Produktionspotenzials herbeizuführen.

Konjunkturzyklus
bezeichnet die zyklischen Schwankungen der wirtschaftlichen Aktivität; ein Konjunkturzyklus kann unterteilt werden in Tief (Depression, Stagnation), Aufschwung (Wiederbelebung, Expansion), Hoch (Boom) und Abschwung (Krise, Rezession).

Legitimität
ist die Anerkennung einer politischen Ordnung und ihrer Repräsentanten durch das Volk; Voraussetzung dafür ist die Übereinstimmung der politischen Ordnung mit den in der → Gesellschaft allgemein anerkannten Vorstellungen über die Begründung von politischer Herrschaft. In einer repräsentativen → Demokratie wird die Legitimität der Herrschaftsausübung auf Zeit vor allem durch demokratische Wahlen geschaffen.

Lohnkosten
sind die Summe aller lohnbezogenen Ausgaben, die in einem bestimmten Zeitraum von Arbeitgebern an bzw. für Arbeitnehmer gezahlt werden. Arbeitgeber müssen bei der Kalkulation der Lohnkosten drei wesentliche Bestandteile berücksichtigen: Bruttolohn des Arbeitnehmers, Sachbezüge und Lohnnebenkosten. Der Bruttolohn ist das vereinbarte Arbeitsentgelt zwischen Arbeitnehmer und Arbeitgeber. Er dient als Grundlage zur Berechnung der Sozialversicherungsbeiträge (Kranken-, Pflege-, Renten-, Arbeitslosenversicherung), die in den Lohnkosten für ein Unternehmen enthalten sind.

Lohnstückkosten
bezeichnen den Anteil der → Lohnkosten, die auf eine Produkteinheit entfallen („Wie viel Lohnkosten stecken in einem Auto?"). Sie sind ein Maßstab für die Wettbewerbsfähigkeit eines Unternehmens oder eines Landes. Um die durchschnittlichen Lohnstückkosten in einer Volkswirtschaft zu errechnen, werden die Lohnkosten je Arbeitnehmer ins Verhältnis gesetzt zur erbrachten Wirtschaftsleistung je Erwerbstätigen (Produktivität). Mithilfe der Lohnstückkosten wird das Verhältnis von Lohnkosten und Produktivität definiert.

Marktwirtschaft
ist ein Wirtschaftssystem des Wettbewerbs, in dem die Wirtschaftsprozesse dezentral geplant und über die Preisbildung auf den Märkten gelenkt werden; Gewerbe- und Vertragsfreiheit sowie die freie Wahl des Berufs bzw. des Arbeitsplatzes sind Grundvoraussetzungen der Marktwirtschaft. In Deutschland ist dies durch das Ziel sozialen Ausgleichs ergänzt (soziale Marktwirtschaft).

Menschenrechte
sind Rechte, die jedem Menschen unabhängig von Herkunft, Geschlecht, Religion und Vermögen zustehen; ihr Inhalt liegt darin, jedem Menschen eine gesicherte Existenz und Entfaltung zu ermöglichen. Im Gegensatz zu anderen Rechten kommen die Menschenrechte jedem Menschen von Natur aus zu, also nicht erst durch die Garantie eines → Staates. Deshalb „gelten" sie nicht wie andere Rechte, sondern bezeichnen den Anspruch auf ein menschenwürdiges Leben.

Migration
(lat.: migratio = Wanderung) fasst verschiedene Formen der Ein- und Auswanderung zusammen (Asylsuche, Arbeitswanderung, Flucht vor Krieg usw.). Das trägt der Tatsache Rechnung, dass alle diese Formen Gemeinsamkeiten aufweisen: einen Migrationsgrund, der in fast allen Fällen irgendeine Art von Zwang beinhaltet, und soziale Probleme, die aus der Situation im Aufnahmeland folgen.

Nachhaltigkeit
ist ein Prinzip (wirtschaftlichen) Handelns, nach dem nur so viele der knappen Ressourcen unseres Planeten verbraucht wer-

den sollen, dass sich das ökologische System wieder erholen kann und auch zukünftige Generationen gut darin leben können.

Nichtregierungsorganisation
(engl.: Non-Governmental Organization, NGO) ist eine nicht staatliche und nicht gewinnorientierte Organisation von Bürgern auf lokaler, nationaler oder internationaler Ebene, die sich für bestimmte Belange des Gemeinwohls einsetzt. NGOs verfolgen unterschiedliche Ziele, z. B. Schutz der → Menschenrechte, Umweltschutz oder Armutsbekämpfung. Dabei erfüllen NGOs viele Aufgaben, u. a. indem sie die Umsetzung internationaler Abkommen beobachten oder eigene Analysen durchführen.

Politik
meint im weiten Sinne jegliche Art der Einflussnahme und Gestaltung sowie die Durchsetzung von Forderungen und Zielen, sei es in privaten oder öffentlichen Bereichen. Im engeren bzw. klassischen Sinne ist Politik „Staatskunst", das Öffentliche bzw. das, was alle Bürger betrifft und verpflichtet, also das Handeln des → Staates und das Handeln in staatlichen Angelegenheiten (von griech.: polis = Stadtstaat). Im modernen Sinne ist Politik das auf die Durchsetzung bestimmter Ziele besonders im staatlichen Bereich und auf die Gestaltung des öffentlichen Lebens gerichtete Handeln von Regierungen, Parlamenten, Parteien, Organisationen etc.

Produktionsfaktoren
sind Mittel, mit denen Menschen Güter und → Dienstleistungen herstellen: Arbeit, Boden (Natur bzw. Umwelt) und Kapital; inzwischen wird als vierter Faktor z. T. Wissen bzw. der technische Fortschritt hinzugenommen.

Schwellenländer
werden Länder genannt, die aufgrund ihrer fortgeschrittenen Wirtschaftskraft, ihrem (mittleren) Volkseinkommen und ihrer infrastrukturellen Entwicklung aus dem Status von → Entwicklungsländern herausgewachsen sind und an der Schwelle zu den Industrieländern stehen, hierzu zählen z. B. Brasilien, Russland, Indien, China und Südafrika (BRICS-Staaten).

Sozialer Wandel
beschreibt die grundlegende Veränderung von → Gesellschaften; sozialer Wandel findet immer statt, hat aber Phasen der Verlangsamung und Beschleunigung und ist oft verbunden mit der Entwicklung neuer Begriffe für die veränderte Gesellschaft, z. B. Dienstleistungsgesellschaft, Informationsgesellschaft, Erlebnisgesellschaft, postmoderne Gesellschaft usw.

Staat
ist die politische Organisation, unter der die Menschen einer → Gesellschaft leben. Nach der gängigen Definition sind drei Aspekte für einen Staat notwendig: ein eindeutiges eigenes Territorium (Staatsgebiet), in dem Menschen wohnen, die zu diesem Staat gehören (Staatsvolk; Bürger), und eine Regierung, die vom Staatsvolk anerkannt ist (Staatsgewalt). Ein Staat hat Außenbeziehungen zu anderen Staaten, die im Allgemeinen durch das Völkerrecht geregelt werden. Nach innen ist der Staat souverän, d. h., es steht keine Gewalt über ihm. Im Rechtsstaat verpflichtet sich der Staat, seine Gewalt nur gemäß den geltenden Gesetzen auszuüben.

Strukturwandel
bezeichnet Änderungen im Gefüge der → Wirtschaft, die sich auf bestimmte Regionen, Branchen oder ganze Sektoren (z. B. Landwirtschaft, gewerblicher Sektor/Industrie) beziehen können; so brachte etwa der Niedergang des Bergbaus und der Stahlindustrie im Ruhrgebiet vielfältige wirtschaftliche und soziale Veränderungen mit sich. Die Strukturpolitik versucht, den Strukturwandel zu beeinflussen, indem sie u. a. die Ansiedlung neuer Branchen für wegfallende Arbeitsplätze fördert.

Verbände
sind organisierte Interessengruppen mit bestimmten sachlichen und/oder ideellen Zielen und Interessen; sie unterscheiden sich von Parteien dadurch, dass sie kein allgemeines politisches Programm anbieten und sich nicht an Wahlen beteiligen. Stattdessen versuchen sie, politische Entscheidungen der Legislative und der Exekutive in ihrem Sinne zu beeinflussen.

Vereinte Nationen
(United Nations, UN bzw.United Nations Organization, UNO) wurden1945 gegründet, ihr Hauptsitz ist New York (daneben: Genf und Wien), zurzeit gehören den UN 193 Staaten an. Laut der UN-Charta bestehen ihre Hauptaufgaben in der Sicherung des Friedens und in der Beseitigung von Friedensbedrohungen, der Verständigung der Völker untereinander, der internationalen Zusammenarbeit zur Lösung wirtschaftlicher, kultureller, sozialer und humanitärer Probleme u. a. m. auf Grundlage der Gleichberechtigung der → Staaten und der Selbstbestimmung der Völker (Art. 1). Die wichtigsten Organe der UN sind:
1. die jährlich stattfindende Vollversammlung (jeder Mitgliedstaat hat eine Stimme) und deren Ausschüsse;
2. der Sicherheitsrat der UN mit fünf ständigen Mitgliedern (China, Frankreich, Großbritannien, Russland, USA), die über ein Vetorecht verfügen, und zehn jeweils für zwei Jahre gewählten (nicht ständigen) Mitgliedern;
3. das Generalsekretariat mit einem Generalsekretär an der Spitze (für fünf Jahre von der Vollversammlung gewählt);
4. der Wirtschafts- und Sozialrat mit 54 Mitgliedern (jährlich werden 18 Mitglieder für drei Jahre gewählt) und den fünf regionalen Kommissionen;
5. der Internationale Gerichtshof (15 Richter, die von der Vollversammlung und dem Sicherheitsrat für neun Jahre gewählt werden).

Zahlreiche Sonderorganisationen (z. B. UNICEF, UNESCO) erfüllen weitere Aufgaben der Vereinten Nationen. Wenn die beteiligten Konfliktparteien zustimmen, kann der Sicherheitsrat entscheiden, ob im Auftrag der UN-Friedenstruppen (Blauhelme) in ein Krisengebiet geschickt werden, um für Sicherheit und Frieden zu sorgen.

Volkswirtschaft
wird von allen privaten Haushalten, Unternehmen und Einrichtungen eines → Staates gebildet. Alle, die Güter erzeugen, verteilen und verbrauchen, gehören dazu. Zwei wichtige Merkmale sind eine gemeinsame Währung und ein gemeinsames Wirtschaftssystem.

Welthandelsorganisation
(World Trade Organization, WTO) wurde 1995 gegründet, ihr Sitz ist in Genf. Als Sonderorganisation der Vereinten Nationen mit derzeit 164 Mitgliedern bildet sie neben dem Internationalen Währungsfonds und der Weltbank die wichtigste Institution zur Behandlung internationaler Wirtschaftsprobleme; zu den wichtigsten Aufgaben der nach dem Einstimmigkeitsprinzip arbeitenden WTO zählen die Liberalisierung des Welthandels, die Senkung von Zöllen und die Überwachung internationaler Handels- und Dienstleistungsregelungen.

Wirtschaft (Ökonomie)
umfasst die Gesamtheit aller menschlichen Tätigkeiten, die sich auf die Produktion und den Verbrauch von Waren und → Dienstleistungen beziehen. Da unsere → Gesellschaft arbeitsteilig organisiert ist, können darunter auch Tätigkeiten fallen, die scheinbar mit der Güterproduktion gar nichts zu tun haben, z. B. Planungs- oder Kontrolltätigkeiten. Häufig werden unter „Wirtschaft" dabei nur die Teilbereiche von Arbeit verstanden, in denen Menschen gegen Bezahlung tätig sind (→ Erwerbsarbeit). Tatsächlich aber sind z. B. Arbeiten im Haushalt für eine Gesellschaft von großer Wichtigkeit. Die Art und Weise, in der die Wirtschaft auf gesellschaftlicher Ebene organisiert ist, nennt man Wirtschaftsordnung.

akg-images GmbH, Berlin: 111.1. | Alamy Stock Photo, Abingdon/Oxfordshire: History collection 118.1; Hum Images 118.2; Kravchenko, Mykola 184.1; Tack, Jochen 6.2. | Alamy Stock Photo (RMB), Abingdon/Oxfordshire: Martin, Montgomery 168.3. | Allianz Global Investors GmbH, Frankfurt am Main: Naumer, Dr. Hans-Jörg 75.1, 75.2. | AZUBIYO – Eine Marke von FUNKE Works GmbH, München: 163.6. | Baaske Cartoons, Müllheim: Mester, Gerhard 60.1, 61.1, 122.1; Mohr, Burkhard 158.3; Plaßmann, Thomas 87.1, 96.1, 158.1; RABE (Ralf Böhme) 166.1; Tomaschoff, Jan 176.1, 176.2. | bpk-Bildagentur, Berlin: Georg Buxenstein & Co 16.3. | Bundesagentur für Arbeit (BA), Nürnberg: 163.3, 163.4. | Bundesamt für Familie und zivilgesellschaftliche Aufgaben, Köln: 193.2, 193.5. | Bundesministerium der Verteidigung, Berlin: Bundeswehr 193.4. | Bundesministerium für Familie, Senioren, Frauen und Jugend, Berlin: 193.1. | Daimler und Benz Stiftung, Ladenburg: ©daimler-benz-stiftung_oestergaard 42.2. | DER SPIEGEL, Hamburg: 64.1, 64.2. | Detjen, Hiltrud, Buxtehude: 108.1, 108.2. | Fairtrade Deutschland e.V., Köln: Ilkay Karakurt 127.1; Kaliszewski, Jakub 127.2. | FAVOURITE models et actors, Olpe: Fuchs, Ariane 192.2. | FÖJ - Bundesarbeitskreis (BAK) der Träger im Freiwilligen Ökologischen Jahr, Hachenburg: 193.3. | fotolia.com, New York: tanatat 191.1. | Getty Images, München: Pool 64.3; Sygma/Haillot, Jacques 16.5; Tristar Media 71.2; VCG 104.4. | Getty Images (RF), München: Morsa Images/Abel Mitjà Varela 7.1; serts 184.2. | Google Inc., Hamburg: 11.1. | Gottscheber, Pepsch, München: 123.2. | Henne, Christine, Göttingen: 163.2. | Hochschulkompass, Bonn: 179.1. | IFH Institut für Handelsforschung Köln GmbH, Köln: © IFH KÖLN 56.10. | Imago, Berlin: Gaertner, Florian/photothek.net 71.1; Hartenfelser, Peter 45.1; Hoermann, Frank/Simon, Sven 6.3; localpic 70.1; Rahman, Habibur 102.1; snapshot-photography/Krause, K.M. 13.2. | Infoniqa Holding GmbH, München: www.infoniqa.com 32.1. | Initiative Lieferkettengesetz, Berlin: 151.1. | INKOTA-netzwerk e.V. / www.inkota.de, Berlin: 126.1, 126.3. | iStockphoto.com, Calgary: Debenport, Steve 192.1; DNY59 181.1; fizkes 182.1; gopixa 164.1; IP Galanternik D.U. Titel; Postmodern Studio 56.5. | Kartographie Michael Hermes, Hardegsen Hevensen: 107.1. | Koterba, Jeffrey, Omaha: 48.1. | laif, Köln: Bischof, Franz 13.1. | Lars, Mario, Gneven: 24.1. | Mandzel, Waldemar, Bochum-Watt.: 138.1. | Maschinenfabrik Bernard KRONE GmbH & Co. KG, Spelle: 165.1. | nelcartoons.de, Erfurt: 52.1. | Ohio University Press, Athens, Ohio: The Fair Trade Scandal; Ndongo Sylla; © 2014, Ohio University Press; "This material is used by permission of Ohio University Press, www.ohioswallow.com." 128.1. | Pfohlmann, Christiane: 139.2. | PHOENIX CONTACT GmbH & Co. KG, Blomberg: 82.1, 82.2, 82.3, 83.1, 83.2, 84.1, 85.1. | Picture-Alliance GmbH, Frankfurt a.M.: 143.1; Apple 18.1; CHROMORANGE / Czerski, Titus E. 106.1; de Waal, Remko 106.2; dieKLEINERT.de /Schwarwel 139.1; dieKLEINERT.de/Calleri, Paolo 152.1; dpa 16.1, 168.1; dpa-infografik 107.2; dpa-Zentralbild 134.1; dpa/Link, Hubert 145.1; dpa/Tim Brakemeier 104.1; Dwi Anoraganingrum/Geisler-Fotop 148.1; EPA/Abir Abdullah 104.2; Frankenberg, Moritz 64.4; Frey, Thomas 170.1; JASON SZENES 145.3; Keystone/Gillieron 114.1; Klose, Christin 185.1; Koehler, Thomas 25.1; Lafite, Francois/wostok Press 132.1; Mangione, Jeff / KURIER / picture 49.1; MP/Leemage 108.3; Photoshot 132.2; Pleul, Patrick 31.2; Rainer Jensen 16.4; Scholz, Markus/ dpa Themendienst 168.4; Soeder, Christoph 149.1; Spata, Ole 6.1; Tack, Jochen 7.3; Westend61/Gombert, Sigrid 31.1; Westend61/Marongiu, Eugenio 185.2; WITTEK, RONALD 72.1; YONHAP 42.1. | Rosa-Luxemburg-Stiftung, Berlin: Ndongo Samba Sylla 127.3. | Sakurai, Heiko, Köln: 123.1. | Schley, Karsten, Lüneburg: 138.2. | Shell Deutschland GmbH, Hamburg: Shell Jugendstudie 2019 9.1. | Shutterstock.com, New York: DELBO ANDREA 78.1; doomu 129.1; Ground Picture 178.1, 190.1; Holyutyak, Mykola 8.2; LanKogal 160.1; Natashin, Dmitry 163.1; Sharomka 7.2. | stock.adobe.com, Dublin: Alexandr 187.1; anoli 183.1; cornecoba 36.1, 36.2; deagreez 30.1; Drobot, Dean 163.5; gameboyfoto 126.2; Gorodenkoff Titel; grafikplusfoto 196.1; Jargstorff, Wolfgang 16.2; Kopylov, Ivan 36.3; luismolinero 173.1; Maha Heang 245789 Titel; mangpor2004 44.2; Martin Winzer 44.1; MaskaRad 194.1; Monkey Business 175.1; Neo 56.6, 56.7; Odua Images 141.1; Pixel-Shot 22.2; Popov, Andrey 186.1; Raatz, Mirko 170.2; Raths, Alexander 180.1; Rey 56.1, 56.2, 56.3, 56.4, 56.8, 56.9; sebastian 36.4, 36.5; Seybert, Gerhard 168.2; simoneminth 162.1; TarikVision 80.1; thingamajiggs 44.3; Vietense, Sven 167.1; WoGi 189.1. | Stuttmann, Klaus, Berlin: 121.1. | Süddeutsche Zeitung - Photo, München: Scherl 22.1. | Taskforce Equal Pay Day GbR, Berlin: Natalie Schommler, Dr. Bettina Schleicher 31.3. | The Boston Consulting Group GmbH, München: 65.1. | toonpool.com, Berlin, Castrop-Rauxel: Kamensky, Marian 147.1; © achecht 158.2. | ullstein bild, Berlin: JOKER/Allgöwer 145.2. | United Nations, New York, NY: https://www.un.org/sustainabledevelopment/ „The content of this publication has not been approved by the United Nations and does not reflect the views of the United Nations or its officials or Member States" 144.1; https://www.un.org/sustainabledevelopment/ „The content of this publication has not been approved by the United Nations and does not reflect the views of the United Nations or its officials or Member States." 81.1. | Urech, Fabian, Zürich: 104.3. | Verlagshaus Jacoby & Stuart, Berlin: Text und Illustrationen © 2012 Michael Goodwin. All rights reserved in all countries by Harry N. Abrams, Inc. Für die deutsche Ausgabe © 2013 Verlagshaus Jacoby & Stuart, Berlin 110.1, 110.2, 110.3, 110.4. | WirtschaftsWoche, Düsseldorf: Wirtschaftswoche Print vom 20.05.2021 73.1. | Zeitlupe gGmbH, Ahrensburg: 8.1. | © Statistisches Bundesamt (Destatis), Wiesbaden: 2020 28.1.

Anforderungsbereiche in Leistungsüberprüfungen

Leistungsüberprüfungen, wie Klausuren und die Abiturprüfung, sollen Ihr Leistungsvermögen möglichst differenziert erfassen. Dazu werden **drei Anforderungsbereiche** unterschieden, die jeweils besondere Anforderungen an Sie stellen. Die **Operatoren für das Fach Politik-Wirtschaft in Niedersachsen** sind, wie in der Tabelle rechts zu sehen, diesen drei Anforderungsbereichen zugeordnet.
Grundsätzlich sind die Anforderungsbereiche wie folgt definiert:

ANFORDERUNGSBEREICH I (AFB I)

Der AFB I umfasst vorrangig das Wiedergeben und Darstellen von Sachverhalten aus einem abgegrenzten Gebiet.
Der AFB I erfordert vor allem **Reproduktionsleistungen**, insbesondere:

- das Bestimmen der Art des Materials,
- das Entnehmen von Informationen aus unterschiedlichen Materialien,
- das Wiedergeben von Informationen.

ANFORDERUNGSBEREICH II (AFB II)

Der AFB II umfasst das selbstständige Erklären, Bearbeiten und Ordnen bekannter Inhalte und das angemessene Anwenden gelernter Inhalte und Methoden auf andere Sachverhalte.
Der AFB II erfordert vor allem **Reorganisations- und Transferleistungen**, insbesondere:

- das Erklären fachlicher Zusammenhänge,
- das beispiel- und theoriegestützte Erläutern von Sachverhalten,
- das Verknüpfen und Vergleichen von Sachverhalten,
- das Analysieren von unterschiedlichen Materialien,
- das Einordnen von Sachverhalten unter Beachtung der sie konstituierenden Bedingungen.

ANFORDERUNGSBEREICH III (AFB III)

Der AFB III umfasst den reflexiven Umgang mit neuen Problemstellungen, den eingesetzten Methoden und gewonnenen Erkenntnissen, um zu Begründungen, Folgerungen, Beurteilungen und/oder Handlungsoptionen zu gelangen.
Der AFB III erfordert vor allem Leistungen der **Reflexion und Problemlösung**, insbesondere:

- das Erörtern politischer, ökonomischer und gesellschaftlicher Sachverhalte und Probleme,
- das Entfalten einer strukturierten, multiperspektivischen und problembewussten Argumentation,
- das Entwickeln von Hypothesen zu fachbezogenen Fragestellungen,
- das Reflektieren der eigenen politischen Urteilsbildung unter zusätzlicher Beachtung ethischer und normativer Kategorien.

Die Anforderungsbereiche lassen sich nicht scharf gegeneinander abgrenzen. Die Anforderungsbereiche sind in ihrer wechselseitigen Abhängigkeit zu sehen, wobei der Anforderungsbereich III die Anforderungsbereiche I und II, der Anforderungsbereich II den Anforderungsbereich I einschließt. Grundsätzlich gilt, dass die Aufgabenstellungen in Leistungsüberprüfungen in der Oberstufe Anforderungen aus allen drei Bereichen abverlangen und dass sich der unterschiedliche Schwierigkeitsgrad der Bereiche in der Beurteilung der Prüfungsleistung widerspiegelt.
Die Anforderungen in Leistungsüberprüfungen liegen schwerpunktmäßig im selbstständigen Erklären, Bearbeiten und Ordnen bekannter Inhalte und dem angemessenen Anwenden gelernter Inhalte und Methoden auf andere Sachverhalte (Anforderungsbereich II).

Autorentext in Anlehnung an: Einheitliche Prüfungsanforderungen in der Abiturprüfung Sozialkunde/Politik. Beschluss der Kultusministerkonferenz vom 01.12.1989 i. d. F. vom 17.11.2005, Berlin: Kultusministerkonferenz (verändert)